Anker Larsen ist einer der Großen der Weltliteratur. Seinen internationalen Ruf begründete der hochsensible Psychologe in den 20-er Jahren des vorigen Jahrhunderts, als er überraschend einen hochdotierten skandinavischen Literaturpreis erhielt, seine Werke in 11 Sprachen übersetzt wurden und die Literaturkritik ihn mit Tagore, Dante, Dostojewski, Proust und Hamsun verglich. Er wurde geschätzt von Hermann Hesse und Rudolf Steiner. Er lebte (1874 - 1957) als freier Schriftsteller in der Nähe Kopenhagens, nachdem er dem »dürren Ort« der theologischen Fakultät den Rücken gekehrt hatte und an verschiedenen Theatern Kopenhagens als Souffleur, Schauspieler und Regisseur tätig gewesen war. Seine Liebe galt den Menschen, die sich eher »sammeln« als »zerstreuen« wollen, denen, die noch empfänglich sind für die feinen Schwingungen einer geistigen Welt. Insgesamt verfasste er 10 Romane, über 20 Novellen und 11 Theaterstücke.

»Der Stein der Weisen«

steht in der Tradition alter östlicher Weisheitslehren, wie den Veden und dem Taoismus, aber auch christlich-gnostischer Erkenntnislehre. Die Protagonisten sind Sucher, denen als Kind das Geheimnis der göttlichen Sprache offenbart wurde und die als Erwachsene die fundamentale Unwirklichkeit dieses Daseins als Wahrheit erkennen. Die vom Verstand gelenkte Entwicklung okkulter Fähigkeiten und Talente wird als Hindernis auf dem Weg zur Erleuchtung dargestellt; erfolgreich jedoch der Weg des Herzens, des Aktivierens inneren Wissens und des »Seins«. Das Faszinierende dieses Buches ist, dass es sich hier nicht um ein spekulatives System handelt, sondern dass es sichtlich um authentische Erfahrungen geht, eine Metaphysik, die nicht ausgedacht, sondern wahr ist.

Drei Menschen, zwei Studenten und ein Bauernknecht, sind auf dem »Weg«. Sie gehen durch die steinige Wüste menschlichen Lebens, um den wahren »Stein« zu finden. Die Dienste der Weisheitsbücher, okkulter Geheimgesellschaften, bestimmter Techniken, alle versagen, erweisen sich als Irrweg – aber einer der drei findet schließlich doch zur Erleuchtung.

In genial einfacher Sprache beschreibt Anker Larsen liebevoll und engagiert den Weg dieser drei Männer, ihre charakterliche Entwicklung und ihre spirituellen Erfahrungen. Der Leser glaubt an den Erfolg der Bemühungen der Protagonisten – und wird immer wieder vor die ernüchternde Tatsache gestellt: Das war es nicht, so geht es nicht.

Wer geht nun den richtigen Weg? Wo ist der Schlüssel zum Mysterium Magnum? –

Der Leser wird darüber lange im Dunkeln gelassen, er folgt mit wachsender Spannung den spirituellen Bemühungen, hat Teil an den fragwürdigen Erfahrungen der Astralwelt, folgt den Irrungen und Wirrungen menschlicher Liebesbeziehungen, und am Ende steht die Erkenntnis: eigentlich hätte ich es ja wissen müssen, eigentlich weiß ich es, und wie immer ist die Lösung des Geheimnisses eine wirkliche »Lösung«.

Spannend wie ein Kriminalroman, wird hier nicht der Mörder gesucht, sondern die Erleuchtung, der Erleuchtete. Es gibt sogar einen Mörder, vielmehr einen Doppelmörder, aber nur eine Leiche. Nach der Lektüre des Buches werden Sie verstehen.

Auch wenn dieses Buch unterhaltsam sein kann, so wünschen wir unseren Lesern eher die Erkenntnis der Weisheit dieser Welt und jener, die uns so fern erscheint, obwohl sie uns näher ist als Hände und Füße.

J.
Anker Larsen

Der Stein der Weisen

Band I
Sehnsucht

Roman 1923

Aus dem Dänischen neu übersetzt von
W. Gramer
Erste ungekürzte deutsche Übersetzung

Mysterium Magnum
MM-Verlag
Berlin

CIP-Einheitsaufnahme
der Deutschen Bibliothek

Anker Larsen
Der Stein der Weisen, Band I, Sehnsucht
Wolfgang Gramer mym-Verlag Berlin
ISBN 3-9800929-2-5

1. Auflage 2003

Alle Rechte, auch die des auszugsweisen Nachdrucks
und der fotomechanischen Wiedergabe vorbehalten.
Die Übersetzungsrechte in fremde Sprachen
liegen beim Verlag.

Copyright mym – Verlag Berlin
10557 Berlin-Bartningallee 21
mym-buch@web.de
Sie finden uns im Internet unter
www.mym-buch.de

Printed in Germany
Druck und Bindung Elsnerdruck Berlin
Umschlaggestaltung und Layout H. Krause Berlin

J.
Anker Larsen

Der Stein der Weisen

Roman

Band I
Sehnsucht

Titel der dänischen Originalausgabe:
De vises sten
Gyldendalske Boghandel, København, London, Berlin
1923
Ausgezeichnet mit dem Literaturpreis für den besten
dänischen und norwegischen Roman

Übersetzt in 10 Sprachen:
Deutsch, Englisch, Estnisch, Finnisch, Französisch,
Niederländisch, Norwegisch, Polnisch,
Tschechisch, Ungarisch

Mysterium Magnum
MM-Verlag
Berlin

Inhalt

1	Kirchhof und Spielplatz	13
2	Auf dem Heuschober	25
3	Brüderchen	32
4	Eine Sternschnuppe	36
5	Himmelssprache	43
6	Pastor Barnes	47
7	»Das Offene«	52
8	Spielplatzsonnenschein	55
9	Weg!	62
10	Beim Holunder	65
11	Verstohlenes Lächeln	73
12	Das Verbrechen	79
13	Verdammte Stadt!	91
14	Einsicht	94
15	Tine	109
16	Geschlossen	116
17	Schneidertragödie	123
18	In der Nacht von Freitag auf Sonnabend	132
19	Heimatlos	143
20	Enttäuschungen	151
21	Ein Spielzeug	158
22	Ein Gesicht	162
23	Nanna Bang	165
24	Mutter und Tochter	173
25	Verständnis	193
26	Theosophen	197
27	Die Vorschriften des Cappellano	204
28	Nanna Bang in schweren Gedanken	208
29	Ekstase	212
30	Abglanz	225
31	Ein »psychischer Forscher«	231
32	Delirium	238

33 Scheidung.. 250
34 Schwermütig... 257
35 Ländliches Idyll..................................... 266
36 Trennung.. 270
37 Geistige Dürre....................................... 278
38 Der Schwarze.. 285
39 Die Zahlen.. 308
40 Ein Heiliger... 318
41 Kandidatenmittag................................. 323
42 Verliebtheit... 343

1. KAPITEL
Kirchhof und Spielplatz

Ein Kreischen schallte über den Spielplatz, das Leben jauchzte aus jungen Kehlen, Füße liefen, Arme fochten.

Ein Mann stützte sich müßig und entspannt auf die Kirchhofsmauer; die Sonne schien auf sein gebräuntes Gesicht, aber die andere Hälfte seines Körpers war im Schatten des alten Holunders auf dem Spielplatz.

Mit einem Lächeln wandte er sich von dem ohrenbetäubenden Spektakel ab und dem stillen Kirchhof zu; er blieb mit dem Rücken gegen die Mauer gelehnt stehen, in dem glücklichen Gefühl, außerhalb allem zu sein, nirgends heimisch, außer überall, wo die Sonne schien.

Die roten Ziegel der Kirche glühten, die weiße Mauer leuchtete, der Turm schien größer als gewöhnlich, die ganze Kirche schien sich zu recken und sich in der Sonne aufzurichten.

Aber drüben auf der anderen Seite, wo er vor einer Viertelstunde gestanden und zugesehen hatte, wie ein Gemeinderatsmitglied in die Erde gesenkt wurde, sah es ganz anders aus.

Da war es schattig, dunkel und düster. Die Mauer war geborsten und neigte sich, als wolle sie umfallen, was durch drei gemauerte Stützen verhindert oder zumindest aufzuhalten versucht wurde.

Er hatte noch den Vergänglichkeitsklang des Begräbnisgeläuts im Ohr; es rief die Vorstellung in ihm hervor, die Stützen könnten fallen und die Kirche mit einem matten Seufzer über dem Grab des Gemeinderatsmitglieds zusammensinken.

Aber er stand da, von allem unberührt, ob die Kirche stehen blieb oder zusammenstürzte, ob auf die Toten oder auf das spielende und jauchzende neu geschaffene Leben, das niemals ein Ende nahm, es ging ihn nicht besonders an. Er war ein anonymer Mensch, der mitten in allem stand und doch mit allem abgerechnet hatte, ohne irgendwie müde davon geworden zu sein.

Das Leben hatte ihn in der Gemeinde an Land gespült, in der er geboren war, und da war er geblieben, nicht als ein Wrack, sondern als ein nützlicher Gegenstand, der mit allem Möglichen beschäftigt werden konnte und daher zu nichts Bestimmtem gebraucht wurde. Er hatte keinen Beruf, kaum einen Namen, jedenfalls kannten den nur wenige und niemand benutzte ihn; alle nannten ihn nur den Kandidaten. Er war zweiundvierzig Jahre alt, aber frisch und beweglich wie ein Zwanzigjähriger, gleich geeignet zu körperlicher wie zu geistiger Arbeit, glücklicherweise aber zu keinem von beiden gezwungen.

Sein Auge maß den Glockenturm, der einmal das Höchste gewesen war, was er kannte; seitdem hatte er Dinge gesehen, die kühner emporstrebten, aber eine Erinnerung an Wärme und Schutz lag über dem alten, sonnenbeschienenen Glockenturm. Er hatte nichts innerhalb der Kirchenmauern zu schaffen, stand mit Freuden außerhalb, aber eine unausrottbare Sympathie saß in seinem Herzen und machte das Lächeln sanft, mit dem er das sich neigende Haus auf dem Kirchhof betrachtete — einst Ausdruck des geistigen Lebens und himmlischen Strebens der Gemeinde, jetzt kaum mehr als ein Denkmal dafür.

Das geistige Leben der Gemeinde war aus der Kirche ausgetreten, war auf den krummen Wegen der Politik in den Reichstag gelangt, hatte Zerstreuung in Versammlungshäusern gefunden, hatte ein bisschen Kunst angegähnt und das Haupt gläubig entblößt vor der Wissenschaft. Ihr himmlisches Verlangen war mit den Toten auf dem Kirchhof begraben. Die Religion war ein Maulwurf, der nur bemerkt wurde, wenn sich auf dem Kirchhof ein neuer Hügel zwischen den alten erhob. Der Kirche gehörten die Leichen, die Herzen der Lebenden dem »Fortschritt«.

Sicher kamen sie noch in die Kirche, aber nur zur Unterhaltung, nicht um Gott anzubeten. Der Pastor war ein Talent; er war ein Redner, der fesseln konnte. Wenn sie aber nach Hause gingen, waren sie angeregt wie nach einer Theatervorstellung oder einem beeindruckenden Vortrag. Ihre Phantasie war in Schwingungen versetzt, aber ein religiöses *Leben* regte sich in ihnen nicht.

Waren sie ihrer Religion entwachsen? Konnte der Fall der Kirche nur verzögert, nicht verhindert werden? War das religiöse Gefühl im Begriff, heimatlos zu werden, vielleicht im Begriff, völlig zu verschwinden? War die bittere Hefe der kirchlichen Dogmen in dem Dünnbier des Grundtvigianismus[1] Zeichen dafür, dass die christliche Botschaft ungenießbar geworden war?

Er wandte sich zum Spielplatz um, auf dem die künftige Gemeinde, unbekümmert um Vergangenheit und Zukunft, Kirche und Reichstag, Schule und Universität, sich im lebendigen Heute tummelte.

Welche Bedeutung würde die alte Kirche wohl für sie von dem Tag an bekommen, an dem sie konfirmiert aus der Kirchentür hinaustraten, bis sie hier in ihre Erde gebettet wurden?

Wenn das religiöse Gefühl im Begriff war zu verschwinden, was würde dann aus dieser Generation, von der man weder sagen konnte, dass sie es besaß, noch, dass sie es verloren hatte? Welche dämmernden Schicksale versuchten sich in dem Lärm dort drüben zu erkennen zu geben?

Sein Blick glitt über den Spielplatz und überließ es dem Zufall, welche Einzelheiten sich zuerst aus der großen Gemeinschaft lösen würden.

Die flinke Martine mit den klugen, wachsamen, nicht allzu tiefen Augen kam Arm in Arm mit der schönen, stillen Tine, deren Augenlider mit den langen schwarzen Wimpern einen Traum halb verhüllten, den sie selbst im Begriff war, der eifrig lauschenden Martine zu offenbaren. Martine hatte für alles ein wachsames Auge, verstand sich immer schnell zurechtzufinden, alles einzuordnen und an seinen Platz zu stellen, selbst das, was sie nicht verstand. Sie liebte Tine, das war leicht zu sehen, gerade weil sie so unbeschreiblich verschieden war von all den andern, ohne im Geringsten verschroben zu sein. Tine regte Martines Phantasie an.

Der Kandidat hatte eine eigentümliche Fähigkeit, Leute anzusehen und in sie einzudringen, ohne dabei eigentlich zu denken, nur zu sehen und einzudringen, bis er deren Wesen in sich fühlte. Er hätte gut die Rolle des Wahrsagers spielen können und über die Zukunft der beiden Mädchen Dinge voraussagen können, die vermutlich eingetroffen wären.

Ein herrschaftlicher Wagen kam vorbei. Das silberbeschlagene Geschirr klirrte, Räder glitten mit ihren Gummireifen weich auf Luft; darin saßen Herren und Damen, frisch und ordentlich, plauderten leise und hatten nichts weiter zu tun. Es war, als führe der Pfingsttag selbst vorbei.

Tine blieb stehen und ließ Martines Arm los; die Augen mit den langen schwarzen Wimpern öffneten sich, wurden größer und größer, verfolgten den Wagen, als seien sie in Sehnsucht an ihn gefesselt. Martine ließ Wagen Wagen sein, betrachtete neugierig Tine, während die Gedanken in ihren Augen spielten wie Fische im Wasser.

Von der Kirchhofsmauer klang ein Geräusch herüber. Es war Holger, der Sohn der Witwe Enke, der sich mit dem Rücken daran lehnte.

Der Kandidat vergaß die beiden Mädchen, beobachtete den Jungen und machte sich seine Gedanken:

»Ein wunderlicher Bursche, der immer den Blick auf sich zieht und festhält, Gott mag wissen weshalb. Es ist etwas Inkommensurables an ihm, etwas herzlich Beruhigendes und gleichzeitig tief Beunruhigendes, er ist gleichzeitig zu groß und zu klein, zu altklug und zu kindlich naiv. Was soll er mit der mächtigen Stirn anfangen, wenn die große gesegnete Dummheit schwer auf seinen Wangen ruht wie eine wiederkäuende Kuh auf einer Wiese? Wie ist dieser gefühlvolle Mund in Einklang zu bringen mit der barbarischen Kraft des Kinns und den schmalen fanatischen Lippen? Seine Augen sind klar, und doch ist's, als sähe man in Moorwasser hinein; man hat Angst, bis auf den Boden vorzudringen, das Grundwasser selbst steht in ihnen, als sei da keine Scheidewand zwischen Unbewusstem und Bewusstem. Was ist das für eine Sonne, die sie jetzt aufleuchten lässt und blau macht?«

Der Junge neigte den Kopf mit einem wundervollen Ausdruck ländlicher Sanftmut. Der Mund wurde so weich wie bei Kindern, die noch keine Zähne haben, aber gleichzeitig wurde er erwachsen zärtlich wie der einer Mutter und tief anbetend wie der eines Jünglings. Ein Lächeln der Ergebenheit leuchtete überall in seinem Gesicht, ein Lächeln, wie man es bei Bauern sehen kann, wenn sie bemerken, dass eine Gegend, die fruchtbar und ergiebig und gut bestellt ist, gleichzeitig schön ist, und sie herzlich bewegt ihren Gefühlen Luft machen für das *kalon kai agathon*[2], in dem leisen Ausruf: »Hier ist es schön!« Das Wort »schön« umfasst dann das Gutsein und die Freude allen Lebens.

Der Kandidat folgte Holgers Blick und fand Schreiners kleine Hansine mit den Grübchen, den Vergissmeinnichtaugen und den hellblonden Zöpfen, Schreiners kleine

Hansine, die immer so aussah, als wäre gerade heute Sonntag. Sie stand in einer Gruppe von Mädchen, ihre Grübchen waren voll Sonne, flossen über von Sonne, die einen Sonntagsschimmer auf die anderen Gesichter warf. Der Kandidat dachte: »Solange auf der Erde Kinder sind wie Schreiners kleine Hansine, werden die Menschen glauben, dass es Engel im Himmel gibt.

Aber wie kann es sein, dass der große Bengel, der hier an der Mauer steht, der Einzige von ihnen ist, der in vollem Maße fühlt und *weiß*, dass er ein himmlisches Wesen sieht?«

Er drehte sich wieder zu Holger um, um zu überprüfen, was er gesehen hatte und um in ihn einzudringen, als der große Körper des Jungen plötzlich zusammenzuckte.

Das kam von einem Schrei von der Mitte des Spielplatzes, wo der kleine Hans Olsen auf der Erde gespielt und ein rundes, freundliches Hinterteil dem Kirchhof zugekehrt hatte. Er hatte die unschuldigsten Waden von der Welt; das weiße Haar lockte sich vor lauter Vergnügen an den Schläfen.

Ein großes Spiel war eben fertig geworden: er besaß ein Feld, pflügte, säte und arbeitete. Er kaufte noch eins dazu und noch eins, schließlich hatte er einen Hof und bestellte ihn fleißig. Er richtete sich auf und sah, dass alles, was er gemacht hatte, sehr gut war. Er war froh, er hörte die anderen rufen und wusste, dass sie auch froh waren. Er stand da, versunken in seine eigene Freude und die der anderen, allzu verlockend für einen der Großen der obersten Klasse, der ihm einen Fußtritt ins freundliche Hinterteil versetzte; der ganze kleine Mann flog quer über den wohlbestellten Hof und landete weitab von allem, was gut war, mit der Nase auf einem Stein.

Groß und schwer wie ein Elefant, vor dem alle zurückweichen, rannte Holger über den Spielplatz, hob den kleinen Mann auf, trug ihn hin zum Teich, wusch sein Gesicht, nahm sein Taschentuch, wischte ihm Blut und Sand ab und trug ihn hinauf zur Kirchhofsmauer, an der er sitzen und sich anlehnen konnte, während ihn die Sonne beschien.

Als dieser ihm das Taschentuch wiedergeben wollte, da sah er erst richtig, dass es voll Blut war. Er blieb stehen und starrte es an.

Der Kandidat betrachtete ihn aufmerksam. Er hatte das Gefühl, dass Holger im Begriff war, aus einer Welt in eine andere überzugehen. Sein Gesicht hatte gerade noch die zärtliche Sorgsamkeit eines Vaters oder eines großen, guten Bruders ausgedrückt; jetzt verschwand dieser Ausdruck langsam und machte einem verwunderten Starren Platz. Einer der Großen hatte einen der Kleinen geschlagen! Der ganze Holger war nichts weiter als eine einzige kolossale fragende Dummheit. Er verstand nichts, aber ein Gefühl begann sich aus der Tiefe in ihm emporzuarbeiten. Die Augen wurden schwer und trüb im Ausdruck, alles Mögliche konnte darin warten; die schmalen Lippen zogen sich zu einem dünnen Strich zusammen; das Trübe verschwand aus den Augen, aber damit auch das Menschliche; sie glichen den Augen eines wilden Tieres.

Das Taschentuch fiel neben Hans Olsen auf die Erde. Holger drehte sich um und ging langsam mit gesenktem Kopf und suchendem Blick auf die Gruppe zu. Er hatte nicht gesehen, wer den Fußtritt versetzt hatte, brauchte aber nicht lange im Zweifel zu sein; ein leerer Raum entstand rings um den Missetäter. Die anderen Jungen, die Holger kannten, wenn seine Augen starr wurden, machten Platz.

Der, der getreten hatte, stand starr vor Schreck; er wusste, dass er Leben oder Gesundheit verlieren konnte; Holger kannte weder Maß noch Grenze, wenn die Wut ihn überkam, und Widerstand war das Schlimmste, woran man denken konnte.

Holger sah ihm eine schlimme Sekunde lang in die Augen, dann schlug er ihm seine geballte Faust ins Gesicht. Der Junge stürzte ohne einen Laut. Holger beugte sich über ihn, hob ihn in die Höhe und schleuderte ihn wieder zu Boden. Die andern glaubten, die Zähne im Mund rasseln zu hören, als der Nacken gegen den Erdboden schlug. Der Junge lag da wie eine Leiche. Aber niemand wagte einzuschreiten. Der Kandidat sprang über die Kirchhofsmauer; Holger hatte den Jungen schon wieder hochgehoben, als er ein »Nein« hörte und einen warmen Hauch in seinem Gesicht fühlte.

Es war Schreiners kleine Hansine, die herbeigelaufen war und dastand und ihn ansah.

»Genug«, sagte sie, »es reicht.«

Holger starrte hinein in den blauen Vergissmeinnichtblick, während er den Jungen behutsam auf die Erde legte.

Er selbst blieb knien und sah ihr in die Augen.

Der Kandidat ging langsam zur Schule hinüber.

Holger kniete immer noch auf dem Boden und sah Hansine an. Er sah nur. Er war noch nicht zum Denken gekommen; da war kein Platz zu etwas anderem als zum Sehen.

»Hilf ihm!«, sagte sie und ging.

Da bekam Holger seinen Verstand wieder. Er hob den Jungen auf, trug ihn behutsam zur Kirchhofsmauer und setzte ihn neben Hans Olsen. Dann lief er schnell über den Spielplatz zur Schule. Als der Kandidat durch das Fenster schaute, sah er Holger mit dem Kopf auf dem Tisch liegen und weinen. Das Weinen war im Begriff, unbewusst zu werden. Die breiten Schultern hoben sich in einem Rhythmus, der an Pulsschläge erinnerte.

Der Kandidat ging nach Hause, ohne zum Spielplatz zurückzusehen, aber Annine Clausen kam – innerlich mit sich selbst redend – vorbei, blieb stehen und fragte, was da los sei. Einer der Jungen antwortete: »Der Holger Enke hat wieder einen Großen verprügelt, weil der einen Kleinen geschlagen hat.«

»Hm, hm«, sagte Annine, »er kann es nicht ertragen, dass jemand Böses erleidet, und so wird er aus lauter Güte selbst böse. Was ist das Leben doch wunderlich!«

Sie lief grübelnd weiter, mit dem Bedürfnis nach einer Tasse Kaffee bei der Schmiedsfrau Kirsten.

Aber dort an der Hecke, die den Garten des Küsters vom Weg trennt, wurde sie von einem Paar Augen angehalten, die weit an ihr vorbeisahen. Sie sagte: »Guten Tag«, bekam aber keine Antwort und lief weiter, in ihre eigenen Gedanken und ihr eigenes Gespräch vertieft:

»Da steht er wieder mitten in der Hecke, der kleine Sohn des Küsters, und schaut zur Straße, als erwarte er etwas von weit weg – wonach so einer wohl ausschauen mag. – Das war es auch, was ich schon zu seiner Mutter gesagt hab, als er in der Wiege lag und die Augen aufschlug, als würde er an uns vorbeisehen nach etwas, das wir nicht sehen konnten. ›Wonach so einer wohl ausschauen mag?‹, sagte ich. – Ach ja, die Zeit vergeht, jetzt kommt er auch bald in die Schule wie mein Niels Peter, wegen dem ich mich geschämt hatte, als ich ihn kriegen sollte, weil er unehelich war, und jetzt bin ich froh, dass ich ihn bekommen hab. Ach ja, ich bin ja selbst beim Großvater vom kleinen Jens in die Schule gegangen, der jetzt auf dem Kirchhof liegt. Was ist das Leben doch wunderlich! Ob die Kirsten den Kaffee wohl fertig hat?«

Das hatte Kirsten, und Annine legte los, während sie trank: »Ich möchte wohl wissen, was das ist, wonach der kleine Sohn des Küsters immer guckt da drin in der Hecke.

— ›Ihr seht nicht weiter als bis an eure eigene Nasenspitze‹, sagte sein Großvater immer zu uns in der Schule, aber wir sahen doch weiter als er, denn jetzt liegt er auf dem Kirchhof, und jetzt steht schon sein Enkel da und sieht an uns vorbei, als ob er erwachsen wär – ach ja, was ist das Leben doch wunderlich, und wie knusprig der Kuchen ist! Stell dir vor, nun hat der Holger wieder einen Jungen aus lauter Güte halb totgeschlagen! Er kennt keine Grenzen, wenn das Herz mit ihm durchgeht.«

»Das hat er von seinem Vater, der tot ist«, sagte Kirsten, die so viel von Holgers Vater, dem verstorbenen Mann der Witwe Enke zu berichten wusste, dass Annine eilig nach Hause lief, um es weiterzuerzählen.

Der kleine Jens des Küsters stand immer noch in der Hecke, sie hatte gerade noch Zeit, ihm zuzurufen:

»Was stehst du denn da, worauf wartest du denn?«

Dann war sie weg, bevor der kleine Bursche erwachte und ihr antworten konnte.

Aber die Frage saß da, und während er mit offenem Mund Annine auf dem Weg folgte, bohrte sie sich tief unter seine Gedanken hinab, bis sie den Ort erreichte, wo er das aufbewahrte, was er vergessen hatte.

Als Annine hinter einer Hecke verschwand, tauchte die Frage aus der Tiefe auf wie ein Schwimmvogel mit der Antwort im Schnabel und hielt sie in der Sonne für ihn hin.

Ja, wirklich, das war es: Und wie lange das her war! Er hatte hier gestanden und Tag für Tag Ausschau gehalten, bis er vergaß, wonach er ausschaute, und nur hierher ging, weil er sich nach etwas sehnte, und dann stand er hier, weil es so herrlich war, hier zu stehen.

Aber dann konnte sie ja leicht vorbeigekommen sein, vielleicht sogar oft, und er wusste nur nicht, dass sie es war.

Es musste ja doch eine sein, die er kannte, und nun, wo er sich erinnerte, wer sie war, nach der er sich sehnte, wollte er schon aufpassen, dass er sie wirklich erkannte.

Aber wie lange war das her? Zwei Jahre oder drei? Er war damals viel kleiner; denn jetzt traute er sich, allein auf den langen, finsteren Wegen des Fredeskovener Waldes zu gehen, wo er damals an der Hand seiner Mutter ging. Er konnte die Stelle noch deutlich sehen, wo es geschah. Seine Mutter blieb stehen und sprach mit einer Dame; neben der Dame stand ein kleines Mädchen, das wie ein Bild aussah; sie war ja wohl lebendig, aber so schön wie ein Bild. Sie hatte ein rosa Kleid an und eine Tüte mit Bonbons in der Hand. Er stand da und sah ihr in die Augen; die waren so, dass man lange hineinsehen konnte, ohne sich zu langweilen, selbst wenn die Mutter und die Dame lange schwatzten. Das Mädchen gab ihm ihre Bonbons. Er nahm sie und sagte nicht »danke«, obwohl er es vorhatte, aber er schaffte es nicht, weil er sie nur ansah und weil seine Mutter sich plötzlich von der Dame verabschiedete.

Es waren schon gute Bonbons, besser als Bonbons gewöhnlich waren, sie waren so, wie Bonbons im Märchen sein müssen. Er wollte sie gerne wiedersehen und sich bedanken und fragen, woher die Bonbons waren.

Dann fiel ihm ein, dass sie wohl eines Tages an der Schule vorbeikommen würde, und dann wollte er dort in der Hecke stehen und fragen und »danke« sagen, und vielleicht wollte sie mit ihm spielen.

Aber sie war nicht gekommen, jedenfalls nicht bevor er vergessen hatte, dass sie es war, nach der er ausschaute. Aber jetzt erinnerte er sich, und jetzt wollte er sie schon wiedererkennen. Plötzlich schlug er fest und bestimmt mit der Hand auf einen Haselast:

»Aber ich kenne sie ja schon! Es ist eine von denen, die ich kenne, ich fühle, dass ich sie wiedergesehen habe, ohne es zu wissen. Aber welche von denen, die ich gesehen habe, ist es?«

Es konnte vielleicht Schreiners kleine Hansine sein, aber er glaubte doch nicht so richtig daran, dass sie es war.

Aber wenn sie nun vorbeikäme, während er eines Tages hier stehen würde, dann glaubte er bestimmt, dass er sie erkennen würde, selbst wenn ihr Kleid nicht rosa und sie selbst größer geworden war.

Er bog einige schlanke Haselzweige so zusammen, dass sie einen Stuhl bildeten.

Der war gut. Er setzte sich hinein und verfiel in Gedanken, den Blick weit hinaus auf den Weg gerichtet.

Er saß noch dort, als die Kinder aus der Schule herausdrängten, während an jenem Nachmittag nichts weiter von Bedeutung geschehen war, als dass der kleine Hans Olsen und die noch kleinere Ellen Nielsen gleichzeitig von ihren Schreibheften zueinander aufsahen, lächeln mussten und wussten, dass sie nun gute Freunde waren, selbst wenn sie es sich auch niemals sagen würden, weil er ein Junge war und sie ein Mädchen.

2. KAPITEL
Auf dem Heuschober

Pastor Barnes rasierte sich.

Sein achtjähriger Sohn Christian saß in einer Ecke, beobachtete ihn und hatte ein schlechtes Gewissen, weil er fand, dass Papa hässlich war. Das war nicht recht von ihm. Alle fremden Leute sagten, Pastor Barnes sei ein schöner Mann. Der Junge kniff die Augen zusammen und sah genau hin.

Der Pfarrer merkte, dass er beobachtet wurde, drehte sich um und sagte gereizt: »Was schaust du so?«

Christian stand auf und schlich hinaus.

Da war es wieder. Sein Vater konnte es nicht leiden, dass man ihn ansah, er aber nichts davon wusste. Aber Christian empfand ein unerträgliches Verlangen, ihn zu beobachten. Er lauerte ihm auf, spähte ihn aus, bereute es, konnte es aber nicht lassen; es war fast krankhaft. Manchmal kam es ihm so vor, als ob sein Vater nicht ganz angezogen sei, wenn er allein war.

Pastor Barnes stand einen Augenblick unsicher da, betrachtete sich im Spiegel und begegnete einem Gesicht, das in seiner eingeseiften Unschlüssigkeit komisch wirkte. Er wusch die Seife ab, betrachtete sich wieder und stutzte; er wollte das Gesicht nicht als sein eigenes anerkennen. Es war ihm nicht ähnlich, es war unbedeutend.

Er machte eine Bewegung wie ein Turner, der sich reckt und nach einem Turngerät umsieht. Es drängten sich unterschiedliche Bilder in seine Erinnerung: er betrachtete sie unzufrieden, zögerte, verweilte schließlich erleichtert bei dem gestrigen Begräbnis. Es kam ein heller und fester Ausdruck in sein Gesicht. Hätte sein Sohn jetzt zum Fenster hereingesehen, so würde er im Zimmer einen gut gekleideten und bedeutenden Mann vorgefunden haben.

Denn bedeutend war Pastor Barnes – bei besonderen Gelegenheiten, selten unter vier Augen. Aber eine Situation konnte ihn packen und mit fortreißen, wenn viele zugegen waren. Er war gut bei Konfirmationen, vortrefflich bei Hochzeiten, unvergleichlich aber bei Beerdigungen. Er war der beste Grabredner des Stifts und der alte Niels Madsen sprach auf seinem Sterbebett vielen aus dem Herzen, als er auf die Frage des Pastors, ob er nun alle irdischen Gedanken über Bord geworfen habe, antwortete: »Alle, bis auf den einen, Herr Pastor: dass ich die Rede mit anhören könnte, die Sie für mich halten.«

Nur der eigene Sohn teilte die allgemeine Bewunderung nicht, und dabei hatte er doch bei der ersten Beerdigung, zu der er gekommen war, die Möglichkeit dazu gehabt. Sie senkten nämlich seine Tante in die Erde. Sie war seit seinen allerersten Jahren im Pfarrhaus gewesen und ihr Erscheinen im Garten oder in den Zimmern war in seiner frühesten Kindheit wie eine Wolke vor der Sonne an einem Frühlingstag.

Endlich fand der Herr, nun könne es genug sein und streckte sie aufs Totenbett. Christian sei jetzt groß genug und könne mit zum Begräbnis kommen, hatte sein Vater gesagt. Das war ein stolzes Gefühl. Nicht nur groß war er, er lebte auch. Ausnahmsweise einmal triumphierte er über die Tante. Für sie war gut gesorgt. Der Sargdeckel war fest zugeschraubt; er hatte selbst danach gesehen. Sie konnte sich nicht wieder aufrichten und fauchen: »Er ist zu klein, er darf nicht mitkommen!«

Es interessierte ihn schon, was Papa sagen würde, wenn er für die Tante reden musste. Aber er verlor schnell den Faden vor Erstaunen über Papas Stimme, die so ganz anders war als alltäglich, etwas größer und breiter, ungefähr so wie er selbst, wenn er seinen neuen Anzug anhatte. Als er fertig war mit Staunen, wurde er schläfrig, aber vor dem Hinfallen rettete ihn der Anblick einer Frau, die krank sein musste, weil sie da saß und weinte. Aber da war ja noch eine und noch eine und auch mehrere Männer. Er fand es unterhaltsam zu zählen, wie viele weinten, und über den Grund zu spekulieren. Niemand konnte ihm weismachen, dass es ihnen Leid tat, künftig die Tante nicht mehr zu sehen. Auf einmal wurde ihm klar, dass sein Vater sie weinen machte, und nun wandte er ihm seine ungeteilte Aufmerksamkeit zu. Diese endete in einem tiefen Seufzer der Erleichterung; es gab keinen Zweifel, dass er die richtige Lösung gefunden hatte. Sein Vater weinte selbst nicht; weil er die Tante nämlich richtig gut kannte, aber es machte ihm Vergnügen, die Leute zum Weinen zu bringen, genauso wie es den Mägden in der Küche Vergnügen machte, ihn mit Gespenstergeschichten zu ängstigen, an die sie selbst nicht glaubten.

Die nächste Grabrede, die er gehört hatte, war die von gestern, es war die, an die Pastor Barnes gerade mit so viel Freude dachte. Er hatte sich vorgenommen, ganz genau aufzupassen, aber er vergaß es, weil ihm sein Vater plötzlich größer zu werden schien, als er an den Sarg herantrat. Es sah aus, als träte er auf die Leiche, um besser gesehen werden zu können. Als dem Jungen erst diese Vorstellung gekommen war, konnte er sie nicht wieder loswerden. Sein Vater trat auf die Leiche, über die er redete! Hin und wieder hielt er im Reden inne und sah so aus wie zu Hause am Schreibtisch, wenn es nicht mehr richtig weitergehen wollte. Sooft das geschah, senkte er den Blick und sah einen Augenblick auf den Sarg hinunter, danach warf den Kopf zurück, seine Stimme hob sich und einige fingen an zu weinen. Christian gab sich jetzt aber keine Mühe mehr zu zählen; weit mehr interessierte ihn jetzt, wie oft sein Vater auf den Sarg hinuntersehen musste, wie ein Junge, der ins Buch guckt.

Mitten in dieser Beschäftigung wurde er durch seine Phantasie gestört. Es schien ihm plötzlich, sein Vater sähe aus wie ein großer schwarzer Vogel, der dort stand und in etwas hackte, einen langen Hals machte und es verschlang. Das, was vor dem Vogel lag, war eine Leiche, und das Unglück wollte, dass Christian kürzlich von großen Vögeln gelesen hatte, die von Aas lebten. Es wurde ihm übel; ihm war, als könne er die Leiche durch den Sarg riechen. Nie hatte ein Amen so erlösend geklungen wie das, das in dem Augenblick aus Pastor Barnes Mund kam, als sein Sohn an seinen ein Taschentuch führte, um sich zu erbrechen.

Nun schlich der Junge bedrückt durch den Garten, von dem Gedanken gepeinigt, er könne gegen das Gebot gesündigt haben:

»Du sollst deinen Vater und deine Mutter ehren.«

Er sprang über den Zaun zu den Feldern hinaus, wo die Heuschober standen, kletterte auf einen, legte sich auf den Rücken und sog den Duft ein.

Der Himmel war hoch oben und sehr blau. Er sah da hinauf. Sollte die Tante wirklich dort sein? Es hätte ihn interessiert zu wissen, ob sie in die Hölle gekommen war. Er musste grinsen bei dem Gedanken, aber er nahm sich zusammen. »Ich hoffe, ich bin nicht schlecht«, sagte er erschrocken.

Er sah lange fragend hinauf in das Blau, bis er fühlen konnte, dass er gut war.

Das war herrlich zu wissen, und deshalb starrte er weiter hinauf in den Himmel. Als er eine Weile so gelegen hatte, begann sich der Heuschober zu bewegen. Er selbst regte sich nicht, es war die Erde, die mit ihm herumfuhr. Die Erde schwebt ja auch frei in der Luft und bewegt sich. Das steht im Geographiebuch. Jetzt konnte er spüren, dass es wahr ist. Das bekam er zu wissen, wenn er hinauf in den

Himmel starrte. Von dorther kommen alle guten Gaben und alle Weisheit! Das steht in der Bibel.

Je länger er hinauf in das Blau starrte, umso blauer wurde es, bis er fühlte, dass seine Augen auch blau waren. Im selben Augenblick wurden sie müde; er schloss sie und sah, dass er inwendig blau war. Das Blau in ihm war dasselbe wie das Blau am Himmel, und nun wollte er mit ihm richtig eins werden, um durch und durch blau und gut zu werden – und da begann er zu schweben; der Heuschober schwebte mit, der war auch blau geworden, die Farbe war ja ansteckend.

Höher und höher, immer schneller flog er auf seinem Heuschober – und es stimmte, was erzählt wurde, dass der Himmel bis ins Unendliche offen war – man konnte leicht hineinschweben – und da war es blau und beseelt nach allen Seiten – so war es also, selig zu sein – aber wo waren die andern – und wie war das – die Seligen sind doch tot – – aber er war ja selig, er war doch wohl nicht tot!

Ein Schrecken durchfuhr ihn, ihm schwindelte und er fiel tief, tief hinab, ängstigte sich, dass er sich wehtun würde – aber wenn er fallen konnte, war er doch auf alle Fälle nicht tot – und vielleicht konnte das Heu den Stoß abfangen – jetzt kam es – – da lag er am Fuß des Heuschobers auf der Erde, hinten wund, aber selig im Herzen.

Während er sich noch rieb, sah er plötzlich die Seite in der Bibelgeschichte vor sich, wo es um Stephanus geht. »Ich sehe den Himmel offen.«

»Ja«, sagte er sich, »das war es, was ich gesehen hab. Ich sah den Himmel offen. Ich schlief nicht, denn ich dachte die ganze Zeit über das nach, was geschah. Und so, wie ich noch bin, so blau, ich meine, so froh und gut, das wird man nicht beim Schlafen. Ich kann bestimmt nie wieder schlecht werden.«

Das muss ein guter Junge seiner Mutter erzählen, sie wird sich darüber freuen.

Christian Barnes ging heim und sagte zu seiner Mutter, er habe in den Himmel gesehen.

»Ach, red nicht solchen Unsinn«, sagte sie. Es war kurz vor Tisch, und der Braten konnte anbrennen.

»Ja, aber Stephanus«, begann er, »der hat ja auch —«

»Lass deinen Vater so was nicht hören«, sagte sie. »Geh und wasch dich, wir wollen gleich essen.«

Aber war denn das, was er erlebt hatte, nicht viel wichtiger als ein Rinderbraten?! Sie hatte nicht einmal daran gedacht, ihn zu fragen, was er damit meinte, dass er in den Himmel hineingesehen habe!

Aber er war so gut, dass er nicht wütend bleiben konnte; er ehrte Vater und Mutter, gehorchte und wusch sich, setzte sich an den Tisch und sah zum Fenster hinaus zu dem blauen Himmel empor, gelobte sich, seinen Vater und seine Mutter sein ganzes Leben lang zu ehren und — bekam einen Puff von seiner Mutter und einen strengen Blick von seinem Vater, der wieder von vorn anfing:

»Komm, Herr Jesus, sei unser Gast.«

Der Ton war hart und düster, weil der Sohn die Hände nicht gefaltet hatte; das erinnerte ihn an die Grabrede von gestern. Christian beugte sich über seinen Teller, betrachtete das Stück Rinderbraten, das seine Mutter dort hingelegt hatte, und musste daran denken, dass der Ochse tot war. Er sollte eine Leiche essen, das war unmöglich. Er entschuldigte sich. — Warum? — Ja, warum? Nach dem Vorfall mit dem offenen Himmel dachte er nicht daran, die Wahrheit zu sagen.

»Es ist so fett«, sagte er.

»Unsinn«, mahnte Pastor Barnes, »sei nicht so mäkelig! Wenn du Fett nicht magst, so iss es schnell hinunter. Sieh mich an, ich mag auch kein Fett.«

Pastor Barnes beugte sich über seinen Teller, nahm ein Stück vom Fetten, stopfte es in den Mund, warf den Kopf zurück wie bei der Leichenrede und schluckte das Fett.

Da beugte auch Christian sich über seinen Teller und erbrach sich auf den Rinderbraten.

Es setzte eine Ohrfeige, und er lief in den Garten und weinte.

Kurz danach kam Pastor Barnes, dem es Leid tat, geschlagen zu haben, wenn sein Junge wirklich krank war.

»Ist dir schlecht?«, fragte er, »ist es der Magen oder was?«

Weil er sich schämte, sich unmittelbar nach dem Tischgebet vergessen zu haben und außerdem nicht wusste, ob der Junge wirklich krank war oder nur so tat, kam in seine Worte ein Ausdruck leerer professioneller Anteilnahme, und die Stimme klang dick, als ob ihm das Fette noch im Hals steckte.

Christian sah zu seinem Vater auf und erbrach sich noch einmal.

Da wurde er ins Bett gepackt. »Er hat Fieber!«, sagte seine Mutter, »das konnte ich schon seinem Gerede vor Tisch anhören.«

Sie maßen seine Temperatur, aber die war ganz normal, und sie sahen sich verwundert in ihre klugen, erwachsenen Gesichter.

3. KAPITEL
Brüderchen

Kristen Klokker, der Glöckner, arbeitete in Küsters Garten. Der Sohn des Küsters saß in der Hecke und spielte mit dem Deckel von Kristens neuer Pfeife.

Er spielte mit der ganzen Welt und dem lieben Gott, er drehte den Deckel zum Schatten und ließ die grünen Haselbüsche und die Gartenwege und Rasenplätze sich darin spiegeln – das war die Erde; er drehte den Deckel nach oben und sah, dass er glitzernd blau wurde – das war der Himmel; er drehte ihn zur Sonne und er wurde zu lauter Licht und Wärme – das war der liebe Gott, der in den Himmel hineinging. Im Himmel war man immer in der Nähe vom lieben Gott und wenn er dort gerade hineinging, konnte man ihn sehen, aber was anderes konnte man dann nicht mehr sehen. Darum ging der liebe Gott hin und wieder einmal aus dem Himmel heraus und hinein zu sich selbst, damit man die blaue Herrlichkeit des Himmels sehen und sich darin spiegeln konnte. Auf die finstere Erde kam der liebe Gott nie, aber sie war doch trotzdem schön, weil der liebe Gott hinter dem Himmel schien. Jens lernte viel von dem Pfeifendeckel. Nur die Hölle fehlte ihm, aber die konnte ja die schwarze, stinkende Unterseite des Deckels sein, wo man gar nichts vom lieben Gott merkte. »Kristen«, sagte er, »die Hölle und die Erde und der Himmel und der liebe Gott sind in deinem Pfeifendeckel.«

»Du meine Güte«, sagte Kristen, »dann hat der Kaufmann sie mir wirklich viel zu billig verkauft – da kommt dein Vater!«

Der Küster sah unruhig nach seinen Sohn, zwinkerte nervös mit den Augen, als ob er nicht wüsste, wo er mit ihnen hinsollte und sagte endlich:

»Geh zu Pastors rüber und frag, ob du mit Christian spielen kannst, bis wir dich holen lassen.«

»Ja, nun ist es wohl bald so weit?«, fragte Kristen Klokker.

Der Küster sah zu Kristen, als suche er Hilfe bei irgendjemandem. Jens hatte seinen Vater noch nie so verzagt gesehen; es sah aus, als ob seine Hose ihm plötzlich viel zu groß geworden sei.

»Nun geh schon, mein Lieber!«, sagte er.

Jens schob ab. Das war klar, sie wollten ihn los sein. Aber er spürte, dass es nichts nützen würde, nach dem Grund zu fragen. Umso mehr grübelte er darüber nach.

Aber drüben im Pfarrhaus vergaß er das über einem Globus, den der Pastor ihm zeigte und sagte, das sei die Erde. Sie sei rund, und die Menschen, die auf der Unterseite wohnten, fielen trotzdem nicht herunter und hingen auch nicht mit den Beinen in der Luft.

Das sei Wissenschaft, sagte der Pastor.

Den Pfeifendeckel verstand Jens besser.

»Glaubst du, dass es wahr ist?«, fragte er Christian, als sie allein draußen im Hof waren, »das mit der Wissenschaft?«

»Erwachsene lügen immer!«, erklärte Christian.

»Auch wenn sie uns etwas beibringen?«

»Etwas Gelogenes ist bei allem, was sie uns erzählen, sonst glauben sie, wir verstehen es nicht.«

»Glaubst du den Erwachsenen gar nichts?«

Christian schüttelte den Kopf.

Es fror Jens inwendig; er hatte das Gefühl, als ginge er auf der schwarzen Unterseite des Pfeifendeckels.

»Glaubst du auch nicht an den lieben Gott?«, fragte er.

»Aber natürlich!«, sagte Christian. Er sah Jens mit seinen scharfen Augen an und sagte zögernd: »Glaubst du, man kann in den Himmel hineinsehen?«

Jens fühlte, dass die Antwort viel zu bedeuten hatte, und deshalb sagte er:

»Ich glaube, das kann man.«

Christian reichte ihm seine Hand.

»Ich hab.«

Jens gab ihm seine auch.

»Dann kann man also.«

Damit waren sie Freunde.

Als das Hausmädchen kam, um Jens zu holen, fiel ihm ein, dass etwas Geheimnisvolles am Werk gewesen war und machte sich schnell auf den Heimweg. In der Tür stieß er auf seinen Vater, blieb stehen und sah ihn verwundert an. Er war ganz verändert. Keine Rede davon, dass ihm die Hose zu groß war. Man konnte deutlich sehen, dass es nichts gab, vor dem man mit einem solchen Vater Angst zu haben brauchte. Er glich dem Bild in der illustrierten Bibelgeschichte, unter dem stand: »Am Anfang schuf Gott Himmel und Erde.«

Der Küster machte eine Bewegung mit der Hand und erhob seine Stimme: »Du hast einen kleinen Bruder bekommen!«

Das war ja offenbar ein Geschenk, und Jens eilte hinein, um es anzusehen.

Aber er kam nicht dazu; sein Vater stand ihm im Weg und war so dick und breit.

»Freust du dich?«, fragte er.

Jens war enttäuscht. Soviel konnte er sehen, dass seine Mutter krank war und dass eine hässlich rote Fratze neben ihr lag und schrie. Darüber konnte man sich doch nicht freuen. Aber sein Vater stand genauso imponierend da wie damals, als er von der Erfindung der Buchdruckerkunst erzählte: »Kannst du nun verstehen, wie gut es ist, dass wir die Buchdruckerkunst erfunden haben?« – Und doch war es ein anderer, der sie erfunden hatte. Und jetzt hatte er einen kleinen Bruder bekommen! Nein, es waren seine Eltern, die ihn bekommen hatten, das war ja klar.

Aber sowohl die Mädchen als auch die Männer begegneten ihm in der folgenden Zeit mit dem Gruß: »Na, du hast ja einen kleinen Bruder gekriegt! Freust du dich darüber?«

»Christian hat Recht«, dachte Jens, »die Erwachsenen lügen immer, selbst wenn das, was sie sagen, wahr ist.«

Aber die Kuchen-Dorte, die traf den Nagel auf den Kopf, als sie ihm einen Pfannkuchen gab und sagte: »Na, nun haben deine Eltern ja noch einen wie dich bekommen.«

Seit jenem Tag glaubte er jedes Wort, das aus dem Mund der Kuchen-Dorte kam.

4. KAPITEL
Eine Sternschnuppe

»Jetzt hast du einen kleinen Bruder bekommen, und da ist es das Beste, du gehst in die Schule«, sagte der Küster, und so kam Jens in die Schule.

Da saß er nun eine lange Reihe von Tagen, während eines Sommers mit beständig klarem Wetter, der für ihn immer der eigentliche, der richtige Sommer blieb.

Er liebte die Stunden, in denen die großen und die kleinen Schüler zusammen Schreiben hatten; er bekam nicht viel fertig in diesen Stunden, betrachtete aber die andern von seinem Platz auf der hintersten Bank.

Da war Pfarrers Christian, der seinen Namen mit einem C schrieb, der in der vordersten Reihe bei den Jungs saß und nach den Worten des Küsters selbständig denken konnte. Da war Annine Clausens Niels Peter, der entweder gar nichts konnte oder gleich alles auswendig wusste. Da war Holger, der so schrecklich stark war und der behauptete, er könne seine Aufgabe immer »inwendig«, sie aber nie aufsagen konnte, jedenfalls nur in Bruchstücken, die ganz verkehrt zusammengesetzt waren. Und dann war da Kristian Mogensen mit dem K, auf dessen Rücken immer Fliegen krabbelten, sicher weil er so gutmütig war, dass selbst die Fliegen es merkten. Seine Augen waren sanft und seine gedämpfte Stimme ließ Jens immer glauben, er wolle einem etwas Gutes erzählen. Das waren die Jungen, die ihn am meisten interessierten. Ja, und dann auch sein Nachbar, der kleine Hans Olsen, den sie damit aufzogen, dass er und Ellen Nielsen verlobt seien, was Hans die Wangen färbte, aber wahrscheinlich hatte er seine stille Freude daran.

Drüben auf der Mädchenseite saßen auf den beiden vordersten Plätzen Tine, die alle so schön und apart fanden, und Schreiners kleine Hansine, die nach Jens Ansicht dem Sonnenfleck auf dem Fußboden vor dem Fenster glich. Ihre Augen sahen aus wie zwei Vergissmeinnicht, auf die die Sonne scheint, und in den Wangen saßen Grübchen, die die Eigenschaft hatten, Jens froh zu machen, wenn sie hervorkamen, wenn sie etwas zu ihm sagte.

Wie die Grübchen langsam aus Hansines Gesicht verschwanden, wenn sie ernst wurde, glitt auch die Sonne unmerklich aus den Tagen, und schließlich ging Jens mit Fausthandschuhen und Wintermantel. An einem kalten und blauschwarzen Winternachmittag bekamen die Schüler frei, weil ein bekannter Prediger in die Gegend gekommen war, der im Gemeindehaus sprechen sollte. Die Mütter wünschten, ihre Kinder sollten dabei sein, denn »dann haben sie ihn doch gehört, wenn sie mal erwachsen sind«, sagten sie.

Der Küster gab nur ungern seine Einwilligung; soweit Jens verstehen konnte, hatte sein Vater keine richtige Lust, den berühmten Prediger zu hören. »Er hat nicht studiert«, sagte er und sah so aus, als werfe er dem Prediger vor, dass er nicht an der Erfindung der Buchdruckerkunst beteiligt gewesen sei; und Pastor Barnes gegenüber wiederholte er mit einem Lächeln wie der Primus in der obersten Klasse, wenn er abgefragt wurde: »Was er sagt, mag ja ganz gut sein, der Fehler ist nur, dass man merkt, dass er nicht studiert hat.« Pastor Barnes lächelte wie der Lehrer, wenn der Primus richtig geantwortet hatte. Er sagte nichts, schien aber mit dem Küster einer Meinung zu sein.

Der berühmte Name des Predigers hatte das Versammlungshaus gefüllt; Leute aus der Gemeinde und Leute aus der Provinzstadt saßen dicht gedrängt zusammen und wurden bald zu einem willenlosen Werkzeug für die Gedanken des Redners.

Er war ein großer, stämmiger Mann, von mächtigem Wuchs, aber noch mächtiger im Geist. Er hatte eine lebhafte Phantasie, und wenn sie von seinen heftigen Gefühlen durchglüht wurde, schuf sie Bilder von Himmel und Hölle, die den Zuhörern wie persönlich Erlebtes erschienen. Die Gesichter leuchteten vor Verlangen nach der Herrlichkeit des neuen Jerusalems, er versetzte sie in eine Ekstase, die, solange der Rausch anhielt, sie zu Märtyrern ihres frohen Glaubens machen konnte. Aber als er dann plötzlich mit erhobener Stimme rief: »Doch – da ist noch ein anderer Ort!«, die Luft mit Donner und Blitz, mit brennendem Schwefel und Seelenpein füllte, da spiegelten die Gesichter alle Qualen der ewig Verdammten wider und gleichzeitig eine fürchterliche Todesangst.

Nur der Küster, der Pfarrer und der Kandidat schienen sich der allgemeinen willenlosen Unterwerfung zu entziehen. Der Pfarrer und der Küster sahen missvergnügt aus, und der kleine Jens Dahl erinnerte sich daran, dass der Prediger ja nicht studiert hatte. Das hatte dagegen der Kandidat, der den Blick aufmerksam von einem zum andern schweifen ließ, bis er bei einem kleinen Mädchen Halt machte, dessen erschreckte Seele ganz vorn in ihren Augen saß. Jens kannte sie gut; es war ja die kleine Helen Strømstad aus dem Ort, die, von der die Leute niemals sprachen ohne zu bemerken, wie lieb und wohlerzogen sie sei, worauf sie regelmäßig hinzufügten: »Das muss man der Mutter ja lassen, ihr Kind hat sie gut erzogen, aber sonst muss man ja eigentlich –« Was man nun eigentlich musste, kam nie zum Vorschein, wenn Kinder dabei waren.

Die kleine Helen war erschrocken darüber, was einem Menschen alles nach dem Tod passieren konnte, und ängstigte sich, weil die Erwachsenen neben ihr weinten. Sie schmiegte sich an ihre Mutter, eine schöne, üppige Frau, die der Kleinen zuzulächeln versuchte und einen scheuen Blick nach dem Lotterieeinnehmer aus der Provinzstadt hinüberwarf. Diesem standen große Schweißperlen auf dem dünn behaarten Schädel; er zerrte nervös an dem herabhängenden Schnurrbart und sah aus, als wolle er sagen: »Was haben wir hier auch zu suchen? Haben wir nicht sowieso schon genug zu tragen?«

Die kleine Helen wurde immer bleicher, und Jens hätte ihr am liebsten ins Ohr geflüstert: »Lass ihn doch reden; er hat ja nicht studiert.« Aber er saß festgeklemmt zwischen den Hüften der Frau des Bürgermeisters und der Schmiedsfrau Kirsten, die auch fett war; er konnte nicht hinaus. Da döste er ein und erwachte erst, als sie alle draußen auf dem offenen Platz standen, wo die frische Luft und die durch das sanfte Herabschweben der großen weißen Schneeflocken noch verstärkte Stille nach dem erregten, überfüllten Versammlungssaal so überwältigend wirkten, dass niemand imstande war, ein Wort zu sagen oder sich zum Weggehen aufzuraffen.

Plötzlich wurde die schweigende Stille von Helens dünner, heller Stimme durchschnitten.

»Mama, was ist eigentlich Schnee?«

Der Prediger näherte sich mit einer Erklärung, aber der Kandidat, der gerade neben dem kleinen Mädchen stand, schnitt ihm das Wort ab und sagte, sich zu ihr herabbeugend:

»Das sind Wattebäuschchen, die dem lieben Gott aus den Ohren fallen, mein liebes Kind!«

Sie sah ihn verwundert an und fragte:

»Wozu hat er denn all die Watte in den Ohren?«

»Damit er nicht zu hören braucht, wie hässlich die Menschen seinen Namen missbrauchen«, sagte der Kandidat.

Diese Erklärung wirkte gewaltig auf die Gemüter, die vorhin bei der Beschreibung der Höllenqualen völlig die

Herrschaft über sich verloren hatten. Frauen wie Männer lachten jetzt ungefähr genauso laut, wie sie vorhin im Saal geschluchzt hatten. Der Prediger, der sein Werk gefährdet glaubte und noch vor ekstatischer Erregung bebte, trat vor den Kandidaten und rief:

»Hüten Sie sich, dass Gott Sie nicht hört, wenn Sie spotten. Denn Gott ist ein mächtiger Gott und ein unbarmherziger Gott. Gott kann die Kraft Ihres Armes lähmen! Gott kann Sie in diesem Augenblick vor diese meine Füße zu Boden schmettern! Zu ewiger, niemals aufhörender Qual kann Gott Ihre Seele verdammen. Gott kann Ihr Leben zu einem ewigen, nie gestillten Schmerzensschrei machen.«

Schon gewann er wieder Gewalt über die lauschende Schar, aber der Kandidat sagte nur ganz ruhig zu dem kleinen Mädchen, während er in die Luft zeigte:

»Sieh nur, jetzt hat es aufgehört zu schneien. Du kannst ja wohl verstehen, dass der liebe Gott jetzt seine Watte selbst braucht.«

Der Prediger sah das Lächeln, das die Lippen der Männer umspielte. Da durchglühte ihn ein Feuerstrom, und weil die Wut seine Zunge lähmte, fuhr die Hitze aus seinen Gliedern hinaus, er hob den Arm, um dem Kandidaten mit seiner gewaltigen geballten Faust ins Gesicht zu schlagen.

Was dann geschah, ging so schnell vor sich, dass niemand es genau verfolgen konnte. Einige sahen die linke Hand des Kandidaten in die Höhe schnellen und den rechten Arm des Predigers auffangen; andere sahen ihn »wie der Blitz« vorgehen und den linken Arm packen. Alle aber erinnerten sich genau, wie er die Handgelenke seines Gegners fest umklammert hielt.

Der Kandidat sah dem Prediger lächelnd in die Augen und sagte, indem er bei jedem »selig« dessen Arm eine kleine, kunstgerechte Drehung versetzte:

»Selig sind die Sanftmütigen, denn sie werden das Erdreich besitzen. Selig sind die Barmherzigen, denn sie werden Barmherzigkeit erlangen. Selig sind die Friedfertigen, denn sie werden Gottes Kinder heißen.«

Und das eine Auge zukneifend und seine Muskeln spannend, schloss er:

»Selig seid ihr, wenn euch die Menschen verfolgen.«

Während der letzten harten Drehung ging der Prediger mit einem eher unseligen Schmerzensschrei zu Boden, und der Kandidat steckte die Hände in die Taschen und ging nach Hause.

Ein paar Männer hoben den geschlagenen Hünen auf und brachten ihn hinüber ins Pfarrhaus. Die Menge stand einen Augenblick unsicher da, konnte sich über das, was sie gesehen und gehört hatte, nicht recht klar werden; aber plötzlich sagte einer, er sei hungrig. Da atmeten alle erleichtert auf und sagten, das seien sie auch, worauf sie sich trennten und jeder zu sich nach Hause ging.

Holger Enke stand neben Annines Niels Peter und Jens Dahl. Er starrte dem Kandidaten mit großen Augen nach.

»Er hat ihn untergekriegt«, sagte er leise. »Er hat ihn untergekriegt, und er ließ ihn ruhig liegen. Er war nicht einen Augenblick außer sich.«

»Nein, er lachte die ganze Zeit«, sagte Niels Peter. »Und seine Bergpredigt, die konnte er.«

»Sei still!«, sagte Holger und sah zum Himmel hinauf, wo eine Sternschnuppe ihren weißen Streifen zog.

Der große Junge faltete die Hände und sah der Sternschnuppe mit feuchten Augen nach.

»Was hast du?«, fragte Niels Peter, als Holger die Hände wieder in die Hosentaschen steckte. »Hast du gebetet?«

»Man sagt«, meinte Holger, »was wir uns wünschen, wenn ein Stern fällt, geht in Erfüllung.«

»Was hast du dir denn gewünscht?«

Wenn Holger nicht so furchtbar stark gewesen wäre, würde Niels Peter himmelhoch gelacht haben, denn Holger Enke sah aus wie ein ganz kleiner Junge, als er mit leiser Stimme aufrichtig antwortete:

»Ich habe darum gebeten, dass ich mal wie der Kandidat werde.« —

Drüben im Pfarrhaus bekam der Prediger eine Massage für sein Handgelenk. Die Pfarrersfrau rieb und Christian sah zu. Der Pastor ging im Zimmer auf und ab und fragte, ob es immer noch schmerze.

Jedes Mal, wenn er dem Prediger den Rücken zukehrte, kniff er den Mund zusammen und schloss die Augen.

Christian war fest davon überzeugt, dass sich sein Vater ein Lachen verbiss. Zweifellos hatte der Pastor an dem, was dem Prediger passiert war, im Stillen seine Freude.

5. KAPITEL
Himmelssprache

Jens bekam doch noch seinen Bruder. Das geschah eines Tages, als er glaubte, der Kleine sei tot. Tags zuvor hatte er Jakob Hansens jungen Hund auf der Seite liegen sehen, mit ausgestreckten Pfoten und ohne zu atmen. »Der ist tot«, hatte der Großknecht gesagt, »das muss ich gleich dem Jakob sagen, der hat ihn so gern gehabt.«

Am nächsten Tag kam Jens ins Schlafzimmer und sah Brüderchen auf der Seite liegen, bleich im Gesicht, die Arme über der Bettdecke ausgestreckt und ohne zu atmen. »Er ist tot«, dachte Jens. »Am besten, ich sag es Mama.« Wenn er darüber traurig war, so vergaß er es jedenfalls, weil er der Erste war, der es wusste.

Auf einmal, er konnte nicht sagen weswegen, bekam er das Gefühl, dass der Kleine doch noch lebte. Der Kopf, der eben noch tot gewesen war, sah jetzt aus, als ob er schlafe, und nach einer Weile konnte man Atemzüge hören; es kam auch wieder Farbe in die Wangen. »Er war sicher nur beinahe tot«, dachte Jens, »aber jetzt ist er lebendig!«

Es lief ihm kalt den Rücken hinunter. In höherem Maß, als er selbst wusste, hatte er gefühlt, dass das Leben und der Tod wie ein Paar Zwillinge dicht nebeneinander in derselben Wiege schlafen, und damit waren seine Gedanken weit weg im Unergründlichen.

»Woher wir wohl kommen? Wo sind wir, bevor wir hier sind?«

Er starrte auf den Kleinen, der unter dem Blick erwachte und die Augen aufschlug. Sie sahen Jens nicht, sie sahen nichts von dem, was im Zimmer war; es war kein Grund in ihnen, aber tief unten lag Brüderchen selbst und schaute in der anderen Richtung nach etwas, wovon es eben zurückgekommen war, und Jens schaute hinunter mit Brüderchens eigenen Augen, um zu sehen, was es war.

Während er starrte, bekam er das Gefühl, dass seine Augen die des Kleinen *berührten*, und gleichzeitig spürte er in seinen Augen eine Veränderung, die gut tat. Etwas aus Brüderchens Augen war in seine eigenen hineingekommen und machte, dass sie auf eine wunderbare Weise weit wurden. Sie wurden froh. Sein Mund war auch froh geworden, denn er lächelte, und drinnen in seiner Brust war das Froheste von allem, die *Gewissheit*, die jetzt in seinen Kopf hinaufstieg: er hatte einen Schimmer von dem gesehen, wonach Brüderchen zurückschaute und woher es eben gekommen war. Das war der Himmel!

So geht es also zu! Aus dem Himmel kommen wir; da waren wir, bevor wir hierher kamen. Brüderchen erinnerte sich noch daran, war bestimmt fast noch dort, wenn es schlief. Wenn es doch nur sprechen könnte und sagen, was es noch davon wusste!

Da lächelte Brüderchen, und Jens wusste, dass es ihn verstand, wenn es auch nicht reden konnte. Denn in ihren Augen war derselbe Schimmer, um ihren Mund dasselbe Lächeln und dieselbe Freude in ihnen beiden. Es war keine Spur von Unterschied. *Sie erinnerten sich gemeinsam.*

Und darum müssen wir sprechen lernen, wenn wir geboren sind, denn im Himmel reden wir nicht so wie hier. Wir sind so froh, dass wir kein Wort sagen können. Und das sollen wir auch nicht, denn wir sehen uns an und wissen alles auf einmal. Die Himmelssprache ist so. Alles auf einmal und froh über alles. Mehr ist es nicht, wir können sie von selbst.

Wir können sie auch nicht vergessen. Aber wir können vergessen, dass wir sie können. Wie das wohl zugeht?

Er sah sich im Zimmer um und sah, wie sonderbar es war. Er erkannte dieses Sonderbare wieder. So war es schon einmal gewesen. Er hatte es einmal erfahren. Aber es kam ein Tag und noch einer – alle Tage kamen ins Zimmer herein und nahmen ihre Plätze ein, setzten sich und richteten es ein. Der allerletzte, der kam, war der heutige Tag, und das Zimmer war fertig; da war ein Stuhl und da war ein Tisch, und er hieß Jens, und die Buchdruckerkunst war erfunden.

»So geht es zu, dass wir vergessen«, dachte er; »die Tage kommen und wandeln alles um.«

Er vergaß Brüderchen, weil er nachdenken musste. Er lief hinaus zur Haselnusshecke und setzte sich in den Stuhl und wunderte sich über alle die Tage, die kamen und das umwandelten, was wir sehen.

Aber im Himmel ist vielleicht immer das Gleiche? Er schlug mit der Faust auf den Stuhl und sprang auf.

»Ja, das ist es!«, sagte er. »Denn es steht geschrieben: Ein Tag vor dem Herrn ist wie tausend Jahre, und tausend Jahre sind wie ein Tag. Das steht in meinem Katechismus. So ist es – alles auf einmal.«

Die Freude der Himmelssprache erfüllte sein kleines irdisches Ich, und er ging hinein zu dem Einzigen, den er kannte, der diese auch sprechen konnte.

Dieser Eine hatte sie jedoch ganz vergessen. Brüderchen weinte vor Unglück über seine neue Welt. Der Küster und seine Frau redeten und redeten und versuchten zu trösten und schaukelten die Wiege. Je lauter sie sprachen und je mehr sie schaukelten, desto heftiger weinte der Kleine.

Natürlich. Er verstand ja kein Wort.

Jens ging zur Wiege. »Lasst mich mal«, sagte er.

Sie ließen die Wiege los und starrten ihn verwundert an. Er hatte wie ein Erwachsener zu Kindern gesprochen.

Er hielt die Wiege an und berührte die Hand des Kleinen. Er war ganz sicher; denn er hatte ja die Himmelssprache in sich.

Brüderchen sah zu ihm auf, klemmte die Hand um seinen Finger und lächelte.

Sie lächelten beide und teilten sich in der wortlosen Himmelssprache einander mit.

Brüderchen machte seiner Freude Luft in dem ersten Versuch der Menschensprache – in einer langen Reihe trillernder Rrr.

»Wie kommt das?«, fragte der Küster. »Deine Mutter konnte ihn nicht beruhigen, und *ich* –«

Das spezifische Gewicht seines »*ich*« war so groß, dass er nichts Passendes hinzuzufügen wusste, wollte auch nicht einfach eingestehen, dass er den Kürzeren gezogen hatte.

Jens antwortete trocken:

»Ihr habt ja mit ihm in einer Sprache geredet, die er noch nicht gelernt hat. Das ist doch dumm.«

Dies war nun freilich nichts weiter als eine Wiedergabe dessen, was der Küster gestern über Dänisch reden mit Ausländern gesagt hatte; aber wenn unser täglicher Beruf Anlass gibt, mit einem Gefühl steigender Überlegenheit andere »dumm« zu nennen, so wird es leicht ein großes Verbrechen, wenn das Wort auf einen selbst angewandt wird.

Der Küster nahm seinen Sohn bei der Hand und ließ die Prügel ihn lehren, Vater und Mutter zu ehren.

Kurz darauf stand er steif wie ein Stock wieder draußen in der Haselnusshecke. Der stille Jubel war aus seinem Herzen ausgetrieben, und die Stelle, wo die Bekräftigung erfolgt war, gestattete ihm nicht, sich zu setzen.

6. KAPITEL
Pastor Barnes

Kreisarzt Lohse verabschiedete sich von Pastor Barnes. »Die Krisis tritt im Laufe der Nacht ein«, sagte er. »Wenn sie es übersteht, geht alles gut. Wenn nicht — so — —« Der Pfarrer sah den Arzt flehentlich an. »Wenn nicht, so wird — das Schlimmste eintreten«, sagte der Arzt und wandte sich ab.

Pastor Barnes ging in sein Zimmer. Das Schlimmste! Ja, das war das Schlimmste, was ihm widerfahren konnte, dass seine Frau starb. Er konnte es auch nicht glauben. Er selbst mochte vielleicht eine Prüfung verdienen, aber sein Beruf würde diese nicht ertragen können, und sein Beruf war der Dienst des Herrn, und deshalb hatte der Herr seine Frau nötig. Eben kam ihm der beruhigende Gedanke, dass sie vielleicht gerettet werden würde, weil er Pfarrer war. Über Nacht aber kam die Krisis, und er wollte wachen, wachen und beten. Wachet und betet, wie geschrieben steht. Ein wohlgeformtes Gebet stieg in seinen Gedanken auf, wurde aber, bevor es laut wurde, durch die furchtbare Erkenntnis zerstört, dass es ein Gebet war, bestimmt, laut gebetet und von andern gehört zu werden. Ein anderes kam nicht. Pastor Barnes fühlte, dass er die Gebete der Gemeinde beten konnte, aber nicht seine eigenen. Zerknirscht senkte er den Kopf und stöhnte: »Herr, hilf mir, hilf mir!«

Das gab ihm einen Augenblick Ruhe, und er ging ins Krankenzimmer. Seine Frau war nicht bei Bewusstsein. Die Angst kehrte wieder. Er ging ins Studierzimmer zurück und wanderte unruhig hin und her, berührte Gegenstände auf dem Schreibtisch, ordnete sie, ließ aber ein Bild schief hängen, weil es so gehangen hatte, als sie zuletzt im Zimmer gewesen war. Und wenn sie nun nie wieder hereinkäme – nie wieder! Es war, als ginge seine Seele in Stücke. Er würde künftig kein ganzer Mensch mehr sein. Nein. Denn selbst wenn sie lange Jahre nicht daran gedacht und auch nicht viel davon gemerkt hatten, so war es doch wahr, was er in der Verlobungszeit frei nach Plato zu ihr gesagt hatte: sie waren Zwillingsseelen, die zusammen einen ganzen Menschen ausmachten.

Zwillingsseelen haben ihre Aufgabe im Leben gemeinsam. Wenn aber der Tod den einen wegrafft, ist der andere todkrank. Gibt es dann keine Heilung? Doch, das wissen wir. Wir wissen, dass der andere in der Welt der Engel ist, dass es dort für den Zurückbleibenden durch seine Fürbitte wirkt und – das dürfen wir glauben – hier unten seine irrenden Füße lenkt. Es gibt nichts Größeres, als seine Zwillingsseele im Himmel und näher bei Gott zu haben – und so ihm selbst näher zu sein. Lobpreisen wir –.

Entsetzt blieb er mitten im Zimmer stehen. Er hatte ja seiner Frau die Grabrede gehalten. War er denn ein selbstsüchtiger, von sich selbst eingenommener Mensch, zu echtem Kummer unfähig, der nur Angst empfand, selbstsüchtige Angst, etwas zu verlieren, das ihm gehörte? War es vielleicht Gottes Absicht, seine Selbstsucht zu zertrümmern? Musste seine Frau vielleicht sterben, um ihn aus seiner Selbstgefälligkeit herauszureißen! Er stürzte hinaus. War sie vielleicht schon –?

Die Krankenpflegerin bedeutete ihm, ruhig zu sein. Er hatte Lärm gemacht. Nicht einmal so weit konnte er sich selbst vergessen, dass er sich in Acht nahm. »Lebt sie?«, flüsterte er.

Die Krankenpflegerin nickte.

»Aber sie braucht Ruhe.«

Er ging wieder in sein Zimmer zurück.

Wenn sie doch am Leben bliebe! Er sah ihre blühende Jugend, als sie ihm ihre Liebe schenkte und sich seinem

Leben hingebungsvoll einfügte. Die farbengesättigten Tage – wann hatten sie angefangen, grau zu werden? Keiner von ihnen hatte es bemerkt; leise hatte der Alltag sich eingeschlichen. Jahr für Jahr hatte sie ihre einförmige Sklavenarbeit verrichtet und selten von ihr aufgeblickt. Niemand kannte sie, sie war nur die Pastorsfrau in Küche und Speisezimmer. Ja, wenn er selbst darüber nachgedacht hätte oder wenn er von draußen als Gast gekommen wäre, dann hätte er sie sicher langweilig gefunden. Aber nun sah er deutlich, dass das Gefühl ihrer Jugend das Kleid gewechselt hatte. Dieses Gefühl hatte es ihr möglich gemacht, in der täglichen Arbeit aufzugehen, ohne zu murren. Die Liebe hatte das bewirkt. Sie hatte nur nicht mehr den Kraftüberschuss gehabt, der sich in Lächeln und in Zärtlichkeiten Luft macht. Sie hatte nicht einmal gewusst, was ihr Kraft und Willensstärke gab, und er hatte es ihr nicht gesagt und es auch nicht gesehen.

Aber jetzt war er sehend geworden und sie sollte wissend werden. Der Frühling sollte in ihnen wieder aufblühen – und dauern. Eine unbändige Freude stieg in ihm auf, als wolle er wieder um sie werben. Er konnte kaum bis morgen warten, wenn die Krisis überstanden war, um vor ihr niederzuknien und sie zu bitten: »Willst du meine wirkliche Frau sein?«

Wenn die Krisis überstanden war! Aber wenn –?

Er *musste* dem Unglück ins Auge sehen, vielleicht genügte das. Vielleicht legte Gott ihm keine härtere Prüfung auf, wenn er sich freiwillig unter dem Schlag beugte und seine Selbstgefälligkeit zertrümmern ließ. Aber das musste ohne Hintergedanken geschehen. Denn sie konnte sterben. Er zwang sich, das zu begreifen, sah sie tot, leblos, im Sarg. Er hielt es nicht aus. Aber er wollte, er musste. Er sah den Sarg, die Blumen, spürte ihren Duft, den Duft von Blumen, die auf den Sarg seiner Frau gestreut waren, sah die Kirche, die Trauernden, die ganze Gemeinde, er fühlte einen Schmerz im Herzen, als würde es zusammengepresst und zerdrückt, und er dachte »jetzt sterbe ich«, und stand auf, um – wie er glaubte – für immer zusammenzusinken.

Aber er fiel nicht. Sein Körper war aufrecht, seine Glieder geschmeidig wie Stahl, ein klares strahlendes Licht brannte in seinen Augen, und im selben Augenblick fühlte er in sich die Rede auf seine Frau. In seinem Innern trug er sie fertig, ein vollendetes Kunstwerk, wie von Gott selbst geschaffen.

Halb in dankbarem Rausch, halb in tödlicher Angst stürzte er ins Krankenzimmer, wo die Pflegerin ihm an der Tür zuflüsterte: »Die Krisis ist da. Ich glaube, sie wird sie überstehen. Warten Sie, bis ich rufe!«

Sie glaubt, sie wird sie überstehen! Er fiel auf die Knie und dankte Gott. Nun warten, geduldig warten, bis die Krankenpflegerin ruft, und dann hinein zu seiner Frau und das neue, das *wirkliche Zusammenleben* beginnen!

Die Gedanken mussten beschäftigt werden, sie waren so erregt. Lesen konnte er nicht; denn seine eigenen Gedanken drängten sich vor. Vielleicht konnten sie in der Grabrede festgehalten werden, die in demselben Augenblick, als er glaubte, selbst sterben zu müssen, seinem Geist fertig entsprungen war. Er setzte sich und fand in seinem Innern die Stelle, wo er die neu geschaffene Rede in sich trug, und als er aufstand und hin und her ging, entfaltete sie sich in allen Einzelheiten, ergreifende Gedanken, in unvergängliche Worte gemeißelt, die die stumpfsten Seelen wecken mussten. Heilige Schauer eines Künstlers durchbebten ihn, während das Kunstwerk geformt wurde. Seine Wangen wurden bleich, seine Augen feucht, er erhob sich über Raum und Zeit und stand inmitten der Gemeinde, Herr ihres gesamten Bewusstseins.

Gott sei Dank, dass er diese Rede jetzt nicht zu halten brauchte. Aber einmal, nach vielen Jahren, wenn er selbst ihr bald ins Grab folgen musste, wollte er gern die Rede auf sie halten. Sie hatte sie verdient. Sie sollte leben als Erinnerung an sie. – Er sah sie vor sich, gedruckt und herausgegeben: Rede von Pastor E. Barnes, gehalten am Grab seiner Gattin, der – –.

Die Tür ging auf und die Krankenpflegerin trat ein:

»Es ist vorbei.«

Pastor Barnes sah sie verständnislos an.

Die Krankenpflegerin ging, Pastor Barnes blieb sitzen. Er hatte noch nicht verstanden. –

Bis zur Beerdigung sah er aus wie ein Mann, der nichts verstand. Als er gefragt wurde, ob er selbst die Grabrede halten wolle, antwortete er mechanisch:

»Ich habe die Rede in dem Augenblick geschrieben, als sie starb.«

Christian, der die Antwort hörte, wandte sich voller Abscheu von seinem Vater ab, ging in den Garten hinaus und war ganz allein in der Welt.

Am Begräbnistag, als das erste Lied gesungen war, flüsterte Barnes wie ein hilfloser Junge dem Pfarrer der Nachbargemeinde zu:

»Wollen Sie für mich?«

Der Pfarrer trat an den Sarg und sprach unvorbereitet und stammelnd.

Nachdem die Erde auf den Sarg geworfen war, vergaß Pastor Barnes für die Teilnahme zu danken. Er nahm Christian bei der Hand und ging nach dem Pfarrhaus hinüber.

Vor der Tür blieb er stehen, sah Christian an und fing an zu weinen wie ein wertloser unglücklicher Mensch.

Christian sah zum ersten Mal seinen Vater, weinte mit ihm und liebte ihn von ganzem Herzen.

7. KAPITEL
»Das Offene«

Sobald Jens mit Brüderchen allein war, glitt er von selbst in jenen stummen, ursprünglichen Teil seines Ichs hinein, der seit ewigen Zeiten ganz er selbst war, bevor er wusste, dass es etwas gibt, was man darf, und etwas, was verboten ist. Er war in der glücklichen Welt der Himmelssprache, und das Gefühl, dass sein Bruder und er alles voneinander wussten, was unsagbar war, blieb bestehen.

Es blieb nicht nur bestehen; es erweiterte sich sogar und galt allmählich mehr als sie selbst.

An einem frühen Sommermorgen gingen sie hinaus, während der Tau noch an den Gräsern hing und ihnen zublinkte. Jens sah auf den Weg und merkte, dass er ihn gern hatte. Er liebte ihn auf dieselbe Weise, wie er Brüderchen liebte, und ihm war, als könne er es dem Weg ansehen, dass der ihn auch leiden mochte.

Er konnte es bis in seine Fußsohlen hinein spüren, in denen es vor Lust kribbelte, den Weg zu berühren. Er zog Schuhe und Strümpfe aus.

Brüderchen, das immer dasselbe tat wie Jens, zog seine auch aus und lief voraus über den Spielplatz. Und Jens folgte ihm und betrachtete die weichen Abdrücke der kleinen nackten Füße. So lebendig sah die Spur aus, dass ihm war, als könne er sie nicht nur sehen, sondern auch *hören* und *fühlen*.

Die Spuren führten über den Spielplatz, dicht nebeneinander her. Die Sonne trat aus einer Wolke und streute ihr Licht auf die Erde. Der Spielplatz lächelte.

Vor dem Holunder an der Kirchhofsmauer blieb Brüderchen in Gedanken stehen; Jens ging hin, um zu sehen, was es da Unterhaltsames gebe.

Da war nichts. Aber Brüderchens Augen waren unergründlich. Jens guckte in sie hinein und sah, dass Brüderchen *offen stand*. Jens konnte sehen, *wie er war und wie er merkte, dass er so war*. Die Himmelssprache war größer, als er gewusst hatte. Er begriff, wie der liebe Gott allwissend sein konnte. Als er sich zu dem Holunder umwandte, sah er, dass auch er wie Brüderchen offen stand und wusste, dass Brüderchen sich darüber in Gedanken verlor. Er konnte sehen, was der Holunder war und wie dieser merkte, dass er es war. Es war, als atme der Holunder in ihn hinein, und als der Atem des Holunders in ihn hineingekommen war, spürte er eine große Freude, die er schon kannte, die Freude der Himmelssprache. Auch der Holunder sprach im tiefsten Innern die Himmelssprache. Denn Gott hatte ihn ja auch geschaffen, natürlich.

In dem Baum war etwas, das wollte, dass er sich unter ihn setzte; Brüderchen war schon im Begriff, sich zurechtzusetzen. Er wusste also auch, dass der Holunder sie zu sich einlud.

Da waren die drei zusammen und freuten sich über das, was unsagbar ist. Sie wollten einen kleinen Augenblick sitzen bleiben. Das taten sie, und die Zeit stand in ihren Herzen einen kleinen Augenblick still.

In ihren Mägen aber, die in der geschlossenen Welt heimisch waren, ging die Zeit ihren Gang, und um die Frühstückszeit hatte sie ihre deutlichen Spuren zurückgelassen: sie waren sehr hungrig.

Sie standen auf.

»Die Zeit muss unmerklich vergangen sein«, sagte Jens.

Sie gingen über den Spielplatz. Aber bei Jakob Hansens Tor wurden sie von Gebell und lautem Frauengeschrei aufgehalten.

Der Kettenhund hatte sich losgerissen und fuhr auf sie los. Die Magd sah es, lief schreiend ins Haus und rief:

»Jetzt beißt der Hektor die Kinder tot.«

Jakob Hansen und die Knechte sprangen vom Frühstückstisch auf, wagten aber nicht, dem Hund ohne Waffen entgegenzutreten. Einer griff nach einem Gewehr, ein anderer nach einem Spaten und einer nach der Mistgabel. Währenddessen schrie die Magd, die Kinder wären wohl schon totgebissen, sie habe gesehen, wie der Hund auf beide losgefahren sei, aber sie habe nicht gewagt hinzugehen, Hektor sei ja bissig wie ein Wolf. Der Hund sprang auf die Jungen los, als sie eben aus dem Holunder herausgekommen waren. Trotz des Hungers hatten sie sich noch nicht ganz ins Geschlossene eingelebt, wo man sich Gedanken macht und sieht, wie schlimm es gehen kann.

Als Jens den Hund mit gesträubtem Haar und entblößten Zähnen herankommen sah, fiel ihm nicht ein, dass er ihm vielleicht etwas tun wollte. Er sah nur, dass der Hund offen stand. Er sah, wie Hektor war und wie der merkte, dass er so war. »Du bist aber ein wachsamer Hund«, sagte er, »an dir kommt niemand vorbei, wenn du losgelassen bist.«

Und er streckte die Hand aus und streichelte ihn. Als Jakob Hansen und die Knechte mit den Waffen kamen, ließ sich der Hund ruhig von den beiden Jungen streicheln.

Jakob wischte sich den Schweiß von der Stirn, bevor er sich entschließen konnte, hinzugehen und Hektor am Halsband zu fassen.

»Das begreife ich nicht«, sagte er. »Es ist ein Wunder, dass er sie nicht totgebissen hat.« Aber das Mädchen, das den Knechten gefolgt war, begriff es. Jetzt habe sie gesehen, welche Macht in der Unschuld liege, sagte sie, und von Stund an war sie bekehrt.

Sie hatte die Bekehrung auch nötig; denn es war lange her, seit sie unschuldig gewesen war.

8. KAPITEL
Spielplatzsonnenschein

Der Holunder war nicht der Einzige. Alle Dinge standen offen; Jens sah, was sie waren und wie sie merkten, dass sie so waren. Die Haselnüsshecke war offen, und er saß in seinem Stuhl in stundenlangem Beisammensein mit ihr.

Eine Macht, die nicht sichtbar, aber deutlich fühlbar war, drang in ihn ein und wiegte seine Seele in ihrem eigenen Takt. Eine Mutter war nicht so sanft, ein Vater nicht so stark, das Essen, das er aß, nicht so nahe wie diese unsichtbare Macht.

Die Zeit verging, während er in der offenen Hecke saß, zärtlich von ihr eingehüllt. Zumindest draußen vor der Hecke verging sie, drinnen nicht, dort war immer der »kleine Augenblick«. Draußen vor der Hecke gingen Menschen; sie sahen ihn und die Hecke und sahen sie doch nicht, sahen sie nur von außen.

Aber eines Tages kam doch jemand herein; Jens fühlte, dass er nicht allein war, drehte sich um und sah ein Lächeln in der Hecke. Das Lächeln war in einem Gesicht, das Gesicht auf einem Körper, der draußen auf dem Weg stand. Aber das Lächeln war drinnen in der Hecke. Jens sah die Augen des Kandidaten und merkte, dass nicht nur die Hecke, sondern auch er selbst ihnen offen stand. Die Stimme des Kandidaten glitt in die Hecke hinein, ohne dass sie sich wie sonst schloss, wenn Menschen zu ihm sprachen.

»Kannst du das schon lange?«, fragte die Stimme.

»Ja«, sagte Jens, obwohl er nicht recht wusste, ob er es laut sagte oder nur laut dachte.

»Kannst du das bei Dingen und bei Menschen?«, fragte der Kandidat, »oder nur bei Dingen?«

»Nur bei Dingen«, sagte Jens, »und manchmal bei Tieren.«

»Bei allen Dingen?«

»Meistens bei Dingen, die wachsen können«, sagte er dann. »Steine und so was, das ist – – die sind – – zu schwerfällig. Und die Menschen, die sind zu – – zu dick.«

Er starrte die Augen des Kandidaten an, erstaunt, sie außerhalb der Hecke zu finden. Er hatte das Gefühl gehabt, als ob sie in ihm selbst seien; natürlich, weil er dem Kandidaten offen stand.

Bevor er sich darüber klar wurde, hatte der Kandidat genickt und war schon ein ganzes Stück den Weg hinauf.

Aber die Augen, so schien es Jens, waren dageblieben.

Da kam der Glöckner Kristen, um einen Rechen zu holen, den er in die Hecke gestellt hatte.

»Worüber lachst du?«, fragte Kristen.

Jens konnte vor lauter Lachen nicht antworten. Was konnte es auch nützen, es zu sagen. Er lachte noch mehr, denn Kristen stand offen. Er sah, was er war und wie Kristen merkte, dass er es war.

Es kam der Tag, wo er das Bedürfnis hatte, mit jemandem darüber zu sprechen, aber Brüderchen war zu klein und die andern verstanden es nicht. Höchstens Christian Barnes, der ja einmal gesagt hatte, er habe in den Himmel hineingesehen.

Aber Christian war nach dem Tod seiner Mutter aufs Gymnasium in der Stadt gekommen, und als Jens ins Pfarrhaus kam, ließ Christian ihn englische, französische und deutsche Grammatiken sehen, und vor all dieser philologischen Gelehrsamkeit flüchtete die Himmelssprache. Es war außerdem etwas Fremdes, Zurückhaltendes in Christians Wesen gekommen, etwas Scheues, Untersuchendes, etwas allzu Erwachsenes für sein Alter.

Jens ging nicht mehr ins Pfarrhaus. Ihre Wege hatten sich getrennt. Aber wenn sie sich einmal ausnahmsweise begegneten, zeigte sich doch noch ein Überrest von der Vertraulichkeit des ersten Händedrucks.

Christian Barnes stand eines Tages hinterm Gartenzaun und sah dem Spiel der Dorfschulkinder zu. Schließlich hatte Jens das Gefühl, er müsse zu ihm hinübergehen. Christian stand da so allein.

»Hast du heute keine Schule?«, fragte er.

»Monatsferien«, antwortete Christian.

»Was ist das?«

»Ein freier Tag im Monat.«

»Geht's gut auf dem Gymnasium?«

»Geht schon. Viele Hausaufgaben. Und viele Gemeinheiten während der Pausen.«

»Was für Gemeinheiten?«

»Die Großen verprügeln die Kleinen.«

»Das trauen sie sich hier nicht«, sagte Jens, »solange wir Holger hier haben, haben wir Frieden.«

»Ja«, sagte Christian, »aber was gibt Holger die Kraft, sich zu beherrschen, wenn er selbst wild wird?«

»Was ihm die Kraft gibt?«

Christian zeigte auf Schreiners kleine Hansine, die an ihnen vorbeigelaufen kam, beide Grübchen in Tätigkeit. Dort, wo sie gegangen war, hinterließ sie lächelnde Gesichter.

»Einmal war ich böse auf meine Mutter«, sagte Christian, »und wollte niemals wieder gut zu ihr werden. Ich war ganz böse und *wollte* hassen. Ich ging hinaus. Aber draußen schien die Sonne, und während ich so ging, schien sie mir die Bosheit weg. Ich kämpfte dagegen an, aber es half nichts, ich wurde wieder gut. So eine ist Hansine. Da ist nichts zu machen; alle werden gut, wenn sie lächelt.«

»Komisch, dass du das sagst«, meinte Jens. »Ich habe nämlich immer gefunden, sie ist wie ein Sonnenfleck auf dem Fußboden. Aber das ist ja Unsinn!«

»Das ist Unsinn, wenn die Erwachsenen es hören«, sagte Christian. »Kennst du die Erwachsenen einigermaßen?«

»Ob ich sie kenne?« Jens dachte nach. Meinte Christian vielleicht, ob sie »offen stünden«?

»Ich weiß viel von den Erwachsenen«, fuhr Christian fort, »du kannst mir glauben —«

Er sah so aus, als wolle er gern etwas erzählen, schäme sich aber. Er sah weder gut noch liebenswürdig aus. Was er auch von den Erwachsenen wissen mochte, es hatte nichts damit zu tun, ob sie »offen standen«.

Christian betrachtete Jens mit einem Blick, als sei er zwanzig Jahre älter.

»Adieu«, sagte er und ging.

Aber gleich darauf kam er wieder zurück. »Wenn es nicht solche gäbe wie Hansine, dann führen alle Menschen in die Hölle. Dass du das weißt.«

Dann ging er wieder. Im Garten begegnete Christian dem hübschen Hausmädchen seines Vaters, das er bis vor kurzem beinahe genauso eingeschätzt hatte wie Hansine. Er warf ihr einen scheuen Blick zu.

»Du siehst ja aus, als hättest du etwas Verbotenes getan«, sagte sie.

Er hätte ihr am liebsten ins Gesicht gespuckt.

Ein unbestimmtes Mitgefühl ergriff sie, weil — wie sie meinte — der Junge keine Mutter mehr hatte.

»Du bist immer ein guter Junge gewesen, Christian«, sagte sie, zog ihn an sich und küsste ihn. Gleich darauf stieß sie ihn von sich. »Aber Junge«, rief sie, »was in aller Welt —«

Sie sah ihn forschend an und fasste ihn behutsam, dann aber fest an den Handgelenken.

»Deine Kameraden im Gymnasium«, sagte sie, »was sind das für Jungen? Die verderben dich doch wohl nicht etwa?«

»Lass mich los«, sagte er wütend, »ich hasse dich! Ich hasse dich und euch alle!«

Er riss sich los und lief aufs Feld hinaus. Sie, das war die Richtige, ihn zu fragen, ob die Kameraden ihn etwa verdürben! Die Hure! Er weinte vor Kummer und Wut.

In sie war er eigentlich verliebt gewesen. Als ob man nicht in eine Erwachsene verliebt sein könnte, wenn man noch in die Schule geht. Das kann man! Erwachsene und Kinder können gut ineinander verliebt sein. Aber die Erwachsenen untereinander, die sind nicht verliebt. Danke, er wusste wohl, was die waren. Und sie war genauso!

Wenn sie wüsste, dass der Stalljunge ihn eines Mittags mit in die Scheune gezogen hatte, ins Stroh hinein, von wo aus sie die ganze Tenne übersehen konnten. Und wie sie dann mit dem Knecht des Pächters gekommen war, der sie betatscht hatte – überall, und wie ihr Gesicht, das sonst an Hansines erinnern konnte, dick, dunkelrot und hässlich wurde und dann sah er – –!

Und der Stalljunge hatte es auch gesehen! – Und immer wenn er sie selbst später sah und an die Veränderung in ihrem Gesicht denken musste, die damals darin vor sich gegangen war –!

Wenn er den Stalljungen hätte in die Hölle schicken können, er hätte sich keinen Augenblick besonnen!

Aber die Erwachsenen selbst, diese scheinheiligen Teufel! Von da an verstand er alle ihre verborgenen Anspielungen, an denen sie sich weideten! Selbst die, die Kinder hatten!

Die kleine Helen Strømstad! Die kleine, gute, reine Helen! Die Freistunde am Donnerstag, wo er immer mit ihr schwatzen konnte, war die einzige gute Zeit, die er hatte.

Eines Tages nahm sie ihn in dieser freien Stunde mit nach Hause, und da wurde er außer »Mama« auch »Onkel Hans« vorgestellt. Das war der Lotterieeinnehmer Bjerg.

Als er nach Hause kam, erzählte er es seinem Vater und sah die bekannte erwachsene Falte auf seiner Stirn und den verdächtigen Zug um den Mund. Er wusste schon im Voraus, was sein Vater sagen würde, und richtig, es kam: »Ich sähe es lieber, wenn du Helen Strømstad nicht zu Hause besuchst.«

»Aber sie ist doch ein nettes Mädchen!«

»Sicher, sicher«, sagte Pastor Barnes, »die kleine Helen ist ein liebes, gutes Mädchen. Ich habe auch nichts dagegen, dass du mit ihr sprichst. Im Gegenteil, möchte ich fast sagen. Aber du sollst nicht mit ihr nach Hause gehen. Ich kann dir die Gründe nicht sagen. — — Du wirst es später verstehen.«

Ja, sicher hatte er es später verstanden.

In einer Freistunde, als Helen nicht gekommen war, guckte er durch den Zaun in den Garten hinein, und da saßen Bjerg und Helens Mutter, und ihre Gesichter waren genauso wie die des Knechts und des Hausmädchens auf der Tenne.

»Ist der Lotterieeinnehmer der Bruder deiner Mutter oder deines Vaters?«, fragte er später Helen.

»Keins von beiden«, sagte sie. »Er ist gar nicht mit uns verwandt; wir nennen ihn bloß Onkel, weil er ein guter alter Freund von Mutter und mir ist.«

Später erfuhr er, dass Helens Mutter gar nicht Frau Strømstad hieß, sondern Frau Hansen.

Ja, er hatte Erwachsene gesehen, wenn sie sich zusammentaten und versteckten, und er spähte nun immer lauernd nach dem verborgenen Ausdruck in ihren Gesichtern, die das verrieten, was sie sich schämten einzugestehen, woran sie sich aber im Stillen ergötzten. Eine tiefe

Abscheu erfüllte ihn, die ihn aber nicht gegen die Versuchung schützen konnte. Die kleine Helen, die rein und unschuldig zwischen den erwachsenen Menschen ging, die kleine Helen, die so fein und leicht war, dass sie gut ein Engel hätte sein können, die liebte er, und er hätte den töten können, der ihr jemals erzählte, was er von ihrer Mutter wusste. Sein Gefühl für sie war gleichzeitig ehrfurchtsvoll anbetend und wachsam beschützend.

9. KAPITEL
Weg!

»Weg!« Die Augen spähten ringsumher nach allen Richtungen, in vergeblichen Versuchen, in dieses närrische »Weg« einzudringen, das uns von allen Seiten umgibt und plötzlich das nimmt, was wir haben, gerade wenn wir es eben gebraucht haben.

Brüderchens Schäufelchen war weg, das Schäufelchen mit dem rot angestrichenen Blatt und dem braunen Stiel. Es hatte eben noch damit gespielt und nun war es wie weggehext und schlief irgendwo in dem unsichtbaren »Weg«.

»Ich werde es schon finden«, sagte Jens, denn es waren Tränen in Brüderchens Augen.

»Weg ist aber sicher groß«, sagte Brüderchen, »und es kann überallhin; denn Mama sagt ja, es ist nirgends und überall.«

»Ich werde das Schäufelchen trotzdem finden«, sagte Jens. »Das verspreche ich dir.«

Brüderchen sah zu ihm auf und begriff, dass Jens sehr groß war. Jetzt, wo es wusste, dass es sein Schäufelchen wiederbekommen würde, war es beruhigt und spielte mit seinem Wagen. Nach einigem Suchen wurde es Jens klar, dass es ihm nicht gelingen würde, sein Versprechen an diesem Tag zu halten.

Am nächsten Tag machten sie einen Schulausflug, und tags darauf vergaß er zu suchen, und wieder einen Tag später lag Brüderchen im Bett und war krank und hatte keine Verwendung für das Schäufelchen. Es blieb im Bett liegen und sagte nicht viel. Aber eines Tages fragte es, ob Jens das Schäufelchen gefunden habe.

»Noch nicht, aber ich werd es schon finden, bis du wieder gesund bist«, sagte Jens.

»Ich möcht es gern bei mir haben«, sagte Brüderchen.

»Dann will ich suchen«, sagte Jens, ging hinaus und suchte einen Augenblick, bis Annines Niels Peter mit einer Elster vorbeikam, die er geschossen hatte. Dann warfen sie mit Steinen nach einem Zaunpfahl, und als sie keine Lust mehr dazu hatten, war es Abend geworden. –

Am nächsten Tag fragte Brüderchen nicht nach seinem Schäufelchen; es fragte überhaupt nach nichts mehr.

Die Nacht verging, und als Jens am Morgen aufgestanden war, stand seine Mutter an Brüderchens Bett, und die Frau des Glöckners hatte sich über ihn gebeugt und horchte. Dann richtete sie sich langsam auf und sagte: »Er ist heimgegangen.«

Und als die Mutter kein Wort erwiderte, fuhr die Frau fort: »Der kleine Schatz ist weg.«

Jens konnte kein Glied rühren; er stand wie festgewachsen in Brüderchens Vorstellung von dem überall gegenwärtigen »Weg«. Ihm war, als sage jemand, Brüderchen sei weggegangen, um sein Schäufelchen zu suchen, weil Jens es vergessen hatte. Da lag Brüderchen, steif und weiß, während seine goldblonden Locken noch lebendig seine Stirn zu umspielen schienen.

Es lag da ungefähr wie an jenem Tag, als Jens vor langer, langer Zeit glaubte, dass es tot sei. An jenem Tag, wo es wie eine Blase aus der grundlosen Tiefe seiner Augen an den klaren Tag heraufgestiegen kam und Jens mit hineinnahm in die Erinnerung an den Ort, woher sie gekommen waren.

Die Frau des Glöckners flüsterte seiner Mutter zu, er hörte es wohl, aber wie aus weiter Ferne. »Er begreift nicht, dass der Kleine tot ist«, sagte die Frau.

Er betrachtete die fest geschlossenen Augenlider. Sie konnten sich nicht mehr öffnen. Er wusste, dass Brüderchen wieder hinabgesunken war, tief hinab in die grundlosen

Augen, dorthin, wo er vor langer, langer Zeit gelegen und nach dem Ort zurückgesehen hatte, woher er gekommen war. Und diesmal hatte ihn die Sehnsucht erfasst und er war ganz zurückgeglitten. Eine unerklärliche glückliche Ruhe erfüllte Jens.

»Es will ihm gar nicht aufgehen«, flüsterte die Frau des Glöckners, »aber das kommt auch noch früh genug.«

Er erinnerte sich, wie er Brüderchen dort tief unten im Auge begegnet war, als der Grund aus seinen eigenen Augen schwand, und er strengte sich an, weiterzukommen, immer tiefer, um ihn wiederzufinden. Aber an einer bestimmten Stelle war immer eine unsichtbare Grenze, die er nicht durchdringen konnte, und er schüttelte den Kopf.

»Er *will* es nicht verstehen«, flüsterte die Glöcknerin, »man kann es ihm ansehen, er will es nicht glauben.«

»Ich kann nicht, Brüderchen«, sagte Jens in seinem Herzen, »ich kann nicht so weit kommen.« Da berührte ihn gleichsam ein leichter Hauch, fast wie Brüderchens Atem, und er fühlte einen kleinen schwachen, aber deutlichen und wohlbekannten Druck von kleinen Fingern an seiner linken Hand. Erfreut drehte er sich um – im leeren Zimmer standen nur die Frau des Glöckners und seine Mutter und starrten ihn unverwandt an.

Da beugte er sich über Brüderchens Bett und sah mit ihren Augen das weiße Gesicht und die steifen Finger an, die seine Hand nie wieder weich umschließen würden. Schluchzend, in hoffnungslosem Kummer kniete er nieder und weinte und weinte, das Gesicht auf dem Bett, bis er weder denken noch sich rühren konnte.

Da schleppten sie den halb Bewusstlosen in das Wohnzimmer und legten ihn auf das Sofa.

»Ach ja«, sagte die Frau des Glöckners und breitete eine Decke über ihn, »als er es endlich begriff, da begriff er es nur zu gut.«

10. KAPITEL
Beim Holunder

Nun begann ein rastloses Suchen und Warten. Er hoffte auf eine Wiederholung des kleinen Händedrucks, den er gleich nach Brüderchens Tod gefühlt hatte. Er wartete auf ein Anzeichen, dass Brüderchen als ein Engel lebte und an ihn dachte. Er spannte alle Sinne an, aber es ging wie damals, als er nach dem Schäufelchen suchte. Brüderchen war weg und blieb weg, vielleicht in der Nähe, vielleicht weit, weit weg, vielleicht existierte es gar nicht mehr. Müde und stumpf wurden seine Gedanken und taten doch weh, so wie einem die Beine wehtun können, wenn man weit gegangen ist, ohne sich auszuruhen. Und die Tage kehrten jeden Morgen zurück, lange, helle Tage, wie zum Spielen geschaffen, aber ohne die geringste Lust dazu.

Er hatte das Bedürfnis, mit jemandem zu sprechen, aber niemand war da, mit dem er über Brüderchen hätte sprechen können; niemand hatte es richtig gekannt und niemand wusste, wo es war. »Jetzt liegt es im Grab«, sagten sie den einen Tag, und »jetzt ist es im Himmel«, sagten sie den andern Tag.

Und die Tage kehrten jeden Morgen wieder zurück, lang und hell, und die Jungen spielten auf dem Spielplatz, wo Brüderchens Fußspur einst gelächelt hatte. Sie trampelten kreischend und johlend über die Stelle hinweg, wo die Spur gewesen war. Er selbst brachte es kaum übers Herz, dort zu gehen.

Eines Tages ging er die Hecke entlang, die Straße hinauf und schälte die Rinde von einer schlanken Weidengerte. Ein kleiner Bursche von etwa vier Jahren mit dickem Bauch und Posaunenbacken kam aus einer Lücke in der Hecke. Es war ein kleines, verhätscheltes, Kind, ein kleiner flachstirniger Bauernjunge, von Süßigkeiten aufgeschwemmt, aber gesund genug, das zu vertragen. Gewöhnt, das zu bekommen, worauf er zeigte, ging er auf Jens zu und griff nach der weißen Weidengerte. »Gib her«, sagte er. Jens hielt sie in die Höhe und starrte die kleinen kugelrunden Fäuste an. Der Kleine stampfte auf und wiederholte: »Gib her, das ist meine.« Im selben Augenblick schlug Jens ihm mit aller Kraft mit der Weidengerte ins Gesicht. Der Kleine stieß ein ohrenbetäubendes Gebrüll aus – und aus der Lücke im Zaun tauchte jemand auf.

Es war Holger.

Jens fühlte seine Augen erstarren. Ein Großer hatte einen Kleinen geschlagen! Er wusste, was ihm bevorstand. Und da war niemand, der Holger sagen konnte, dass es genug war. Er fühlte schon seine Rippen gebrochen und sein Gesicht platt geschlagen.

Außer dem Schrecken erfasste ihn Kummer, nicht über das, was er getan hatte, sondern weil Holger immer sein Freund und Beschützer gewesen war und nun als sein Gegner vor ihm stand.

Das war in seinen Augen zu lesen, und Holger wollte zuschlagen, zögerte und fragte verwundert und drohend gleichzeitig:

»Warum hast du das getan?«

Jens versuchte ehrlich die Wahrheit zu sagen:

»Er war so fett!«

»Ich habe gefragt, warum du ihn geschlagen hast?« Holger kam einen Schritt näher.

Jens brach in Tränen aus; er konnte es ja nicht besser ausdrücken. Er hörte Holger gerade über seinem Kopf noch einmal fragen; und halb tot vor Angst schluchzte er hervor:

»Es stieg so in mir auf. Ich konnte es nicht leiden, dass er hier war. Und da stieg es in mir auf.«

Wo blieben die Schmerzen? Nichts tat weh. Er stand noch immer aufrecht. Er hob vorsichtig den Kopf, um zu sehen, was nun käme; es dauerte ja so lange. Er begegnete Holgers Augen, die ihn sahen und auch nicht sahen. Es war etwas in ihnen, was keinen Platz finden konnte.

»Stieg es in dir auf?«, fragte Holger ruhig.

Jens weinte laut, weil er hören konnte, dass Holger Mitleid mit ihm hatte, und da musste es ja etwas ganz Schreckliches sein, was so in ihm aufgestiegen war.

Holger griff in die eine Westentasche und dann in die andere. Er hatte Tränen in den Augen und biss sich auf die Lippe – hart, denn es kam Blut. Dann suchte er in den Jackentaschen, die leer waren. In der rechten Hosentasche fand er ein Messer, hielt es in der Hand und betrachtete es zögernd. Es war alt und das Blatt war schartig, aber er hatte nichts Besseres bei sich.

»Willst du es haben?«, fragte er. »Es ist einmal gut gewesen.«

Jens sagte nichts; er konnte von allem nichts begreifen.

Holger steckte ihm das Messer in die Hand.

»Das ist für dich. Geh jetzt heim. – Betest du manchmal zum lieben Gott?«

»Ja.«

»Das ist gut. Das ist das Einzige, was nützen kann.«

Er drehte sich nach dem Kleinen um und trug ihn auf die Wiese. Hinter der Hecke hörte Jens ihn sagen:

»Wenn du mir versprechen willst, zu Hause nichts zu sagen, bekommst du am Sonntag Kuchen von mir.«

Erst in dem Stuhl in der Haselnusshecke wurde Jens bewusst, dass er zugeschlagen hatte, weil ihm die unsinnige Vorstellung gekommen war, der kleine Junge habe Brüderchens Brot gegessen und ihm sein Spielzeug wegnehmen wollen. –

Jeden Morgen kam der Tag mit Spiel zu den andern, aber zu ihm mit denselben ermüdenden Kopfschmerzen; sie hörten nicht auf.

Eines Sonntags fühlte er, dass er die qualvollen Schmerzen im Kopf nicht länger ertragen konnte. Jeder Blick tat weh. Er ging zum Holunder an der Kirchhofsmauer und setzte sich in den dunklen Schatten der Blätter, um sich zu entspannen. Er lehnte den Nacken gegen einen Ast. Ja, das tat gut! Der Holunder stand ganz still in der regungslosen Luft. Jens war fast, als gebe er sich Mühe, kein Geräusch mit den Zweigen und Blättern zu machen. Er war nun in Gesellschaft, war nicht mehr länger allein. Er schmiegte sich dichter an den Stamm, er kam ihm so nahe wie er nur konnte, und als er leiblich nicht näher herankommen konnte, begann er sich ihm innerlich zu nähern. Eine Zärtlichkeit und Hingabe, wie er sie so stark und ungeteilt für einen Menschen nicht aufbringen konnte, ging von seinem Herzen zu diesem friedlichen Holunder hinüber, der, ohne viel Wesens davon zu machen, ihm den Kopf öffnete und die Kopfschmerzen herausnahm; und stattdessen kam etwas, was, wie er glaubte, er und der Holunder gemeinsam dachten.

Es war so still um ihn und in ihm, dass er den Holunder nicht nur spürte, sondern geradezu sein Innerstes *hörte*. Nein, nicht nur hörte, es war ja dieses Wohlbekannte, das sowohl sehen als auch hören und fühlen auf einmal war – die Himmelssprache war es. Die breitete sich durch sein ganzes Wesen aus und es fehlte ihm an nichts mehr. Das Wort *Alles* erfüllte anschwellend sein ganzes Herz, und irgendetwas, wohl der Holunder, antwortete: »Ja, alles ist hier.« Er wusste, dass er unter dem Holunder saß, aber eigentlich konnte es auch überall sein; nichts war mehr lang oder kurz, nah oder fern. »Alles ist hier – Brüderchen auch?« Er hatte das kaum gedacht, und schon verspürte er den weichen, warmen Druck kleiner Finger, und er fragte, aber nur in Gedanken: »Bist du wirklich hier?«, und in seinem Innern hörte er Brüderchens feine Stimme sagen: »Ja.« Er fragte: »Wie kannst du in mir sprechen?« Brüderchen antwortete: »Du stehst ja offen, ich kann direkt in dich hineingehen.«

»Ach, die Himmelssprache macht, dass ich offen stehe«, sagte Jens, »aber du, bist du immer in der Nähe oder manchmal weit weg?«

»Weder nah noch fern«, sagte Brüderchen. »Wie die Himmelssprache«, sagte Jens, und Brüderchen antwortete: »Ja, die Himmelssprache ist nirgends und überall.«

»Niemand kann sie hören, und niemand kann sie übertönen.« Das sagte wohl der Holunder. »Jedes Mal, wenn du sie sprichst, weiß ich es«, sagte Brüderchen. »Und kommst du dann?«, fragte Jens. »Dann *bin* ich ja hier«, sagte Brüderchen. »Ich verstehe«, sagte Jens, »du bist immer drin. Und jetzt bin ich bei dir.« Und er blieb still bei ihm sitzen.

Später streckte der Holunder seine Äste und es kam ihm so vor, als sagte er: »Jetzt musst du hier raus!«

Als er über den Spielplatz ging, lachte er über sich selbst, weil er sich einen Spaß daraus machte, sich unbeholfen zu bewegen und verschiedene Schritte auszuprobieren. Es war ja lächerlich, dass er so Schritt für Schritt ging und nur so langsam vorwärts kam. »Es ist genauso, wie wenn wir sprechen«, dachte er. »Wir sagen ein Wort nach dem andern, und es dauert einige Zeit, und doch sind es nur Bruchstücke, die wir erfahren oder sagen können. In der Himmelssprache sagen wir alles auf einmal, ohne ein einziges Wort zu sagen, und im Offenen ist *Alles* gerade da, wo wir sind. Im Geschlossenen draußen ist etwas nah und anderes weit weg, und da müssen wir gehen – oder fahren. – Die aber, die die Märchen geschrieben haben, die sind bestimmt im Offenen gewesen. Und der Kandidat – der sieht es. Wenn er nur nicht so alt wäre!«

Er wurde einsam, aber glücklich zwischen den unruhigen Menschen. Wenn die Eltern trauerten, sah er, dass Brüderchen für sie weg war, vielleicht nahe, vielleicht weit weg, vielleicht existierte es gar nicht mehr. Er selbst brauchte nur offen zu sein, und dann waren sie zusammen, enger beieinander als je zuvor. »Du stehst ja offen und ich kann direkt in dich hineingehen«, hatte Brüderchen gesagt, und es zeigte sich täglich, dass es wahr war. Daher konnte ein klarer, glücklicher Ausdruck in sein Gesicht kommen, wenn die Eltern von dem Kleinen sprachen. Sie sahen ihn verwundert an, und seine Mutter sagte: »Man möchte glauben, du freust dich, dass dein Bruder tot ist!« Er begriff, dass sie nahe daran war, Abscheu vor ihm zu empfinden, und er sah sie mit sonderbar überlegenem Mitleid an, weil sie nichts wusste und ihr nicht zu helfen war. Damit mischte sich ein klein wenig krankhafte Lust, ungerecht beurteilt zu werden. Meistens ertrank diese jedoch in der Sehnsucht, dass die Mutter ihn lieb haben möchte wie früher.

Manchmal dachte er daran, sich dem Kandidaten anzuvertrauen, der ins »Offene« sah und doch erwachsen war, und dem die Erwachsenen also zuhören würden, wenn er ihnen die Sache erklärte. Aber daraus wurde nie etwas.

Die Sache war die, dass er, wenn er allein war, keiner Hilfe bedurfte.

Aber eines Tages erlebte er etwas Wunderliches, das ihn auch in die Arme der Mutter zurückführte.

Er saß in dem Zimmer, in dem Brüderchen gestorben war, da, wo er ihn eines Tages hatte erwachen und auftauchen sehen wie eine Blase aus der Tiefe der unergründlichen Augen, die noch nach dem Himmel zurückstarrten, aus dem er gekommen war. Er dachte an den Todestag, als er versucht hatte, in seinem Inneren Brüderchen auf dem Weg nachzufolgen, den es zurückgegangen war. Jetzt war er offen, Brüderchen war bei ihm, und er dachte:

»Ob ich es jetzt wohl kann?«, und Brüderchen flüsterte ihm zu:

»Ja. Still – ganz still – Himmelssprache in dir – Himmelssprache um dich herum – Himmelssprache überall. Nichts weiter als Himmelssprache.«

Er wiederholte es selbst wohl hundert Mal, und währenddessen geschah es; das Zimmer und alles blieb weg, er war nirgends; er sah Brüderchen in einem Leuchten, nicht mit den Augen, sondern mit seinem *ganzen Wesen*, sah nicht seinen Körper, sondern Brüderchen *selbst* – und wurde aus dem Stuhl emporgerissen, und sein Herz fing so zu hämmern an, dass er glaubte, es ginge in Stücke.

Seine Mutter starrte ihn angstvoll an. Ihre Hände, die ihn vom Stuhl emporgerissen hatten, zitterten noch. »Jens«, schrie sie. Es dauerte eine Weile, bis er die Herrschaft über seine Stimme gewann und fragen konnte, was los sei. »Du hast ausgesehen, als ob du tot wärst«, sagte sie, »und du hattest das Gesicht deines Bruders. – Geh nicht von mir wie er«, flüsterte sie und presste ihn an sich.

Er legte die Hand auf ihren Arm und sagte mit einem Ernst und einer stillen Würde, die sie erschreckte: »Brüderchen ist nicht tot. Er lebt.«

Sie presste die Hand an ihr Herz und sagte langsam und zögernd wie jemand, der etwas auswendig Gelerntes hersagt – er sah geradezu ein Lesebuch vor sich: »Ja-a – ja-a! Er lebt ja im Himmel. – Aber du darfst nicht so viel daran denken«, fügte sie wieder ganz gegenwärtig hinzu. Von dem Tag an hatte sie keinen anderen Gedanken auf Erden als Jens, teils, weil er ihr einziges Kind war, teils, weil sie fürchtete, dass er, sich selbst überlassen, sich nach dem Kleinen aus dem Leben hinaussehnen könne.

Obwohl sie kaum mehr als einen auswendig gelernten Glauben an ein Leben nach dem Tod hatte, packte sie doch eine abergläubische Angst, dass Brüderchen zurückkehren und seinen Spielkameraden holen könne.

11. KAPITEL
Verstohlenes Lächeln

Die Tage vergingen, ohne dass er es weiter beachtete. Im Offenen gab es gar keine Zeit, und draußen wuchs er selbst und die Kameraden mit ihm; er dachte daher nicht darüber nach, dass sie größer wurden. Die Eltern blieben auch immer dieselben. Mutters äußeres Gesicht lernte er nie kennen. Er sah nur dessen wechselnden Ausdruck. Ihr Gesicht war und blieb unkörperlich. Das Gegenteil war mit seinem Vater der Fall, der immer sein ganzes Gesicht zeigte, immer gleich alt; er sah aus, als sei er zur Welt gekommen, lange bevor wir die Buchdruckerkunst erfunden haben. Sein Gesicht war unveränderlich wie das Zifferblatt der großen Bornholmer Uhr, die nie müde wurde, dasselbe Ticken zu wiederholen und selbstzufrieden anzuzeigen, wie weit wir nun gekommen waren.

Dann aber gingen an einem schönen sonnigen Tag Holger, Annine Clausens Niels Peter, Kristian Mogensen, die schöne Tine und Schreiners Hansine von der Schule ab. Ihm wurde dabei so unerklärlich schwer ums Herz; er kam sich vor wie ein unbedeutendes Würmchen, das noch nicht mitzählte. An dem Tag, an dem sie konfirmiert wurden, saß er in der Kirche und betrachtete seine Kameraden, die nun alle zu den Erwachsenen gerechnet werden sollten, während er noch viele Jahre in der Schule bleiben musste.

Schreiners Hansine stand in der Reihe vor dem Pastor, fein und zart wie eine wilde Rose in einer Hecke. Der Pfarrer legte ihr die Hand auf den Kopf: »Hansine Marie Jørgensen, entsagst du dem Teufel und allen seinen Werken und all seinem Wesen?« Sie sah mit ihren Vergissmeinnichtaugen gerade in die des Pfarrers hinein, und ihre silberhelle Stimme sagte vertrauensvoll: »Ja.« Das war

Schreiners kleine Hansine, deren Grübchen ihn so oft froh gemacht hatten. Ihm war, als sähe er sie ins Leben wachsen, von der Schule direkt in den Himmel, immer lächelnd und dem Teufel entsagend und all seinem Wesen. Er fühlte in seinem Herzen einen nagenden Schmerz und glaubte, nie wieder froh werden zu können, weil eine Scheidewand zwischen ihm und jenen gezogen war, die jetzt auf einmal erwachsen waren.

Tine konnte man es ansehen, dass sie es schon war; sie entsagte dem Teufel würdig und verständig. Niels Peter verabschiedete ihn auswendig gelernt und glaubte an Gott in drei Artikeln, ohne ein Komma auszulassen. Kristian Mogensen gab sein Bekenntnis in einem gedämpften vertraulichen Flüstern ab. Holger aber, dessen Schultern schon Mannsbreite hatten und dessen Kopf in gleicher Höhe mit dem des Pfarrers war, versetzte die Gemeinde in Erstaunen, indem er in Tränen ausbrach, als die Frage nach Entsagung und Glauben an ihn kam. Statt das kurze korrekte »Ja« abzugeben, schluchzte er, gleichzeitig versichernd und flehentlich: »Ja, das tu ich — das tu ich *wirklich*.«

Nach dem Gottesdienst schlenderte Jens einsam und ruhelos umher, in unstillbarer schmerzlicher Sehnsucht. Er ging zu seinem Stuhl in der Haselnusshecke. Schreiners Hansine kam in ihrem weißen Staat vorbei, Arm in Arm mit einem Mädchen, das schon vor zwei Jahren konfirmiert worden war. Man konnte es sehen, sie hielt sich schon an die Erwachsenen, sie würde sicher nicht stehen bleiben und ihm guten Tag sagen.

Als sie es dennoch tat und beide Grübchen so aussahen, als sei es dummes Gerede, dass sie die Schule verlassen hatte, war er so glücklich und gleichzeitig betrübt, dass ihm Tränen in die Augen traten und Hansine zärtlich wie eine kleine Mutter ausrief:

»Aber du weinst ja, kleiner Jens, hat dir jemand etwas getan?«

Er sprang aus der Hecke heraus und versteckte sich im Garten. »Kleiner Jens! — Jemand etwas getan!« — Ja, sicher, sie war erwachsen. Sie konnten nie wieder Kameraden werden. Sie und die anderen waren weiter von ihm weg als Brüderchen, das tot war. —

Eines Tages kam sein Vater und fragte mit einem Gesicht, das größer und runder war als gewöhnlich, ob er Lust habe zu studieren; dann solle er die Dorfschule verlassen und das Gymnasium in der Stadt besuchen.

Die Hauptsache war für ihn, wie Hansine und die anderen aus der Schule zu kommen, und deshalb sagte er »ja«.

Dann kam er von der Dorfschule ins Gymnasium, wo er wieder mit Christian Barnes zusammentraf, der nicht sonderlich gewachsen war, aber sehr bleich aussah und dunkle Ränder unter den Augen hatte. Er konnte nichts davon merken, dass Christian sich freute, ihn zu sehen. Als Jens aber bei einem buckligen Schneider mit einem bleichen, hübschen Gesicht und einem militärischen Schnurrbart einquartiert war, bekam er fast täglich Besuch von Christian. Der Garten des Schneiders grenzte nämlich an Helen Strømstads Garten.

Er kam sich sehr klein und unbedeutend vor im Verhältnis zu Christian, dessen Schnüffleraugen beständig die geheimsten Gedanken der Leute ausspionierten und dessen Sprache so erfahren und erwachsen klang. Wenn ihn nicht Christian darauf aufmerksam gemacht hätte, würde er nie entdeckt haben, warum der Schneider so oft seine Arbeit liegen ließ, in den Spiegel sah, seinen Oberstleutnantbart drehte und den Ausdruck seines Gesichts von grausamer Kälte und eiskaltem Hohn zu verführerischem Lächeln und männlicher Leidenschaft übergehen ließ. Die beiden Jungen hatten reichlich Gelegenheit, ihn zu beobachten; denn Jens Zimmer lag in einem Anbau des Hauses, und vom Fenster aus konnte man genau in Henriksens Werkstatt hineinsehen.

»Du glaubst, dass er sich aus Eitelkeit im Spiegel betrachtet?«, fragte Christian. »Nein, nein, mein Lieber, aus Leidenschaft! Er ist von einer heftigen Liebe zu Helens Mutter entbrannt. Aber er quält sie, das ist nun mal seine Art. Deshalb genießt er den zerschmetternden Hohn, den er in seinen Blick legen kann. Er glaubt, sie liebt ihn unglücklich und sie soll noch eine Weile leiden, bevor er sich erbarmt. Aber jedes Mal, wenn er die Gelegenheit zu einer Erklärung hat vorübergehen lassen, quält er sich selbst, und du kannst Gift darauf nehmen, er liegt nachts wach und wälzt sich in seinem Bett. Er ist nicht nur deshalb so bleich, weil er ein Schneider ist.«

»Aber wie kann er nur glauben, dass sie in ihn verliebt ist?«, fragte Jens.

»Ja, nun, was kann er wohl anderes glauben?«, fragte Christian. »Wenn er sie über den Gartenzaun mit seinem vernichtenden Blick ansieht, wird sie ja rot und verwirrt und läuft ins Haus. Das tut sie natürlich, weil sie glaubt, dass er ihr gegenüber seine Verachtung ausdrücken will, weil sie ein Kind hat, obwohl sie nicht verheiratet ist und dazu mit Bjerg zusammenlebt.«

»Tut sie das wirklich?«

»Ja, wirklich. Aber keine Andeutung davon zu Helen! Dass du das nie vergisst.«

»Selbstverständlich! Aber Henriksen, sollte der wirklich glauben — —?«

»Ist das so unmöglich? Er sitzt vor seinem Spiegel, hat ein hübsches Gesicht und sein Buckel sitzt hinten.«

Christian lachte und zeigte auf Henriksen, der mit gekreuzten Beinen auf seinem Tisch saß und Blut aus dem Zeigefinger sog. »Das kommt davon, wenn man

Heldenträume träumt und mit einer gezückten Schneiderlanze auf dem Tisch sitzt.«

Jens betrachtete ihn erstaunt.

Es war unglaublich, was Christian von den Gedanken der Menschen alles wusste.

Aber es konnte auch vorkommen, dass Christian ihn mit demselben überraschten Ausdruck betrachtete. Das tat er, als Jens nach einer Weile langsam bemerkte:

»Bjerg ist durch und durch wurmstichig, bis in die Wurzel. Er hat große Angst vor dem Tod.«

»Woher weißt du das?«, rief Christian.

»Das kann ich sehen«, sagte Jens und verfiel in Gedanken über den tiefen Unterschied zwischen dem, was er und was Christian Barnes von den Menschen wussten.

Je mehr er sich über die beiden Welten wunderte, die sich im Menschen finden, umso begieriger wurde er, sie »offen stehen« zu sehen und zu beobachten, wie weit sie von »sich selbst« entfernt waren. Seine Fähigkeit, sie so zu sehen, »wie sie waren«, wuchs mit dem Gebrauch; aber es gab einen, der seiner Hellsicht trotzte.

Der alte Segelmacher Berg, der immer, die Hände tief in den Hosentaschen, vor seiner Tür stand, auf dem Markt direkt gegenüber dem Standbild Frederiks des Siebenten, der war immer verschlossen. Er war in der ganzen Welt herumgekommen und hatte alles gesehen, was es auf Erden gibt. Jens hätte gar zu gern gewusst, was Berg war und wie er merkte, dass er es war. Berg stand täglich vor der Tür, sein scharf geschnittenes, regungsloses Gesicht dem Markt zugekehrt, aber er war doppelt und dreifach verschlossen.

Die Ferien verbrachte Jens zu Hause und jeden Sommertag konnte man ihn im Stuhl der Haselnusshecke sitzen und in die Ferne starren sehen, weit vorbei an

Annine Clausen und den anderen, die auf dem stillen Weg an der lebenden Hecke vorbeikamen.

Auf den Feldern sah er seine alten Schulkameraden arbeiten. Sie hatten schon ein ganz erwachsenes Benehmen. Hin und wieder kamen sie an der Hecke vorbei und grüßten mit einem Nicken und einem Lächeln, aber sie waren nicht mehr die alten Schulkinder, sie hatten einen neuen Ausdruck in ihre Gesichter bekommen. Es war ein verstohlenes Lächeln, das sie manchmal schöner, manchmal hässlicher machte, als sie in ihrer Schulzeit gewesen waren. Dieses Lächeln legte einen großen Abstand zwischen sie und ihn.

Nur Holger war derselbe geblieben. Viel größer war er geworden, und das verstohlene Lächeln war auch in seinem Gesicht, aber wenn er an der Hecke vorbeifuhr, »prr« machte und anhielt, glitt die geheime Welt der Erwachsenen aus seinem Gesicht, und Jens begegnete zwei runden Augen, die noch zur Schule gingen und gar nicht all die Güte auszudrücken vermochten, die in ihnen versteckt lag und schrecklich gern herauskommen wollte. Holger war immer hilflos verliebt in alles, was klein, zerbrechlich und zart war. Bevor er die Pferde wieder in Trab setzte, kam wie immer der Satz: »Wenn dir einmal jemand etwas tun will, dann komm zu mir.« Der Wagen rumpelte davon, und Jens sah einen Rücken, hinter dem man sich geborgen fühlen konnte.

12. KAPITEL
Das Verbrechen

Es war an einem milden Herbsttag. Alle Bäume standen so still, als wollten sie sich an den ganzen Sommer erinnern, bevor sie ihre Blätter losließen. Jens Dahl war für ein paar Oktoberferientage zu Hause. Er saß beim Kaffee und plauderte mit seiner Mutter, die auf Annine Clausen wartete, die gerade nach Hause gegangen war, um das Vieh zu versorgen; sie wollte gegen Mittag wiederkommen und Wäsche waschen. Aber sie ließ auf sich warten.

Als sie endlich kam, war sie so aufgeregt, dass sie kaum noch eine Tasse Kaffee trinken konnte.

»Das sitzt mir in den Beinen«, sagte sie, »und besonders in den Knien und überall. Es ist, als ob's mir selber passiert wär. Gott, oh Gott, was ist das Leben doch wunderlich. Und das von Leuten, die wir kennen, die von klein auf mit uns zusammen gewesen sind, und nicht solche, von denen man in der Zeitung liest! Was sagen Sie dazu, Frau Dahl?«

Was sollte Frau Dahl wohl sagen, wenn sie von nichts wusste!

»Ach Gott, haben Sie es noch gar nicht gehört? Bin ich die Erste, die es Ihnen erzählt? Ja, es ist ja auch erst heute am frühen Vormittag passiert; und nun liegt sie da und ist tot, und sie war ein so hübsches, freundliches Mädchen! Und er! ›Ich kann es nicht glauben‹, hab ich zu Martine gesagt, als sie es mir erzählt hat. Sie dient ja auf demselben Hof wie die beiden, und sie ist zu mir herübergelaufen und hat's mir erzählt, weil sie darüber reden *musste*. Sie wissen ja, Martine und mein Niels Peter, die sind sozusagen verlobt, und ich finde ja, sie sind noch Kinder, und das hab ich ihnen auch gesagt. – – Aber, ach Gott, Hansine und Holger waren ja nicht älter, und jetzt ist Hansine tot!«

»Hansine ist tot?«

»Ja, das können Sie wohl sagen! Hansine ist tot! Sie ist tot, Schreiners kleine Hansine mit den beiden hübschen Grübchen und den sanften Augen. Heute Vormittag ist sie gestorben, umgebracht worden ist sie! Und Holger war's, der sie totgeschlagen hat!«

Frau Dahl griff nach der Tischplatte, als ob sie Angst habe zu fallen. Jens aber stand langsam auf und setzte sich wie mechanisch wieder hin. Das Neue war noch nicht in ihn hineingekommen. Im Gegenteil, es schien ihn etwas verlassen zu haben. Er hatte das Gefühl, er habe schon vorher alles gewusst. Obwohl er nie darüber nachgedacht hatte, schien es ihm in diesem Augenblick, als habe er es eigentlich schon immer gewusst, dass Holger eines Tages Hansine totschlagen werde. Das war vorherbestimmt, und nun war es also passiert. Er konnte nicht wie seine Mutter erstaunt und entsetzt ausrufen:

»Ist es wirklich wahr?«

Annine nickte.

»Ja, da können Sie wohl fragen, Frau Dahl, ob es wirklich wahr ist. Das hab ich auch zu Martine gesagt. ›Es ist nicht möglich‹, sag ich. Aber sie konnte alles erklären. ›Denn Holger hat Hansine geliebt‹, sagt sie, ›aber er hat sie nicht geliebt wie ein Mensch‹, sagt Martine. ›Nein, er muss sie geliebt haben wie ein Teufel‹, sag ich. Aber Martine schüttelt den Kopf und fängt an, alles zu erklären wie aus der Bibel. ›Er hat sie lieb gehabt wie einen Engel‹, sagt sie. ›Ich glaube, er hätt zu ihr beten können. Es war mit ihm nicht so wie mit den andern Kerlen, die uns einen Antrag machen und uns küssen und abdrücken, wenn wir *ja* sagen, oder uns auch manchmal küssen und abdrücken und noch anderes, ohne uns erst vorher einen Antrag zu machen. Nein, Holger, der war wie in den Büchern. Sie war für ihn was Heiliges, der Zipfel von ihrem Kleid war für ihn wie die Decke auf dem Altar. Ja, ich glaub fast, er hat gedacht, man könnt die Vergebung der Sünden kriegen, wenn man Hansine nur ansah‹ – sagt Martine – sie ist doch immer so gescheit vom Lesen und kann reden wie es in den Büchern steht. ›Ich hab gesehen, wie er ihr geholfen hat‹, hat sie gesagt, ›bei der Ernte und bei schwerer Arbeit. Er hat uns ja allen geholfen, hat allen die Garben gebunden, aber wenn's eine für Hansine war, dann hätt man meinen können, es wär ein Blumenstrauß, so hat er sie angefasst, bloß weil sie zu Hansines Schnitt gehörte, obwohl sie sie gar nicht angerührt hatte. Ein Studierter kann auch nicht mehr Feingefühl haben als Holger‹, hat Martine gesagt und geweint hat sie wegen ihm.«

»Wie kann er dann nur hingehen und sie totschlagen?«, fragte Frau Dahl.

»Das hab ich auch zu Martine gesagt. ›Ja‹, sagt sie, ›das war, nachdem er sie vergewaltigt hatte, da konnt er ihr nicht mehr in die Augen sehen, und da hat er sie totgeschlagen.‹«

»Hat er sie auch –?« Frau Dahl hielt inne, aus Rücksicht auf ihren noch nicht konfirmierten Sohn.

»Ja«, sagte Annine, »es gibt kein Verbrechen, das Holger an diesem Vormittag nicht begangen hätt; denn wir sind noch nicht fertig. ›Wie konnt er sich so an ihr vergreifen‹, sag ich zu Martine, ›nach all dem, was du über ihn erzählst?‹ ›Ja‹, sagt sie, ›das kam daher, weil Hansine ein Malheur gehabt hat. Der Müllergesell von der Vissingrøder Mühle hat sie auf einem Waldfest im Sommer rumgekriegt.‹ – – Ja, Sie sehen so verwundert drein, Frau Dahl, aber wir dürfen Hansine nicht zu hart beurteilen. Wenn wir jung sind und nach was aussehen, dann sind sie hinter uns her, vom Morgen bis zum Abend. Und wir können jeden Tag und jede Stunde im Jahr züchtig und ehrbar herumgehn und brauchen bloß fünf Minuten schwach zu sein, und dann werden wir gestraft fürs ganze Leben. Ich bin zeitlebens ein anständiges Mädchen gewesen, aber bloß einen Augenblick, den Abend auf der Tierschau, da hab ich den Kopf verloren – und dann hatte ich Niels Peter. Und ich bin doch immer anständig gewesen, vorher und nachher. Und der Vissingrøder Müllergesell, der hat so was an sich; ›keine kann ihm widerstehen‹, sagen sie. ›Und auf dem Hof wussten sie alle‹, sagt Martine, ›dass Hansine ein Malheur gehabt hatte, man konnt es ihr ja schon ansehn. Bloß Holger hat nichts gesehn, und wenn sie im neunten Monat gewesen wär, es wär ihm nicht aufgegangen, was los war‹, sagt Martine. ›Aber dann ist es passiert! Der neue Knecht und Holger sitzen abends draußen auf der Steinmauer unter dem großen Weidenbaum, und Holger spielt ihnen was auf dem Akkordeon. – Hansine war nicht dabei, die hielt sich die letzte Zeit ganz für sich, aus Kummer und Scham, denk ich mir. – Und da sagt der neue Knecht, der Holger nicht weiter kennt: *Wie lange hat denn Hansine noch, bis sie ablegt?* Holger springt auf, aber der Großknecht, der Holger kennt und kreideweiß im Gesicht wird, als er Holgers Augen sieht, der kommt dazwischen und sagt zu Holger, und seine Stimme zittert, denn er weiß, dass er sein Leben riskiert – das hat er selber nachher auch gesagt – und er sagt: *Nicht den, der's dir erzählt, sollst du's büßen lassen, sondern den, der es getan hat, und das ist der Müllergesell aus Vissingrød.* Holger steht da und sieht ihn an, und der Großknecht sieht ihn auch an, kreidebleich im Gesicht, aber fest bei seinem Wort. Holger steht wie in Gedanken versunken und dreht das Akkordeon zwischen den Händen, und das geht nach und nach in lauter Stücke‹, hat Martine gesagt.

Dann ist Holger auf seine Kammer gegangen, kein Wort hat er gesagt. Und es hat einige Zeit gedauert, bis einer von ihnen wieder richtig denken konnte. Der erste, der was gesagt hat, war der Großknecht: ›Jetzt hat der Vissingrøder Müllergesell nicht mehr lang zu leben‹, hat er gesagt. Da läuft Martine ins Haus, holt ihren Hut und läuft den ganzen Weg bis nach Vissingrød, klopft den Müllergesellen aus dem Schlaf und warnt ihn. ›Nicht ihm zuliebe‹, hat sie gesagt, ›bloß damit Holger kein Mörder werden soll.‹ ›Jetzt werd ich für viel Böses gestraft, was ich getan hab‹, sagt der Müllergesell, ›aber ich danke dir, dass du mich gewarnt hast. Vielleicht kann ich meinen Körper so lange verstecken, bis ich meine Seele erlösen kann. Denn das weiß ich, der Tod ist mir nun auf den Fersen.‹

Am nächsten Morgen war er weg, niemand weiß wohin. Aber Holger ging herum und hat immer auf den Bauch von Hansine gestarrt, und dann war es also heute Vormittag. Da ist er mit dem Stalljungen zusammen auf der Tenne und füllt Weizen in die Säcke. Da geht Hansine quer übern Hof in den Kuhstall. ›Holger sieht ihr nach und kriegt so schwere Augen‹, sagt der Stalljunge. ›Schmier du die Häckselmaschine‹, sagt Holger zu ihm, ›ich will mal nach den Pferden sehen.‹ Und dann geht er direkt in den Kuhstall, wo sie steht, und schmeißt sie hin und vergewaltigt sie auf einem Strohhaufen. Dort lag sie noch, als die Polizei kam, in derselben Stellung. Und dann – ist das nicht grässlich – dann hat er die Mistgabel genommen und sie ihr geradewegs durch den Hals gejagt. Der Kuhmist hing noch um die Wunden herum. Und dann ist er in den Pferdestall gegangen und hat sich aufgehängt.«

»Er hat sich erhängt?«

»Ja, was sollt er denn auch andres tun nach all dem, was er verbrochen hat, als sich das Leben zu nehmen?«

»Ach Gott, dann sind sie ja beide tot!« Frau Dahl dachte an die vielen Male, als sie die beiden zusammen auf dem Schulhof hatte spielen sehen.

»Nein«, sagte Annine, »so gut ist es Holger nicht gegangen; er ist gar nicht tot. Der Knecht kam in den Stall und wollt einen Zaum für die Stute holen, mit der er den Milchwagen fährt, und da läuft er genau gegen Holger, der da an einem Haken für die Pferdegeschirre baumelt. Der Knecht geht hin und schneidet ihn mit dem Messer ab. Er dachte, es wär schon zu spät, aber die Seele hat doch noch in ihm gesessen; denn als der Knecht sich um ihn kümmert, da schlägt Holger die Augen auf, besinnt sich einen Moment und sagt:

›Nun, dann soll ich also meine Strafe auch noch hier im Leben haben. Fahrt mich gleich aufs Rathaus.‹ Der Knecht hat kein Wort begriffen, aber da kam eine von den jungen Mägden aus dem Kuhstall, und die hat gekreischt und gelacht und Krämpfe hat sie gekriegt, und da ist der Knecht rüber, und da haben sie ihm gesagt, was los war. Dann ist die Polizei da gewesen, und der Doktor ist noch bei dem Mädchen; sie sagen, sie hat den Verstand verloren, aber der Doktor sagt, sie kann ihn vielleicht noch wiederkriegen. Und jetzt ist Hansine tot, ein furchtbarer Tod – und Holger haben sie abgeführt, und seine Mutter, die Witwe, hat erst ihren Mann vor vielen Jahren verloren und jetzt auch noch ihren einzigen Sohn, und das so. Und ins Leben, Frau Dahl, da sind wir hineingekommen, ohne zu wissen, wie es zuging, und keiner weiß, wie wir wieder herauskommen.

Und hier sitz ich jetzt, und all das ist mit Leuten geschehen, die wir kennen, grad vor unserer Tür, und jetzt muss ich zur Wäsche hinunter und das Zeug auswringen, als ob nichts passiert wär. Ach ja, was ist das Leben doch wunderlich!«

Als Annine zu ihrer Wäsche hinausgegangen war, strich Frau Dahl ihrem Sohn übers Haar und sagte: »Das war nicht gut für dich, das alles zu hören!«

Nein, das war es nicht. Die scheinbare Ruhe, mit der er die erste Mitteilung von dem Mord aufgenommen hatte, schwand, als Annine in die Einzelheiten ging. Das Verbrechen wurde in seiner ganzen entsetzlichen Grauenhaftigkeit wirklich für ihn. Diesen Mörder hatte er gekannt, hatte mit ihm gesprochen, ihn berührt, ja, er war ja sogar sein Freund gewesen. Er fühlte sich besudelt, als ob Holger schon damals ein Verbrecher gewesen wäre. Ihm war, als könne er nie wieder Ruhe finden, bevor er nicht Hansine um Vergebung gebeten hätte, weil er mit Holger gut befreundet gewesen war.

Aber Hansine war tot! Schreiners kleine Hansine! Die alte Vorstellung, dass sie wie der Sonnenfleck auf dem Fußboden vor dem Klassenzimmerfenster war, tauchte wieder auf. Er sah sie in der Kirche vor dem Pfarrer stehen und in Reinheit und Vertrauen dem Teufel und all seinen Werken entsagen. Jetzt war sie tot, entehrt und verstümmelt. Dunkel und kalt war es geworden, jetzt und für immer.

Er ging mit zur Beerdigung, obwohl seine Mutter ihn bat, zu Hause zu bleiben. Er fand es richtig, dass er mitgegangen war.

Sie waren alle da, Groß und Klein, die mit ihr zur Schule gegangen waren. Pastor Barnes trat an den Sarg heran:

»Hilflos stehen wir da«, begann er und tastend und hilflos fuhr er fort, während ihm die Tränen langsam über die Wangen liefen. Dann senkten sie sie ins Grab. Viele Kinderaugen starrten mit einem leeren Ausdruck dem Sarg nach, als sei ihre Seele davongeflogen. Der kleine Hans Olsen, den Holger damals aufgehoben und gewaschen hatte, war auch da. Er weinte. Er stand neben seiner kleinen Freundin Ellen Nielsen, sie weinten beide und hielten sich an der Hand und vergaßen, sich zu schämen, dass es jemand sah.

Die Leute gingen in Gruppen nach Hause. Jens schlich von einer zur andern, in der Hoffnung, etwas zu hören, was ihm das Unfassliche erklären konnte. Aber sie sprachen hauptsächlich über die Rede des Pfarrers.

»Barnes ist nicht mehr der, der er mal war«, sagten sie, »seit seine Frau gestorben ist.« – Einer schüttelte den Kopf: »Er ist jetzt sozusagen schlichter und klarer, aber er reißt einen nicht mehr mit!« Und sein Nachbar erklärte: »Es ist beinahe so, als ob da einer von uns reden würde. Das, was er sagt, sind ja eigentlich nur unsere eigenen Gedanken. ›Hilflos stehen wir da‹, sagte er. Ja, was kann es nützen, das zu sagen. Das tun wir ja alle. Hilflos und ungeholfen!«

Hilflos und ungeholfen ging Jens in die Stadt zurück. Dort begegnete er der Kuchen-Dorte, die beim Bäcker ihren Korb hatte füllen lassen. Er hatte Dorte immer gern gehabt, sei es um ihrer selbst willen oder wegen der Dinge, die sie im Korb trug. Er hatte das Bedürfnis, sie anzusprechen und erzählte ihr, dass er zu Hause gewesen war und Hansine mit begraben hatte.

»Ja«, sagte Dorte, »nun ist sie tot, Schreiners kleine Hansine. Ach Gott, armer Holger, der zum Mörder werden musste!«

»Zum Mörder werden musste!« – Er sah sie verwundert an – es ging ein Leuchten durch die Luft, als ob die Sonne plötzlich durchs Schulfenster hereinkam und den Sonnenfleck auf dem Fußboden lächeln ließ – er sah Dorte an, sie stand offen und er folgte ihrem schlichten Gefühl dem Leben gegenüber, folgte diesem bis zu Holger Enke, den er vor sich sah, herzensgut und sanft, zärtlich alles beschützend, was klein und gebrechlich war, der aber nun hilflos unglücklich war, weil er alles in Stücke schlug, für andere und für sich selbst. Dorte ging weiter, aber Jens blieb stehen und starrte lange in die Welt hinein, wo die Dinge und die Menschen offen sind.

Er ging nach Hause und setzte sich in die Laube in Schneider Henriksens Garten, um richtig ins Offene hineinzukommen und möglicherweise Brüderchens Nähe zu fühlen – und vielleicht auch die Hansines, aber er wurde durch gedämpfte Stimmen in Helen Strømstads Garten gestört. Es war Bjerg, der mit ihrer Mutter sprach.

»Wir können ja auch genauso gut gleich heiraten«, sagte er.

»Du weißt ja, dass ich das nicht will«, antwortete Frau Hansen.

»Wenn es dir peinlich ist, dass der bucklige Schneider und alle die andern dich – so beurteilen, dann kann ich wirklich nicht begreifen –«

»Du weißt doch, dass es Helens wegen ist. Die Familie ihres Vaters hat Geld für sie bestimmt, das sie bekommt, wenn sie erwachsen ist oder wenn sie heiratet. Aber wenn ich heirate, dann bekommt Helen nichts.«

»Was geht sie das an?«

»Sie wollen sich rächen. Sie waren wütend, weil ich ihnen Helen nicht abtreten wollte.«

»Helen beerbt ja doch mich, wenn wir heiraten.«

»Du hast nicht so viel, wie Helen bekommt, wenn ich nicht heirate.«

»Du solltest auch daran denken – wenn Helen erwachsen ist und erfährt, dass du –«

»Das erfährt Helen nie.«

»Du vergisst den Klatsch!«

»Nein. Aber Helen wird mir glauben, wenn ich sage, dass die Leute lügen. Ich weiß auch nicht, warum du plötzlich so darauf erpicht bist, dass wir heiraten.«

»Ich bin mir nicht sicher, ob die Gründe, die du anführst, die einzigen sind. Vielleicht willst du nicht wegen dem Kaufhausdirektor?«

»Zwischen ihm und mir ist nichts mehr.«

»Er hat dir doch die Filiale hier verschafft!«

»Das war damals!«

»Aber deine Fahrten nach Kopenhagen?«

»Nur geschäftlich. Aber selbst wenn es so wäre —«

»Dafür gibt es ein hässliches Wort.«

Frau Hansens Stimme bebte, als sie entgegnete:

»Eins musst du dir klar machen: Du und ihr alle seid mir gleichgültig, aber für Helens Zukunft opfere ich Leib und Seele.«

»Das ist ja ein schönes Motiv. Solltest du aber nicht noch ein anderes gehabt haben? Dein eigenes Vergnügen?«

»Das solltest *du* mir jedenfalls nicht unter die Nase reiben.«

»Nein«, flüsterte Bjerg, »ob verheiratet oder nicht, unser Vergnügen haben wir.«

Jens schlich auf sein Zimmer, die Gedanken drehten sich in seinem Kopf und riefen ein Gefühl von Ruhelosigkeit hervor, als ob weder die offene noch die geschlossene Welt Platz für ihn hätte. Gegen Abend ging er zu Christian Barnes, weil er es nicht länger aushielt, allein zu sein. Christian konnte ihm über das Verhör Holger Enkes einiges erzählen. Sie hatten ihn gefragt, warum er Hansine getötet habe, und darauf hatte Holger geantwortet, das sei ja auch verkehrt gewesen. Eigentlich hätte es ja der Müllergeselle sein sollen, aber dann sei sie es gewesen. »Und dann war es sicher auch, weil ich ihr nicht mehr in die Augen sehen konnte, nachdem ich ihr das angetan hatte.« — Warum er es denn getan habe? — »Es stieg so in mir auf, als ich sah, was sie ihm erlaubt hatte.« Mehr konnten sie nicht aus ihm herausbringen. Nur bat er flehentlich um die Todesstrafe, »denn der Knecht kam ja leider zu früh.«

Sie saßen lange schweigend im Halbdunkel, endlich sagte Jens: »Ich hab einen kleinen Bruder gehabt, der ist gestorben! Manchmal glaub ich beinahe, dass er zu beneiden ist, weil er nicht erwachsen wurde.«

Er erwartete keine Antwort, und es kam auch für eine ganze Weile keine; dann sagte Christian:

»Darauf kannst du Gift nehmen!«

»Worauf?«

»Dass der zu beneiden ist, der stirbt, bevor er erwachsen ist – oder zu viel von den Erwachsenen erfährt.«

Jens starrte Christian an, der bleich wie ein Gespenst im Halbdunkel saß.

»Du hast mal gesagt, du wüsstest so viel von den Erwachsenen«, begann Jens von neuem, »kannst du dann auch begreifen, was Holger Hansine angetan hat, bevor er sie umbrachte?«

Von Christian kam ein gedämpftes, aber bestimmtes kurzes »Ja«, und nach einer Weile fügte er hinzu – und es klang, als schlage die Dunkelheit ihre dicke schwarze Hülle um seine Stimme:

»Falls du jemals ein reines Gesicht, das du liebst, von unreiner Lust grob werden siehst, dann bist du verloren!«

»Und stell dir vor, er wollte auch Selbstmord begehen«, sagte Jens.

Christian stand auf und ging zur Lampe. Er zündete ein Streichholz an, es ging aus, aber Jens sah, dass beide Mundwinkel herabgezogen waren und eine tiefe Falte zwischen seinen Augenbrauen saß. Christian nahm ein neues Streichholz, zündete die Lampe an und sagte, ohne Jens anzusehen: »Ich versteh ihn sehr gut. Ich habe mehr als einmal Lust gehabt, es genauso zu machen wie Holger und mich an dem Haken dort aufzuhängen!«

Jens fuhr von seinem Stuhl auf:

»Aber —! Du willst doch nicht —?«

»Nein«, sagte Christian und bohrte seine Augen in die von Jens hinein: »*Leider!*«

Sprachlos starrte Jens das fahle Gesicht dicht neben der Lampe an; der Lichtschein fiel gerade auf die tiefen dunklen Ränder unter den Augen. Schließlich brachte er doch hervor: »Ich versteh nicht — — ich versteh kein Wort —«

»Nein«, erwiderte Christian, »weil du ein Kindskopf bist. Freu dich darüber!«

13. KAPITEL
Verdammte Stadt!

Einige Jahre versanken in Syntax und Lexika. Eines Tages, als Jens durch das Fenster des Schneiders ins Leben hinausblickte und darin Helen Strømstads Garten sah, da fiel es ihm auf, dass Helen in langen Kleidern ging.

Er teilte seine Entdeckung Christian Barnes mit, der ihn mit einem kurzen schrägen Blick voll konfirmierter Geringschätzung maß.

»Sie ist sechzehn Jahre alt«, sagte er. Christian selbst war siebzehn.

Helen kam gerade auf sie zu, ging so vor sich hin und sah sie nicht.

»In ihren Augen ist ein so schöner Glanz«, sagte Jens, »solche Augen nennt man sicher ›träumerisch‹.«

»Gut für Helen, dass sie träumt und sich nicht wach zu Hause umsieht«, sagte Christian. »Gott weiß, wovon sie träumt. – Einer wird es mal erfahren. Verdammte Stadt!«

»Du weißt es also auch nicht«, sagte Jens, »obwohl du sonst so viel davon weißt, woran die Leute denken« – in der geschlossenen Welt, hätte er beinahe hinzugefügt, hütete aber sein Geheimnis noch rechtzeitig.

»Nein«, sagte Christian, »ich weiß es nicht, aber ich weiß, wenn ich ungläubig wäre, könnte ich den Glauben an eine unsterbliche Seele wiederfinden, wenn ich solche Augen sehe.«

»Könntest du dir vorstellen, dass du ungläubig wirst?«, fragte Jens.

»Ich könnte mir vorstellen, dass mir nur die Wahl bleibt, ungläubig zu werden oder zu glauben, dass alle Menschen in die Hölle kommen. Verdammte Stadt! Und verdammter Schweinestall von einem Land!«

Damit ging er. Jens fühlte, dass Christian Barnes unglücklich war und fand das so interessant, dass er ihn fast hätte beneiden können. —

Am selben Nachmittag ging der Konsul zu Bjerg, kaufte ein Los und begann sich mit ihm so zu unterhalten, als ob Bjerg gesetzlich mit Frau Hansen verheiratet und Helens Stiefvater wäre.

Am Abend ging Bjerg zu Frau Hansen und gab ihr den Rat, ein Angebot des Konsuls, Helen in seinem Büro anzustellen, abzulehnen.

Ein solches Angebot wäre aber doch ungewöhnlich nobel, meinte Frau Hansen.

»Ja, aber der Konsul ist Witwer und hat schon früher junge Damen im Büro gehabt«, sagte Bjerg.

»Ich will selbst mit dem Konsul sprechen, bevor ich mich entscheide«, sagte Frau Hansen.

Am nächsten Tag sprach sie mit dem Konsul, und tags darauf saß Helen in seinem Büro.

Einen Monat später hatte Christian Barnes im Park eine Auseinandersetzung mit dem Sohn des Konsuls, worauf sie sich nicht mehr grüßten, aber eines Tages, als Helen aus dem Büro kam, ging Barnes quer über den Markt, sprach sie mitten zwischen Frederik dem Siebenten und Segelmacher Berg an und sagte, sie solle sich vor den Leuten, bei denen sie arbeite, in Acht nehmen. Helen sah ihn mit verwundert schönen Augen an und fragte warum. Christian senkte den Blick zum Steinpflaster und sagte »Pardon!« und ging so plötzlich, wie er gekommen war.

Helen starrte ihm erstaunt nach, bis sie schließlich lachen musste. Segelmacher Berg, der immer vor seiner Tür stand, so regungslos wie das Standbild Frederiks des Siebenten, außer dass er hin und wieder mit den Augen blinzelte und manchmal ausspie, öffnete gerade den Mund

und spuckte einen langen braunen Streifen über den Bürgersteig.

Helen blieb nur ein halbes Jahr im Büro. Eines Nachmittags nach Feierabend schlug der Sohn des Konsuls seinem Vater in dessen Privatbüro ein blaues Auge und verlobte sich im vorderen Büro mit Helen. Der Konsul widersetzte sich der Verbindung, Helen weinte, aber ihre Mutter ging eines Abends zu ihm, kam spät nach Hause, hatte dafür aber als Gegenleistung seine Einwilligung in der Tasche.

Dann besuchte Helen eine Haushaltsschule und Bjerg begann zu Hause heimlich zu trinken.

Christian Barnes kam täglich völlig unvorbereitet in die Schule, und am Schluss des Monats ließ ihn der Schulleiter kommen und sagte, er könne sich das Abitur im Sommer aus dem Kopf schlagen.

Von dem Tag an sahen weder Jens noch jemand anders Christian außerhalb der Schule, aber als es so weit war, bestand er das Abitur mit Auszeichnung.

Als er nach Kopenhagen fuhr, um dort zu studieren, kam Helen von ihrer Haushaltsschule nach Hause zurück.

14. KAPITEL
Einsicht

Pastor Barnes betrachtete seinen Sohn, der die Hand nach einem Gesangbuch auf dem Regal ausstreckte. Diese Armbewegung hatte er von seiner Mutter – und die Art, wie er, den Kopf ein bisschen auf die Seite geneigt, im Buch blätterte, war auch von ihr. Pastor Barnes Augen wurden von einem inneren Licht erhellt. Jetzt hatte er den Jungen in den Sommerferien daheim. Den Studenten! Die Studentenzeit, seine eigene Jugend und seine Frau, der der Junge ähnelte, waren in dem jungen Mann da versammelt.

Christian drehte sich um und Pastor Barnes wandte verlegen die Augen nach einer andern Richtung und tat, als suche er nach seiner Brille.

Christian betrachtete aufmerksam seinen Vater und spekulierte darüber, ob er im letzten Jahr wirklich kleiner geworden war oder ob es ihm nur so vorkam, weil er selbst gewachsen war.

»Ein wunderliches Leben«, dachte Christian, »hier draußen so allein in der Provinz zu sitzen und jeden Sonntag eine Predigt zu halten.« Eigentlich war das Leben ja an dem Alten vorbeigegangen, er saß nun hier am Straßenrand wie ein müder Soldat, der von dem vorwärts marschierenden Heer vergessen wurde.

Pastor Barnes sah vom Tisch auf und Christian wandte die Augen ab und suchte nach einer freundlichen und munteren Bemerkung, konnte aber keine finden.

Das Schweigen fing schon an, bedrückend zu werden; da richtete Pastor Barnes sich plötzlich auf und sagte mit einem angestrengt jugendlichen Lächeln: »Wollen wir jetzt gehen?«, und Christian antwortete mit einem übertrieben zuvorkommenden »Ja«.

Sie gingen zusammen, hätten sich aber beide wohler gefühlt, wenn sie allein gegangen wären, unter anderem, weil dann jeder gewünscht hätte, dass der andere dabei wäre.

»Ich vermisse deine Mutter«, sagte Pastor Barnes.

»Ja«, erwiderte Christian. Sein Ton war so entgegenkommend verständnisvoll, dass Pastor Barnes beschloss, mit dem, was er sagen wollte, bis zu einem andern Mal zu warten, wenn es günstiger war.

Er wollte so gern, dass sie sich richtig gut verstanden, aber es war, als ob sie sich beide zu viel Mühe gäben. Eigentlich wünschte er sich, dass sein Sohn nicht in die Kirche gehen solle, um ihn zu hören. Er predigte ja schlecht, und er wusste das. Das heißt, nach Ansicht so eines Studenten predigte er natürlich schlecht. Er wusste sehr wohl, dass die Leute sagten: »Barnes ist nicht mehr der, der er einmal war.« Aber sie wussten nicht, dass es daher kam, weil er es nicht mehr sein *wollte*. Sie bewunderten ihn nicht mehr, aber sie konnten ihn jetzt doch eigentlich besser leiden. Und mit ein bisschen Mitleid, weil es mit ihm bergab gegangen war. Nun, er konnte es schon ertragen! Aber ihn quälte das Bedürfnis, seinen Sohn einzuweihen. Denn wenn Pastor Barnes wollte, konnte er sehr wohl noch eine von diesen Predigten halten, die in alten Zeiten die Leute veranlassten, von weit her zu kommen, um ihn zu hören. Er fühlte sich immer versucht, es zu tun. Nur ein einziges Mal, damit sein Sohn es hören konnte, um nur ein Mal in seinen Augen zu lesen, was er früher in denen der ganzen Gemeinde zu sehen pflegte: die tiefe Bewunderung für das Talent da oben auf der Kanzel. Hinterher wollte er dann zu ihm sagen: »Siehst du, mein Sohn, so habe ich früher gepredigt, aber ich tue es nicht mehr, und ich will dir auch sagen weswegen.« Aber er konnte der Versuchung nicht nachgeben; die Angst vor hochtrabenden Worten saß zu tief in ihm. Er konnte sich nicht mehr entschließen, stärkere Worte und schönere Wendungen zu gebrauchen als die, für die seine Person einstehen konnte. Daher waren seine Reden schlicht und armselig, und er war einsam, weil niemand wusste, dass das mit Absicht geschah. Aber er sah, dass sein Sohn begabt war; er wollte so ungern von ihm geringschätzig betrachtet werden, und es war zu viel verlangt, dass ein so junger Mann unterscheiden können sollte zwischen dem, was ein Mensch wirklich ist und ausdrücken darf, und dem, womit er in Erkenntnis seiner Bedeutungslosigkeit sich zu schmücken unterlässt. Aber das Bedürfnis, von seinem Sohn verstanden zu werden, war innig und tief.

Er wurde zu einem gewissen Teil verstanden, erfuhr es jedoch nicht, obwohl Christian aufrichtig wünschte, es ihm zu sagen. Gerade sein klares Gefühl für den redlichen Charakter seines Vaters machte ihn scheu, weil er in seinem eigenen einen Fehler hatte, über den er sich schämte und den er nicht zu nennen wagte. Er konnte ihn hin und wieder vergessen und sich erleichtert fühlen, aber nie, wenn er mit seinem Vater zusammen war, dessen erstes Gebot für sich selbst lautete, niemals besser zu scheinen, als er tatsächlich war.

So schlenderten sie zusammen über den alten Spielplatz, jeder für sich, schweigend, nach dem einfachen Ton suchend, der für vertrauliche Mitteilsamkeit zwischen redlichen Männern notwendig ist. Jeder für sich wurde enttäuscht, und jeder für sich gab seinem eigenen Unwert die Schuld. – –

Jens Dahl, jetzt Schüler der letzten Klasse des Gymnasiums, war in der Kirche und döste bei Pastor Barnes Predigt, bis er plötzlich auffuhr, als er hörte: »Aufgeboten als Eheleute zum ersten Mal: Niels Peter Clausen und Martine Sofie Petersen.«

Schon! Ein Gymnasiast geht immer noch in die Schule, alle andern sind ihm im Leben weit voraus. Wenn er doch nur bald Student wäre!

Vor der Kirche kam Christian auf ihn zu und fragte ihn nach der Schule und den Lehrern.

Als der Pfarrer sich von der Gemeinde verabschiedet hatte, blieb er vor den beiden jungen Leuten stehen.

»Kommst du mit nach Hause?«, fragte er seinen Sohn, »oder –?«

»Ich wollte mit Jens ein bisschen spazieren gehen«, erwiderte Christian.

Pastor Barnes nickte lächelnd. »Ich verstehe«, sagte er und ging langsam über den Spielplatz.

Jens sah Christian ins Gesicht. »Bist du schlechter Laune?«, fragte er, »du siehst gar nicht nach Ferien aus, finde ich.«

»Weißt du«, sagte Christian, »es ist nur, weil Vater jetzt glaubt, dass seine Gesellschaft mich langweilt. Das macht mich traurig, und es stimmt auch nicht einmal. Erinnerst du dich noch, dass du einmal gesagt hast, es sei so schlimm, erwachsen zu werden? Das geht noch einigermaßen, finde ich, aber alt zu werden, das muss grässlich sein.«

Sie schlenderten den Weg entlang und sagten nicht viel. Aber Christian bekam allmählich wieder den alten Ausdruck ins Gesicht. An der Hecke am Schulhof blieb er stehen.

»Dein Stuhl ist noch da«, sagte er.

»Ja«, erwiderte Jens, »er ist noch da, und ich sitze da noch oft und mache mir Gedanken darüber, was für ein kleines Mädchen es wohl gewesen sein mag, auf das ich dort immer gewartet habe.«

Die schöne Tine kam vorbei und grüßte. Ihre Augen blieben kurz an Barnes Studentenmütze hängen. Als sie

sie niederschlug, zogen sie Jens Augen eine lange Strecke Wegs mit sich fort.

Er hatte das Gefühl, als ob die Luft sonderbar weich geworden sei, und sie machte seine Wangen warm.

Die langen dunklen Wimpern verliehen ihren Augen einen eigentümlichen Glanz.

»Das ist mir früher nie klar gewesen«, sagte er.

»Was?«, fragte Christian.

»Dass die Augen nicht nur dazu da sind, um zu sehen, sondern auch, um hineinzusehen.« Christian lachte leise vor sich hin, aber Jens hörte es nicht. Er war gefesselt davon, wie Tine ging.

»Kannst du tanzen?«, fragte er plötzlich.

»Warum fragst du?«

»Ja – weil – ich muss daran denken, dass der Tanz wohl dadurch entstanden ist – –«

Als er sich in dem Bestreben, zu erklären, nach Christian Barnes umdrehte, begegnete er zwei zusammengekniffenen Augen, ahnte ein stummes Lachen hinter dem schiefen Lächeln und wurde feuerrot, weil er überzeugt war, dass er in seinen eigenen Augen eine allen sichtbare Photographie von einem geschweiften Mund, zwei runden Wangen, zwei festen Brüsten und zwei weichen Hüften hatte.

Jetzt lachte Barnes laut, und Jens wurde noch röter. Aber Christian sagte beruhigend: »Nun ja, sie ist wirklich hübsch und gut gebaut.«

Jens wusste sich nicht anders aus seiner Verlegenheit zu retten als durch vollkommene Aufrichtigkeit.

»Es ist«, sagte er, »weil ich es früher nie so gesehen habe. Natürlich hab ich den Unterschied zwischen Frauen und uns andern gekannt. Aber es ist mehr so ein Gefühl gewesen – und dann die Kleider und die Arbeit. – Ich habe sie nie so an und für sich gesehen.«

»Mit an und für sich meinst du offenbar rein körperlich«, sagte Barnes.

Jens wurde wieder rot und lachte verlegen. »Ich geb ja zu, es ist so über mich gekommen wie eine Offenbarung aus einer anderen Welt –. Verdammt«, rief er mit übertriebener Ausgelassenheit, »was muss Adam doch für Augen gemacht haben, als er plötzlich erwacht ist und Eva vor sich stehen sah.«

»Und das nach der damaligen Mode gekleidet«, fuhr Barnes im selben Ton fort. Er wurde aber plötzlich ernst, legte ihm die Hand auf die Schulter und sagte leise: »Du hast Glück gehabt, Dahl, dass du so lange hast schlafen dürfen!«

Jens sah ihn überrascht an. Er fühlte sich durchaus nicht glücklich, vielmehr verkrüppelt wie Schneider Henriksen, innerlich erwachsen und außen ein Junge.

Plötzlich hörte er Barnes rufen: »Gratuliere!« Es waren Niels Peter und Martine, die langsam und würdevoll an der Hecke vorbeikamen.

»Na, jetzt ist es ja bald so weit?!«, fragte Barnes.

»Ja«, sagte Niels Peter und grüßte, indem er den Hut abnahm, »früher oder später müssen wir ja alle den Weg gehen.«

»Ja, alle Menschen heiraten«, sagte Jens zu Barnes, »Helen Strømstad, so jung sie auch ist, hat kürzlich den Sohn vom Konsul geheiratet.« Barnes sah aus, als habe er es nicht gehört, aber seine Stimme klang rostig, als er ein bisschen überschnell bemerkte, dass aber die schöne Tine immer noch nicht verlobt sei.

»Ach die!«, winkte Niels Peter ab.

»Ach die?«, wiederholte Barnes, »die ist doch hübsch genug, sollte man meinen.«

»Ja, hübsch ist sie«, erwiderte Niels Peter, »verdammt hübsch!« Aber Martine bemerkte mit der Weisheit einer

Wahrsagerin in der Stimme: »Ich glaube, Tine wird eine alte Jungfer werden.«

»Will sie denn niemand haben?«, fragte Barnes.

»Die wollen alle haben, selbst der hier«, sagte Martine und kniff Peter in den Arm.

»Au – das ist gelogen!«

»Ja, aber bloß, weil ich dir vorausgesagt hatte, dass es doch nichts nützen würde«, behauptete Martine.

»Niels Peter ist doch ein attraktiver Bursche!«, meinte Barnes.

»Von der Sorte haben wir hier viele«, sagte Martine, »aber das hilft nichts. Tine ist im Mai geboren und im Astrologiebuch steht: ›Wer im Mai ist geboren, geht in Sehnen verloren.‹«

»Dann trägt Tine also eine Sehnsucht im Herzen?«, fragte Barnes. »Wonach?«

»Nach einem Rittergut!«, sagte Martine. »Sie sollten bloß ihre Kammer sehen, die ist so adrett und geputzt wie die Wohnstube beim Gutsbesitzer. Das liegt ihr so im Blut! Ich weiß nicht, aber sie kann in derselben Schweinearbeit herumwühlen wie wir andern alle, und dabei bleibt sie doch so weiß und rein wie eine Lehrerin. Sehen Sie hier« – sie fasste Niels Peters Hände – »diese Fäuste sind hart vom Rechen und von der Mistgabel, und es geht nur schwer, das Schwarze unter den Nägeln herauszukratzen. Solche Klauen können Tine nicht anfassen. Sie haben auch alle ein Gefühl dafür; da war noch keiner, der zudringlich bei ihr war, wenn er nüchtern war – wenn sie es vielleicht auch gewollt haben. Nein, Tine ist im Mai geboren und geht in Sehnen verloren. Sie muss ein Rittergut haben oder mindestens einen Lehrer, der seine Nägel sauber halten kann. – Ja, ein Sohn eines Küsters tut's am Ende auch«, lachte sie Jens an, »aber er müsste ja ein bisschen älter sein und nicht gleich rot werden, wenn man davon spricht. Eigentlich«, fügte sie ernsthaft hinzu, um Jens Gelegenheit zu geben, seine natürliche Farbe wiederzubekommen, »eigentlich tut sie mir Leid, denn eine alte Jungfer zu werden, das passt gar nicht zu ihr. Es ist hart, wenn das Feuer in einem brennt und man nichts hat, was man darüber setzen kann. Und es brennt ein Feuer in Tine.«

»Apropos Übers-Feuer-setzen«, bemerkte Niels Peter, »wir müssen zu Mutter nach Hause und Pfannkuchen essen.«

»Da hast du Recht!«, sagte Martine, »das ist mit den Pfannkuchen wie mit der Liebe; man muss sie genießen, solange sie heiß ist.«

»Ja«, meinte Barnes, als sie gegangen waren, »sie müssen nach Hause zum Pfannkuchen bei ihrer Mutter und ich muss nach Hause zum Klippfisch bei meinem Vater.« Er ging ins Pfarrhaus hinüber und Jens ging zu den Frikadellen beim Küster.

Am Nachmittag saß er in seinem »Stuhl« in der Hecke und sah Hans Olsen und Ellen Nielsen zusammen vorbeigehen. Obwohl sie ja nun erwachsen waren, fand er, dass ihre Gesichter ganz dieselben waren wie damals, als sie in die Schule gingen. Es war ein tiefer Friede in ihm, wenn er sie ansah; und er konnte es tun, ohne sie zu stören, sie bemerkten ihn gar nicht. Sie gingen still nebeneinander her. Als sie den Schulhof erreicht hatten, sagte Hans Olsen in tiefen Gedanken:

»Heute wurden also Niels Peter und Martine aufgeboten.«

»Ja, das wurden sie«, erwiderte Ellen mit ihrer freundlichen Stimme.

»Da ist die Schule«, sagte Hans Olsen und blieb stehen.

»Ja, da ist sie«, sagte Ellen.

Beide blieben stehen und dachten zurück. »Weißt du noch«, begann Hans, »der eine Tag in der ersten Klasse, wo wir uns in der Schreibstunde zufällig angesehen haben und wo wir beide lachen mussten? Das weißt du wohl nicht mehr?«

»Das weiß ich noch sehr gut«, sagte Ellen.

»Was mich betrifft«, sagte Hans, »für mich ist es seitdem immer so gewesen – – du sagst ja gar nichts?«

»Was soll ich denn sagen?«, fragte Ellen, »das ist doch was, was ich schon lange gewusst habe.«

Hans sah sie an und schien sehr erstaunt.

»Seit wann hast du es gewusst?«

»Das hab ich seit dem Tag gewusst, als wir Schreiners Hansine begruben«, sagte Ellen, »und du hast geweint und mich bei der Hand genommen.«

»Du hast auch geweint an dem Tag«, sagte Hans.

»So war es immer bei mir«, sagte Ellen, »dass ich Lust hatte zum Lachen, wenn du gelacht hast, und zum Weinen, wenn du geweint hast.«

Er überlegte. »Glaubst du nicht, dass es immer so bleiben könnte, Ellen?«, fragte er endlich.

»Es kann wohl nie anders werden, wo es doch immer schon so war«, sagte Ellen.

»Ja, aber dann –«, sagte Hans.

»Ja«, sagte Ellen.

»Dann *ist* es ja so«, sagte Hans.

Dann fassten sie sich an den Händen und gingen an der Schule vorbei.

»Da drin war es«, sagte Hans.

»Ja, da drin war es«, sagte Ellen.

Sie gingen nebeneinander her, weit den Weg hinaus.

Schließlich blieben sie beide stehen, sahen sich an, lächelten und gaben sich einen Kuss.

Dann blieben sie auf derselben Stelle stehen. Die Augen des einen ruhten auf dem Mund des andern.

Da nahm Hans wieder ihre Hand und sie gingen weiter.

Plötzlich sagte Hans:

»Weißt du was, Ellen, so hätten wir es also die ganze Zeit haben können, seit wir klein waren.«

»Das *haben* wir ja auch«, erwiderte Ellen leise und sanft.

»Das haben wir ja auch«, sagte Hans. »Das haben wir wirklich.«

Er sah sie an und drückte ihren Arm noch fester. »Aber jetzt sind wir erwachsen«, sagte er.

Ellen nickte und blickte auf den guten alten grauen Staub des Wegs.

Jens Dahl blieb lange in der Hecke sitzen und sah über die bekannten Felder und Höfe. Hin und wieder kamen Leute und sahen nach dem Korn, er konnte den Rauch von den Pfeifen der Männer sehen, aber nicht ihre Stimmen hören. Er fühlte sich einsam, konnte sich aber doch nicht entschließen, irgendwohin zu gehen. Eine plötzliche Freude überkam ihn, weil er Menschenstimmen dort auf dem Weg hörte, ohne die einzelnen Worte unterscheiden zu können. Er schloss die Augen und wünschte, sie möchten lange dort stehen bleiben und plaudern.

Aber sie kamen näher und einzelne Worte erreichten schon sein Ohr, fast konnte er schon den Inhalt des Stimmengewirrs entschlüsseln. Es waren Annine Clausen und die Schmiedsfrau Kirsten, die tratschend daherkamen. Sie sahen ihn und blieben in guter Feiertagsruhe stehen, fühlten sich aber etwas verlegen, als ihnen plötzlich einfiel, dass er ja eigentlich nicht mehr einer der ihren war, jetzt, wo er Student werden sollte. Sie konnten sich nicht recht entschließen, ob sie stehen bleiben und sich mit ihm unterhalten sollten oder weitergehen mit einem überraschten »Guten Tag«, so als wäre da etwas anderes gewesen, was ihre Aufmerksamkeit auf sich gelenkt hätte.

Es war wohl diese komische Verwirrtheit, die ihn plötzlich sehen ließ, dass sie einmal hübsche junge Mädchen gewesen waren, die die Augen verschämt vor den freimütigen Blicken der jungen Männer niedergeschlagen hatten. Er sah ihre Jugend so deutlich und klar, wie man in der Falte eines alten verschossenen Kleides die ursprüngliche Farbe wiederfinden kann. Diese Vorstellung kam ihm so überraschend, dass er nicht anders konnte, als forschend die Linien ihrer Gesichter und Körper zu studieren und sich wunderte, Gefallen daran zu finden.

Annine sah von ihm zur Kirsten und Kirsten von ihm zu Annine hinüber, worauf beide ihn wie auf Verabredung mit einem gemeinsamen Lächeln ansahen, das ihn verlegen machte.

Sie nickten und gingen weiter. Da war etwas, das hinter ihrem Rücken gluckste, aber plötzlich wieder aufhörte.

»Ja – sie wachsen auf rings um uns herum«, sagte Kirsten und holte so tief Atem, dass es fast wie ein Seufzer klang.

»Ja, das Leben ist doch wunderlich«, sagte Annine.

»Zwei Weiber«, sagte Jens vor sich hin, »wie sie im Buche stehen.«

Plötzlich wandte er sich erstaunt um und sah dem breiten, von der Arbeit kräftigen Rücken der Kirsten und dem schmächtigeren der Annine nach.

»Das waren ja Kristian Mogensens und Niels Peters Mütter!«

Er hatte sie gekannt, solange er denken konnte, und sie waren nie etwas anderes gewesen als die Mütter von Niels Peter und Kristian Mogensen. Nur so hatte er sie gesehen – wie er nur die eine Seite des Mondes kannte, die der Erde zugekehrt ist.

Aber nun war er plötzlich wohl auf die Seite hinübergekommen, die dem jungen Schmied Per und dem verschwundenen Vater von Niels Peter zugekehrt gewesen war. Der Vater von Niels Peter! Ja sicher, aber es gab da nicht nur allein einen Niels Peter, der Annine zur Mutter hatte, sondern da gab es auch die Annine, die ein Kind bekommen hatte; es gegen ihren Willen bekam, weil sie fünf Minuten lang am Abend der Tierschau den Kopf verloren hatte. Und Hansine, Schreiners kleine Hansine, die erwachsen wurde und sich vom Vissingrøder Müllergesellen verführen ließ. Und Holger, in dem kein böser Blutstropfen war, der aber trotzdem zum Sittlichkeitsverbrecher und Mörder werden musste. Und Christian Barnes, der unglücklich war, weil er »zu viel von den Erwachsenen wusste.«

Ja, er war, wie Christian sagte, ein richtiger Kindskopf gewesen, und er war froh darüber. Für ihn begann das Dasein mit einem Vater und mit einer Mutter, die man hatte. Jetzt versetzte er die Grenze und es war nicht schön, was er jenseits des Zauns sah. Nicht deshalb bekamen sie Kinder, weil sie gern Eltern sein wollten, sondern weil sie »für fünf Minuten den Kopf verloren hatten«.

Der Trieb, nichts weiter. Er fühlte ihn schon in sich selbst, errötete darüber und fürchtete sich vor ihm.

Hansine und Holger, die waren beide besser als er. Und trotzdem. Und Christian Barnes, der nichts getan und der doch an Selbstmord gedacht hatte! Das begriff er nicht, aber Holger begriff er.

Ruhelos lief er umher. Er kam zum Spielplatz. Da stand die Kirche, Gottes Haus, in dem Hansine und Holger dem Teufel entsagt hatten. Dort in der Ecke stand der Holunder.

Der Holunder, was war mit ihm? Lag es am Licht oder war wirklich ein Ausdruck in seiner Krone wie in einem Gesicht, das halb lächelnd darauf wartet, erkannt zu werden?

Brüderchen! Brüderchen, das eines Tages wie eine Blase aus der Tiefe seiner eigenen Augen auftauchte und die Antwort auf die Frage brachte, woher wir gekommen sind. Er starrte den Holunder an, der immer noch darauf wartete, erkannt zu werden.

»Ja, sicher, das warst du, der offen stand und mich und Brüderchen mit ins Offene nahm.«

Das Offene! Es war lange her, seit er richtig darin gelebt hatte. Das Lernen und die Schulaufgaben hatten ihn unmerklich in die Welt hineingezogen, in der man Stück für Stück lernt und erfährt. Aber der Schimmer aus der Welt der Himmelssprache hatte dennoch über seinen Tagen geleuchtet.

Aber war es wirklich? War es nicht nur etwas, das er sich einbildete?

Er starrte den Holunder an.

Ja, er konnte sehen, dass er offen stand.

Könnte er bloß sicher sein, dass das etwas Wirkliches war!

Ihm war, als hinge sein Seelenheil davon ab.

Er sah den Holunder an und er erinnerte sich an Brüderchens tiefgründige Augen, als sie sich ihm zum ersten Mal aufschlossen. Alle anderen Erinnerungen verblichen im Verhältnis zu dieser. Sie welkten, schrumpften ein.

Er erinnerte sich an diese unergründliche Tiefe in Brüderchens Augen, wie sie gleichsam seine eigenen *angerührt* und sie erweitert hatte.

Die Erinnerung war ihm so gegenwärtig wie ein tatsächliches Erlebnis. Und es geschah. Er fühlte, Brüderchens Augen waren in seinen und machten sie froh.

Er konnte nicht widerstehen, sondern ließ das Gefühl sich in ihm ausbreiten.

Es drang wie eine sanfte Berührung tief in seine Seele ein. Er öffnete sich dafür.

Er glaubte nicht unbedingt daran, aber er gab dem Gefühl nach, dass Brüderchen im Offenen war und dass er ihm dort begegnen konnte.

Eine innere Freude zog ihn vorwärts, als hätte sie körperliche Kraft; sie zog ihn nach dem Holunder hinüber.

Er glaubte nicht daran, konnte aber doch das Gefühl nicht loswerden, dass Brüderchen ihn ins Offene hineinführte, so wie er selbst so oft den Kleinen bei der Hand genommen und ihn in die geschlossene Welt geführt hatte.

Als er unter dem Holunder stand, war er im Offenen, befreit von Zweifeln.

In tiefer Ruhe und unwandelbarer Gewissheit sah er aus dem Offenen in die geschlossene Welt hinein und sah durch einfache Wahrnehmung das Verhältnis zwischen Bewegung und Ruhe.

Hierin lag der Unterschied zwischen dem Offenen und dem Geschlossenen.

Eine große Bewegung ging durch die Welt, eine gewaltige bewegende Kraft sickerte aus dem Offenen nach draußen und durchdrang alles, bewegte alles.

Die Kraft war überall dieselbe und doch immer verschieden; bald war sie langsam und träge, bald rau und wild, bald still und sanft.

Alles Lebendige schwamm auf ihrem ruhelosen Strom.

Auch das so genannte Tote, Unbewegliche. Sie drang in alles ein, in Steine, in Metalle, und gab ihnen Leben und Bewegung; nichts war tot.

Er sah sie in der Welt der Pflanzen und der Tiere, wo sie veränderlicher war.

Es war, als sähe er die Welt entstehen. Das geschah jetzt.

Am Anfang schuf Gott Himmel und Erde. Aber wir sind noch am Anfang.

Er sah die lebendige Kraft in der Welt der Menschen, und da war die ganze Kraft, die der »Toten« und die der Pflanzen und die der Tiere und noch eine, der stille Atem, der direkt aus dem Offenen kam.

Die bewegende Kraft riss die Menschen mit zum Handeln. Sie hielten sie für ihren eigenen Willen und nannten das Werk ihr eigenes.

Aber wenn die bewegende Kraft sie weiter vorwärts getrieben hatte, konnte es geschehen, dass sie zurücksahen und, belehrt geworden durch eine teure Erfahrung, ihr eigenes Werk verleugneten.

Da entstand die Vorstellung vom freien Willen, sie begannen zu wählen und zu verwerfen. Sie begannen zu unterscheiden zwischen der unpersönlichen Kraft und sich selbst. Es entstand eine Persönlichkeit. Gott hatte einen Menschen geschaffen.

Das geschah am Anfang, aber wir sind noch immer am Anfang.

Aber drinnen im Offenen ist ein ewiges Jetzt, das ohne Anfang und ohne Ende ist.

Es ist der »siebente Tag«, an dem Gott ruht, nachdem die Persönlichkeit des Menschen geformt ist.

Dort muss *er* vom Menschen gesucht werden, der *ihn* zu fühlen wünscht, während der Mensch jetzt auf eigene Faust für die Entwicklung seiner Persönlichkeit kämpft.

Denn deshalb stehen wir im Strom, dem Strom der persönlichen Mächte, um zwischen uns und Gott unterscheiden zu lernen, Persönlichkeiten zu werden. Persönlichkeiten, die sich ihm dann in Liebe hingeben.

Er ging in einem tiefen Frieden nach Hause.

15. KAPITEL
Tine

Noch den ganzen nächsten Tag erfüllte seine Seele eine tiefe Ruhe, in der Zeit und Ewigkeit verschmolzen waren.

Er war sozusagen nicht aus dem Holunder herausgekommen. Erinnerung und Wahrnehmung fielen zusammen.

Erst am nächsten Morgen begann er über sein Erlebnis nachzudenken und wunderte sich. Die Menschen wussten ja nicht, wer sie selbst waren. Gerade diejenigen, die ihrer selbst am sichersten waren, waren die Allerblindesten.

Jeder, den er sah, lebte ganz im Geschlossenen, ahnte nichts von dem, was im Allerinnersten »er selbst« war.

Sein Vater, seine Mutter, Annine Clausen – alle waren in der Gewalt ihrer Natur.

Sie glitten gleichsam einen Strom hinab, und die Schnelligkeit war bestimmt durch die Stärke des Stroms und ihre eigene Schwere. Sie kannten nicht nur das Offene nicht, es hatte auch keinen Einfluss auf sie. Sie waren niemals still. Der Strom trieb sie dahin. Er konnte in sie hineinschauen und sehen, dass sie nicht wussten, wie nahe ihr eigenes Glück ihnen war.

Einer aber war anders als die meisten. Das war Pastor Barnes. Äußerlich schien dieser stille Mann gering und unbedeutend, aber ihm war, als ob ihn gerade das größer machte. Denn er war nicht im selben Grad wie die andern in der Gewalt seiner Natur. Auf irgendeine Weise hatte er sich vom Strom befreit, ohne jedoch das Offene zu kennen. –

Je mehr Jens den Unterschied zwischen sich selbst und den anderen sah, umso mehr wurde er von seiner Einsicht berauscht.

Er konnte sich nicht von den unpersönlichen Kräften des Lebens narren lassen; denn er hatte sie *gesehen*.

Er kannte nur einen außer sich selbst, der ins Offene sah, den Kandidaten. Aber der war alt.

Er selbst war jung und das Leben lag vor ihm. Er war geboren, um in die Dinge hineinzusehen. Er war auserwählt! –

Als sein Vater eines Tages fragte, ob er irgendwelche Zukunftspläne habe, was er werden wolle, sagte er, er habe sich selbst noch nichts Bestimmtes überlegt.

Nichts von dem Gewöhnlichen schien ihm nämlich groß genug.

Am nächsten hätte es ihm gelegen, zu antworten, er wolle ein Genie werden.

Ihn erfüllte eine triumphierende Sicherheit gegenüber dem Leben. Nichts konnte ihn hinters Licht führen.

Er hatte den Blick über das Heute erhoben und sah der Zukunft entgegen.

Die tiefe Ruhe wurde unmerklich zu stolzer ungeduldiger Erwartung.

Am Sonntagabend trieb er sich draußen auf der Straße herum. Der Mond war früh aufgegangen. Die ganze Gegend war wie verzaubert von seinem gelblichen Licht. Es wurde eine jener Nächte, wo man fast glaubt, der Mond scheine heller als die Sonne.

Er ging mitten im Licht über ein Feld.

Oben auf dem Hügel lag »Bakkegåden« und sah wie verhext aus.

Er konnte den Blick nicht vom Hof wenden. Giebel und Wände zogen ihn an. Er ging hinauf, ohne es selbst zu wissen.

Vor dem Hof stand Tine unter einer Weide und sah jemanden im Mondlicht über das Feld kommen. Tine liebte es, allein zu gehen und weit hinauszusehen.

Jens sah sie erst, als er über die Steinmauer sprang.

»Ach, du bist's!«, sagte er.

»Ja«, sagte Tine, »Guten Abend.«

Sie sah ihn an, als hätte sie ihn noch nie gesehen.

»Sind Sie es wirklich?«

»Du sagst doch nicht etwa ›Sie‹ zu mir.«

»Ich weiß nicht, Sie – du bist ja jetzt nicht mehr einer von uns. Sie wollen ja studieren.«

Sie sah ihn bewundernd an.

»Deshalb sagen wir trotzdem ›du‹.«

»Ja, gut«, sagte Tine; sie konnte ihre Augen nicht von seinem Gesicht lösen.

Dann schwieg sie und er musste lächeln, weil er das Gefühl hatte, dass Tine zu ihm aufblickte, als wäre er älter als sie.

Vom Weg her erscholl Gesang und Geschrei. Tine erschrak:

»Da sind sie wieder!«, sagte sie.

»Wer?«, fragte Jens.

»Die Knechte«, sagte sie. »Sie waren hinter mir her und jetzt kommen sie aus dem Krug. Ich kann hier nicht bleiben. Sie sind betrunken, sonst könnte ich sie schon in Schach halten. Wenn ich bloß noch hineinkomme!«

»Ich komme mit dir«, sagte Jens, »dann werden sie sich schon zurückhalten.«

Sie gingen zum Hof. Die Knechte, die plötzlich still geworden waren, verschwanden hinter einem Gebäude. Tine blieb ängstlich stehen.

»Sie sind in meine Kammer gegangen«, sagte sie. »Ich gehe in die Wohnstube und rufe den Bauern.«

Im selben Augenblick tauchten die Knechte hinter dem Kuhstall auf.

»Da ist sie!«, riefen sie, »einer ist bei ihr! Der kriegt was verpasst.«

»Komm«, flüsterte Tine, »es sind vier!« Sie griff nach seinem Arm und beide begannen zu laufen.

Die Knechte torkelten fluchend hinter ihnen her.

»Wir schaffen es nicht mehr«, flüsterte Tine, »komm, hier ist die Scheune, da ist es dunkel. Sie sind betrunken und finden uns nicht.«

Sie schlüpften in die Scheune, hörten aber draußen die Rufe der Knechte:

»Wir haben euch gesehn!« Sie rüttelten an der Tür.

»Dort oben«, flüsterte Tine, »da ist das Heu.«

Sie krochen hinauf und saßen still im Dunkeln.

»Sie sind im Heu!«, riefen die Knechte. »Kommt runter, oder wir kommen hoch und brechen euch den Hals!«

Ein paar versuchten hinaufzuklettern, schafften es jedoch nicht. »Verdammte Schnäpse«, fluchten sie. »Aber wir werden euch schon kriegen! Wir warten draußen!«

Es blieb ihnen nichts weiter übrig als abzuwarten, bis die betrunkenen Kerle die Geduld verloren. Jens dachte daran, ob die Tür zu Hause wohl schon abgeschlossen sein würde. Sie glaubten wohl, er sei im Bett. Vielleicht konnte er durch ein Fenster hineinkommen. Sonst musste er die Eltern wecken. Er hatte jedenfalls eine gute Entschuldigung, wenn er zu spät kam. Was hätte Tine nicht alles passieren können! Tine! Er konnte sie nicht sehen, konnte aber ihre Atemzüge hören. Komisch, so nahe beieinander zu sitzen und sich doch nicht sehen zu können. Er streckte die Hand aus, um sie zu berühren, zog sie aber schnell wieder zurück, weil er sich in diesem Moment an sie erinnerte, sich erinnerte, wie er sie gesehen hatte, als sie letzten Sonntag an ihm und Christian Barnes vorbeiging.

»Ich möchte gern wissen, ob ich mit den vier Kerlen fertig werden könnte«, sagte er, »sie sind ja betrunken.«

»Nein«, sagte Tine und fasste ihn am Arm. »Sie fallen alle vier über dich her, besonders jetzt, wo wir hier allein gewesen sind«, fügte sie hinzu und zog langsam ihre Hand zurück.

»Ja, dann bleibt uns wohl nichts weiter übrig, als zu warten«, sagte Jens und legte sich ins Heu zurück.

»Toll, wie das duftet!«, sagte er.

»Manche werden krank davon«, meinte Tine. Ihre Stimme klang vorsichtig und gedämpft im Dunkeln.

»Ich könnte mir eher vorstellen, dass ich betrunken davon würde«, sagte Jens.

»Du könntest dich nie betrinken«, sagte Tine, und es war etwas in ihrer Stimme, was sein Herz vor Freude klopfen machte. Er lächelte in die Dunkelheit hinein. Die weiche Dunkelheit. Dort formten sich Bilder. Deutliche Bilder, Bilder von einem Gesicht, nie vom ganzen, bald ein Mund, bald eine Wange, bald ein Paar Augen mit langen schwarzen Wimpern.

Er dachte gar nicht an Tine. Er wusste ja, dass sie so wie er dalag und darauf wartete, hinauszukommen. Aber er hatte keine Lust zu reden, er lag da und betrachtete diese Bilder, die die Dunkelheit lebendig und die Luft sanft und mild machten. »Die Dunkelheit muss etwas Weibliches sein«, dachte er. »Wie heißt das doch gleich im Französischen — oder war's Deutsch — sie ist weich und unergründlich wie eine Frau!« Er streckte sich ihr entgegen, als wollte er sie an sich ziehen und sich einen Arm voll davon nehmen.

Die Dunkelheit öffnete ihre Arme für ihn. In einem Rausch glitt er in sie hinein, wusste kaum, ob er handelte oder ob er nur träumte. Es war niemand Bestimmtes, den er in seine Arme schloss, er senkte sein ganzes Wesen tief in die weibliche Dunkelheit. — —

Er lag still da, ihre Hand in seiner!

»Du«, sagte sie, und sie wiederholte immer wieder: »Du — du — du —«

Das war Tine! Tine, die er am Sonntag gesehen hatte. In neuem, heftigem Begehren wandte er sich ihr zu, um alles in Besitz zu nehmen, was sich ihm offenbart hatte, als sie an ihm und Christian Barnes vorbeiging.

Und während sie ihm alles gab, was er wollte, fühlte er, dass es Tine war, Tine vom Kirchweg, Tine von der Konfirmation, Tine von der Schule, und er war davon überzeugt, dass er sie vom ersten Tag an geliebt hatte, als er sie sah, und dass er sie sein ganzes Leben lieben würde. –

Sie standen draußen im Mondschein und mussten sich adieu sagen. Tines Gesicht war nicht so glücklich wie ihre Stimme, als sie in der Dunkelheit »du – du – du« geflüstert hatte. Ihre Augen mit den langen Wimpern wurden im Mondlicht schwarz und tief. Um ihren Mund lag ein Zug von sanftem, betrübtem Glück. Sie war noch schöner als am Tag. Er ergriff ihre Hand und wollte sie wieder in die Dunkelheit hineinziehen. Aber Tine, deren ernste Augen immerzu auf seinem jungen Gesicht ruhten, schob ihn sanft von sich und flüsterte leise, wie bereuend: »Nein! Nein!«

Er versuchte sie zu küssen, sie wehrte ab, schlang aber plötzlich selbst die Arme fest um seinen Hals und küsste ihn wie von Sinnen. Er griff nach ihr, sie aber schüttelte den Kopf.

»Geh jetzt!«, sagte sie, »dein Vater und deine Mutter wissen ja nicht, wo du bist!«

»Ach was!«, erwiderte er barsch, fühlte sich aber wie ein Junge und war gereizt, weil sie schuld daran war.

»Wir können doch hier noch ein bisschen auf der Steinmauer sitzen«, meinte er. Aber sie schüttelte nur den Kopf und sah ihn an. Die Entfernung zwischen ihnen wurde plötzlich groß, obwohl sie auf derselben Stelle standen, und er fühlte, dass alle ihre Gedanken bei ihm waren. Er ahnte verbittert, dass sie nicht so dagestanden haben würde, wenn er im selben Jahr eingesegnet worden wäre wie sie. Sie würde Niels Peter oder Kristian Mogensen nicht so angesehen haben. Aber denen würde sie ganz sicher auch nicht – –.

»Nun ja«, sagte er fügsam, »dann gute Nacht.«
»Gute Nacht!«, sagte Tine tonlos.

Das Haus war verschlossen, als er heimkam. Er schwitzte vor Angst, fand aber ein offenes Fenster.

Wie ein Dieb kroch er ins Haus und schlich in sein Zimmer. Es ging gut! Er warf sich zufrieden aufs Bett. Die Alten schliefen unbesorgt und hatten keinen Verdacht.

16. KAPITEL
Geschlossen

Am nächsten Tag war er drei Mal drüben an der Tür vom Pfarrhaus, weil er mit Christian sprechen und es so einrichten wollte, dass er im Laufe des Gesprächs genötigt wurde, ihm sein Erlebnis zu erzählen. Jedes Mal kehrte er aber wieder um, weil er an die Entfernung denken musste, die Tines Blick da draußen im Mondlicht zwischen sie gelegt hatte. Er war doch kein Junge, der alles ausquatschte. Vielleicht sorgte sie sich deshalb. Sie sollte schon sehen, dass sie ihn als ihresgleichen anerkennen konnte.

Er wollte es aber nicht allzu eilig damit haben, wieder hinüberzulaufen. Er musste es leicht und selbstverständlich nehmen.

Aber seine Gedanken waren immer darauf gerichtet, und es fiel ihm schwer, die beiden Tage zu warten, die vergehen *sollten*, bevor er sie wiedertreffen wollte. Er schlenderte im Garten umher und seine Mutter kam zu ihm.

»Du hast gar keine Ruhe heute«, sagte sie.

Er antwortete nur mit einem lässigen »So.«

Sie sah ihn von oben bis unten an und musste lächeln. In ihrem Lächeln lag Freude und Sorge gleichzeitig.

»Worüber lachst du?«, fragte er.

Sie musterte ihn noch einmal und sagte dann: »Du bist ja nun bald erwachsen.«

»Hm, ja«, er reckte sich, wurde aber doch rot dabei.

»Ja, ja, ihr entwachst uns; das ist nun mal der Lauf des Lebens.«

Er ging auf die Straße hinaus und sah nach dem Bakkegåd hinüber. Ihm war, als hätte er mehr Mut bekommen, um hinüberzugehen. Doch da kam Martine und es reizte ihn, ein bisschen mit ihr zu schwatzen, weil sie und die anderen Mädchen jetzt kein Mysterium mehr für ihn waren.

»Wie kannst du hier während der Arbeitszeit herumlaufen?«, fragte er.

»Ich hab heute frei«, antwortete Martine, und sofort gluckerte ein leises Lachen in ihr auf. Sie hob den Blick, wie über sich selbst verwundert, und maß ihn einen Moment lang forschend mit den Augen. Dann kam wieder das leise Lachen, aber anders als vorhin, offenherziger und gleichzeitig zurückhaltender.

»Wenn du mich so ansiehst«, sagte sie, »dann sage ich es Niels Peter. Wie alt bist du eigentlich?«

»Siebzehn«, sagte er.

»Na-ja«, sagte Martine. »Dann kannst du wohl einen guten Rat annehmen. Gib Acht, dass du in ein paar Jahren die Mädchen nicht ins Unglück stürzt, mein Junge.«

»Was meinst du damit?«, fragte er und sah ihr lächelnd in die Augen.

Sie wich etwas zurück.

»Ich meine, wenn du dich nicht zusammennimmst, könntest du vielleicht genauso gefährlich werden wie der Müllergesell aus Vissingrød. – Gott weiß, wo der jetzt ist und wie es in seinem Gewissen aussehen mag! – Tja, ich muss nach Hause zur Schwiegermutter.«

Er sah ihr verwundert nach. Der Müllergesell aus Vissingrød! Wie sie das gesagt hatte! Wie oft hatte er nicht die Knechte sagen hören, es sei ein Jammer, dass Holger nicht den Müller erschlagen habe, wo er doch zum Mörder wurde und ins Zuchthaus gekommen war! Aber die Mädchen selbst, die es doch eigentlich anging! Es lag keine Verurteilung in Martines Stimme, als sie seinen Namen nannte, wohl aber ein Bedauern, als sie von seinem Gewissen sprach. Und es klang wirklich nicht wie ein Vorwurf, kaum wie eine Warnung, als sie sagte, dass

Jens genauso gefährlich werden könnte. Selbst in Martines klaren Augen, die immer die Dinge durchschauten und sich niemals verwirren ließen, war für einen Moment eine Leidenschaft aufgeblitzt, die sie freilich schnell wieder zu bezwingen wusste. In dem sonderbar nachgiebigen Ausdruck ihrer Augen hatte er erkannt, wie alle Frauen den Vissingrøder Müllergesellen ansahen, den Mann, der unwiderstehlich zu begehren weiß. Ihr Gewissen verurteilte seine Taten, aber ihre Körper zollten ihnen Beifall, und ihre Herzen vergaben ihm sogar. In Martines Warnung lag eine Anerkennung, seine Brust weitete sich in einem kurzen triumphierenden Lachen und das Verlangen erfüllte ihn, den hilflos nachgiebigen Ausdruck in den Augen der Mädchen zu sehen. Tine verschwand, ging sozusagen in allen auf, jedes weibliche Wesen wurde Tine.

Aber weil sie die Schönste war, wurde Tine wieder sie alle auf einmal, und am Abend ging er nach Bakkegåd.

Er sah sie nicht. Einige Knechte saßen plaudernd auf der Steinmauer. Er kehrte um, damit sie nicht glauben sollten, dass er Tine nachlief. Er wagte nicht mehr hinüberzugehen, um keinen Verdacht zu erwecken. Die Tage wurden unausstehlich lang, aber schließlich fand er Trost in der Kirche. Tine kam doch sicher nächsten Sonntag zum Gottesdienst, dann konnte er sie auf alle Fälle sehen und vielleicht auch mit ihr sprechen.

Aber an jenem Sonntag war Nachmittagsgottesdienst, der erst um zwei eingeläutet wurde.

Es war Mutters Geburtstag. Leider hatte er vergessen, ein kleines Geschenk für sie zu kaufen. Es war das erste Mal, dass das passierte. Nun, er konnte ja morgen in die Stadt gehen und ein umso teureres kaufen. Wie viel Uhr war es? Halb zwei. Noch eine ganze halbe Stunde! Wenn sie nun nicht kam. Vielleicht konnte sie nicht, vielleicht wollte sie nicht! Vor ihm stand ein großer Strauch Pfingstrosen, schwellend von saftigem Grün und glühendem Rot. Es schwindelte ihm, er beugte sich über den Strauch, griff mit beiden Hände in die üppigen Massen hinein, brach die Stiele ab, biss in die roten Blütenkronen und sah sich um, ob er noch mehr zerstören könne. –

Da erschien seine Mutter am Ende des Gartenwegs; sie kam langsam näher. Er suchte ein Versteck, war aber nicht imstande, sich zu bewegen; er fühlte sich lahm und nackt und glaubte, jeder könne in die geheimsten Winkel seiner Seele sehen. Es fiel ihm gar nicht ein, dass sie gar nicht ahnen würde, warum er die Pfingstrosen so misshandelt hatte. Es galt eine Erklärung zu finden, bevor sie vor ihm stand. Es war nur ein einziger Wille in ihm, sie nicht wissen zu lassen, warum er es getan hatte. Sein Kopf brannte ihm, er *wollte* nicht, dass sie an den Strauch herankam, bevor er eine Erklärung gefunden hatte. Auf einmal war es ihm, als stehe sie still. Ein Schatten fiel über ihr Gesicht und eine Dunkelheit wie bei einer Sonnenfinsternis über die Bäume des Gartens. Die Blätter sahen tot aus, als seien sie aus Papier und hinterher angemalt, die Büsche ebenfalls. Es war alles zusammen Lüge.

Er bückte sich schnell und sammelte die abgebrochenen Pfingstrosen auf. Sie sahen so künstlich aus wie alles andere. Er ordnete sie schnell zu einem Strauß. Es war etwas in ihm, das sagte – und ihm war, als riefe es so laut, dass auch sie es hören können musste: »Lass das, tu es nicht!« Aber er tat es trotzdem. Er ging seiner Mutter entgegen und überreichte ihr die Blumen mit einer übertrieben kavaliermäßigen Verbeugung.

Er sah, wie sie sie mit einem Lächeln naiven Stolzes entgegennahm, weil ihr Sohn, der Gymnasiast, es verstand, sich so gewandt zu benehmen. Er fand sie beschränkt und es zuckte ein Lächeln unbarmherzigen Spotts um seinen Mund, während er gleichzeitig erbleichte, weil eine Stimme in ihm selbst richtend sagte: »Jetzt ist die Lüge in der Welt!«

Er sah der Mutter nach, die ins Haus ging, um die Blumen ins Wasser zu stellen. Wie spät war es? Er musste wohl hineingehen, sich etwas kämmen und die Hände waschen. Es war gleich Zeit, in die Kirche zu gehen.

In der Tür begegnete er seinem Vater, der im schwarzen Rock, das Gesangbuch in der Hand, würdig zur Kirche schritt. Er sah seinem fetten Rücken und nichts sagenden Nacken nach.

»Idiot!«, sagte er gedämpft und stutzte dann: »Was zum Teufel ist nur in mich gefahren? Ich bin nervös.«

Die Hände zitterten ihm, während er sein Haar kämmte.

»Wo willst du hin?«, fragte seine Mutter, als er zur Tür ging.

»In die Kirche!« Sein Ton war ärgerlich.

»Du hast ja kein Gesangbuch!«

»Verdammt!« Er lief zurück, um es zu holen. Als er auf den Weg hinauskam, sah er eine Frauengestalt hinter dem Kirchentor verschwinden. War das nicht Tine? Wenn er das verdammte Gesangbuch nicht vergessen hätte, hätte er sie einholen können. Er rannte über den Spielplatz. Mist! Der Hut flog unter den Holunder. Er fiel, als er sich danach bückte, und während er seine Hose abklopfte, sah er zum Holunder, der ihn in seiner Eile zurückgehalten hatte.

Was war das! Wo war er? Das war die Kirchhofsmauer, und da war Jakob Hansens Hof. Und da war der Holunder. Ja, da war er. Aber wie in aller Welt hatte er denn einmal glauben können, dass er ein anderer war! Und immer noch! Er starrte ihn an, als sehe er ihn zum ersten Mal. Unsinn! Der Ast und der Ast und der krumme dort –

er selbst war es, der heute verrückt war. Aber das Lächeln, das in seinem Gesicht aufsteigen wollte, erstarrte und erstarb, weil er sich selbst mit einer Stimme, die wie die Brüderchens klang, sagen hörte: »Er ist geschlossen!«

Da stand er und starrte, den Hut in der einen Hand, das Gesangbuch in der andern. Vor ihm stand ein gleichgültiger Holunder. Der wuchs an der Kirchhofsmauer, und er hatte ein unerklärlich schweres, totes Gefühl, als stünde er auf einer Grabstätte und läge selbst darunter begraben. Er schnappte nach Luft. Auf irgendeine Weise war ein Urteil über ihn gefällt, ohne dass er wusste, weswegen.

»Er ist geschlossen!« Ja, wie war es nur gewesen? Er hatte doch einmal offen gestanden! Als seine Augen verwundert den Holunder anstarrten, kam es ihm so vor, als ob er sich auf eine wunderlich leblose Weise öffnete und wieder schlösse, wie wenn ein Gesicht eine Grimasse macht. Dann stand er da wie ein ganz gewöhnlicher Holunder. Er ging um den unbarmherzig geschlossenen Holunder herum und setzte sich auf die alte Schaukel.

Seine Gedanken suchten Brüderchen. Neulich war er ja noch gekommen und hatte ihm geholfen. – Hier hatten sie gespielt – und Jakob Hansens Hund hatte wegen der Himmelssprache nicht gewagt, sie zu beißen – aber Christian Barnes hatte Englisch, Deutsch und Französisch gelernt und die Himmelssprache nicht gekonnt – und jetzt konnte er selbst zwei tote und drei lebende Sprachen – aber die Himmelssprache war ein Mirakel, und Jakob Hansens Magd wurde gläubig. – Er lachte.

Es wurde ihm schwer, die Gedanken in Ruhe zu halten. Er versuchte es wieder – *non cuivis homini contingit adire Corinthum.*[3] – Die schwarze Studentenmütze war schöner als die weiße[4] – nächsten Sommer – wenn jetzt nur nicht Livius und Herodot –.

Nein – Ruhe, Ruhe. Alle Gedanken weg. So, ja, so kam es schon wieder – *reviendrait* – *revenit* – Unsinn, das ist ja das Perfektum. –

Es half nichts. Sooft er sich dem Offenen näherte, saß da ein gleichgültiger Gedanke im Schlüsselloch. Er kämpfte erfolglos dagegen an und schließlich stand er müde auf. Er hatte Kopfschmerzen bekommen.

Aber das Wetter war herrlich frisch. Da lag Jakob Hansens Garten. Baum stand neben Baum in üppiger Fruchtbarkeit. Rote Früchte schimmerten zu Tausenden in der Sonne. Saftig und süß. Gut zum Essen!

Er füllte die Lungen mit Luft und streckte die Arme aus, in dem Bedürfnis, etwas anzufangen, und er nickte zufrieden. Weg und Garten und Felder erschienen ihm neu, wie ein Land, das er nie zuvor gesehen hatte, und er hörte sich selbst sagen:

»Dies ist die Erde.«

Dort war Martine gegangen. Wie hatte sie noch gesagt? – Sie war seinem Blick doch etwas ausgewichen.

Tine!

Er wollte in der Haselnusshecke warten und sie aus der Kirche kommen sehen!

Vorher aber ging er hinein und betrachtete sich im Spiegel.

Es war ein Lächeln in seinem Gesicht, das größer wurde, als er es sah, denn er kannte es sehr gut. Es war das rätselhafte Lächeln, das er so oft bei Niels Peter und Kristian und Holger gesehen hatte – aber jetzt bei sich selbst erschien es ihm weise.

Er nickte in den Spiegel hinein:

»Das bin ich!«

17. KAPITEL
Schneidertragödie

Tine war an jenem Tag nicht in der Kirche gewesen. Er kehrte in die Stadt zurück, ohne sie getroffen zu haben. In ihrer Nähe und unter den jungen Männern, die sie bewunderten, aber nicht zu begehren wagten, wurde er zurückhaltend und sorgte sich um das Gerede der Leute.

Aber in der Stadt trat er den Frauen gegenüber mit zunehmender Sicherheit auf, und mehr als ein Blick aus den Augen der jungen Mädchen erinnerte ihn an Martines verheißungsvoll warnendes Wort vom Vissingrøder Müllergesellen. Er wuchs in der eigenen und in der Achtung der anderen. Schneider Henriksen fing an, ihn wie einen reifen Mann zu behandeln und ging von Andeutungen zu direkter Vertraulichkeit über. Er denke so allmählich daran, sagte er, den Junggesellenstand zu verlassen.

Dahl betrachtete seinen Buckel und wunderte sich.

Das Glück lächelte Henriksen und machte ihn gut.

Er hatte seine Taktik geändert. Er legte die verächtliche Maske ab und grüßte Helens Mutter jetzt freundlich.

Das erste Mal sah sie ihn erstaunt an und grüßte kurz zurück. Das nächste Mal war sie erfreut und lächelte. Schließlich wechselten sie häufig einige Worte über den Gartenzaun.

Es konnte nicht zu der gewöhnlichen nachbarschaftlichen Unterhaltung kommen; es war nichts Neutrales an ihr zu entdecken, es war alles weiblich. Liebe war ihr Wesen und eine Atmosphäre von Liebe umgab sie, so wie der Duft eine Rose. Niemand konnte sich ihr nähern, ohne es zu spüren. Ihr Blick entzündete Hoffnungen, ihr Lächeln gab Versprechungen, sie mochte es wollen oder nicht. Und wenn sie sah, dass Henriksens Gesicht hübsch war, so stand das in ihrem eigenen zu lesen.

Henriksen wurde davon berauscht und gelähmt; er war nicht imstande, die entscheidenden Worte zu sagen. Das Glück band ihm die Zunge. Aber einmal musste es ja kommen. Das Glück machte ihn gut. Seine Züge glätteten sich, das pflichtschuldige Missvergnügen, das seine sozialistische Überzeugung wie ein Parteimerkmal um seinen Mund gelegt hatte, erschlaffte wie ein verbrauchtes Gummiband, bis es ganz abfiel. Ja, selbst sein Stolz, seine atheistische Lebensanschauung, die er immer offen zur Schau getragen hatte wie einen Zylinder, der ihn ansehnlich machte, war nicht mehr so ins Auge fallend und kokett. Sie stammte nur aus Zeitungslektüre und konnte den Sonnenschein wirklichen Glücks nicht ertragen. Als er eines Tages bei Dahl wie gewöhnlich triumphierend »ich bin Freigeist« ausrief, sah sein Mephistobart nicht mehr halb so teuflisch aus wie sonst. – –

Henriksen saß an seinem Fenster und sah auf die stille, sonnenbeschienene Straße. Ein Spatz pickte zwischen den Pflastersteinen. Er öffnete das Fenster und warf einige Brotkrumen hinaus.

Eine gute Handlung zieht die andere nach sich. Auf dem Markt stand der alte Segelmacher Berg, Frederik dem Siebenten gerade gegenüber, die Hände in den Hosentaschen, und blinzelte hin und wieder mit den Augen. Der alte Berg! Mit dem sprach niemand! Er wollte doch mit ihm eine kleine Unterhaltung anknüpfen, wenn er vorbeikam. Berg sollte auch wissen, dass er lebte.

Eine Dame ging vorbei mit einem Hut von derselben Art wie Helens. Ja, Helen war jetzt Frau Urup geworden und mit dem Sohn des Konsuls verheiratet, aber ein Fleck war doch auf ihrem Stammbaum. Den Fleck wollte er abwaschen. Er wollte sie rehabilitieren – er sagte das Wort laut, denn es klang nach etwas – sie sollte es erleben, von »ihren Eltern« sprechen zu können.

Er würde also Schwiegervater vom Sohn des Konsuls! Er sah plötzlich das Gesicht seiner Mutter so deutlich vor sich, als stünde sie leibhaftig vor ihm.

Ja, sie würde sich gefreut haben. Er konnte sie sagen hören: »Der Schwiegersohn meines Sohnes, der junge Urup!«

In diesem Augenblick konnte er sich gar nicht vorstellen, dass sie tot war, nur dass sie an einem anderen Ort war. Sie selbst glaubte ja daran. Sie war so betrübt über diese Freidenkerei: »Das sind nur die Schlechten, die Freidenker sind, mein Junge«, hatte sie gesagt, »die Guten wissen, dass es ein Leben nach dem Tod gibt!«

Wenn sie Recht hatte, dann lebte sie also jetzt und konnte ihn sehen und sich über sein Glück freuen und konnte merken, dass es ihn zu einem besseren Menschen machte.

Und hatte sie denn nicht Recht? Wenn er gut war, fiel es ihm leichter, an ein ewiges Leben zu glauben, als wenn er unzufrieden und bitter war. Er hatte außerdem den Unterschied in seinem Elternhaus gesehen. Sein Vater war ungläubig und erhängte sich an dem Haken drinnen in der Werkstatt, damals, als er sein Geld bei einer missglückten Spekulation verloren hatte. Aber die Mutter, die gläubig war, nahm die Armut geduldig hin und rieb sich unermüdlich für ihn auf. Es war nur gerecht, dass sie jetzt lebte und sich über sein Glück freuen konnte. Und sie würde doppelt froh werden, wenn er dasselbe glaubte wie sie. »Die Jugend wird so leicht zum Unglauben verführt«, hatte sie immer gesagt, »das macht das schlechte Beispiel!«

Nun ja, das wollte er auf alle Fälle nicht geben. Er ging zu Dahl hinein.

»Ich habe Ihnen einmal gesagt«, begann er, »ich wäre Freidenker. Ich kann mir vorstellen, dass das einen schlechten Eindruck auf Sie gemacht haben muss, und deshalb möchte ich Ihnen sagen, dass ich wohl eher gläubig genannt werden kann.«

Während er das sagte, fühlte er in seinem Herzen eine wohlige Wärme, die er nicht gekannt hatte, seit er ein kleiner Junge war und seine Mutter ihm Geschichten erzählte. Das bewegte ihn so stark, dass er plötzlich mit Überzeugung ausrief: »Ja, ich *bin* gläubig.«

Als er aber wieder an seinem Fenster saß, sah er Bjerg quer über den Markt auf das Hotel zugehen.

Ach ja, der Mann trank ja.

Da gruben sich einige Falten in Henriksens Stirn. Es tobte ein Kampf in seinem Innern. Leicht war es nicht, denn mit dem Mann sprach er ungern. Aber es war ja gewissermaßen Henriksens Schuld, dass der Mann trank. Weil sie endlich mit ihm gebrochen hatte.

Hätte er mit seiner Mutter darüber sprechen können, dann würde sie gesagt haben: »Tu es, mein Junge; es tut gut, Gutes zu tun!«

Es war ja schließlich auch nicht so gefährlich, ins Hotel zu gehen und zu versuchen, Bjerg nüchtern nach Hause zu bringen. Er musste dem Mann doch begreiflich machen können, dass er jetzt ein Mann sein müsse. Er, Henriksen selbst, hatte doch auch nicht getrunken, solange die Sache mit Bjerg noch lief. Reden wir ganz offen über die Sache. Zum Teufel auch – mein Gott, meine ich – wenn ich mich in das finden kann, was gewesen ist, so können Sie doch wohl auch das akzeptieren, was kommen wird. Es wäre sozusagen eine »Morgengabe« für sie, wie man so sagt. »Du hast dir nichts vorzuwerfen, ich hab den Mann aufs Trockene gezogen, er trinkt nicht mehr.«

Am besten wäre es, wenn Bjerg wenigstens zeitweilig eine Entziehungskur machen würde.

Henriksen nahm seinen Hut und ging.

Auf dem Markt begegnete er Helen und ihrem Mann. Das Glück begleitete ihn wirklich heute. Er grüßte sie schon als Schwiegervater und Papa.

Urup sah ihm scheel hinterher:

»Verdammt familiär, wie dieser vorwitzige Schneider grüßt.«

»Er ist ja unser alter Nachbar«, sagte Helen entschuldigend.

»Na ja«, brummte Urup mürrisch, »es ist ja aber auch verdammtes Pech –«, dass du nicht aus ordentlicher Familie bist, wollte er sagen, aber dergleichen ließ sich nicht sagen, wenn Helen ihn so unschuldig fragend ansah. Sie war aber auch weiß Gott eine Nummer zu engelhaft. Hätte ruhig ein bisschen mehr von der Mutter geerbt haben können, wo sie doch schließlich das Pech hatte, ihre Tochter zu sein!

Henriksen war zu glücklich, um gleich ins Hotel zu gehen. Er musste erst noch einen kleinen Spaziergang im Wald machen. Unter den Kronen der Eichen lief ihm die Zeit davon. Als er nach seiner Uhr sah, rief er erstaunt:

»Donnerwetter!«

Er musste noch einmal nach der Uhr sehen, um sich zu vergewissern, dass es wirklich schon so spät war.

Da begriff er erst richtig, dass er viel glücklicher sein musste, als er selbst wusste. Voller Dankbarkeit sah er hinauf zu dem Blau, das über den Wipfeln der Bäume schimmerte, und sagte entschlossen:

»Ja, ich *bin* gläubig!«

Und jetzt sollte Bjerg vom Hotel nach Hause geholt werden.

Um diese Zeit ging Dahl über den Markt und sah, dass Bjerg auf seinem Stammplatz am Hotelfenster saß und völlig betrunken war.

Er selbst ging in eine Weinstube auf der anderen Seite, um es teilweise zu werden. Das geschah hin und wieder einmal, wenn der Sonntag sich näherte und er fühlte, dass er auch diesmal nicht den Mut haben würde, Tine aufzusuchen. Mit drei, vier Gläsern Portwein verflogen die Hemmungen und er sah klar, was er tun wollte, erlebte es fast schon beim letzten Glas.

Wenn nur der Platz hinter dem Schirm frei wäre! Er wollte ungern gesehen werden, der Schulleiter sollte es lieber nicht wissen. Der »Schirm« war der Überrest einer ehemaligen Nische, die einmal für Leute eingerichtet worden war, die ihr Getränk inkognito zu genießen wünschten. Ein großer Riss darin erlaubte, alles zu sehen, was sich im Lokal abspielte, ohne selbst gesehen zu werden. Der Platz hinter dem Schirm und die Gaststube waren leer.

Aber beim zweiten Glas kamen Gäste: Henriksen und Bjerg. Bjerg hatte sich um den Verstand und das Gleichgewicht getrunken, torkelte durch das Lokal und fiel neben den Tisch auf der anderen Seite des Schirms. Henriksen setzte sich getreulich zu ihm.

Bjerg sah ihn erst, als er, ohne ihn bestellt zu haben, seinen Grog serviert bekam. »Madsen« stellte zwei Gläser Grog hin; bei dieser Gelegenheit entdeckte Bjerg auch Henriksen.

»Sind Sie auch hier?«, brummte er. »Warum verfolgen Sie mich mit Ihrem Geschwätz?«

»Weshalb können wir nicht Freunde sein?«, fragte Henriksen.

Bjerg hielt sich an seinen Grog und beachtete ihn nicht weiter.

Aber nach einiger Zeit plumpste es ihm plötzlich aus dem Mund: »Feunde – Feunde – und Feundinnen – N-Nutten.«

Er entdeckte selbst, dass er einen Konsonanten verloren hatte und lachte darüber wie über einen guten Witz. »Hab ich N-Nutten gesagt?! Na, das is auch nich gelogen. Das sind sie alle. — *Alle* W-W-Weiber.«

»Sie sind besoffen«, sagte Henriksen.

Bjerg sah ihn mit der herzlichen Verachtung an, die der Betrunkene für den dummen Nüchternen hat.

»Besoffen — — ha — — besoffen — — Sie Sch-Schneider!«

Er bekam einen Anfall von Lebensweisheit und kämpfte mit seinen Gesichtsmuskeln, um sie tiefsinnig aussehen zu lassen.

»Ich will Ihnen was sagen, wir Männer, wir tun's, weil's unsre Natur is, aber die Weiber, die tun's aus Berechnung. — — Aber wenn's niemand weiß — — dann Kopf in den Sand wie der Vogel Strauß — dann wissen sie's selber auch nich.«

»Sie sind ein Kamel!«, sagte der Schneider. Er war wütend. Wohl war der Mann voll, aber alles hatte doch seine Grenzen.

Aber Bjerg war voll unerbittlicher Weisheit.

»Sie könn's ja an sich selber sehn! Solang Sie — mit dem Buckel und so — sie verächtlich abgesehn ham und sie am l-liebsten angespuckt hätten, da — da hat sie sich geschämt, als wenn da keine S-Spur von B-Buckel auf Ihrem Rücken gewesen wär — — aber als Sie so getan ham, als wenn nichts im Weg wär — den Kopf in den Sand wie der Vogel S-Strauß — da hielt sie sich auch selbst für anständig — und da hat sie mit dem Konsul geschlafen — dem alten natürlich.«

Henriksen sprang auf:

»Das ist gelogen. Und jetzt — —!«

Bjerg sah unangefochten hinauf zu dem drohenden Schneider.

»Gelogen, sagen Sie – dann isses auch gelogen, dass ich hier sitz und besoffen bin. – Der Konsul wollt Helen ham – und da hat ihm der Sohn ein blaues Auge gehaun – und da sagt der Konsul ›nie im Leben‹, das hat er gesagt – ›aus dem Heiraten wird nichts‹.«

»Aber sie *sind* doch verheiratet«, sagte Henriksen verächtlich.

»Ja, weil sie zum Konsul gegangen is, dem alten – abends – und sich was dazu angezogen hat – tief ausgeschnitten – ich kenn sie – die Beine übereinander – und die Waden – und so weiter.

Und da hat er sie gekriegt – alles – und ich hab mich aufs Saufen verlegt. – Is das vielleicht gelogen, was ich sag, Madsen?«

»Das weiß ja die ganze Stadt«, sagte Madsen.

Bjerg sah Henriksen triumphierend an, wie ein Whistspieler, der einen todsicheren Grand angesagt hat.

Henriksen war leichenblass geworden. Er suchte nach einem Wort, womit er Bjerg und die ganze Welt erledigen konnte.

»Wissen Sie, was ich bin?«, sagte er.

»Ja, Sie sind Sch-Schneider«, sagte Bjerg und hickste.

Henriksen schlug mit der Faust auf den Tisch:

»Ich bin Freidenker!«

Damit verließ er das Lokal wie ein Sendbote des Jüngsten Gerichts. –

Am nächsten Vormittag kam die Putzfrau zu Dahl ins Zimmer und erzählte, dass Henriksen tot sei.

»Er hat sich an demselben Haken aufgehängt wie sein Vater. Ich sah ihn, als ich hereinkam. Glücklicherweise hielt der Metzger gerade vor dem Haus und der konnte ihn abschneiden. – Er war gleich tot«, fügte sie tröstend hinzu, als sie sah, wie Dahl weiß im Gesicht wurde, wie er schwankte und sich auf den Tisch stützte, »der Buckel hat ihn ja von der Wand abgehalten, und da hat der Strick gleich stramm zugezogen.«

Als der Lotterieeinnehmer erfuhr, dass Henriksen tot war, war ihm zumute wie einem Menschen, der einen unheimlichen Traum gehabt hat, der etwas Böses bedeuten kann, aber an den er sich nicht mehr richtig erinnern kann. Er ging in die Weinstube.

»Madsen«, sagte er vertraulich, »war ich gestern Abend hier mit Henriksen zusammen?«

Ja, das war Herr Bjerg.

»Was haben wir angestellt?«

Madsen, der auch wusste, dass Henriksen tot war und den Zusammenhang begriff, gab eine kurze instruktive Darstellung des Zusammenseins.

Ohne etwas zu trinken und ohne ein Wort zu sagen, ging Bjerg und meldete sich für eine Entziehungskur an.

Auch dem anderen Gast der Weinstube war nicht wohl zumute. Dahl bekam es mit der Angst, dass die Mächte, die Bjerg zum Trinker und Henriksen zum Selbstmörder gemacht hatten, auch auf ihn Einfluss gewinnen könnten.

Am nächsten Sonntag ging er in die Kirche, bevor er nach Hause ging, und als sein Vater bei Tisch fragte, ob er darüber nachgedacht habe, welches Studium er ergreifen wolle, antwortete er, dass er Theologie studieren wolle.

Die Mutter lächelte erfreut, der Vater nickte zufrieden und sagte:

»Du fühlst also den Drang, das Wort zu verkünden.«

So weit war Dahl noch nicht gekommen; er fühlte nur den Drang, seine eigene Seele zu retten.

18. KAPITEL
In der Nacht von Freitag auf Sonnabend

Die »Schiefe« steckte ihre blanke Polypennase zur Tür herein. »E-Entschuldigen Sie, Herr Dahl, d-da ist bloß ein B-Brief.«

Ihr Gesicht war gewohnt, wütend und boshaft zu sein; es kleidete sie nicht, zu lächeln. Sie glich einem Hund, der den Kopf duckt, mit dem Schwanz wedelt und sich bereithält, einem in die Beine zu beißen.

Sie legte den Brief vorsichtig auf die Tischkante, zeigte ihren krummen Rücken und verschwand. Sie hinterließ einen schwachen Branntweingeruch.

Dahl spülte sich den Mund zum zigsten Mal, weil er an eine hatte denken müssen, die nicht krumm war, sondern gerade davon lebte, wohlgestaltet zu sein.

Puh – er konnte die Vorstellung von Punsch, Tabak und anderen giftigen Dünsten nicht wegspülen.

Der Brief.

Er mochte ihn kaum anfassen, weil die »Schiefe« ihn mit ihren ewig ungewaschenen Händen und den schwarz geränderten Nägeln berührt hatte.

Es schien ihm, als habe er die Schrift schon früher gesehen, aber er konnte sich nicht erinnern wo. Es war eine Handschrift, die sich der Schönschrift näherte. Ja – sein Vater hatte eine solche Schrift gehabt; sie war ja allmählich ein bisschen altersschwach geworden, aber sie hatte immer ein bisschen nach einem Schriftmuster ausgesehen. Er sah nach dem Poststempel.

Der Brief war von zu Hause. Sein Herz begann plötzlich vor Angst zu hämmern. Ärgerlich über seine dumme Nervosität, zwang er das pochende Herz zur Ruhe, bevor er den Brief öffnete. Aber die Finger zitterten trotzdem, als er den Umschlag aufriss.

Bakkebøller Schule, den 7. Juni

Herr stud. theol. Jens Dahl!
Es ist meine traurige Pflicht, Ihnen mitzuteilen, dass Ihre liebe Mutter sich nicht mehr unter den Lebenden befindet. Die treue, selbstaufopfernde Sorgfalt, mit der sie Ihren verstorbenen Vater in seinen letzten Tagen pflegte, überstieg ihre Kräfte, und sie war nicht mehr die gesunde, starke Frau, die sie in ihren Briefen an Sie scheinen wollte. Sie war so besorgt, dass die Angst um ihre Gesundheit Sie in Ihrer Arbeit behindern könnte. Wir, die wir sie täglich sahen, wussten ja freilich, dass es mit ihr zu Ende ging, und doch hatten wir erwartet, dass sie den Sommer überleben würde, was sie auch selbst glaubte. Sie freute sich so sehr darauf, Sie in den Ferien zu Hause zu haben, und, wie sie sagte, die letzten Tage mit Ihnen zusammen zu verleben. – Es sollte nicht so sein; Gott rief sie in der Nacht zwischen Freitag und Sonnabend um drei Uhr zu sich. Still und ruhig entschlief sie im Namen des Herrn.

Wir haben gedacht, dass die Beerdigung am Donnerstag stattfinden könnte, überlassen es aber natürlich Ihnen, die endgültigen Bestimmungen zu treffen. Ihr altes Zimmer hier in der Schule, Ihrem alten Zuhause, steht zu Ihrem Empfang bereit.

Der Herr tröste Sie in Ihrem schweren Verlust!
J. J. Hansen-Bro.

Das Herz hatte fast genauso plötzlich aufgehört zu schlagen, wie es vorher heftig zu hämmern begonnen hatte. Sonst fühlte er nichts. Der Brief sagte ihm nichts. Es blieben nur einige unwirkliche Sätze hängen wie »Gott hat sie zu sich gerufen« und »im Namen des Herrn eingeschlafen in der Nacht zwischen Freitag und Sonnabend um drei Uhr.«

Die Nacht zwischen Freitag und Sonnabend um drei Uhr! Er sank auf das Sofa, wie von einem Schlag getroffen, der ihn bewusstlos machte. Sein Gesicht war kreideweiß und der Ausdruck fast leblos.

In der Nacht zwischen Freitag und Sonnabend um drei Uhr war seine Mutter gestorben – und gerade in dieser Stunde war er bei einer gewesen, die –.

Ein ganz sinnlos warmes Lächeln von einem Sonnenstrahl fiel in das Zimmer und zeichnete das Fenster auf den Fußboden. Er betrachtete die schwarzen Striche des Fensterrahmens, die den Sonnenfleck auf dem Fußboden einfassten, und eine Erinnerung tauchte plötzlich auf. Eines Tages war sie mit einem Stück Käsebrot zu ihm gekommen. Sie sah so listig aus, weil der Käse auf einem kleinen Stück doppelt lag. Sie blieb stehen und sah ihm zu, während er aß. »Das ist runtergerutscht!«, sagte sie, als er fertig war, und dann sah sie aus, als sei es auch in sie gerutscht.

Jetzt war sie gestorben, in der Nacht zwischen Freitag und Sonnabend, während er –. Er warf sich mit dem Gesicht auf das Sofakissen.

Er hatte dort fast eine Stunde regungslos gelegen, als er sich eines starken Schmerzes in seinen Händen und einer hilflosen Einsamkeit in seinem Herzen bewusst wurde. Er hatte auf seinen gefalteten Händen gelegen und die Finger hart aneinandergepresst.

Er wandte sich um und sah das Sonnenscheinfenster auf dem Fußboden. In diesem Augenblick verschwamm es mit dem alten, vor vielen Jahren daheim in der Schule gesehenen; er musste an das Bilderbuch mit dem Bild eines kleinen Jungen denken, der in seinem Bett liegt, während die verstorbene Mutter als Schutzengel am Kopfende steht und über ihrem kleinen Sohn wacht. Damals glaubte er, alle verstorbenen Mütter sähen so nachts nach ihren Kindern. Oft hatte er, wenn er erwachte, nach ihren Atemzügen gelauscht, um sich zu vergewissern, dass sie wirklich bei ihm war, und in Dankbarkeit hierfür hatte er die Verse wiederholt, die sie ihm zur Gutenacht zu sagen pflegte: »Gute Nacht, mein Schatz, schlaf süß, wie die Engel im Paradies!«

Das Sofa, auf dem er lag, hatte sie ihm gekauft; das kleine Kissen, auf dem sein Kopf lag, hatte sie ihm selbst gemacht. Dieses Kissen hatte etwas von der sanften Sicherheit, die von ihr ausging.

Müde von Kummer und Gewissensbissen, drückte er den Kopf noch tiefer in das kleine Kissen hinein. Die Zeichnung aus dem Bilderbuch von der verstorbenen Mutter, die am Bett ihres Kindes steht, flimmerte vor seinem Bewusstsein, er faltete die noch schmerzenden Hände, und während die Tränen endlich von seinen Wangen hinabzurollen begannen, sagte er leise und mit dem Klang der Kinderjahre in seiner Stimme, fast ganz entrückt von der Gegenwart: »Gute Nacht, mein Schatz, schlaf süß, wie die Engel im Paradies.«

Mit einer unklaren Vorstellung, seine Mutter sei in der Nähe, schlief er ein wie ein kleines Kind, das sich in den Schlaf geweint hat.

Als er erwachte, hatte die Todesnachricht ihn mit ihrer schweren, dumpfen Ruhe durchdrungen.

Er stand auf und begann zu packen. Er packte langsam und mühsam, als ob es ihm Kopfzerbrechen bereite herauszufinden, was in den Koffer solle. Hin und wieder verweilte er bei einem Gegenstand, der ihn besonders an sie erinnerte; ein Taschentuch, in das sie seinen Namen gestickt hatte oder ein Paar Socken, die er letzte Weihnacht in ihrer Hand gesehen hatte, als sie sie stopfte, mit demselben Ausdruck körperlichen Genießens wie damals, als sie ihn das Käsebrot essen sah.

Er wurde unterbrochen, als es klopfte. Die »Taube«, eine seiner drei Wirtinnen, kam mit ihrem zerfahrenen Spatzengehüpf und ihrem verlegenen Grinsen herein.

»Entschuldigen Sie, Herr Dahl – hmhm – da ist Ihr Freund, Herr Barnes – hmhm – darf er hereinkommen?«

Er zögerte einen Moment und nickte dann.

Sie hüpfte und drehte sich. »Das war alles – hmhm – was ich fragen wollte.« – Er sah ihr flaches Hinterteil durch die Tür hüpfen und hörte im Flur ihre von einer chronischen Erkältung heisere Stimme.

»Ja – – hmhm – kommen Sie doch herein – – hmhm – ich wollte nur erst fragen.«

Da kam Barnes herein.

»Du packst?«, fragte er, »willst du verreisen?«

Dahl hielt gerade eine Weste in der Hand und sah grübelnd in den Koffer. Dann drehte er sich nach Barnes um, immer noch die Weste in der Hand. »Ja«, sagte er, »meine Mutter ist gestorben.« Barnes erwiderte kein Wort. Ein Schatten senkte sich auf sein Gesicht und die Augen richteten sich auf den Fußboden. Dahl wandte sich ab und packte die Weste ein. Als er nach der Jacke griff, sah er, dass Barnes sich gesetzt hatte.

Er saß regungslos da und starrte in die Luft. Es war ihm nicht anzusehen, ob er gehört hatte, was Dahl sagte, oder ob er es überhört hatte, wie man so manche gleichgültige Bemerkung überhören kann. Trotzdem wusste Dahl, dass Barnes hellhörig war für alles, was in ihm vorging.

»Kannst du begreifen, Barnes«, sagte er langsam, »dass eine Mutter sterben kann? Ich meine nicht *körperlich*, aber dass sie *aufhören kann zu existieren*. Irgendwo muss sie doch sein, nicht wahr? Wir können sie nur nicht sehen.«

Barnes hatte seine Augen auf ihn gerichtet. Aber denen war nichts anzusehen. Es war, als hätte er allen Ausdruck aus ihnen herausgenommen – sein gewöhnlicher aufmerksamer, alles sehender Blick war nach innen gewandt. Wie er so dasaß, mit seinen deutlichen Spuren einer Jugendlast, die Intelligenz gleichsam für den Augenblick beiseite gelegt, das Gesicht aber trotzdem von einem sonderbaren stummen Wissen veredelt, machte er den Eindruck eines Wesens, das mehr war – oder weniger – als ein Mensch. Mit seiner blaugrauen Gesichtsfarbe, seinen schweren Augenlidern und nasskalten Händen sah er aus wie ein freundlich gesinnter Erdgeist, der aus seinem Hügel herausgekommen ist und wortlos darauf wartet, ob er den Menschen nützlich sein kann. Irgendetwas an ihm ließ erkennen, dass er alles wusste, was im Herzen des Menschen vor sich geht.

Dahl packte wieder. Aber plötzlich ließ er los, was er in der Hand hatte und sah Barnes voll ins Gesicht.

Dann sagte er nach einigem Überlegen:

»Weißt du, wo ich in dem Augenblick war, als meine Mutter starb?«

Barnes sah ihn fragend an und Dahl antwortete:

»Ich war betrunken und bei einem Straßenmädchen.«

Er kehrte seinem Freund wieder den Rücken zu und packte weiter.

»Wusstest du denn nicht, dass deine Mutter krank war?«

»Nein«, sagte Dahl, »ich hatte keine Ahnung.«

Er gab Barnes den Brief des Lehrers. Barnes las ihn und legte ihn still auf den Tisch.

Plötzlich sagte Dahl wie ein unglücklicher Junge, der sich einem Kameraden anvertraut:

»Barnes – wenn Mutter mich nun in dem Augenblick gesehen hat?«

Barnes sah ihn ganz verständnislos an.

»Man sagt«, fuhr Dahl fort – und Barnes schien, als wären das Gesicht und die Stimme ganz dieselben wie damals, als sie in die Dorfschule gingen, »man sagt, dass im Augenblick des Todes der Mensch diejenigen aufsucht, die er liebt, um ihnen ein letztes Auf Wiedersehen zu sagen. Und zu wem sollte Mutter wohl sonst gehen als zu mir?«

Er verbarg sein Gesicht in den Händen.

Barnes betrachtete ihn mitleidig. Er schüttelte fast unmerklich den Kopf.

Sein Freund hatte das Theologiestudium aufgegeben, völlig überzeugt von der vollkommenen Sinnlosigkeit des Christentums. Es war nicht ein Faden übrig geblieben von dem ganzen Dogmengewebe, nicht die geringste Spur von Hoffnung auf die Unsterblichkeit der Seele. Und jetzt saß er hier, gepeinigt von einem alten Bauernaberglauben.

Barnes stand auf und gab Dahl seine feuchte Hand.

»Adieu«, sagte er, und sein ganzes Gesicht zeigte den Mangel an aufdringlicher Teilnahme, der mehr als jede andere Form von Mitgefühl sich weich um ein Herz legt.

Dahl nickte und wusste, dass sein Freund seinen stummen Dank fühlte.

Lächelnd wie ein sonnentrunkenes Auge lag der blaue Sund zwischen den vielen grünen Inseln. Der kleine Spielzeugdampfer mit dem roten Streifen um den Schornstein glitt ruhig und sicher auf die Provinzstadt zu, die sich in sonnenbeschienenem Feiertagsfrieden um die Kirche lagerte.

Dahl stand an Deck und sah nach der Stadt hinüber. Eine gute halbe Meile hinter ihr lag die Bakkebøller Schule. Dort lag auch ganz versteckt der Weg mit den Weidenbäumen. Den gingen alle Jungen, die in der Stadt »etwas zu besorgen« hatten. Wenn sie ihm begegneten, würden sie mit verschämter Freude lächeln, dann mitfühlend ernst werden, weil seine Mutter gestorben war, und Holger Enke würde sich von den andern frevelhaft unterscheiden und ihn nur mit seinen großen Augen ansehen, die kaum Platz für all das Gute hatten, das sich in ihm emporarbeitete – und dann würde Jens weinen müssen. –

Unsinn! Holger Enke saß jetzt im Zuchthaus und die andern waren erwachsen, und jeder hatte zu tun. –

Segelmacher Berg stand an seinem gewohnten Platz, mit den Hände tief unten in den großen Latzhosentaschen und das Gesicht wie immer über seinem unergründlichen Innern geschlossen.

Und dort war Henriksens Fenster. Jetzt war da ein Töpferladen.

Wo die Straße kurz vor der Stadt nach dem »Wäldchen« abbog, kam Helen Urup, tief in ihre eigenen Gedanken eingesponnen. Als sie aufsah und ihn erkannte, kam ein kleines Licht in ihre Augen und übersprang wie ein kleiner Funke die vielen Jahre bis zu der Zeit im Garten ihrer Mutter – und weckte die gleichen Erinnerungen wie bei Dahl. Ihre Schritte wurden zögernd, ihre Haltung unsicher, als wollten sie stehen bleiben und sich unterhalten: dann grüßten sie beide höflich und gingen weiter.

Er drehte sich um, sah ihr nach und dachte an Barnes.

Weiter draußen macht die Straße mit den Weidenbäumen eine Biegung nach der Bakkebøller Schule. Es war niemand zu sehen, einsam erreichte er den alten Weg und einsam empfing ihn dieser.

Er brach einen Weidenzweig von einem Baum und schälte die grüne Rinde ab, während seine Füße widerstrebend den Weg nach der Schule einschlugen.

Eine dumpfe Schwere hatte sich über ihn gelegt. Er schälte langsam und sorgfältig, als wäre es eine Arbeit, die gut gemacht werden müsse; erst wenn sie fertig war, wollte er heimgehen. Er zögerte es hinaus. Solange er die Mutter nicht tot gesehen hatte, war es nicht wirklich wahr.

Endlich war der Weidenzweig schimmernd weiß. Er betrachtete ihn unschlüssig, konnte sich nicht erinnern, was es war, wozu er ihn brauchen wollte.

Eigentlich war es ja gleichgültig, aber es lag ihm sonderbar viel daran, sich daran zu erinnern. Ein paar Mal war das Erinnerungsbild nahe daran aufzutauchen, aber es verschwand, bevor er es zu fassen bekam.

Irritiert ließ er die Weidenrute durch die Luft sausen – und ließ sie genauso erschrocken fallen, als wäre Holger Enke wirklich aus der Lücke in der Hecke dort herausgekommen und ein kleiner fetter und flachstirniger Bauernjunge stünde brüllend auf dem Weg.

Das war hier, hier an dieser Stelle hatte er den dickbäuchigen Kerl nach Brüderchens Tod geschlagen und Holger hatte ihm sein Messer gegeben, und er war nach Hause gegangen zu seiner Mutter und hatte erzählt, was er getan hatte, und um Verzeihung gebeten.

Jetzt sollte er zu ihr nach Hause – und er hatte vieles zu beichten und für vieles um Vergebung zu bitten.

Heim – vor ihr niederknien – alles sagen und um Verzeihung bitten! – Da war der Holzzaun, ergraut und rau vom Alter, über den er früher gern die Hand hinstreichen ließ, die spitzen Pflastersteine des Hofs, jeder mit seinem Gesicht, und dann Hansen-Bro und seine Frau, die nicht dazu kamen, ihre durchdachten tröstenden Worte zu sprechen, die aber zur Antwort auf einen Ausdruck in seinem Gesicht die Tür zu dem Zimmer öffneten, in dem der schwarze Sarg stand.

Er erinnerte sich, dass er hatte niederknien und beichten wollen, aber er tat es nicht. Ein Junge war in das Zimmer gegangen, um seine Mutter um Verzeihung zu bitten, ein junger Mann betrachtete in tiefem, aber kaltem Ernst die

Leiche einer Frau – steife, gefaltete Hände, ein mageres, wachsbleiches Gesicht, dessen Ausdruck er nicht verstand. Das Lächeln, das um ihren Mund erstarrt war und das sein Herz mit eisigem Ernst erfüllte, das kannte er nicht.

Zwei zärtliche, wachsame Augen, ein mitwissendes Lächeln, ein Zug schmerzlicher Freude über den Augenbrauen – das war das Gesicht seiner Mutter, wenn es sich ihm zuwandte, das einzige, das er gesehen hatte, das Gesicht, das ihr wie ihm gehörte; denn nun begriff er, dass er sie immer als sein Eigentum betrachtet hatte.

Hier war nichts mehr von dem, was sein war. Sie hatte ihn verlassen.

Das unergründliche Lächeln, auf das er jetzt starrte und das nicht schwinden wollte, das war ihr eigenes, das gehörte ihr allein.

Er betrachtete ihr eigenes, ihr letztes Lächeln und hörte eine Stimme irgendwo draußen im Dorf, die Stimme einer Frau, vielleicht die Annine Clausens, wie sie »die Küstersfrau« sagte.

Die gleichgültige Stimme fegte ihn selbst zur Seite, wies ihn auf den Platz als ein Kind, das der Küster und seine Frau gehabt hatten. Und niemand protestierte. Die Frau des Küsters lag hier mit ihrem eigenen Lächeln, das ihm nichts sagen wollte.

Sicher, sie war noch etwas anderes gewesen als eine Mutter. Kind, Schulmädchen, junges Mädchen, verliebt, verheiratet, hatte ein Menschenleben gelebt, von dem er nur wenig wusste. Und dieses Lächeln, das letzte, das sie ihm wie jedem gab, der hereinkam, war weder glücklich noch unglücklich, sondern sonderbar rätselhaft.

Zwei Mal hatte er an der Bahre eines seiner Nächsten gestanden, nie aber war er dieser unbarmherzigen, unpersönlichen Kälte preisgegeben gewesen, die sein Herz jetzt bis auf den Grund erstarren ließ.

Hier in diesem Zimmer hatte er gestanden und das Gesicht seines Vaters betrachtet. Es war dasselbe, wie er es immer gesehen hatte, im Tod etwas kleiner als im Leben, zusammengesunken, als wolle es zugestehen, dass es die Buchdruckerkunst nicht erfunden habe, sonst aber dasselbe.

Und Brüderchens weißes Marmorgesicht, das nur so aussah, als ob es schliefe; als ob es, wenn es sein sollte, die Augen aufschlagen und wie eine Blase aus ihrer unergründlichen Tiefe aufsteigen könnte. Brüderchen, das nur »heimgegangen« war und zurückkam, um seine Finger ein letztes Mal leise zu drücken.

Aber dies Gesicht hier war geschlossen, so undurchdringlich und fremd wie das von Segelmacher Berg, das sich ihm nie hatte öffnen wollen.

Und so war auch sein eigenes, als er an Hansen-Bro und seiner Frau vorbei in sein Zimmer hinaufging.

Sie starrten ihm verständnislos nach.

»Es ist doch seine Mutter«, meinte Frau Bro, »und er hatte nicht ein Wort und nicht eine Träne für sie.«

»Der Mann muss Freidenker sein«, sagte Hansen-Bro. Seiner Frau schauderte und sie dachte mit einem Gefühl von Geborgenheit daran, dass ihr Mann Kantor und Religionslehrer war.

19. KAPITEL
Heimatlos

Der kalte Ernst blieb in seinem Herzen und lähmte seine Sinne. Die Sonne schien mit einem gleichgültigen Licht, die Vögel sangen den langen Sommertag, aber ihr Gezwitscher war leerer Lärm; junge Mädchen weinten bei dem Begräbnis seiner Mutter; der Kummer in ihren Gesichtern schien ihm eine sinnlose Grimasse. Was ging es sie an! Die Bauern drückten ihm teilnehmend die Hand, ohne zu wissen, dass ihr schwerer Ernst nicht dem Verlust seiner Mutter galt, sondern dem ungemütlichen Gefühl, selbst einmal sterben zu müssen. Hansen-Bro und seine Frau hatten Tränen in den Augen und wagten nicht, sich ihr natürliches Gefühl der Erleichterung einzugestehen, dass sie jetzt tot war und alles Mobiliar ihnen gehörte.

Sicher gehörte es ihnen: Madame hatte breit auf allen Stühlen gesessen und diese hatten sich gefügt und ihr Wesen angenommen. Da war kein Zuhause mehr für ihn. Adieu. Sofort. –

Bevor er wegfuhr, wollte er noch einmal durch das Loch in der Haselnusshecke nach draußen gucken. Er ging den Pfad, den Hansen-Bros große Holzschuhe ausgetreten hatten. Nicht einmal der war heimatlich.

Er hob die Augen vom Pfad, in einer tiefen Sehnsucht nach jemandem, den er lieben könnte, sein Blick fiel auf das Loch in der Hecke und er blieb stehen und starrte wie durch ein Fernrohr über das Weite hinaus, in einer unbegreiflichen Gewissheit, dass da draußen irgendwo diejenige war, nach der er sich sehnte und wegen der er das allererste Mal dorthingegangen war und Tag für Tag gewartet hatte – so lange, bis er vergaß, worauf er wartete.

Er stand unmittelbar vor der Erkenntnis, wer es war, konnte es nur noch nicht deutlich genug sehen, aber er war überzeugt, dass sie kommen würde.

Er ging hinein zu Hansen-Bro und mietete sein altes Zimmer für den Sommer.

Tag für Tag saß er in der Hecke und wartete vergeblich. Schließlich gab er es auf und lief ruhelos auf allen Wegen der Umgebung.

Eines Nachmittags blieb er vor Niels Peters und Martines Haus stehen, mochte jedoch nicht hineingehen, aber Niels Peter hatte ihn vom Fenster aus gesehen und kam heraus, und da konnte er Martines Kaffee nicht ablehnen.

Sie hatte schon drei Kinder und erwartete das vierte.

»Es geht schnell damit in den jungen Jahren«, sagte Niels Peter.

Dahl betrachtete Martines unförmige Figur und dachte, die jungen Jahre dauerten wohl nicht sehr lange.

Sie hatte noch immer ihre klugen, klaren Augen, aber der übrige Teil des Gesichts trug die Spuren einer selbstverständlichen Müdigkeit.

Sie fing Dahls Blick auf und lächelte verstehend.

»Wir sehen es am besten, wenn wir jemanden treffen, der uns früher gekannt hat«, sagte sie, »dass es mit uns angefangen hat, bergab zu gehen. Sie brauchen nichts Nettes zu sagen, es ist nun einmal so! Es fängt an dem Tag an, wo wir heiraten.«

»Du sprichst ja nicht gerade sehr ermunternd von der Ehe«, warf Niels Peter ein.

»Ja, du meine Güte, dafür kann die Ehe doch nichts; ich bin mit meiner ganz zufrieden. So ist nun einmal das Leben. Es ist vorbei – oder wir können auch sagen, es fängt an, wenn wir heiraten! Dann gehen wir eine Reihe von Jahren mit einem Kind auf dem Arm und einem im Bauch und müssen doch für alles sorgen, das Haus und den Garten und den Mann, und bevor wir uns versehen, sind wir so hässlich, dass er kaum noch sieht, dass wir eine Frau sind, und so müde, dass wir uns auch gar nichts mehr daraus machen.«

Sie versetzte Niels Peter einen Klaps und fügte hinzu:

»Na, so weit bin ich noch nicht, aber es ist nicht mehr lang bis dahin.«

»Sie sind immer so etwas wie eine Wahrsagerin gewesen, Martine«, sagte Dahl.

»Ja, aber es ist doch nicht immer eingetroffen«, entgegnete Niels Peter, »als wir uns das letzte Mal unterhielten, prophezeite sie, Tine werde sich entweder mit einem Rittergut verheiraten oder eine alte Jungfer werden. Jetzt ist sie mit Peter Maurer verheiratet.«

»Tine ist verheiratet?«

Dahl verfiel in Gedanken. Martine sah ihn an und sagte: »Ja, so gut wie alle jungen Männer im Dorf haben um sie angehalten, und dann hat sie Peter Maurer genommen, weil er die weißesten Hände hatte.«

Ihre klaren Augen verweilten wieder auf Dahls Gesicht, bevor sie fortfuhr: »Ich bin nicht sicher, ob Tine wirklich glücklich ist. – Na, Sie sehen mich an, als wollten Sie sagen, wer ist überhaupt glücklich, nach dem, was ich vorhin sagte. Aber wir andern, wir wissen, worauf wir uns einlassen, und dass es nicht anders sein kann. Das Leben ist nun einmal so. Aber Tine wollte das Leben am liebsten so wie in den Romanen. Schon in der Schulzeit las sie viel. Und dann kam sie ins Träumen! Ich erinnere mich noch an die Zeit kurz nach der Konfirmation, damals, als wir noch unsere Vertraulichkeiten miteinander hatten. Tine konnte ganz so träumen, wie ein Dichter schreiben kann. Nacht für Nacht, in Fortsetzungen, genau wie im Zeitungsfeuilleton. Sie freute sich auf den Schlaf, bloß um weiterträumen zu können. Und tagsüber lebte sie in der

Erinnerung daran. Ich könnte mir wohl vorstellen, dass Tine heute noch jede Nacht träumt und am Tag nicht richtig wach ist.«

»Na, wach ist sie, weiß Gott«, sagte Niels Peter. »Es gibt ja kein Haus, das so sauber und ordentlich ist wie ihres, deins natürlich ausgenommen.«

»Ja, aber Tine ist wie eine Nachtwandlerin«, behauptete Martine, »sie kann alles genauso gut wie wir, die wir wach sind; aber reißt sie mal plötzlich aus ihren Träumen und ihr werdet sehen, sie verliert vor lauter Schreck das, was sie in der Hand hat. — Da kommt die Schwiegermutter mit einer Geschichte, die herauswill, das kann ich ihrem Gang ansehen.«

Das war wohl wahr, Annine kam angerannt, war atemlos, aufgeregt und entsetzt.

»Was ist los, Schwiegermutter?«, sagte Martine, »was gibt es so Schreckliches?«

»Was los ist«, stöhnte Annine, »was los ist – ja, das kannst du sagen, dass da was los ist!«

Ihre Augen waren ganz schwindlig, weil sie schneller gerannt war als die Lungen wollten, dann sah sie Dahl, hielt erschrocken inne und sank auf einen Stuhl. Aber wenn der Pfarrer selbst und dazu ein Probst und ein Bischof da gewesen wären, sie hätte doch nicht an sich halten können.

»Der Konsul ist tot«, sagte sie.

»Na«, sagte Niels Peter in dem leichten Ton, der zur Fortsetzung gehörte, die er jedoch für sich behielt, nämlich: »Hat der Teufel ihn endlich geholt?«

»Ja«, sagte Annine und schnappte nach Luft. »Der Konsul ist tot. Ich komm eben von dort.«

Die letzte Bemerkung schien ihr eine gewisse Erleichterung zu verschaffen; sie saß nun etwas ruhiger da, wie jemand, der seine Pflicht getan hat.

»Ich war dort im Haus, als er starb – und der Pastor war da mit dem Sakrament.«

»Mit dem Sakrament?«, fragte Peter und spuckte einen Priem aus. »Das hat das alte Schwein nicht verdient.«

Annine sah ihn betroffen an. Der Ausdruck der Verblüffung ging langsam in einen Ausdruck der Verklärung über, und dabei wandte sie kein Auge von ihrem Sohn. Sie bekam Sündenvergebung für ihn. Sie schloss die Augen, dankte Gott in aller Eile, schlug sie wieder auf und sah Niels Peter mit dem mutterfrohen Ausdruck an, den sie, seit er verheiratet war, ihm entzogen und seinen Kindern gegeben hatte. Ein guter Junge war er immer gewesen, und freilich war er in unehelicher Lust empfangen, aber dass er das rechte Wort zur rechten Zeit sagen konnte, das hatte er vom Klempnergesellen, der ihr im Lauf von fünf Minuten den Kopf verdreht hatte, an jenem Abend auf der Tierschau, und der dann nach Amerika ausgerissen war. Sie fühlte, der Fehltritt war ihr vergeben, sie brauchte ihn nicht mehr zu bereuen.

»Du sagst es, mein Sohn«, sagte sie feierlich, »und es ist wunderlich, dass gerade *du* es mir sagen musst, denn es war Gottes Urteil, was aus deinem Mund kam.«

Sie besann sich eine Weile und erzählte dann in einem ruhigeren Ton weiter. Das große Grauen war von ihr gewichen und sie war erfüllt von einer dankbaren und gerechten Freude über die Vorsehung, die belohnt, bestraft und verzeiht, so wie wir es verdienen.

»Ich war da drin mit Eiern«, erzählte sie, »und da sagt das Küchenmädchen, der Konsul liegt in den letzten Zügen. ›Jesses‹, sag ich, ›ist es so weit?‹ ›Ja‹, sagt sie, ›sie erwarten es jeden Augenblick. Der Pastor ist da mit dem Sakrament.‹ ›Dann setz ich mich noch ein bisschen hin‹, sag ich, denn es wär doch ärgerlich gewesen, wenn es gleich nachher passiert wär, wenn ich aus dem Haus hinaus war, ›wo ich schon mal hier bin.‹ Und da sitzen wir denn und warten. Aber es war nicht auszuhalten, da still zu sitzen und zu warten, und da sagt das Küchenmädchen, wo nur das Hausmädchen bleibt, denn die war vor einer ganzen Weile mit Leuchtern für das Abendmahl hineingegangen, und da schleicht sie auf Socken hin und kommt gleich wieder zurück und flüstert, sie hätt den Schlüssel aus der Tür gezogen und wir könnten also hineinsehn, und es wär schrecklich. Und sie schleicht wieder weg, aber ich halt sie am Rock fest und sag: ›Lass mich ans Loch heran, du kannst dir ja alles vom Hausmädchen erzählen lassen, aber ich muss gehn!‹ Und ich leg das Auge an das Schlüsselloch, und da seh ich alles, denn die Tür stand günstig.

Der Pastor war gerade so weit gekommen, wo er dem Kranken den Kelch gibt – so weit war er schon, als die Köchin durchgeguckt hat, aber er war noch nicht weitergekommen, weil der Konsul nach oben schaut und angefangen hat zu kichern, und dann hat er ganz laut gelacht. Wie ich gerade hinkomme, fängt er an zu reden. Aber das, was er gesagt hat, das kann ich nicht sagen, wenn Männer hier sind. Und das, was er gesehn hat, das müssen Frauen gewesen sein, die waren splitterfasernackt, überall. Sie saßen in der Luft direkt über ihm in den schrecklichsten Stellungen und taten die grässlichsten Dinge. Und der Konsul grinste und sagte das, was ich hier nicht wiederholen kann, und grabschte mit den Fingern nach ihnen.

Aber dann wird sein Gesicht auf einmal starr vor Entsetzen, er macht eine Bewegung, als wenn er unter das Deckbett kriechen will, und ›krak – rak-rak‹ macht es in seinem Hals, als wenn ihn einer würgen täte.

Und mir wurd so in meinen Beinen, als müsst ich umfallen, und der Schweiß sprang mir wie im Fieber auf die Stirn, denn als ich sein Gesicht sah und dies ›krak – rak-rak‹ hörte, da wusst ich, dass es der Böse selbst war, der ihn geholt hat, und den Beweis dafür hab ich selbst gesehn, denn der Kelch, den der Pastor in der Hand hielt, der schwappte über und etwas Wein floss heraus, genau so, als hätt ihn jemand angestoßen, als er vorbeifuhr.

Dann hab ich nichts mehr gesehn, weil das Küchenmädchen auch mal ans Schlüsselloch wollte.

Aber zur Beerdigung will ich. Und wenn der Pastor nach dem, was da passiert ist, eine schöne Rede auf ihn hält, weil Geld da ist und sie an der Leichenrede nicht sparen, dann verlier ich meinen Glauben.

Aber Gott – da fällt mir ein, die Schmiedsfrau Kirsten hat ja da gedient, als der Konsul noch jünger war, und sie hat gekündigt, weil er sie nicht in Ruh hat lassen wollen. Ach, die muss doch wissen, wie er geendet ist. Ach, was ist der Tod doch was Schreckliches, wenn er nicht selig ist!«

Annine raffte die Röcke zusammen und lief davon.

Ihren Glauben durfte sie behalten. Der Pfarrer war so erschüttert über den Verlauf dieser Abendmahlsfeier, dass er den benachbarten Pfarrer bat, ihn bei der Begräbnisfeier zu vertreten.

So kam es, dass Pastor Barnes noch einmal, wie so oft in seiner Glanzzeit, von einer fremden Gemeinde gebeten wurde, über einen Verstorbenen zu reden.

Nach einer Unterredung mit seinem Amtsbruder sagte er »ja«.

Und es geschah, dass er die Gemeinde stärker ergriff als je zuvor in seiner berühmtesten Zeit.

Als das erste Lied gesungen war, trat er an den Sarg und betete ohne irgendein Wort der Einleitung das Vaterunser. Ohne ein einziges Wort hinzuzufügen, ging er dann an seinen Platz und setzte sich. Die Wirkung war so ungeheuer, dass auch nicht einer der Anwesenden sich entschließen konnte, in den Schlussgesang miteinzustimmen. Die Orgel spielte ihn allein durch und der Doktor rettete die Situation, indem er den Leichenträgern das Zeichen gab, mit dem Sarg loszugehen.

»Der Kerl«, sagte der Sohn des Konsuls, als er nach Hause gekommen war, »der soll Zeilenhonorar für seine Rede kriegen. Und das Vaterunser ist gratis.«

Barnes bekam nicht eine Kupfermünze für seine Assistenz. Aber Respekt hatte er im Städtchen gewonnen, und daheim in der Gemeinde waren sie stolz auf ihn.

20. KAPITEL
Enttäuschungen

Dahl war auf dem Heimweg von seinem täglichen Spaziergang. Er ging am liebsten in der Mittagsstunde, wenn Menschen und Vieh schliefen und das ganze Dorf still und tot dalag wie ein großer Kirchhof; dann ging er, wohin ihn seine Beine führten, selbst schwer und tot im Gemüt.

Das Geräusch einer Holzsäge durchschnitt die Stille auf Claus Jørgens Hof. Es war Hans Olsen, der im Schuppen stand und arbeitete. Dahl ging zu ihm hin.

»Arbeitest du in der Mittagsstunde?«

Hans Olsen lächelte.

»Das ist so ein bisschen Heimarbeit. Ich verkauf es und bekomm es richtig gut bezahlt.«

»Und der Mittagsschlaf?«

»Ach was – als wir in die Schule gingen, hielten wir ja auch keinen Mittagsschlaf. Dafür spielten wir.« Hans Olsen betrachtete seine Arbeit, als spiele er immer noch.

Mit ihm war auch gar keine Veränderung vorgegangen. Er hatte noch dieselben weichen blonden Locken an Stirn und Schläfen, dasselbe vertrauensvolle Lächeln, das selbst einer blonden unschuldigen Locke glich. Sein Körper und seine Glieder waren unmerklich zu Mannsgröße herangewachsen, hatten aber die sanfte Rundheit der Kinderjahre bewahrt. Der Kopf saß harmonisch auf seinen Schultern; er hätte gar nicht anders sitzen können. Die Augen sahen freimütig und taktvoll geradeaus auf das, was sie sehen sollten; man konnte sich gar nicht vorstellen, dass sie sich auf Dinge einließen, die sie nichts angingen. Es lag eine eigentümliche unerschütterliche Ruhe über Hans Olsen, die fast aufreizend auf Dahl wirkte und in ihm ein boshaftes Verlangen aufsteigen ließ, diesen blauäugigen Frieden zu stören. Er fing an, von einem zu sprechen, der sich im Krug hatte voll laufen lassen.

Hans Olsen lächelte gutmütig: »Das kommt ja vor.«

Und dann war da ein Paar, das uneheliche Kinder hatte.

Dasselbe unangefochtene, nicht verurteilende Lächeln! »Das trifft sich ja manchmal so.«

Und Claus Jørgen sollte ja Wasser in die Milch gemischt haben? Ein leises Kopfschütteln darüber, was den Leuten so alles einfallen konnte!

Ja, Hans Olsen kannte wohl alle Versuchungen des Lebens vom Hörensagen, aber sie lagen so weit weg wie Amerika.

»Arbeitest du in deiner Freizeit immer so was?«, fragte Dahl.

»Meistens! Es macht mir Spaß – und es ist ja auch besser bezahlt als Geldausgeben. Und da ist noch ein kleines Haus, das ich gerne hätte.«

»Na, da scheint ja bald eine Hochzeit anzustehen?«

Hans Olsen lächelte sein kleines lockiges Lächeln.

»Verlobt sind wir ja schon, und dann ist doch Heiraten das Nächste.«

Das war offenbar etwas, in das man hineinwuchs. Etwa so, wie man den Konfirmandenunterricht besucht – dann ist die Konfirmation ja das Nächste.

»Dann warst du also nie dabei und hast im Krug über die Stränge geschlagen?«

Hans Olsen sah in die blaue Luft hinaus.

»N-Nein, das kann ich nicht sagen, das hab ich wohl eigentlich nie.«

Der Ton war friedlich, ohne sich im Geringsten von den andern zu distanzieren, die über die Stränge schlugen. Dahl wollte gerne wissen, ob er ihre Ausgelassenheit verstand.

Ja, das war doch leicht zu verstehen, »Freund, was soll denn die Jugend bei heißem Wetter anderes machen, wenn sie keinen Schatten finden kann? Diejenigen, die allein sind, haben hin und wieder das Bedürfnis, laut zu schreien. Ich hab das bloß nicht nötig gehabt; wir sind ja immer zu zweit gewesen, Ellen und ich. Entweder sind wir zusammengegangen oder jeder für sich, und jeder hat an den andern gedacht. Und dann ergibt es sich ja von selbst, so – zu – *leben*.«

Dahl ging mit einem hässlichen Unwillen im Herzen nach Hause. Er hatte Hans Olsen gegenüber das bittere Gefühl eines abgewiesenen Nebenbuhlers, obwohl er sich nicht vorstellen konnte, um was sie beide hätten werben können. Widerwillig von dem Gefühl der eigenen Ärmlichkeit überwältigt, versuchte er seine Überlegenheit zu retten, indem er feststellte, dass Hans Olsen nicht weiter begabt sei, wurde aber sofort durch eine innre Stimme verwirrt, die mit Überzeugung darauf hinwies, dass es niemanden gebe, der jemals Hans Olsen werde übers Ohr hauen können.

Nein, sicher nicht. Aber weswegen? Der viel schneidigere Niels Peter und jeder von den alten Kameraden konnte seiner Ansicht nach gelegentlich »hereinfallen«, Hans aber nicht. Er konnte es nicht begründen, aber es war so.

Dann nahm er sich vor, Hans Olsen als ein gar zu gleichgültiges Thema aus seinen Gedanken zu streichen. Aber etwas blieb doch zurück. Eine kleine blonde Locke an Hans Olsens linker Schläfe kam ihm nicht aus dem Sinn, und sie erweckte ein Gefühl von nagender Wehmut und bitterer Eifersucht, das genauso unerklärlich wie tief war.

Gegen Nachmittag stand er in Gedanken versunken auf dem alten Spielplatz. Langsames Pferdegetrappel und schwere Wagenräder, die den Kies der Straße mahlten, weckten ihn. Ein Bauernbursche hing stumpfsinnig und verdrießlich auf dem Sitzbrett. Er blinzelte Dahl schläfrig an und ein Zug im Gesicht verriet, dass er ihn erkannt hatte. Dahl trat an den Wagen heran. War es Kristian Mogensen oder war er es nicht?

Ja, es musste Kristian Mogensen mit dem K sein, auf dessen Rücken immer Fliegen gekrabbelt waren, weil er so gutmütig war, dass selbst die Fliegen es merkten.

Jetzt kam ein schleppendes »Guten Tag«. Wo war der gedämpft vertrauliche Klang der Stimme geblieben? Wo war der sanfte Schein der Augen? Ausgegangen war er infolge von Mangel an Hoffnung, wie eine Lampe verlöscht, wenn zu wenig Sauerstoff im Zimmer ist! Es war keine Spur von Seele mehr in seinem Gesicht, auch nicht auf dem breiten toten Rücken – nicht einmal eine einzige Fliege saß darauf. Kristian war fertig, noch bevor er bis zur Ehe gelangt war, die nach Martines Aussage dem Leben die Farbe nahm.

Wie es wohl mit Tine stand? Ein bitteres Verlangen, sich auch von ihr enttäuscht zu fühlen, führte seine Schritte in Richtung auf Peter Maurers Haus.

Als er näher kam, überraschte ihn eine nervöse Angst, gesehen zu werden, ganz so, als wollte er Tine aus verbotenen Gründen besuchen; er war überzeugt, dass er den Mut nicht aufbringen würde, hineinzugehen; selbst die Erinnerung an sein wildes Kopenhagener Leben konnte dieses alte Herzklopfen nicht niederzwingen.

Als er aber Peter Maurer am Gartentor stehen sah, hörte es vollständig auf. Sie war verheiratet mit diesem Mann da! Das wirkte befreiend wie ein Gelächter. Es lagen Meilen zwischen ihm und ihr. Ungeniert begann er mit Peter zu plaudern.

Ohne weiter darüber nachzudenken, hatte er zugesagt, zusammen mit Peter und seiner Frau abendzuessen.

Peter rief Tine:

»Hier ist ein alter Bekannter, ein feiner Mann, aber nicht zu fein, um mit uns einen Bissen Brot zu essen.«

Tine kam. Da stand sie. Er sah sie zum ersten Mal seit jenem Abend auf dem Heuboden. Da stand sie. Dieselben dunklen Augen mit den langen schwarzen Wimpern. Er sah, nein, er fühlte ihren wunderbar weichen Mund und die betörende Kraft ihrer Umarmung. Er wusste, dass er die Frauen, die er künftig traf, immer mit diesem Maßstab messen würde.

Tines Pupillen wurden groß, ihre Augen wurden ganz schwarz, bevor sie zu Boden sah. Dahl schien, als würde der Gartenweg unter ihrem Blick lebendig. Plötzlich hörte er Peters Stimme:

»Ihr seht ja aus, als geniert ihr euch voreinander! Habt ihr vergessen, dass ihr zusammen in die Schule gegangen seid?«

»Jetzt will ich für das Abendbrot sorgen«, sagte Tine und ging ins Haus.

Es war noch derselbe Gang, ein natürlicher, üppiger Tanz, dem er nachgeblickt hatte, als er zusammen mit Christian Barnes auf dem Kirchweg stand.

Als sie das Essen auftrug, sah er, dass sie etwas Frauenhaftes bekommen hatte, aber das machte sie für Männer nicht weniger verlockend.

Peter schwatzte und sie antwortete freundlich und sanft, aber doch so, als ob die meisten ihrer Gedanken weit wegschweiften.

»Schlafwandlerin« hatte Martine sie genannt.

Von Zeit zu Zeit sah sie Dahl forschend an, und es war, als ob sie dann zögernd ihr ganzes Bewusstsein in Gebrauch nähme. Unter ihrem Blick fühlte er sich reif und welterfahren.

»Kannst du mir bitte das Salz reichen?«, bat Peter.

Mechanisch streckte sie den Arm aus, ohne den Blick von Dahl zu wenden. Als sie sich aber Peter zuwandte und ihre Augen von Dahl zu ihm hinüberglitten, nahmen sie einen überraschten Ausdruck an, als verstünde sie nicht recht, dass er da saß. Der Salzstreuer fiel aus ihrer Hand und sie geriet in Verlegenheit.

»Du wirst noch weinen, bevor es Abend wird, weil du Salz verschüttet hast«, sagte Peter. Er bückte sich und hob den Salzstreuer auf.

Tines Augen wussten nicht, wo sie bleiben sollten. »Ich glaube, da weint eins von den Kindern«, sagte sie und ging hinaus.

»Ja, die Frauen haben wirklich genug zu tun, wenn sie erst Kinder haben«, sagte Peter.

Als sie hinausging, sah Dahl ihrem Rücken an, dass Martines Ansicht über die Ehe auch zum Teil auf Tine passte.

Sie kam erst wieder zum Vorschein, als Peter sie hereinrief, um Auf Wiedersehen zu sagen.

Sie gingen zu dritt bis an das Gartentor.

»Schau wieder herein, wenn du vorbeikommst«, sagte Peter. »Mich triffst du wahrscheinlich nicht an. Ich muss ans andre Ende der Insel; ich hab beim Grafen Arbeit bekommen. Aber Tine hat immer einen Bissen Brot und einen Schluck Bier da, und es tut ihr gut, ein bisschen zu plaudern.«

Dahl sah sie fragend an. Sie stand gerade vor ihm im Mondschein, wie schon früher einmal, und mit demselben traurigen, ernsten »Nein« in den tiefen Augen. Aber sie war nicht so bestimmt wie damals. Ihre Pupillen wurden groß und schwarz, und obwohl sie unbeweglich dastand, schien ihm, sie würde schwach und sänke vor ihm nieder. Ein Lächeln durchzuckte ihn, gelangte aber nicht an die Oberfläche, weil die blonde Locke an Hans Olsens linker

Schläfe so sinnlos wie plötzlich zwischen ihnen in der Luft schwebte und wieder die nagende Wehmut und die bittere, unbegreifliche Eifersucht in seinem Herzen weckte. Er beugte sich traurig vor dem leisen Flehen in Tines Blick und sagte:

»Ich komme wohl nicht wieder; ich fahre bald ab.«

21. KAPITEL
Ein Spielzeug

Dahl saß in der Haselnusshecke und Hansen-Bro grub im Garten. Plötzlich bückte er sich, hob etwas auf und ging lächelnd mit schiefem Kopf auf die Hecke zu. Dahl sah zu Boden; die behäbigen Beine kamen in zudringlicher Vertraulichkeit näher.

Er mochte nicht mit ihm reden und verließ die Hecke, um wegzugehen.

Hansen-Bro holte ihn trotzdem ein:

»Ich habe etwas gefunden! Ich möchte fast glauben, es ist einmal Ihr Spielzeug gewesen.«

Er hielt ihm den Fund hin.

Dahl zuckte zusammen, er rannte auf das Haus zu, merkte aber wie bei einem Albtraum, dass seine Beine schwer wie Blei waren und ihn an der Stelle festnagelten, wo er stand. Er sah zu Hansen-Bro auf, der nicht gehört zu haben schien, was er rief. Da breitete sich die Schwere der Beine über den ganzen Körper aus, und dann war es ihm klar, dass er sich weder vom Fleck gerührt noch gerufen hatte. Alles hatte sich in ihm abgespielt. »Hier ist es«, hatte er gejubelt und war dann zum Haus gelaufen, um es Brüderchen zu geben, der krank im Bett lag und sein Schäufelchen gerne wiederhaben wollte. Er stand da mit dem Schäufelchen in der Hand.

»Ja, das gehört mir«, sagte er ruhig zu Hansen-Bro, »das heißt —«

Hier brach er ab und entfernte sich langsam, es war ihm nicht möglich, zu sagen, »es gehörte meinem Bruder«, ohne Tränen in die Augen zu bekommen.

Als er sich zu Hansen-Bro umdrehte, um ihm zu danken, sah er plötzlich wieder die kleine blonde Locke an Hans Olsens linker Schläfe. Aber jetzt war es nicht Hans

Olsens, sondern Brüderchens goldene Locke, und im selben Augenblick stand das ganze kleine Gesicht mit seinen unergründlichen Augen lebendig vor ihm. Da konnte er die Tränen nicht mehr zurückhalten; und während ihm die Tränen die Wangen hinabrollten, kehrte er in die Hecke zurück.

Hansen-Bro ging zu seiner Frau hinein. »Er ist ein Egoist«, sagte er. »Am Grab seiner Mutter hatte er keine Träne übrig, aber als er sein altes Spielzeug sah, da hat er geweint.«

Dahl saß lange in der Haselnusshecke, bis auf den Grund seines Wesens gedemütigt. Jetzt verstand er die nagende, heimwehähnliche Wehmut und die bittere Eifersucht, die er während des Zusammenseins mit Hans Olsen empfunden hatte. Dieser brave, unberührte Kerl lebte ohne es zu wissen in Brüderchens Nähe, in der Welt der Himmelssprache.

Als er von seinem Stuhl in der Hecke aufstand, formte sich gleichzeitig in der Tiefe seines Wesens ein fester Entschluss, über dessen Tragweite er sich noch nicht ganz klar war. Von nun an wollte er nur ein Ziel verfolgen: sein verlorenes Paradies zurückzugewinnen, denn dort allein, das wusste er, war es ihm möglich, in Frieden mit sich selbst zu leben.

Aber er wollte fort von hier, wo ihm kein Zuhause mehr war.

Das kleine rostige Schäufelchen in der Hand, ging er auf den Spielplatz hinüber und blieb vor dem geschlossenen Holunder stehen.

Es war Tine, der er an jenem Sonntag nachgelaufen war, als er den Hut verlor und sah, dass der Holunder nicht mehr offen stand.

Tine! Er wusste nicht weshalb, aber zu ihr wollte er gehen und nicht zu den andern, bevor er abreiste. Ihr wollte er Adieu sagen, ihr, die ihn, ohne ihm etwas Böses antun zu wollen, aus dem Paradies der Kindheit herausgelockt hatte.

Sie stand am Gartentor und sah in die Ferne hinaus, wie es ihre Gewohnheit war, wenn sie eine müßige Stunde hatte.

Sie sah ihn von weitem näher und näher kommen.

Die Erde schwankte unter ihr; sie musste sich am Tor festhalten. Ihr war, als käme er unabwendbar mit ihrem Schicksal auf sie zu, und sie fühlte, ob er nun mit Kälte oder Wärme zu ihr kam, dass er doch Kummer brachte.

Jetzt blieb er stehen und sah sie lange an, ohne etwas zu sagen. Aber in diesem Schweigen vernahm sie mehr, als sie im Augenblick zu verstehen vermochte, mehr, als sie in vielen Jahren würde in Gedanken umsetzen können.

Sie stand da mit gesenktem Kopf. Schließlich hob sie langsam die sanften Augen mit den langen dunklen Wimpern und fragte, weil sie nicht länger zu schweigen wagte, ob er nicht hereinkommen wolle.

Er schüttelte den Kopf:

»Ich komme nur, um adieu zu sagen. Ich fahre morgen. – – Möge es Ihnen gut gehen.«

Er stutzte, als er merkte, dass er »Sie« gesagt hatte. Zu ihrem Mann und allen andern Schulkameraden sagte er »du«, zu ihr sagte er »Sie«!

»Dann sehen wir Sie vielleicht nie wieder?«, fragte sie. Die Stimme erstarb wie der letzte Ton eines zarten Instruments.

»Nein«, sagte er, »ich komme nicht mehr her. Adieu!«

»Ad –« Weiter kam nichts, nicht einmal ein Flüstern. Aber sie sah ihn mit einem kurzen, klaren Aufblitzen an, das ihre eigenen Augen blendete, sodass sie sie schließen musste – ein kurzes Aufblitzen brennenden Jammers, der von der Dunkelheit gedämpft und verborgen wurde.

Er entfernte sich schnell. Sie hatte ihn angesehen wie ein junges Mädchen, das gerne leben möchte, aber weiß, dass es sterben muss und fühlt, dass es so am besten ist.

An der Wegkreuzung sah er zurück.

Sie stand noch immer am Gartentor. Der Kopf war gesenkt; sie sah zu Boden. Die Hände lagen schlaff auf dem Tor. Sie sah aus, als sei sie ganz allein in der Welt.

Für eine Sekunde war ihm, als würde sein Bewusstsein in die schlaffe, seltsam aufgelöste Gestalt dort an dem Gartentor versetzt; er wusste, dass sie sich freute, weil sie ihn nicht mehr wiedersehen würde, dass sie aber darüber weinte.

Plötzlich aber richtete sie sich auf, als hätte jemand auf eine geheime Feder gedrückt, die ihr ganzes Wesen auf ein einziges Ziel richtete. Ihre beiden Kinder waren herausgekommen und das kleinste kam die Treppe heruntergestolpert. –

Als Dahl wieder auf dem Spielplatz war, blieb er stehen und fasste in seine Tasche. Er zog das kleine Schäufelchen heraus und betrachtete es einen Augenblick. Dann ging er auf den Kirchhof.

Da lagen die drei Gräber, das neue hohe der Mutter, das etwas eingesunkene des Vaters und das von Brüderchen, das zu einem kleinen Blumenbeet geworden war.

Er bog vorsichtig die Blumen zur Seite und steckte das Schäufelchen tief in die Erde hinein. Dann ging er zur Schule hinüber, bezahlte sein Zimmer und teilte mit, dass er am nächsten Tag fahren wollte.

22. KAPITEL
Ein Gesicht

Am nächsten Vormittag ging Dahl in aller Frühe in den Garten hinaus, um zum letzten Mal durch die Hecke zu sehen.

Der Glöckner Kristen ging bedächtig mit einer Schubkarre vorbei. »Nun wollen Sie uns also verlassen?«, fragte er.

»Ja«, sagte Dahl und betrachtete die alte Pfeife, die in Kristens zahnlosem Mund baumelte. Es war ja dieselbe, mit der er gespielt hatte, als sie noch neu war. Jetzt hatte sie den Glanz verloren.

»Der liebe Gott und der Himmel und die ganze Erde stecken nicht mehr in deinem Pfeifendeckel, Kristen«, sagte er.

Kristen lachte: »Nein, wissen Sie das noch? Das war gerade an dem Tag, als Ihr kleiner Bruder auf die Welt kam. Ja, so war es. Nein, der Pfeifendeckel ist nun nicht mehr blank, er spiegelt nichts mehr. Da ist Dreck draufgekommen im Lauf der Zeit.«

Dahl ging zur Hecke. Spiegeln! Ja, tun wir das nicht auch? Die Welt spiegeln, je nachdem wie klar wir sind. Das Auge sieht den Himmel oder die Hölle oder nur die grüne Erde, so wie die Seele ist. Was würde seine Seele wohl zuallerletzt widerspiegeln?

Er stand auf dem Grabendamm. Die Hand um einen Weidenast, versank er in Träumen. Er hatte keinen Gedanken. In der Tiefe seines Wesens ruhte ein müdes, geduldiges Warten; er hatte kein Gefühl von irgendetwas anderem, ahnte nichts davon, dass die Zeit verstrich.

Auf einmal kam ihm der Grabendamm ungewöhnlich hoch vor und er hatte die unbestimmte Vorstellung, dass er sich am Weidenast festhielt, weil er Angst hatte, hinabzufallen. Es war ihm, als seien seine Beine sehr klein und kurz.

Im selben Augenblick erinnerte er sich, warum er hier stand. Er wartete, müde und doch geduldig.

Es war am Tag nach dem Fest im Fredeskovener Wald. Genauso stand er das erste Mal, als er hierher gekommen war, um zu warten. Er erinnerte sich deutlich an das kleine Mädchen im rosa Kleid und der Tüte und den Augen, in die man nur immer hineinsehen konnte. Jetzt kannte er sie! Es waren ja die Augen und die Gesichtszüge, die er so oft in der Schule gesehen hatte, ohne zu wissen, dass sie es waren.

Es war Tine!

So sah sie aus, als er sie das erste Mal sah.

Tine!

Damals schon!

Er stand da und fiel, sank sozusagen immer tiefer in sich selbst hinab, während eine Frage sich gleichsam in ihn hineinbohrte: Ob Tine unlöslich mit seinem eigenen Leben verbunden war?

Seine Gedanken standen still, aber er fühlte, wie die Frage immer tiefer und tiefer in ihn eindrang. –

Plötzlich fuhr er auf. Da war ein scharfes Aufblitzen, als ob gerade vor ihm eine Bombe geplatzt wäre. In dem Blitz sah er viel mehr, als er festzuhalten vermochte. Er sah dort sein ganzes Leben bis zum Ende.

Einzelheiten konnte er nicht festhalten.

Nur dies: dass er in fanatischem Suchen nach dem Stein der Weisen in ein Leben einging, phantastisch reich an inneren Erlebnissen.

Aber welche Erlebnisse? Er hatte sie gesehen. Jetzt waren sie fort.

Er erinnerte sich nur an das letzte: eine grüne Ebene – eine Frau in einem rosa Kleid – sie winkte – er ging auf die Ebene hinunter – alles wurde dunkel. Aber die Frau, die am Ende seines Lebens stand, war, so schien es ihm, Tine.

Er blieb stehen und starrte durch die Hecke nach etwas, was schon entschieden war. Nach etwas Unabwendbarem.

Annine Clausen kam vorbei, rief »Guten Tag«, bekam aber keine Antwort, lief weiter zu der Schmiedsfrau Kirsten und sagte:

»Wie wunderlich das doch ist. Da komm ich an der Hecke bei der Schule vorbei und da steht wieder der Sohn des Küsters und sieht mit so unergründlichen Augen an mir vorbei, genauso wie damals, als er eben geboren war und ich zu seiner Mutter sagte: ›Was so ein kleiner Kerl wohl sehen mag!‹ Genauso wie damals sahen seine Augen aus, man könnt beinah glauben, für die Seele gibt's kein Alter. Ach ja, ach ja, was ist das Leben doch wunderlich!«

Eine gute Stunde später ging Dahl in der Stadt über den Markt nach dem Hafen hinab. Segelmacher Berg stand vor seiner Tür, die Hände in den Hosentaschen. Ihn »offen stehen« zu sehen hatte er immer gewünscht, um zu erfahren, was sich für Berg daraus ergeben hatte, dass er durch die ganze »geschlossene« Welt gereist war und alles gesehen hatte, was es zu sehen gab.

Dahl konnte heute wirklich hellsehen. Berg stand offen und es war nicht das Geringste zu verbergen. Er war nicht lebendiger als Frederik der Siebente, abgesehen davon, dass er spucken und mit den Augen zwinkern konnte.

Dahl war zu früh in die Stadt gekommen. Es war noch eine halbe Stunde bis zum Abgang des Schiffes. Er ging ins Hotelrestaurant und bestellte eine Tasse Kaffee. Als er ging, fuhren zwei Menschen draußen auf dem Gang erschreckt auseinander. Es waren das Zimmermädchen des Hotels und der junge Konsul Urup, Helens Mann. Das war der letzte Eindruck, den er von zu Hause mitnahm.

23. KAPITEL
Nanna Bang

Nanna Bang saß in ihrem Zimmer, das gemütlich war wie ein warmes kleines Nest. Ihre braunen Augen starrten ins Leere, als wollten sie jemanden um einen Gefallen bitten. Vor einem Augenblick war die Luft noch so wimmelnd voll von Gedanken gewesen, dass keiner von ihnen richtig herankommen konnte. Jetzt war kein einziger mehr da; sie hatten sich alle davongemacht, aber erst hatte noch jeder seine kleine Last auf ihre Brust gewälzt, die nun von einem Druck zusammengepresst wurde, der das Atmen schwer machte.

Sie stand auf und ging zum Klavier, um sich freizuspielen, warf einen Blick auf die Noten, die aufgeschlagen waren, schob sie mit einer Bewegung beiseite: Revue-Melodien; das war zu flach.

Dann kam – was war es denn nur – es gelangte nicht ganz in ihr Bewusstsein hinein, was für Musik es war, nur dass sie sie allzu gut kannte und dass sie zu traurig war.

Aber dann war da noch »La brune Thérèse«! Nein, das war zu fröhlich.

Sie ging vom Klavier zum Schreibtisch. Da stand Vaters Tintenfass, das sie so schätzte. Sie schlug die Augen nieder, als täte es ihr weh, und wandte sich ab, sah ihr eigenes Bild in Mutters Toilettenspiegel; ein leichter Schauer ließ ihre Schultern erbeben und sie trat ans Fenster und sah hinaus.

Die alte stille Straße lag dunkel und tot da unten. Ein kleines Stück weiter war Østergades Lichtermeer und Menschengewimmel, aber das konnte man nicht sehen. Es war wie das Leben; sie wusste, es war ganz nahe, aber es machte immer einen Bogen um sie. Die stille Straße erschien noch stiller, und über dem Zimmer selbst lag die

Ruhe der Ewigkeit, wie über dem Chor in der Kirche. Sie hatte das Gefühl, als sei sie gerade zu den Eltern nach Hause gekommen, nachdem sie eine Freundin auf dem Weg zu einem Ball begleitet hatte, auf den sie selbst nicht gehen durfte.

In einer kleinen Nische, sodass es sich nicht der Aufmerksamkeit von Fremden aufdrängte, stand das Kruzifix aus ihrem elterlichen Haus. Sie hatte ihren Rosenkranz darumgehängt. Ein kleiner Vorhang konnte davorgezogen werden, wenn jemand kam, der nicht zu wissen brauchte, dass sie Katholikin war.

Sie setzte sich und betrachtete das Kruzifix, weil sie nichts anderes zu tun hatte, und weil sie ohne Gedanken war, durfte sich das Kruzifix ausdrücken, wie es wollte; und so geschah es, dass es ihr wie in ihrer Kindheit vorkam, als sei es ein lebendiges, beschützendes Wesen. Es führte ihren Blick langsam in dem warmen kleinen Nest herum, das sie sich aus heimatlichem Hausrat hergerichtet hatte. Da stand das große Tintenfass, sie rückte es ein bisschen zurecht und musste lächeln, weil es ihr so väterlich anerkennend auszusehen schien.

Als sie lächelte, bekam sie Lust, ihr eigenes Gesicht zu sehen, und als sie vor dem Toilettenspiegel stand, ertappte sie sich dabei, wie sie Mutters Lieblingsbewegung mit der Hand zu den Haaren hinaufmachte.

Da traten ihr Tränen in die Augen, sie setzte sich mitten ins Zimmer und war einsam. Es war zu viel Heimatliches im Zimmer; sie hatte das Bedürfnis, sich davon wegzuplaudern. Selbst wenn ihre Schwester gekommen wäre, würde sie sich gefreut haben. Aber die Schwester konnte nicht kommen, weil sie nicht wissen konnte, ob nicht noch jemand anderes da war. Und was die Schwester betraf, so musste sie ja den eigenen Kummer und den der Eltern tragen; denn die waren tot, bevor das Unglück geschah.

Sie empfing ihre Schwester nur, wenn sie sicher war, dass sonst niemand kam. Und sie hatte das Bedürfnis, die Geschichte jemandem zu erzählen, um darin bestätigt zu werden, dass ihr Verhalten der Schwester gegenüber richtig war. Aber mit zwei von ihren Wirtinnen, mit der »Tauben« und der »Schiefen«, war nicht zu sprechen, aber der »Alten« hatte sie es erzählt.

Der Student, der nebenan wohnte, war wohl schon wieder vom Begräbnis seiner Mutter in die Stadt zurückgekehrt, aber er war ausgegangen, ohne auf eine Tasse Tee hereinzukommen, wie er es früher so oft getan hatte.

Heute Abend, als sie hier so allein zwischen all den Sachen aus dem elterlichen Haus saß, bekam sie einen Anfall von Gewissensbissen.

Aber sie *konnte* die Schwester doch nicht zusammen mit anderen Menschen hier haben. Ihre Schwester – sie lebte davon, Treppen zu scheuern – sie sah auch aus wie eine Scheuerfrau und war herabgesunken zur Stumpfheit einer richtigen Treppenscheuerfrau.

Und doch half sie ihr, wo sie nur konnte. Als das Unglück mit diesem Kerl und dem Kind passierte, das starb, und als es sich herausstellte, dass sie zum Unglück noch an einer hässlichen Krankheit litt, da war es doch sie gewesen, die alles bezahlt hatte, obwohl sie Schulden machen musste.

Auf einmal war wieder der ganze Schwarm von Gedanken im Zimmer, Gedanken aus der Zeit, als sie beide noch ganz klein waren, und bis zum heutigen Tag, wo die Schwester so aussah wie sie aussah.

Sie ging hin zum Spiegel, um zu versuchen, sich selbst zu sehen, als wäre sie eine Fremde.

Es gelang ihr, als sie zum unteren Teil des Gesichts kam; sie stutzte und begriff nicht, dass es wirklich ihres war, konnte es auch nicht leiden, obwohl sie selbst nicht wusste, dass es ihre solide, natürliche Sinnlichkeit ausdrückte, die durch verständige Erziehung so frühzeitig unterdrückt worden war, dass sie nicht mehr viel davon merkte.

Besser gefiel ihr der obere Teil des Gesichts mit den strahlenden dunkelbraunen Augen. Und das dichte, volle schwarze Lockenhaar. Plötzlich gab es ihr einen Stich und sie hielt den Kopf näher an den Spiegel heran. Eine zitternde Hand zog ein Haar heraus. Sie hielt es lange zwischen den Fingern. Ja, es war grau.

Achtundzwanzig Jahre! Vielleicht waren noch mehr da! Ein Seufzer der Erleichterung: nein!

Sie setzte sich wieder mitten ins Zimmer.

Die hatten es leichter, die anderen Mädchen im Warenhaus, die nicht aus einem gebildeten Haus waren. Sie verheirateten sich, sie waren ja auch nicht so wählerisch, und die nicht heirateten, die amüsierten sich.

Sie fühlte sich so gouvernantenhaft arm im Verhältnis zu ihnen, sie mit ihren Sprachkenntnissen und ihrer Musik.

Aber die anderen *lebten*. Sie gingen es locker an und kamen außerdem immer gut weg.

Sie kannten aber auch das Leben, gleich von dem Moment an, als sie hineinkamen. Sie waren in Freiheit erzogen. Sie war ja dankbar dafür, dass sie in einem guten Haus aufgewachsen war und ihre Erinnerungen hatte.

Aber hier saß sie und war eingeschlossen mit ihren achtundzwanzig Jahren und einem grauen Haar, das sie in den Ofen geworfen hatte.

Hier saß sie zwischen all den hübschen Dingen aus dem alten Zuhause, die einen Ring um sie zogen und sie einsperrten – ganz, als ob die Eltern sie noch nach dem Tod von aller Teilnahme am »Leben« fernhalten wollten! In ein paar Jahren würde sie schon eine alte Jungfer sein. Das verächtliche Wort, das sie selbst so oft mit der forschen Überlegenheit des hübschen Mädchens ausgesprochen hatte, jagte sie vom Stuhl auf.

Sie merkte, dass sie Tränen in den Augen hatte und öffnete das Fenster. Sie lehnte sich hinaus und ließ sich von der milden, lauen Sommerluft die Wangen streicheln und sie von dem Haar kitzeln.

Plötzlich richtete sie sich mit einem Ruck auf und schloss das Fenster. Mit einer kleinen trotzigen Kopfbewegung durchbrach sie den Gefängnisring der alten Möbel, setzte ihren elegantesten Hut auf und betrachtete sich im Spiegel. Sie konnte es dem Gesicht im Spiegel ansehen, dass es wohl wert war, beachtet zu werden.

Und nun wollte sie hinaus ins Gewühl; vielleicht begegnete sie irgendeinem Bekannten. War denn etwas Böses dabei, wenn sie vielleicht auch einem begegnete, den sie nicht kannte und einen kleinen Spaziergang mit ihm machte – vielleicht ins Tivoli? Das war doch jedenfalls etwas Spannendes, etwas Abenteuerliches. Ihre Hände griffen etwas nervös nach der Hutnadel. Ihr Gesicht im Spiegel hatte schon den Ausdruck, als ob ein gebildeter Herr sie gefragt hätte, ob er sie ein bisschen begleiten dürfe. Sie lachte ein kleines kurzes Lachen: »Ich glaub, ich bin verrückt!« Aber sie verweilte doch bei der spannenden Vorstellung, bis sie ihre Wangen brennen fühlte.

Da überkam sie die Angst, sie könne vielleicht nicht zum richtigen Zeitpunkt abbrechen, und das Schicksal der Schwester stand ungemütlich klar vor ihr. Die Hand glitt zögernd nach der Hutnadel hinauf – aber die jungen Mädchen im Kaufhaus waren wirklich immer gut mit ihren Abenteuern davongekommen. Sie sah sich im Zimmer um und fühlte, dass ihr Beschluss schon gefasst war. Aber alle Möbel, so schien es ihr, flüsterten mit der Stimme des Vaters und der Mutter: »Vergiss nicht, wie es deiner Schwester ergangen ist.«

Eine abergläubische Angst, dass es ihr gerade deshalb schlecht gehen würde, weil sie ihre gefallene Schwester verleugnete, stand wie ein Gespenst vor ihr. Aber sie wusste, wenn sie zu Hause blieb, würde sie den ganzen Abend dasitzen und weinen.

Da trat sie vor das Kruzifix, kniete klein und verzagt nieder, bekannte ihre Lust, kurz ins Abenteuer hineinzuschauen und das verzaubernde Brausen des Lebens fühlen zu dürfen und flehte, dass es ihr keinen Schaden bringen möge.

Es fiel ihr gar nicht ein, dass alles auf einen gewöhnlichen Abendspaziergang vom Kongens Nytorv nach dem Rathausplatz hinauslaufen könne, ohne dass es irgendjemandem einfiele, die kleine hübsche Dame mit dem vornehmen Aussehen anzureden.

Mit strahlenden Augen ging sie wie im Traum die belebten Straßen entlang. Im Bewusstsein ihres schlimmen Vorsatzes, wagte sie kein einziges der Gesichter anzusehen, denen sie begegnete.

Ungehindert erreichte sie den Rathausplatz und ging ohne Enttäuschung weiter. Sie hatte das Gefühl, dass da draußen im Licht und Gewühl vor dem Tivoli das Schicksal mit dem Guten und Bösen des Abenteuers auf sie wartete. Mit großen, strahlenden Augen, die nichts sahen, näherte sie sich dem Platz mit dem gelbroten Portal.

Es durchzuckte sie bis hinunter in die Knie, als sie fühlte, wie ein Arm unter ihren geschoben wurde und eine Herrenstimme sagte: »Wollen wir ein bisschen da hineingehen?«

Die Schwester, das Kruzifix, die Möbel daheim schwirrten vor ihren Augen. Ein dunkles Gefühl sagte ihr, das Gesicht, das sie in all diesem Geflimmer anlächelte, müsse ihr doch gut bekannt sein; es hatte etwas mit den Möbeln und dem Kruzifix zu tun – ach, es war ja der Student von nebenan, der immer zum Tee zu ihr kam, und Tränen traten ihr in die Augen, weil sie nicht mehr allein war, und sie lachte, weil sie so töricht gewesen war, und sie fuhr fort zu lachen, als ob eine kleine Hysterie weggelacht werden müsse.

Als sie mit dem Lachen fertig war, wurde sie ernst, gut und ein klein wenig feierlich und fragte, ob sie nicht lieber nach Hause gehen und gemütlich Tee trinken wollten.

Das wollte Dahl eigentlich auch lieber als ins Tivoli gehen.

Bald darauf waren sie daheim in ihrem Zimmer. Sie rückte das Kruzifix ein bisschen vor; sie fand, es stünde in der Nische zu weit hinten. Dann ging sie hinaus und machte Tee.

Beim Tee erzählte sie ihm die Geschichte ihrer Schwester, verweilte ein bisschen bei alledem, was sie für sie getan hatte und fragte, ob er nicht gut verstehen könne, dass sie sie nicht empfangen könne, wenn jemand da sei.

»Nu-n – ja«, sagte Dahl zögernd.

»Sie sind wie mein Vater«, rief sie aus, »ja, wirklich, besonders wenn Sie mich eigentlich ganz gut verstehen, aber doch nicht so ganz einig mit mir sind. Sie würden es für das Richtigste halten, wenn ich sie zu mir kommen ließe?«

»Ich finde, die Menschen, die nicht mit Ihnen zusammen sein wollen, weil Sie so eine Schwester haben, mit denen lohnt sich's nicht zu verkehren«, sagte er.

»Ja-ah, Sie haben gut reden«, wandte sie ein, »aber mit wem sollte ich dann Umgang haben? Ich habe sowieso kaum jemand, und langweilt man die Leute, dann bleiben sie weg.«

Sie setzte sich ans Klavier und spielte »La brune Thérèse«.

Er rauchte eine Zigarre. Sie lachte.

»Wie Sie paffen!«, sagte sie, »hier wird es ja schrecklich nach Mann riechen.«

Er bemerkte ihr Lächeln, das um ihre Lippen spielte, und verlor sich in Gedanken. Er wusste nicht wie es kam, aber plötzlich tauchten Martines Worte vom Vissingrøder Müllergesellen in seiner Erinnerung auf. Er sah sie an.

»Machen Sie nicht solche Augen«, sagte sie und lachte.

Da war er wieder, dieser weibliche, machtlose, widerstrebende und nachgiebige Ausdruck. Er fuhr fort, sie so anzusehen, und je länger er es tat, umso willenloser lachte sie. Da kam es über ihn, ohne dass er bewusst einen Beschluss gefasst hätte; von einer unwiderstehlichen Machtlust getrieben, ging er zu ihr hin, und ohne den Blick von ihr zu wenden, ohne ein Wort zu sagen, begann er sie auszuziehen.

Sie starrte ihm entsetzt in die Augen, machte eine abwehrende, aber kraftlose Bewegung, ihre Lippen schwollen zu einem wollüstigen Lächeln, die Augen schlossen sich und sie wurde bleich wie eine Bewusstlose.

Da kam er ein wenig erschrocken zur Besinnung. Er wollte ihr ja nichts tun. Aber so konnte er sie nicht verlassen. Behutsam entkleidete er das ganz vergehende Mädchen, trug sie ins Bett, deckte sie zu, küsste sie aufs Haar, gerade in die Locken hinein, wo das graue Haar gewesen war, und ging in sein Zimmer.

Als sich die Tür hinter ihm schloss, öffnete sie die Augen und starrte lange dorthin.

Und dann fühlte sie sich so glücklich, weil er so gut war, und dann fingen die Tränen an zu fließen und flossen weiter, bis es nicht mehr nötig war, weil sie unbekümmert in den Schlaf hinüberglitt.

Dahl stand in seinem Zimmer und sah auf die Straße hinab in dem Glauben, einer Versuchung widerstanden zu haben.

24. KAPITEL
Mutter und Tochter

»Nein«, sagte Barnes, »das glaube ich nicht. Nach all dem, was du mir erzählt hast, finde ich, du solltest bei der theologischen Fakultät bleiben. Wie viel Geld hast du noch?«

»Wenn ich nicht über die Stränge schlage, kann meine Erbschaft ungefähr noch zehn Jahre reichen«, erwiderte Dahl.

»Du kannst also in aller Ruhe studieren und deinen Neigungen nachgehen, ohne nach dem Staatsexamen zu hecheln. Und ein anderes Studium lockt dich nicht?«

Dahl schüttelte den Kopf.

»Dann würde ich an deiner Stelle bei der Theologie bleiben. Sie hat viele interessante Seitenwege, und auf einem davon liegt vielleicht gerade das, wofür du Verwendung hast. Ich würde selbst zur alten, dummen theologischen Fakultät überlaufen. Aber ich habe schon ein ganzes Stück auf dem Weg zum Examen in Englisch geschafft. Und in der Regens[5] wird es außerdem nicht gern gesehen, wenn man das Fach wechselt. Und schließlich muss ich mir ja meine Brötchen bald selbst verdienen. So wie es jetzt aussieht, muss ich mich damit begnügen, meiner Leidenschaft wie ein Wilddieb zu frönen.«

»Wie ein Wilddieb?«, wiederholte Dahl. »Worauf machst du denn Jagd?«

»Ich bin auf der Jagd nach dem religiösen Gefühl.«

Dahl sah ihn verwundert an:

»Ich dachte, du wärst Freidenker?«

»Das eine schließt das andere ja nicht aus.«

»Die Religion —«, begann Dahl, aber Barnes unterbrach ihn: »Tu mir einen Gefallen und vermenge nicht Religion und religiöses Gefühl. Und vergiss nicht, dass das Christentum nicht die einzige Religionsform auf dieser Erde ist – und auch nicht die letzte bleiben wird. Das religiöse Gefühl scheint genauso unausrottbar zu sein wie der Selbsterhaltungstrieb und der Fortpflanzungstrieb; es hat immer Religionen geschaffen und wird es auch in Zukunft tun. Und Gott mag wissen, wohin es den Menschen führen könnte, wenn es nicht in Kirchen und Tempeln so schmählich misshandelt würde.«

»In Kirchen und Tempeln?«, fragte Dahl. »Du scheinst sagen zu wollen, dass das religiöse Gefühl in und außerhalb des Christentums —«

Barnes unterbrach ihn wieder:

»Es gibt nur ein einziges religiöses Gefühl, mein Lieber, und folglich in *Wirklichkeit* nur *eine* Religion.«

»Du hast mich doch erst kürzlich darauf aufmerksam gemacht, dass es mehrere gibt —«

»Ja, mehrere Religions*formen*. Du kannst sie in Asien, Afrika, Europa, in allen Weltteilen finden, und du kannst sie zu allen Zeiten finden, diese Religions*formen*. Und die Religionshistoriker können sie sezieren und kommentieren und rubrizieren, das ist gleichgültig, diese Formen sind nur tote Ergebnisse vom Leben, das sie schuf und anwandte, Schlangenhäute, die abgestreift sind und zeigen, dass die Schlange *hier* gewesen ist. Aber die Schlange selbst, das religiöse Gefühl, die vergessen die gelehrten Herren über der interessanten Haut. Mich aber interessiert die Schlange selbst.«

»Und du meinst, es gibt nur *eine* Schlange?«, fragte Dahl.

»Ja«, antwortete Barnes, »aber sie sieht natürlich immer ein bisschen verschieden aus, je nach ihrem Alter und ihrer Entwicklung. Darf ich dir in großen Zügen erklären, was ich unter religiösem Gefühl, Religion und Kirche verstehe?«

Dahl nickte und Barnes begann:

»Stellen wir uns ein Naturvolk vor. Seine Gefühle gelten einzelnen bestimmten Dingen, die es entweder gern haben will oder aber nicht ausstehen kann; im Kampf für oder gegen diese Dinge besteht seine Entwicklung. Aber außer diesen Gefühlen gibt es ein unruhiges, unsicheres Gefühl von dem Verhältnis zu etwas Unbekanntem, Übermächtigem, das auf den Menschen einwirken kann und auf das der Mensch in gewissen Fällen selbst einwirken kann, dies unbeschreibbare Etwas, das der Mensch in Ermanglung besseren Wissens für einen Geist, einen Gott oder einen Teufel hält oder für alle drei zusammen. Irgendwie muss eine *Versöhnung* zwischen diesem Etwas und dem Menschen stattfinden. Hier hast du die Schlange als Junges, das religiöse Gefühl in der Wiege.

Stellen wir uns jetzt einen Menschen vor, den dieses Gefühl ganz beherrscht und beseelt, sodass es durch ihn in bestimmten Handlungen zum Ausdruck kommt, weil er nicht anders kann, dann hast du in ihm das religiöse Genie des Stammes, und er hat den Einfluss des Genies auf andere.

Lass uns nun weiter annehmen, dass er eine seiner merkwürdigen suggestiven Handlungen ausführt, gerade wenn zufällig ein Gewitter aufhört oder ein feindliches Heer die Flucht ergreift; dann liegt es ja nahe, diese Dinge miteinander in Verbindung zu bringen und den Schluss zu ziehen, dass dieser Gottesmann Macht über die Götter hat. Darin liegt Nahrung für das religiöse Gefühl der Menge.

Nach ihm kommen seine Schüler und Anhänger und erzählen: bei der und der Gelegenheit tat der Gottesmann dieses und jenes, und es half; lasst es uns genauso machen. Dieser Schüler ist der Religionsstifter des Stammes. Nun haben wir also die Religion. Auf die Schüler folgen die Priester, die alles genau aufzeichnen, was die Schüler sie gelehrt haben, und nun heißt es: bei der und der Gelegenheit tat der Gottesmann dies oder jenes; das hilft, *und wer das nicht glaubt und es nicht genauso macht, soll Prügel bekommen.* Da haben wir die *Kirche.*

Aber die Kirche ist ja etwas ein für allemal Fertiges, während das religiöse Gefühl lebendiges Leben ist und wächst, und eines schönen Tages wird die Kirche zu eng, die Schlange hat die Wahl, entweder aus der Haut zu kriechen oder darin zu ersticken. In diesem Augenblick kommen die *Propheten,* die sich mit den Priestern nicht immer gut vertragen, auch wenn die Priester späterer Zeiten die verstorbenen Propheten in der Kirche unterbringen und diese so erweitern.

Es ist also das religiöse Gefühl, auf das ich Jagd mache, und nicht auf seine abgelegte Haut, mit deren Hilfe ich höchstens seine Spur verfolgen kann.

Aus diesen abgelegten Kleidern kann ich erkennen, dass das religiöse Gefühl in seinem Ursprung genauso niedrig und schmutzig ist wie alle anderen menschlichen Gefühle. Es ist am Anfang schwer, den Unterschied zwischen einem Gott und einem Teufel zu erkennen.

Die Auffassung, die der Mensch von »Gott« hat, gibt einen guten Maßstab für die Art seines religiösen Gefühls. Es zeigt sich daher auch über weite Strecken als höchst unreines Gefühl und die »Götter« im besten Fall als eifrige Teufel. Aber nun springe ich vorwärts zu dem alten, strafenden Jehova in Palästina. Dort erstand ja bekanntlich ein Genie, das sagte, Gott sei die Liebe, es so sagte, dass es noch bis heute in ganz Europa gehört und geglaubt wird.

Nun bitte ich dich zu beachten: Wenn wir bedenken, was mit Gottes Erlaubnis mit Menschen und Tieren auf dieser armen Erde geschieht, dann ist niemals ein verrückterer und kränkenderer Satz ausgesprochen worden als der, dass Gott die Liebe ist.

Aber dieser Satz hat eine dauernde Gültigkeit. Das religiöse Individuum erfährt auf innerem Weg, dass Gott die Liebe ist.

Ja, selbst der Nichtreligiöse, der von jener inneren Erfahrung ausgeschlossen ist, zweifelt nicht daran, dass, falls Gott überhaupt *existiert*, er die Liebe sein muss. Weil er aber nichts von dieser Liebe sieht, schließt er gerade daraus, dass es auch keinen Gott geben kann.

Ich weiß nicht, ob Gott die Liebe ist. Dabei ist meine Meinung weder endgültig noch maßgeblich. Aber ich weiß, dass das religiöse Gefühl des Menschen bis dato nicht weiter als bis zu diesem Glauben gelangt ist.

Jetzt will ich rekapitulieren, was ich vorhin über Religion und Kirche gesagt habe. Ich will dir erklären, warum ich meine, dass du dich nicht von der wunderlichen, liebenswerten Torheit unserer theologischen Fakultät abschrecken lassen solltest. –

Als der Galiläer tot war und der Welt als sein Neues Testament hinterlassen hatte, dass Gott die Liebe ist, kamen diejenigen, die ihn gekannt hatten und sagten: ›Der Galiläer sagte, dass Gott die Liebe ist; *wer das glaubt*, wird erlöst‹ – und das ist wahr, weil der Glaube eine innere Handlung wird, die Liebe erweckt, die wiederum die Kraft des Glaubens vermehrt – und weiter sagten sie: ›Der Galiläer war selbst die Liebe, der Galiläer war Gott.‹ Damit haben wir nun das *Christentum*, die Religion. Etwas später wurde daraus: ›Gott ist die Liebe, der Galiläer ist Gott; wer das nicht glaubt, der soll verbrannt werden.‹ Das war die *Kirche*.

Das religiöse Gefühl, das Liebe *zu Gott* sein sollte, da man wohl kein anderes Gefühl für die Liebe hegen kann als gerade Liebe – das wurde zur *Liebe zur Kirche* und zum Hass gegen Ketzer. Die Religion wurde zur Theologie.

Nun gab es aber Menschen, die nicht von Dogmen leben konnten, Menschen, in denen das religiöse Gefühl in beständig zunehmender Reinheit lebte und wuchs. Das waren die Mystiker. Für sie waren Dogmen und Lehrsätze noch nicht einmal so viel wert, dass sie sich ihnen widersetzen mochten.

Still und ohne reformatorischen Spektakel wuchsen sie durch das Dach der Kirche hindurch; so hoch, dass selbst die *Vorstellung* von Gott in ihren Augen gotteslästerlich wurde. Sie begnügten sich damit, ihn ungesehen zu lieben.

Sie solltest du studieren. Bei ihnen kannst du vielleicht das finden, was du suchst.

Und lass dich nicht von albernen Lebensanschauungen und Lehrsätzen hindern; sie sind nur welke Blätter, die frisch waren, als der Baum jung war. Suche immer das Gefühl, das ihnen Leben verlieh; das ist der Stamm, der hoch zum Himmel hinaufwächst. Das religiöse Gefühl wird sich dir in immer größerer Reinheit offenbaren, und ich glaube, du wirst finden, dass es nicht bloß, wie ich vorhin sagte, unausrottbar, sondern dass es auch unentbehrlich ist.

Alle anderen Gefühle dienen dazu, unser *Leben* zu mehren, indem sie *ihm etwas hinzufügen*; sie dienen dem Zeitlichen. Das religiöse Gefühl mehrt unser Leben, indem es dies *vermindert* – ›wer sein Leben verliert, wird es finden‹ – es wurzelt im Zeitlosen, Ewigen – vielleicht bist du ihm in seiner Reinheit im ›Offenen‹, in der Welt der ›Himmelssprache‹ begegnet, von der du mir erzählt hast.

Wenn alle anderen Gefühle dem Leben dienen, so dient das religiöse Gefühl dem Tod, der auch ein Teil unsres Lebens ist, vielleicht der Beste.

Wenn dieses Gefühl harmonisch zusammen mit den andern Gefühlen entwickelt wird, prägt und veredelt es sie und bringt dadurch den vollkommenen Menschen hervor. Leider kann man solche Fälle an den Fingern aufzählen, weil die Priesterschaft der ganzen Welt dieses Gefühl in ihren Kirchen einsperrt und weil Menschen, bei denen es innerhalb einer bestimmten Sekte oder Kirche zum Leben erwacht ist, in unschuldiger Dankbarkeit für das Glück, das ihnen widerfahren ist, sich in naiver Treue fanatisch an den kleinen Stall binden, in dessen Krippe es seine allererste Nahrung fand. – Du siehst so erstaunt aus?«

»Ja«, sagte Dahl, »ich bin auch erstaunt – über dich. Ich wusste nicht, dass du religiös bist.«

»Das bin ich gar nicht – jedenfalls ist meine religiöse Fähigkeit äußerst gering; aber mein religiöses Bedürfnis ist groß. Verstehst du das nicht? Dann stell dir einen Mann vor, dessen Verlangen nach Frauen stark ist, dessen Fähigkeit, bei Frauen Eindruck zu machen, aber gering. Glaubst du nicht, dass ein solcher Mann von früh bis spät damit beschäftigt sein wird, das erotische Gefühl, sein Wesen und seine Gesetze zu studieren?

Was will ich mit dem religiösen Gefühl, wenn ich nicht mit religiösem Trieb geboren bin, fragst du vielleicht. Ich glaube, das kommt von einem unglücklichen Umstand, der in meiner Kindheit liegt und eine Charakterschwäche hinterlassen hat, die ich gerne geheilt sähe. Und ich weiß, dass das religiöse Gefühl solche Wunder vollbringen kann.

Doch ist es nicht das einzige Heilmittel für den Charakter. Mein Vater ist ja Pfarrer, und ohne Zweifel ist er es aus Überzeugung und Bedürfnis geworden. Er ist einmal ein berühmter Kanzelredner gewesen. Ich war damals noch klein, aber ich habe einen lebendigen Eindruck von ihm, und keinen guten. An dem Tag, an dem er ein guter und ehrlicher Mann wurde, wurde er ein schlechter Kanzelredner. Aber das bewirkte nicht die Religion, sondern ein großer Kummer, ein schwerer Schicksalsschlag.«

Er schwieg eine Weile und sagte dann gedämpft, mehr zu sich selbst als zu Dahl: »Aber Kummer und Schicksal werden mir nicht helfen. Sie greifen gerade meinen schwachen Punkt an und machen ihn schlimmer. Und mein bisschen religiöses Gefühl wird verdünnt durch mein ewiges Analysieren; und meine Fähigkeit, zu sehen, wie leicht das religiöse Gefühl sich mit den schmutzigen, eigennützigen Trieben des Menschen verknüpfen lässt, verhindert bei mir, die begeisterte Hingerissenheit zu wecken, ohne die kein Wunder mit einem Menschen geschehen kann.

Aber wir wollen nicht von mir reden, sondern von dir. Bleib du bei der Theologie und sieh zu, ob sie nicht einen Seitenweg hat, der dich ins ›Offene‹ führen kann. Die Sprache der Mystiker scheint mir manchmal deiner Himmelssprache ähnlich zu sein – soweit ich sie verstanden habe.«

Dahl zog sein Notizbuch hervor. »Kannst du mir die Titel einiger Bücher über Mystik nennen, die du mir empfehlen könntest?«, fragte er.

Barnes sah nachdenklich und etwas verlegen aus, als wolle er vor Dahl etwas verbergen.

»Das kann ich schon«, sagte er endlich. »Und wenn ich wollte – – wenn ich wollte –«

Er schwieg und sah Dahl zurückhaltend und prüfend an; dann wandte er sich dem Fenster zu, ohne den Satz zu beenden.

»Wenn du wolltest?«, wiederholte Dahl.

Barnes kehrte ihm weiter den Rücken zu und sprach zum Fenster:

»Wenn ich wollte, könnte ich dich in einem Haus einführen, wo du viele von den Büchern finden kannst, die du brauchst, und Gelegenheit hast, mit jemand darüber zu sprechen, der auch nach einer vergessenen Sprache sucht – und wohl herausgefunden hat, dass sie himmlisch war; selbst wenn – oder vielleicht gerade weil – etwas irdische Musik darin war.«

»Aber du willst es nicht?«, fragte Dahl.

Barnes kehrte ihm immer noch den Rücken zu.

»Do-ch; warum sollte ich es nicht wollen«, sagte er zögernd, »warum nicht!«

Endlich drehte er sich um und Dahl konnte nun sein Gesicht sehen. Es war ruhig, uninteressiert, ein wenig geistesabwesend.

»Was ist es, über das du so nachgrübelst?«, fragte Dahl.

Ein schwaches Lächeln zuckte um Barnes Mund. »Ich muss an einen Tag in meiner Jugendzeit denken«, sagte er in einem leichten Ton. »Ich stand auf einem Balken oben in der Scheune und es überkam mich der Wunsch hinunterzuspringen. Etwas in mir sagte: ›Tu's nicht, es könnte dir was passieren!‹ – Und dann, auf einmal, sprang ich doch. Es tat verdammt weh – aber ich kam darüber hinweg.«

»Ja, das sehe ich«, sagte Dahl – »aber was hat das mit unserer Sache zu tun?«

»Ja«, sagte Barnes, »was hat es damit zu tun? – Wenn du Zeit hast, gehen wir gleich hin.« Dahl stand auf:

»Ich möchte schon gern wissen, wohin wir gehen.«

»Das kann ich dir unterwegs erzählen«, sagte Barnes.

»Ich bin ein bisschen verwandt mit ihr«, begann er unterwegs, »aber so weit entfernt, dass ich dem Stammbaum nicht nachgehen mag.«

»Mit ihr? Was ist das für eine Sie?«, fragte Dahl.

»Sie, die wir besuchen wollen. Es ist nämlich eine Dame, eine Witwe. – Was ich dir jetzt von ihr erzähle, ist nicht etwas, was ich weiß, auch nicht etwas, was ich mir ausgedacht habe, sondern eine Mischung von beidem. Sie hat eine ziemlich große Rolle in meinen frühen Kindheitsvorstellungen gespielt, diese Frau Sonne.«

»Frau Sonne?«

»Ja, so heißt sie – aber damals hieß sie Livia, Livia Holsø.

So nannte sie der hässliche Mund meiner Tante. Ich begriff, dass sie Livia sehr schikaniert hat, so wie sie mich schikanierte, und wenn ich mir auch darüber klar war, dass Livia viel größer war als ich, so tat mir die ferne Livia doch schrecklich Leid.

Ich verstand natürlich nicht alles, was meine Tante Vater und Mutter von Livia erzählte, und besonders begriff ich nicht, was Schlimmes daran war.

Sie sprachen ruhig davon in meiner Gegenwart. Weil ich so klein war, dachten sie, es ginge weit über mein Fassungsvermögen hinaus. Sie vergaßen, damit zu rechnen, dass mir die Tante so widerwärtig war, dass sich jedes Wort, das sie sagte, meinem Gedächtnis so tief einprägte wie der Widerwille gegen sie sich meiner Seele, und das war sehr tief. –

Nun, eines schönen Tages starb sie ja.«

Dahl musste lachen. »Du sagst das so triumphierend, als ob du sie selbst umgebracht hättest.«

»Nein«, sagte Barnes, »dazu war ich zu klein. Aber ich war bei ihrem Begräbnis, das kannst du mir glauben! Aus dem, was ich von ihren Lästerreden über Livia behalten habe und was ich später von Frau Sonne selbst hörte, habe ich mir Folgendes zusammengereimt:

Ihre Mutter war schwächlich und wurde von der Tante gepflegt. Die arme Frau! Der Arzt riet zu einer Reise in den Süden, und Livia und die Tante reisten mit. In Italien machten sie die Bekanntschaft eines jungen Cappellano, der großen Einfluss auf Livia und ihre Mutter gewann und sofort der Gegenstand von Tantes Erbitterung wurde. Er war nicht nur ein begabter Beichtvater, der es verstand, die kranke Frau zu trösten; er war nach Aussage der Tante auch so unverschämt schön, dass Livia nicht anders konnte, als katholisch zu werden. Ob es nun das Ergebnis frommen Sehnens oder eine Wirkung priesterlicher Schönheit war, das weiß ich nicht; fest steht aber, dass sie ihre Mutter um Erlaubnis bat, in ein Kloster einzutreten; die Tante zerschlug ein Wasserglas, als sie davon erfuhr. Die Mutter hatte nichts dagegen, die Tante aber fuhr auf die schwächliche Frau mit Martin Luther und geballten Fäusten los. Es wurde ein Kompromiss geschlossen: Livia sollte nach Hause fahren und sich selbst ein ganzes Jahr lang prüfen. Wenn sie dann noch der Welt absterben wolle, so sollte sie die Erlaubnis haben.

Jung und begeistert fuhr sie heim und lernte einen Dragonerleutnant kennen. *Sapienti sat!*[6] Der Leutnant war von Fleisch und Blut, sagte die Tante, und wenn sie von der zweiten Bekehrung sprach, die er bei Livia zuwege gebracht hatte, so pflegte Vater zu schmunzeln und Mutter vor sich hinzulächeln und eine kleine abwehrende Bewegung mit dem Kopf zu machen. Der Leutnant aber starb als junger Rittmeister.

Und nun – also kurz und gut – für diese Frau Sonne, die du gleich kennen lernen wirst, ist es zu spät, Nonne zu werden, und zu früh, Witwe zu sein. Aber die Religion, die sie in ihrer Ehe vergaß, hat die Arme nach ihr ausgestreckt, und was der Cappellano ihrer Mutter an Schriften der alten christlichen Mystiker und an Literatur über sie verschafft hat, das kannst du auf ihrem Tisch und in ihrem Bücherschrank finden. Und der Cappellano selbst – ja, es sollte mich wundern, wenn er nicht noch in ihrem Herzen einen kleinen Altar besitzt, vor dem sie manchmal kniet und um Kraft und Erleuchtung bittet.«

»Sie lebt also ganz allein und einsam?«, fragte Dahl.

»Ja, das heißt, ihre Tochter ist natürlich bei ihr«, sagte Barnes und sah die Häuserreihe entlang.

»Hat sie eine Tochter?«

»Ja – hier muss es sein. Nummer 23. Hier müssen wir hinauf. Ja, sie hat eine Tochter, sie heißt Katharina, achtzehn Jahre.« –

Einen Augenblick später stand Dahl in einem wirklichen *Heim*. Er stand mitten in einer weichen Stille, die von überall gegenwärtigem Leben erfüllt war, und während er Frau Sonne begrüßte und hörte, dass Barnes ihn als einen Schulkameraden und Studenten der Theologie mit besonderen Interessen für christliche Mystik vorstellte, sah er vor sich einen Waldboden im Frühling, wenn eben die Anemonen aus dem vorjährigen Laub hervorgucken wollen.

Nach einer Weile, nachdem er am Fenster, Frau Sonne gerade gegenüber, Platz genommen hatte, tauchte dieses Bild wieder und wieder in seiner Phantasie auf, während er auf ihre ein bisschen allgemein gehaltenen Bemerkungen – über die Victoriner, Eckhart, Böhme und die Mystiker der spanischen Schule – antwortete. Aber allmählich hob sie sich deutlich ab von dem Milieu, das sie um sich herum geschaffen hatte, und ihre Gestalt und ihr Wesen fesselten ihn so stark, dass er vergaß, auf das zu hören, was sie sagte, um nur ihrer Stimme zu lauschen.

Ihre Bewegungen waren zögernd weich und behutsam zärtlich, als sei ihr Mutterinstinkt jederzeit bereit, auf ein Bedürfnis zu reagieren. Ihre Stimme hatte, selbst wenn sie etwas erklärte, einen fragenden Klang. Ihre Augen widersprachen sich selbst; sie waren nach innen gewandt und gleichzeitig wach, erfahren und doch unsicher, geeignet dafür, mit dem Reichtum, den sie enthielten, sowohl zu verwirren, als selbst dadurch verwirrt zu werden. Sie sprach mit Dahl wie die reife Frau mit dem jungen Mann, aber mit einer nachgiebigen Bereitschaft, sich seinen intellektuellen Fähigkeiten zu beugen.

Mit der Tochter sprach er gar nicht, hatte aber trotzdem einen deutlichen Eindruck von ihr, weil sie mit im Zimmer saß und an allem teilhatte, was ihre Mutter sagte.

Von Zeit zu Zeit hörte er Barnes und ihre Stimme, die eine ein bisschen gewollt vertraulich, die andere frei kameradschaftlich, hin und wieder mit einem reservierten Klang.

Es war ihr Lachen, das dem Besuch ein Ende machte.

Es begann mit einem leisen, weichen Glucksen wie ein Bächlein im Frühling. Es war, als huschte ein Sonnenstrahl über ihr Gesicht, der sich plötzlich auf ihre Brust senkte, während der Mund das nächste Glucksen, das gerade herauswollte, festhielt.

Barnes sah zu Dahl hinüber, auf dem ihr Blick beobachtend geruht hatte, als das erste leise Glucksen unversehens ins Zimmer hüpfte.

»Worüber lachen Sie?«, fragte er.

Ihr Blick flog eilig zu seinem fragenden Gesicht und huschte schnell wieder weg wie ein Vogel, der Unterschlupf in einem Busch sucht, und der Mund umschloss das eingeklemmte Lachen noch fester.

Barnes sah wieder zu Dahl hinüber.

»Es war sicher er, über den Sie gelacht haben«, sagte er, »aber ich kann nichts Komisches an ihm finden.«

Da wurde der Druck zu stark; der kleine rote Knopf, den sie aus ihrem Mund gemacht hatte, sprang auf, und das Lachen trillerte hell ins Zimmer hinein und quer durch die theologischen Betrachtungen ihrer Mutter und des Studenten Dahl.

Dann fragte auch ihre Mutter, und da ging es erst richtig los.

Als Dahl ihrem Blick begegnete, wurde er angesteckt und lachte mit, und Barnes musste lachen, weil das Opfer so herzlich lachte, ohne zu ahnen, dass es über sich selbst lachte, und Katharina, die die Gedanken verstand, die Barnes lachen machten, und die wusste, dass sie ganz verkehrt waren, lachte ein frisches Lachen in einem ganz andern Ton, das Barnes Aufmerksamkeit erregte und ihn ernst stimmte.

Sein Abschied kam genauso überraschend wie Katharinas erstes Glucksen.

Frau Sonne nahm ein paar Bücher vom Schreibtisch, reichte sie Dahl und lud ihn ein, ein anderes Mal wiederzukommen – wenn Katharina mit dem Lachen fertig geworden sei. Dahl gab Katharina die Hand, Barnes Augen schweiften unsicher vom einen zum andern; sie sahen so aus, als wüssten sie beide, worüber der andere sich amüsierte, was aber unmöglich war; er selbst kam sich vor wie der Einzige, der wirklich etwas wusste und doch außerhalb des Ganzen und einsam dastand, was eigentlich widersinnig war.

Frau Sonne begleitete sie hinaus. Inzwischen betrachtete Katharina den Stuhl, auf dem Dahl gesessen hatte und lachte über ihre eigene Albernheit.

Wie war sie nur dazu gekommen, das erste leise Glucksen von sich zu geben, das Barnes gehört hatte? Ach ja, weil, während sie das fremde Gesicht ansah, um sich klar zu werden, ob sie ihn leiden mochte, es ihr plötzlich kokett klar wurde, warum sie ihr Haar jeden Morgen so sorgfältig aufsteckte und warum sie es so unterhaltsam fand, so oft und so lange in den Spiegel zu gucken.

Sie richtete sich im Stuhl auf und hatte diese Albernheit abgetan.

Dann rutschte sie allmählich in eine lässige Haltung. Die Hand unter der Wange, wusste sie in einer stillen, tiefen Ruhe, dass sie auch künftig ihr Haar sorgfältig aufstecken und prüfend in den Spiegel sehen und dabei träumen würde.

Sie blieb lange mit ihren Gedanken allein. Ihre Mutter ging noch einmal in die Küche, nachdem sie sich von den anderen verabschiedet hatte.

Katharina hörte sie nicht, als sie endlich hereinkam.

Die Stille des Zimmers hielt die Worte zurück, die Frau Sonne hatte sagen wollen. Sie blieb stehen, sah zu ihrer Tochter, die dasaß, den Rücken ihr zugekehrt, in sich selbst versunken.

Allmählich gewann die Stimmung, die die Gestalt des jungen Mädchens umgab, Macht über sie und sie sah vor sich eine steinerne Bank, hoch über dem Meer unten in Süditalien, eine steinerne Bank, auf der sie selbst saß und auf das Meer hinausstarrte, mit ihren Gedanken an einem Ort weit im Innern des Landes.

Sie setzte sich, leise über sich selbst und ihre unschuldige Torheit lächelnd, den Ellbogen auf den Tisch gestützt und die Wange in der Hand, in derselben Stellung wie Katharina.

In dem Ausdruck der beiden Frauen war kein andrer Unterschied als der, dass die eine zurück, die andere vorwärts sah.

Aber einen Augenblick später fühlte Katharina, dass sie nicht mehr allein im Zimmer war.

Sie wandte sich nach ihrer Mutter um, stutzte und rief: »Nein, Mama, wie jung du eigentlich aussiehst!«

Frau Sonne stand auf. Der Ausdruck ihrer Augen war abwesend, obwohl sie ganz deutlich gehört hatte, was die Tochter sagte, und um ihren Mund lag eine winzig kleine Andeutung von einer ganz bestimmten Art von Lächeln, das Katharina oft in ihrem eigenen Gesicht gefühlt, wenn sie gerade ein besonders schönes Buch gelesen hatte und sich nun damit amüsierte, es mit ihrem eigenen täglichen Leben zu vermischen. Dann war Mama also solchen Phantasiespielen auch noch nicht entwachsen.

Frau Sonne bemerkte ihren forschenden Blick, fühlte das Bedürfnis, etwas zu sagen, und fragte plötzlich: »Wie findest du Herrn Dahl?«

Katharina fühlte sich grundlos halb verlegen über ihre Frage und wollte sie erst mit einer gleichgültigen Bemerkung über ihn abtun.

Aber dann legte sie den Kopf schräg, sah aus, als denke sie nach, und sagte dann aufrichtig, verlieh der Antwort sogar durch ein kleines bestimmtes Nicken etwas Nachdruck: »Doch – den finde ich schrecklich nett.«

Frau Sonne nickte. Das Thema war erschöpft. Sie ging unschlüssig im Zimmer umher. Katharina beobachtete sie. Es sah aus, als hätten Mamas Beine sich die Erlaubnis genommen, ein bisschen hierhin und dorthin zu gehen, genauso wie ein Paar Pferde, wenn der Kutscher zu lange in einem Laden bleibt.

Jetzt blieben sie am Schreibtisch stehen. Eine Hand nahm einen Schlüssel und schloss ein Schubfach auf.

Zwei kleine Bücher – das grüne und das rote! – wurden herausgeholt und auf den Tisch gelegt – dahin, wo die Bücher gelegen hatten, die sie Dahl gab.

Ob Mama ihm die wirklich leihen wollte? Sie wagte es nicht zu glauben, ertappte sich aber bei diesem Wunsch. Sie selbst hatte ein »Nein« bekommen, als sie einmal um Erlaubnis bat, darin zu lesen. Mit der Begründung, dass sie es nicht verstünde. Sie handelten von Religion. Aber es war sicher nicht das allein, was sie so heilig machte. Es war etwas Altes und Liebes damit verbunden. Sie waren von der Großmama. Das eine jedenfalls.

Sie hatte Lust zu fragen, ob Herr Dahl sie lesen solle; aber dann fiel ihr ein, dass Mama vielleicht »nein« sagen würde und dass sie dieses »Nein« ungern hören wollte.

Um nicht fragen zu müssen, ging sie in ihr eigenes Zimmer, wo sie sich eine Weile mit dem Problem beschäftigte, was in aller Welt es sie wohl anginge, wenn Mama sich weigerte, Dahl die Bücher zu zeigen, während sie doch das »Nein«, das ihr selbst zuteil wurde, hingenommen hatte, ohne zu mucken. –

Frau Sonne saß da, das kleine grüne Heft in ihrer Hand. Sie hatte die Absicht, ein bisschen darin zu lesen, aber es begann zu dämmern und das Heft glitt ungeöffnet aus ihrer Hand auf den Schreibtisch neben das rote. Da lagen sie nun beide. Alle beide. Ihre Hände schoben sie sacht ein bisschen dichter zusammen. Ihr Blick glitt weit weg durch das Fenster ins Mondlicht hinaus, das still auf dem St. Jørgen See schimmerte.

Sie konnte den See von da nicht sehen, wo sie saß, aber sie wusste, dass er dort war.

Unbeweglich saß sie da, bis ihre Augen zufielen, sich über einer sich verwischenden Vorstellung von Mondlicht und Wasser schlossen; der Schlaf näherte sich sacht und sie gab sich ihm sanft hin. Aber gerade auf der Schwelle des Vergessens wurde die Erinnerung schärfer, das Mondlicht klarer, das Wasser lebendiger. Ein Lächeln glitt über ihr Gesicht; denn nun sah sie sie wieder, die lange, mondbeschienene Allee in Cocumellas Garten bei Sorrent. Dicht hinter ihr stand die Palme, unter der sie sich immer nach Afrika hinüberträumte; am Ende der Allee lag der Golf, und sie wusste, dass Sorrents süß duftender Blumenatem weit, weit hinausreichte, bevor er sich der kräftigen Seeluft ergab und verschwand. Sie gingen zwischen blühenden Orangen. Ihn, mit dem sie ging, sah sie gar nicht, fühlte aber mit ihrem ganzen Wesen seine Nähe, als sei es ihre einzige Fähigkeit und ihre ganze Bestimmung, zu sehen, worauf sein Auge fiel, und es hübsch zu finden. Drüben auf der andern Seite des Golfs blinkten die Lichter Neapels. Hinter der Landzunge stand der Beherrscher, der Verzauberer und Bedroher der ganzen Bucht, der alte Vesuv mit seinem Feuer, vor dem man nie sicher war. Sie liebte den Berg und fühlte ihn immer. Selbst wenn ihre Augen ihn nicht sahen wie dort in der Allee, fühlte sie mit ihrem ganzen Wesen seine Nähe, als ob all dieses blühende Leben von seiner Gnade abhing und unter seinem Zorn zu Asche verbrennen müsse.

Jetzt standen sie ganz unten am Meer. Er wandte sich ihr zu und sie hob die Augen in einem tiefen, berauschenden Gefühl der Abhängigkeit gegenüber Gott. –

Ein Geräusch ließ sie zusammenfahren, sie riss sich los und stand mit einem Seufzer auf.

Katharina hatte die Tür geöffnet, um gute Nacht zu sagen. Sie betrachtete ihre Mutter zufrieden und bewundernd. »Mama, du hast die schönsten Augen der Welt!«, sagte sie und ging trällernd hinaus und ins Bett.

Frau Sonne nahm die beiden Hefte mit; sie wollte noch ein bisschen darin lesen, bis sie einschlief.

Zuerst nahm sie das grüne, italienische. Sie betrachtete lange die klare, harmonische Handschrift, erst die ganze Seite auf einmal, dann eine Zeile und zuletzt die einzelnen Buchstaben.

Dann nahm sie das rote und betrachtete ihre eigene Handschrift, wie sie damals aussah, als sie in Rom das grüne Heft ins Dänische übersetzte, unter dem Vorwand, der Mutter das Lesen erleichtern zu wollen.

Sie lag da und hielt ein Heft in jeder Hand und sah von der einen Schrift zur andern hinüber, verfiel in Träumereien, sah wieder in die Bücher und träumte von neuem. Schließlich legte sie das dänische Heft fort und verfolgte die Schriftzüge in dem grünen, Buchstaben für Buchstaben. Die Hand mit dem Heft sank auf die Bettdecke, aber sie sah die Buchstaben doch ganz deutlich. Einen Augenblick hörte sie sie. Seine Stimme klang irgendwo in der Nähe. »*Vengo – subito*«, sagte sie, aber bis zu den

Lippen gelangte nur ein kleines schwaches Lächeln, das sofort vom Schlaf ausgewischt wurde. – –

»Wie oft soll ich dir das noch sagen«, sagte ihre Mutter, »dass du mit Feuer und Licht vorsichtig umgehen sollst. Jetzt hast du wieder die Lampe brennen lassen! Sie kann anfangen zu schwelen und dich vergiften, oder das ganze Haus kann abbrennen, und elektrisches Licht können wir uns nicht leisten, das ist zu verschwenderisch.« – – Ja, jetzt wollte sie gleich die Lampe abdrehen, sie wollte nur erst nachsehen, ob der Vesuv auch heute rauchte. »*No, è tranquillo*«, sagte da jemand. Ja, die kleine weiße Wolke lag ruhig auf dem Gipfel. Auf einmal wurde sie schwarz – natürlich war sie schwarz – er hatte ja doch kein weißes Haar. Er stand ruhig lächelnd vor ihr und antwortete zögernd auf ihre Frage, ob wohl nicht noch ein Ausbruch kommen werde, bevor sie abreiste. Gerade als sie sich anstrengte, die Antwort zu hören, entdeckte sie, dass sie es gar nicht selbst war, sondern Katharina, die ihn betrachtete, während die kleine Wolke auf dem Gipfel bräunlich wurde und Dahls Haarfarbe annahm. »Jetzt kann man das Feuer durch den Rauch erkennen«, sagte jemand.

Streifen von Rot wurden hinauf in die Luft geschleudert. »Der Ausbruch kommt!«, schrie ihre Mutter, »ich hab's dir ja so oft gesagt, sei vorsichtig mit den Lampen!«

Sie lief, es brannte in den Augen, sie konnte sie nicht öffnen. Als es ihr endlich glückte, blendete sie das elektrische Licht. Sie war eingeschlafen, ohne es auszuschalten und hatte mit dem Gesicht direkt unter der Lampe gelegen.

Das war die Erklärung für den verwirrenden Traum. Aber eine Unruhe wegen Katharina konnte sie nicht loswerden. Es war, als ob eine warnende Stimme leise in ihr behauptete, nicht wegen des elektrischen Lichts sei sie geweckt worden, sondern damit Katharina kein Unglück zustoßen solle.

Sie ging in ihr Zimmer.

Katharina schlief ruhig und fest. —

Aber als Frau Sonne wieder in ihr eigenes Zimmer kam, befiel sie die Unruhe erneut. Sie konnte die Vorstellung nicht loswerden, der Traum habe etwas zu bedeuten und sie hätte es erfahren, wenn das elektrische Licht sie nicht geweckt hätte.

Sie versuchte sich wieder in das Gefühl hineinzuleben, das sie gehabt hatte, als Katharina vor dem Vesuv stand und der Ausbruch kam.

Sie schlief kurz, war eine Weile wach, döste dann wieder ein, erwachte von neuem, vergaß ihre Unruhe und wurde sich klar darüber, dass der Rest der Nacht mit kurzem Schlummer und langem Wachen vorübergehen würde.

Als sie das nächste Mal erwachte, läuteten die Kirchenglocken.

Es waren die Glocken der Trinità dei Monti. Sie wollte aufstehen und auf die Piazza di Spagna hinaussehen.

Da lag der St. Jørgen See, und die Glocken der Stenokirche läuteten.

Als sie ins Wohnzimmer kam und die beiden Hefte auf den Tisch legte, stieß sie versehentlich das Bild des Rittmeisters um.

Sie stellte es wieder auf, betrachtete es eine Weile, setzte sich schwer und sah müde und übernächtigt aus.

25. KAPITEL
Verständnis

Das Gefühl von einem Zuhause verfolgte Dahl auf dem ganzen Heimweg von Frau Sonne; ihre milde, gedämpfte Stimme klang ihm noch lange sanft im Ohr. Auf einmal tauchte die Vorstellung von Waldboden zur Frühlingszeit wieder in ihm auf, und Katharinas Lachen klang über den Anemonen. Es huschte ein Lächeln über sein Gesicht und er blinzelte mit den Augen wie in einem starken, reinen Licht.

Das Lächeln blieb, bis er der »Schiefen« auf der morschen, knarrenden Treppe begegnete. Sie hatte ein schleimiges Grinsen aufgesetzt, zeigte die Zähne und schielte. Sie versteckte etwas unter der Schürze; sie ging also Branntwein holen, zum Schrecken der »Tauben« und zum Kummer der »Alten«.

Die »Taube« empfing ihn auf dem Flur, wo es immer roch, als ob seine drei Wirtinnen Kohl zu Mittag gekocht hätten. Sie nickte ihm zu, kicherte und trippelte verlegen, wie sie es zu tun pflegte, wenn ein Mann in der Nähe war.

Die »Alte« kam ihm in sein Zimmer nach.

»Willkommen nach der Reise, Herr Dahl«, sagte sie in ihrem breiten seeländischen Dialekt. »Ich hab Sie ja seither noch gar nich gesehn. Es hat mir so gefehlt, bei Ihnen aufzuräumen und sauber zu machen. Jetzt haben Sie also Ihre Mutter begraben?«

Sie stand vor ihm, sicher in sich selbst ruhend, das breite schöne Gesicht in taktvoller Ergebenheit strahlend.

Es war nicht zu begreifen, dass sie mit der »Schiefen« und der »Tauben« verwandt sein sollte.

»Warum sind Sie eigentlich in die Stadt gezogen?«, fragte Dahl.

»Ach ja«, sagte sie, »das is nich so einfach. Ich bin aus der Gegend von Køge, und da hätt ich ja gern bleiben und sterben können. Aber mein Mann starb und mein Sohn starb, und da kam es für mich ja auch nich mehr drauf an, und ich bin doch nun mal die Tante von diesen beiden alten Mädchen, denen das ganze Haus gehört, in dem wir wohnen, und da konnt ich ihnen ja genauso gut helfen. Die haben es weiß Gott nötig. – Na, ich will nich weiter stören, ich wollt Sie nur eben sehn.«

Damit ging sie zufrieden wieder zurück in ihr eigenes Zimmer. Sie hatte Gefühle übrig und schenkte sie ihm rückhaltlos, ohne dafür irgendwelchen Anspruch zu erheben. Natürlich wäre sie gerne bei ihm sitzen geblieben, um über seine Mutter zu reden, da er aber nichts sagte, so betrachtete er sie also begreiflicherweise nur als eine Fremde.

Doch er saß in seinem Zimmer und dachte durchaus freundlich an sie; auch die »Alte« gab ihm ein Gefühl von einem Zuhause. Ja, sie hatte etwas Heimatliches an sich. Auf einem Kornfeld bei Køge, auf dem Rathausplatz in Kopenhagen, in den Zimmern bei den beiden halbverrückten Nichten – überall hatte sie ihre Heimat unerschütterlich in sich selbst.

Er schlug eins von Frau Sonnes Büchern auf, um von den Mystikern zu lesen, die ihre Heimat in Gott suchten.

Die Dämmerung brach herein, der Gott der Mystiker verschwand ins ewige Nichts und Dahl fühlte sich einsam, weit entfernt von allem, wie ein Eremit im tiefsten Wald, wie ein Eremit, der mit einem Seufzer die Anemonen betrachtet, die aus dem üppigen Boden des Waldes aufsprießen.

Ein plötzliches Bedürfnis nach weiblicher Gesellschaft erinnerte ihn daran, dass es Teezeit war, und er ging zu Nanna Bang hinüber.

Sie sah ihn verstohlen an und glaubte einen Augenblick, die Entkleiderei des letzten Abends sei nur etwas, was sie geträumt hatte. Er tat jedenfalls so, als habe er es vergessen oder fände es ganz unschuldig.

Er ließ sie den Tee bereiten und nahm ihre Bedienung so selbstverständlich an, als seien sie Mann und Frau. Nach dem Tee rauchte er eine Zigarre. Sie betrachtete eine Weile die dicken blauen Rauchwolken.

»Es wird hier schrecklich nach Mann riechen«, sagte sie mit etwas erregter Stimme.

Er wollte die Zigarre weglegen. »Nein, nein«, rief sie eifrig, »rauchen Sie nur. Es ist so gemütlich, Sie paffen zu sehen. Sie sehen Papa ähnlich. – Wissen Sie was, ich finde, hier im Zimmer ist sehr vieles so schön wie zu Hause.«

Sie versetzte dem Tintenfass ihres Vaters einen freundlichen Puff und sah vergnügt in den Toilettenspiegel ihrer Mutter.

»Wir waren daheim katholisch«, sagte sie und zeigte auf das Kruzifix, »und ich bin es immer noch. Finden Sie das seltsam?«

Nein. Er befasse sich gerade mit den katholischen Mystikern.

»Erzählen Sie mir von ihnen«, bat sie.

Während er erzählte, saß sie vornübergebeugt und lauschte, die Hand zwischen den Knien und sah so bescheiden aus.

»Sie sehen jetzt aus wie Vater«, sagte sie, »als er jung war, natürlich so um die Zeit, als er mit Mama getraut wurde – denke ich mir.«

Eine leichte Röte schoss plötzlich in ihre Wangen. »Ja – – ich meine – – ich habe ihn ja nicht gesehen, aber ich denke mir, dass er ungefähr so ausgesehen haben muss. – – Ach, was quassle ich!«

»Das sehe ich nicht so«, sagte er. »Denn wenn ich Ihrem Vater ähnlich sehe, ist es doch ganz normal, wenn Sie an die Zeit denken, wo er ungefähr so alt war wie ich. Das kann ich gut verstehen, wenn sie plötzlich meinen, Sie sähen ihn vor sich.«

Sie sah ihn etwas unsicher und forschend an, wurde aber durch seine unbefangene Miene beruhigt und war voll Dankbarkeit und Bewunderung für sein Verständnis, auch wenn es etwas übertrieben schien.

»Sie sind lieb«, sagte sie nach einer kleinen Pause, »und das Gute an Ihnen ist, dass man es Ihnen sagen kann. Sie *verstehen*, was man meint, die meisten Männer *missverstehen* eine Frau nur.«

Sie sah befriedigt zu ihm hinüber; gleich darauf glitten ihre Augen von ihm fort und ein doppeldeutiges Halblächeln legte sich über ihr Gesicht.

»Worüber lachen Sie?«, fragte er.

»Über nichts«, sagte sie und spielte »La brune Thérèse«, um nicht bekennen zu müssen, ihm und sich selbst gegenüber, dass sie darüber nachgedacht hatte, wer sich am besten auskannte, die Männer, die verstanden, oder die, die missverstanden.

26. KAPITEL
Theosophen

Am nächsten Tag ging Dahl zu Barnes und traf dort eine merkwürdige Gesellschaft an, die Barnes vorstellte als: Hosenschneider Petersen, Schuhmachergeselle Kjellstrøm und Pensionär Bjarnø.

Als sie nach einer Weile gegangen waren, fragte Dahl: »Was in aller Welt waren denn das für Typen?«

»Theosophen«, erwiderte Barnes.

»Und was hast du mit denen zu tun?«

»Sehen, wie eine Religion entsteht und sich entwickelt. Es erleben und daran teilhaben.«

»Du?«

»Ja. Warum auch nicht. Die theosophische Religion – die behauptet, sie sei keine Religion – ist schon vor langer Zeit entstanden, aber die Gemeinde in Hafnia[7] ist noch jung – beginnt übrigens Anzeichen von den kleinen Reibungen zu zeigen, die allmählich die Schismen hervorrufen werden, die unlöslich mit allen Religionen verknüpft sind, von dem Augenblick an, wo sie den Schoß der göttlichen Offenbarung verlassen haben.«

»Ist die Theosophie denn auch geoffenbart?«, fragte Dahl, der sich nicht ganz klar über Barnes Stellung zu ihr war.

»Selbstverständlich. Wir haben alles. Wir haben auch Wunder. Nein, da gibt's gar nichts zu lachen. Ich finde, ein Wunder ist eine vortreffliche Erfindung. Es muss sich aber am besten weit weg ereignen, sonst glaub ich nicht daran. Die theosophischen Wunder finden in Indien statt. Dort und auch in Tibet leben die Mahatmen. Das sind Leute, deren geistige Höhe einigermaßen der von Jesus gleichkommt. Aber sie scheinen vernünftiger zu sein; denn sie zeigen sich nicht und lassen sich nicht vom Pöbel totschlagen. Sie bleiben gut verborgen. Trotzdem gibt es Leute, die sie getroffen haben.«

»Glaubst du daran?«

»Ich glaube weder daran noch glaube ich nicht daran. Ich befinde mich noch im Stadium der Untersuchung.«

»Aber die drei Herren, die weggingen?«

»Habe ich zu meinen besonderen Freunden auserwählt, wegen der Aufrichtigkeit ihres Wesens. – Sophus Petersen, der Hosenschneider, hat überall im Ausland ›allerlei‹ gearbeitet, zuletzt in Schweden, wo er Steine fischte[8] und Branntwein trank. Eines Tages fiel ihm ein theosophisches Buch in die Hände und da sah er, dass dies die Wahrheit war. Er wurde nüchtern, und um den saufenden Kameraden zu entgehen, lernten er und seine Frau Hosen nähen. Jetzt sind sie hier in der Stadt und verdienen ganz gut. Die Frau näht und bügelt, während Petersen ›sich entwickelt‹.«

»Und wie?«

»Geistig. Er ist im Besitz einer stillen Leidenschaft und eines naiven Glaubens an alles, was die Theosophie lehrt. Überhaupt hat es den Anschein, als ob selbst intellektuell begabte Menschen, die nicht imstande waren, an die Dogmen des Christentums zu glauben, sobald sie Mitglieder einer theosophischen Gemeinde werden, in den Besitz eines geistigen Straußenmagens gelangen, der an unglaublicher Metaphysik alles, was es so gibt, verdauen kann.

Was nun Petersen betrifft, so hat er wirklich von Jahr zu Jahr mehr Seele bekommen und seine Sprache ist ein ganz gebildetes Dänisch geworden. Die einzige Erinnerung an seinen Aufenthalt in Schweden ist das Wort ›indessen‹, das planlos in seinen Sätzen herumrasselt, wie ein loses Rad in einem Uhrwerk.

Seine Frau ist sehr tüchtig.«

»Auch Theosophin?«

»N-ein. Absolut nicht. Das heißt, sie ist gut bewandert in der theosophischen Metaphysik, und ich möchte glauben, im Stillen rechnet sie mit ihr als Realität. Trotzdem kann sie die Theosophie nicht leiden.«

»Wie kommt das?«

»Ja, siehst du, darüber habe ich lange nachgedacht, aber erst am Mittwoch fand ich die Lösung bei einer Tasse Kaffee bei Petersens. Das kommt von einem Sofa.«

»Wie bitte?«

»Ja, ein Chaiselongue, das Petersen gerade auf Abzahlung bekommen hat, wie er ehrlich eingestand. Da sah ich, wie um Frau Emilies Mund ein Zug von Bitterkeit kam, und der Blick, den sie nach dem Sofa hinüberwarf, war bestimmt nicht liebevoll.«

»Sie hält vielleicht prinzipiell mehr von Barzahlung.«

»Nein, das ist es nicht. Aber das Sofa ist ein Keuschheitssofa.«

»Ein was?«

»Ein Keuschheitssofa. Siehst du, Petersen will sich entwickeln, will Yogi sein. Schüler der Mahatmen. Aber dazu ist völlige Reinheit in Gedanken, Worten und Werken erforderlich – auch was die fleischliche Lust betrifft. Man muss Vegetarier sein, in seiner Diät wie in seiner Erotik. Aber Frau Emilie hat wohl kaum geheiratet, damit ihr Mann allein auf dem Sofa schläft. Und es ist ja ziemlich hart, dass sie sich auch noch abrackern soll, um das Ding zu bezahlen.

Petersen will ihr Bestes, aber die ›Entwickelung‹ geht allem vor. Ich fürchte Schlimmes für diese Ehe, obwohl beide die besten Absichten haben. Überhaupt schafft ja die Religion mit gleich großer Kraft Seligkeit und Unseligkeit in dieser Welt.«

»Und was ist mit dem kleinen Schweden, der aussieht wie Strindberg?«

»Wie Strindberg! – Ja, das tut er wirklich. Merkwürdig, dass mir das vorher nie aufgefallen ist. Dieselbe mächtige Stirn, das kleine zusammengepresste Kinn, ein Genie und der Sohn einer Dienstmagd. Das stimmt: Kjellstrøm ist ein Miniaturportrait von Strindberg, nur harmonischer im Wesen. Aber genauso fanatisch in seinem Grübeln. Er ist Schuhmacher, aber darüber brauchst du nicht zu lachen, denn das war Jakob Böhme ja auch.«

»Hat dieser Herr Kjellstrøm auch ein Keuschheitssofa?«

»Ich glaube ja, aber er hat schon so viele Kinder, dass es völlig in Ordnung damit ist. Alle Zimmer in seiner kleinen Wohnung wimmeln von Kindern, mit Ausnahme eines einzigen. Da steht sein Sofa, sein Tisch, seine Bücherbretter und seine Zigarrenkiste.«

»Tabak ist also nicht verboten?«

»Es sind keine Zigarren in der Kiste, sondern eine Ewigkeitsmaschine. Lach doch nicht immer gleich. Wenn der Welterlöser in einer Krippe liegen konnte, so kann der Welteroberer auch gut in einer Zigarrenkiste liegen.«

»Ja, aber das *perpetuum mobile* –«

»– kann nicht gebaut werden. Das weiß ich auch. Ich kann es sogar beweisen. Kein normales Gehirn kann eine Ewigkeitsmaschine bauen. Aber Kjellstrøm ist auch keineswegs normal, er ist ein Genie.«

»Nein, hör auf, Barnes!«

»Ja, siehst du, Kjellstrøm wendet keine normalen Methoden an, wenn er sich ans Erfinden macht. Er erfindet auf übernatürlichem Weg. Ich sagte dir, dass Petersen Yogi werden will – Kjellstrøm *ist* ein Yogi. Er versenkt sich grübelnd in die Tiefe seines Wesens – und dort schafft er in tiefem Schauen das *perpetuum mobile*.«

»Aha!«

»Ja, und er *hat* es geschafft. Es liegt in seiner Zigarrenkiste.«

»Es *liegt* da, aber es *geht* nicht.«

Barnes lehnte sich in den Stuhl zurück und sah Dahl einen Augenblick an.

»Ich habe es gehen sehen«, sagte er ruhig. »Es ging ganz ordentlich von selbst zweimal herum. Dann zerbrach es, weil es aus Streichhölzern und Zigarrenkistenholz gemacht war. Natürlich ist das ein Mangel bei einer Ewigkeitsmaschine, wenn sie nur eine Minute gehen kann, aber eine Minute ist doch ein Anfang. Und als Kjellstrøm mir den Mechanismus erklärte und die Stücke wieder zusammensetzte – *da glaubte ich an ihn.*«

»Physik war noch nie deine Stärke.«

»Deshalb ging ich zu einem tüchtigen Ingenieur und nahm ihn mit zu Kjellstrøm. Ich sagte ihm nicht, was ich ihm zeigen wollte, denn dann wäre er sicher nicht mitgekommen. Kjellstrøm hatte die Maschine wieder zusammengesetzt. Sie ging zwei und ein halbes Mal herum; dann fielen die Streichhölzer wieder auseinander.«

»Und was sagte der Ingenieur?«

»Das weiß ich noch Wort für Wort. Er sagte: ›Das haut mich um, verdammt noch mal.‹ – Dann begann Kjellstrøm mit seiner Erklärung, und dann sagte der Ingenieur noch einmal: ›Das haut mich um, verdammt noch mal!‹ Mehr war nicht aus ihm herauszubringen, bis wir ein ganzes Stück auf der Straße gegangen waren. Er blieb vor einer Tür stehen: ›Hier muss ich hinauf!‹, sagte er. ›Verstehen Sie mich bitte nicht falsch, das *perpetuum mobile* kann nicht gemacht werden, aber ich bin mir verdammt nicht sicher, ob dieser verfluchte Schwede es nicht *doch* gebaut hat. Auf alle Fälle soll er Material bekommen, das länger als zwei Minuten zusammenhält. Hier wohnt ein Fabrikant, der ihm das erforderliche Material geben soll. Der Mann muss an seiner Maschine arbeiten können. Entweder schafft er das Unmögliche oder er erfindet etwas

Mögliches und Nützliches – oder aber er kommt in eine Anstalt! So ein Irrer! So hat es mich noch nie umgehauen, verdammt noch mal.‹

Dann ging er zum Fabrikanten hinauf. Und siehst du, der Fabrikant hat versprochen, Kjellstrøm das Material zu geben, das er braucht. Und dabei ist dieser Fabrikant wissenschaftlich, polytechnisch ausgebildet.«

Dahl schüttelte lachend den Kopf. –

»Und dein dritter Freund?«, fragte er.

»Der Seraph?«

»Ist er ein Seraph? Na, das eine ist ja nicht weniger unglaublich als alles andere«, sagte Dahl.

»›Seraph‹ nenne ich ihn, wenn ich an ihn denke«, sagte Barnes. »Er heißt eigentlich Bjarnø und ist wohlhabend. Er ist in der glücklichen Lage, nichts anderes arbeiten zu müssen als das, wozu er Lust hat.«

»Was tut er denn?«

»Er lauscht der Sphärenmusik«, sagte Barnes. »Ja, nun grinst du wieder. Aber wenn ich dir sage, dass ich manchmal fast sicher bin, dass er sie wie ein Medium wiedergibt, wenn er spielt! Der Seraph versteht zu lauschen. Ich glaube, er meint, man kann die tiefsten Geheimnisse des Daseins erlauschen. Ich weiß, dass er meint, es gibt nur *eine* Sprache, die sie ausdrücken kann, nämlich die universelle menschliche Sprache: die Musik. Hast du je ein Gesicht gesehen, so rein und so engelweiß wie seins? Wenn ein Engel Mensch würde, müsste er aussehen wie er. Und doch liegt da manchmal eine Schwere in seinen Augen, als hinge irgendwo ein Unglück und warte darauf, auf ihn herabzufallen. Mich kann ein plötzlicher Drang überkommen, ihn unterzufassen und zu sagen: ›Kommen Sie, Sie werden sehen, eines schönen Tages geht die Welt unter; machen wir, dass wir nach Ebeltoft oder Grenaa[9] hinüberkommen, wenn es losgeht.‹ Ich kann das seltsame

Gefühl nicht loswerden, dass der Seraph vor irgendetwas bewahrt werden muss.

Nun, ich sehe es dir an, jetzt ist es dir endlich klar geworden, dass ich verrückt bin und meine drei Freunde total verrückt.

Na-ja, es gibt sicher Leute, die hier in dieser Welt nur ein einziges Ziel haben. Blind für alles andere auf dieser Erde, sucht ein jeder von ihnen auf seine Weise das Unmögliche, das, von dem gesagt werden kann: wenn man es hat, hat man alles, was man braucht. Sie suchen den Stein der Weisen. Aber du selbst, mein Lieber, der du ins ›Offene‹ hineinwillst und in der Welt der Himmelssprache leben, die den gewöhnlichen Sterblichen verborgen ist – bist du nicht ganz wie jener, der den Stein der Weisen zu finden hofft?«

»Vielleicht!«, sagte Dahl, »und du selbst?«

»Ich bin einer, der auf ein Wunder wartet, das mit ihm selbst geschehen soll. Ich bin ein Kranker, der Heilung erhofft. Ein Laster –«

Er hielt inne und wurde rot, weil er in Dahls Augen sah, dass diesem plötzlich klar geworden war, welches Laster seiner Seele und seinem Körper die Kraft nahm. Er sah zu Boden und rieb sich nervös die nasskalten Hände.

»In meiner Kindheit«, sagte er so rückhaltlos offen, wie Dahl ihn noch nie gesehen hatte, »wurde es mir eingeimpft. Und die Eigenschaft meines Charakters, mein ewiges Bedürfnis, den Gedanken und Vorstellungen anderer Menschen nachzuspüren, macht es mir unmöglich, durch eigene Kraft die Persönlichkeit zu werden, die ich meiner Veranlagung nach sein müsste, und – und ich möchte ungern sterben, ohne es geworden zu sein.

Ich suche jemanden, der mich gesund machen kann. Ob ein Gott oder ob ein Mensch dieses Wunder vollbringen wird, ist mir gleichgültig.

27. KAPITEL
Die Vorschriften des Cappellano

Dahl war mit den Büchern, die sie ihm geliehen hatte, zu Frau Sonne gegangen. Katharina hörte gespannt zu, während er ihrer Mutter erklärte, welchen Eindruck sie hinterlassen hatten.

»Ich habe das Gefühl«, sagte er, »dass sie für mein ganzes Leben entscheidend sein werden. Ich kann nicht sagen, dass ich ihre manchmal dunkle Sprache vollkommen verstanden habe. Aber ich glaube, dass sie mehr erlebt als verstanden werden müssen und vermute, dass das, was jetzt dunkel erscheint, nach dem Erlebnis sich als klare und tiefe Psychologie erweisen wird.«

Frau Sonne nickte und sagte eifrig:

»Ja, ja – das ist es!«

Dahl sah sie überrascht an. »*Wissen* Sie das?«, fragte er, »haben Sie es selbst *erlebt*?«

Aber sie schüttelte den Kopf:

»Nein – nein, das ist nichts für mich – aber ich *weiß* es trotzdem. Ich habe – Menschen gekannt, die das Erlebnis hatten.«

»In mir wecken sie«, fuhr Dahl fort, »eine unklare Empfindung davon, dass ich weiß, wovon sie sprechen. Es ist nur eine ganz schwache Empfindung, aber sie ruft mich mit einer Stimme, die ich besser zu kennen glaube als irgendeine andere. Es ist, als sei es mein eigenes, innerstes Ich, das mich heimruft. Ich denke mir, dass ein Auswanderer, dem ein Buch aus der Heimat in die Hände fällt und der Beschreibungen über Gegenden liest, wo er früher viele Jahre gelebt hat, ungefähr dasselbe fühlen muss wie ich, und dass ein Heimweh in ihm erwachen muss, das ihm keine Ruhe und keinen Frieden gibt, bis er wieder in die Heimat zurückkehrt.

Aber leider weiß ich den Weg nicht, der zu dem Erlebnis führt. Ich habe das Gefühl, dass es zwar manchmal wie eine Überraschung kommt – und doch das Resultat einer Vorbereitung ist, eines Lebens, wie die Mystiker es geführt haben.

Wissen Sie übrigens, wo ich dasselbe Erlebnis gefunden habe, in modernen Wendungen ausgedrückt und ohne alle kirchliche Ausschmückung? Sehen Sie hier: Tennyson[10] schreibt Folgendes darüber:

›Ganz auf einmal, sozusagen als Folge eines intensiven Gefühls meiner eigenen Individualität, schien diese selbe Individualität sich selbst aufzulösen und in ein Dasein ohne Grenzen hinzuschwinden. Und das ist kein verwirrter Zustand, sondern das Klarste von allem Klaren, das Sicherste von allem Sicheren, allen Worten trotzend, ein Zustand, worin der Tod eine fast lächerliche Unmöglichkeit war und der Verlust der Persönlichkeit – wenn das der Fall war – nicht Vernichtung zu sein schien, sondern das einzig wahre Leben. Ich schäme mich meiner schwachen Beschreibung. Habe ich nicht gesagt, dass der Zustand jedem Worte trotzt?‹

Ich weiß, dass ich etwas Ähnliches erlebt habe, dass dieser Zustand aber jetzt für mich verschlossen ist – und dass ich keine Ruhe finde, bevor er sich mir wieder öffnet.«

Frau Sonne betrachtete forschend sein junges Gesicht. Sein Eifer war so jugendlich, und trotzdem wurde ihr fast feierlich und andächtig zumute unter dem Gefühl, dass sein ganzes Schicksal verborgen lag in diesem heftigen Verlangen nach dem, was er für das einzig Nötige hielt.

Sie stand langsam auf und ging zum Schreibtisch. Dort nahm sie die beiden Hefte, betrachtete sie eine Weile und legte sie wieder hin. Katharina folgte gespannt ihren Bewegungen. Ja, es huschte ein vergnügtes Lächeln über ihr Gesicht – jetzt ging Mutter mit dem roten Heft zu ihm hin.

Frau Sonne blieb mit dem Heft vor Dahl stehen. Es dauerte eine Weile, bis sie sprach, und Katharina fühlte, während eine warme Unruhe sie durchströmte, dass die Mutter in diesem Augenblick zögernd Dahl in ihr Zuhause aufnahm.

Jetzt gab sie ihm das Buch. Katharina fühlte sich erleichtert und froh, und dabei wusste sie doch gar nicht, was in dem kleinen roten Heft stand.

Indem Frau Sonne Dahl das Buch gab, sagte sie: »Dies ist eine Beschreibung des Wegs, niedergeschrieben von einem, der selbst – schon in seiner Jugend – zu dem Erlebnis gelangte. Es ist eine Aufzeichnung der täglichen geistigen Übungen, die ihn zu einem Leben führten, das nicht vielen offen steht. Wenn Sie es ausleihen wollen, will ich es Ihnen gern geben. Und wenn es Ihnen nützen kann, wird es – ihn freuen.«

Ihr Blick war auf das Fenster gerichtet, der Ausdruck wurde abwesend; sie entschwand den Anwesenden geradezu.

Selbst in der vertraulichen Annäherung ihres Tons wurde der Abstand zwischen ihnen größer, und Dahl fühlte, dass er nun gehen müsse. Katharina begleitete ihn hinaus. Auf dem Flur bemerkte er, dass sie im gleichen Schritt gingen, wie auf Verabredung und leise, als sei da jemand, den sie nicht stören wollten. – Während sie die Tür schloss, hörte er ein kleines Glucksen, und ihn überkam eine fast unbezwingbare Lust, die Briefkastenklappe zu öffnen und ihr ein »Du!« zuzurufen. –

»Mama«, sagte Katharina, als sie wieder ins Zimmer kam, »der Mann, von dem du sprichst, der mit dem Buch, das Dahl bekam – was war das für ein Leben, das er führte und das nicht vielen offen steht?«

»Er«, sagte Frau Sonne, »wurde in ein Leben eingeführt, das nicht von dieser Welt ist; hier lebt und bewegt er sich nur als Freund und Helfer der Menschen.«

Katharina zupfte an dem grünen Heft. »Ist es Italienisch?«, fragte sie.

»Ja, er war Italiener«, sagte ihre Mutter.

»Ist das seine Schrift?«

»Ja«, sagte Frau Sonne, nahm das Heft und legte es zurück auf seinen alten Platz.

Katharina sah ihr nach, die Hand in derselben Stellung, als sei das Heft noch da.

Dann strich sie schnell über ihr Kleid, als wische sie etwas weg: »Ich finde, wenn man in dieser Welt *ist*, dann soll man auch hier *sein*«, sagte sie.

28. KAPITEL
Nanna Bang in schweren Gedanken

Nanna Bang hatte ihre Nerven nicht mehr in ihrer Gewalt.

Es war gerade um die Teezeit, und sie stand immer wieder auf, um in der Küche das Teewasser aufzusetzen, kehrte aber jedes Mal wieder um, setzte sich und sah nach der Tür.

Es war so angenehm, den Tee zu bereiten, wenn er gekommen war und hier im Zimmer darauf wartete.

Aber die letzten Abende war er gar nicht gekommen. Nun war es bald eine Woche her.

Sonst war er doch jeden Abend gekommen, als sei es ganz selbstverständlich, dass sie ihm den Tee machte, und hinterher blieb er sitzen und plauderte bis zur Schlafenszeit. Er benahm sich wirklich genauso, als ob sie verheiratet wären.

Sie sah sich im Zimmer um und die braunen Augen bekamen einen warmen Glanz; sie hatte wirklich ein Heim. Sie fühlte in ihrem Herzen ein demütig religiöses Wohlbehagen; sie war ja auch wirklich zur Religion zurückgekehrt in letzter Zeit. Da drin in den Zeitschriften, da las man natürlich niemals etwas über solche Dinge, und dann entfernte man sich so leicht davon – aber seit jenem Abend, an dem es ihr hätte gehen *können* wie Alma, und sie gerettet wurde – sie sah nach dem Kruzifix hinüber, das nun sein früheres lebendiges Leben zurückbekommen hatte, seit jenem Abend hatte sie ein gutes Gewissen, weil sie wieder, wie in der Kindheit, regelmäßig ein kleines Gebet sprach, bevor sie einschlief.

Nun war es schon eine halbe Stunde über die Teezeit und sie musste zu ihrem Petroleumkocher hinaus; sie konnte nicht begreifen, warum er nicht kam.

Von der Küche aus konnte sie die näselnde Stimme der »Schiefen« und das Stakkato der »Tauben« hören. Ein nasskaltes Gefühl von Einsamkeit beschlich sie. Sie klapperte mit den Tassen und bekam einen künstlichen Hustenanfall, als sie an seiner Tür vorbeiging. Aber sie wurde nicht geöffnet.

Dann trank sie ihren Tee und ihr war ungemütlich. Das Zimmer sah aus wie ein Ofen, der nicht brennen will; alle Möbel gähnten in toter Leere. Jesus hing und litt mechanisch an seinem Kreuz, und sie kaute trübselig an einem Zwieback, der nach gar nichts schmeckte. Sie konnte genauso gut zu Bett gehen und ihre Langeweile wegschlafen.

Aber kaum hatte sie sich hingelegt, als sie mit einem Satz in die Höhe fuhr und mit der geballten Faust auf die Steppdecke schlug.

Wenn es nun *das* wäre, was im Weg war! Vielleicht fürchtete er, er könne sich noch einmal vergessen! Das musste sie ja einräumen, dass es für einen Mann nahe liegen konnte, wenn man so Abend für Abend gemütlich und vertraulich zusammensaß. Aber davor brauchte er doch keine Angst zu haben. Jetzt, wo sie wusste, dass es geschehen konnte, war es leicht für sie es abzuwehren. Eine Frau kann überrumpelt werden; ist sie aber gewarnt, dann ist es leicht, einen Mann in den geziemenden Grenzen zu halten.

Aber das konnte sie ihm doch nicht sagen. Nein, aber sie konnte ihn morgen Abend ganz einfach zum Tee herüberholen; dann konnte er ja sehen, dass keine Gefahr bestand. Und wenn eine bestand, so würde sie ihn doch nicht selbst auffordern, zu kommen.

Dass ihr diese Idee nicht schon heute Abend gekommen war! Nun konnte es sein, dass sie die ganze Nacht wach lag, um auf morgen zu warten.

Der Schlaf blieb auch wirklich ganz aus. Sie versetzte sich in seine Gedanken. Wie sie eben ein Mann so hat. Und sie dachte daran, wie angenehm in der letzten Zeit die Tage im Geschäft vergangen waren, weil sie sich darauf freute, nach Hause zu kommen, und wie es ihr Spaß gemacht hatte, den verheirateten Frauen im Geschäft vertraulich zuzulächeln, wenn sie abschlossen. Sie fühlte sich ihnen näher verbunden als den jungen Mädchen.

Im ganzen Haus war es still, man hörte jeden Laut. Sie konnte hören, wie er sich im Bett umdrehte; er konnte also auch nicht schlafen.

Aber was war denn das! Er stand ja auf! Du liebe Zeit, und ihre Tür war nicht verschlossen! Jetzt ging er auf den Korridor hinaus. Sie zog die Decke über den Kopf.

Da fiel die Flurtür ins Schloss! Er ging aus! Um diese Zeit! Sie zündete ein Streichholz an. Es war halb zwölf.

Tränen traten ihr in die Augen. Denn wenn ein Mann aus seinem Bett aufsteht und um diese Zeit ausgeht! – Soviel wusste sie doch vom Leben!

Sie trocknete sich die Augen mit dem Betttuch. Sie weinte ja nicht, weil es sie etwas anging; aber es tat ihr Leid, zu wissen, dass so ein feiner Mensch wie er zu *der* Sorte ging. Und es war ja auch nicht angenehm zu wissen, dass er eigentlich ihretwegen gerade in das hineingeriet, wovor er sie selbst bewahrt hatte.

Sie zündete die Lampe an und sah nach dem Kruzifix hinüber. Es war ja eigentlich gar nichts dabei, wenn sie betete, er möge sich bedenken und umkehren, nach Hause gehen und schlafen.

Sie kam nicht zum Beten, weil ihr etwas einfiel. An jenem Abend, als sie selbst aufs Geratewohl ausging und den Himmel bat, sie mit heiler Haut davonkommen zu lassen, da war er ihr gesandt worden. Denn es war doch ein merkwürdiger Zufall, dass sie gerade ihm begegnen musste. Und seit der Zeit hatte sich alles so gut für sie gefügt. Aber vielleicht bedeutete das, dass sich für sie beide alles gut fügen sollte, dass sie sich vor dem bewahren sollten, was schlimmer war. – Nun wollte sie doch darum beten, er möge genauso gut beschützt werden wie sie, und dafür wollte sie versprechen, dass, wenn es bedeutete, dass sie beide – dann wolle sie sich dem nicht widersetzen. –

Als sie nach etwa einer Stunde hörte, wie die Flurtür geöffnet wurde, sagte ihr eine innere Stimme, dass er genauso rein nach Hause kam, wie er gegangen war, und sie schlief mit ihren guten Vorsätzen lächelnd ein.

29. KAPITEL
Ekstase

Dahl hatte in seinem Bett wach gelegen und gegrübelt. Er hatte Frau Sonnes rotes Heft mit dem Gefühl gelesen, als sei es gerade für ihn geschrieben. Eine Woche lang hatte er genau seine Vorschriften befolgt, ohne an etwas anderes zu denken, und das Ergebnis war eine Dürre und Leere, trostloser als jene, die er empfunden hatte, als er voller Verachtung für die Sinnlosigkeit der Dogmatik seinen Christenglauben aufgab und die Gedanken mit Hilfe von Alkohol und Frauen zu betäuben suchte. Schließlich hatte eine tiefe Geringschätzung seiner selbst es ihm unmöglich gemacht, länger allein zu sein; er war zu Barnes gegangen und hatte diesen ohne irgendeine Einleitung gefragt:

»Sag mir offen, Barnes, hast du dir eine Meinung über mich gebildet?«

»Ja, das habe ich«, hatte Barnes mit einem leicht kritischen, spöttelnden Lächeln geantwortet.

»Hast du etwas dagegen, sie mir mitzuteilen?«

»Keineswegs«, sagte Barnes. »Aber zuerst solltest du das tun, was die Leute gewöhnlich machen, wenn sie jemanden nach seiner Meinung fragen.«

»Und das wäre?«, hatte Dahl gefragt, und Barnes hatte geantwortet:

»Gewöhnlich hindern sie ihn sofort daran, etwas zu sagen, aus purer Angst, ihre eigene unantastbare Meinung nicht vorbringen zu können.«

»Meine Auffassung ist die, dass ich ein Rindvieh bin«, sagte Dahl.

»Es ist etwas Ansprechendes in dieser Auffassung«, sagte Barnes, »und eigentlich sollte eine Begründung überflüssig sein, aber trotzdem —«

»Ich bin religiös«, sagte Dahl, »und ich bin ungläubig. Ich glaube nicht an Gott, habe aber dauernd das Bedürfnis, zu ihm zu beten. Ich las Frau Sonnes Bücher über die christliche Mystik und dachte: ›Barnes hat Recht, hier sind wir beim Kern der Sache.‹ Und doch wusste ich nicht, was der Kern der Sache war, hatte nur eine unbestimmte Ahnung und gelegentlich etwas, das einer vagen Erinnerung glich, als hätte ich das Ganze einst erlebt und wieder vergessen. Ich bekam eine Anleitung, die der Cappellano geschrieben hatte, las sie und fühlte, dass *hier der Weg zu dem war, was ich suchte* – obwohl Gott, Christus und der Heilige Geist auf jeder Seite vorkamen – und erst als ich spürte, dass ich inwendig nur leer und trocken wurde, fiel mir auf, dass ich ja gar nicht an die Heilige Dreieinigkeit glaubte. Wie ich mit einem so umnebelten Gehirn habe Student werden können, ist mir unbegreiflich.«

»Das ist die alte Geschichte«, sagte Barnes. »Verliebt man sich leicht, so geraten einem die Gefühle einer schönen Frau gegenüber in Wallung, selbst wenn man genau erkennt, dass sie etwas beschränkt ist. Und ist man religiös veranlagt, so stimmen alte religiöse Vorstellungen die Seele andächtig, selbst wenn ein neues Weltbild sie längst verdrängt hat. Ach ja, unglückliche religiöse Liebe gehört zu der Zeit, in der wir leben; denn das Christentum ist eine etwas beschränkte Frau, die noch dazu in die Jahre gekommen ist.

Und du, mein Lieber, bist ein warmblütiger junger Mann, was die Religion und die Frauen betrifft. Ich habe dein Treiben genau verfolgt – auch damals, als du deinen religiösen Trieb im Erotischen zu ersäufen versucht hast. Es ist dir verdammt schlecht gelungen und es wird dir nie gelingen; du wirst niemals religiös impotent werden. Und sei froh darüber. Denn wenn ich mit meiner Ansicht über das religiöse Gefühl Recht habe, dann ist es eine fundamentale Macht im Dasein, ohne die das geistige Leben aussterben würde.«

»Es gibt Leute, die im Gegenteil behaupten, dass es ein Zeichen von Dekadenz und Schwäche ist«, sagte Dahl.

»Das weiß ich«, sagte Barnes, »aber das imponiert mir nicht. Das sind Leute, die zwischen positiver Religion und religiösem Gefühl nicht unterscheiden. Ich habe dir sicher schon früher gesagt, dass religiöses Gefühl das Gefühl ist, welches das Individuum von seinem Verhältnis zum ›Dasein‹ hat, zum ›Großen Ganzen‹, zum ›All‹, zu ›Gott‹, oder wie du es nun nennen willst. Und es ist wie das erotische Gefühl ein Naturtrieb und überall dasselbe. Ich weiß, dass man sich in verschiedenen Ländern und zu verschiedenen Zeiten unter Beachtung verschiedener Formalitäten küsst und heiratet, aber das Eigentliche dürfte so ziemlich dasselbe sein. Es mag sein, dass ein Europäer besser mit einer weißen Frau fährt als mit einer braunen und sich einfacher in einer christlichen Kirche zurechtfindet als in einem buddhistischen Tempel. Aber die Verbindung weiß und braun, Europäer und Buddhist findet doch immerfort statt.

Was den erotischen Trieb betrifft, so ist leicht zu sehen, welchem Ziel er dient: der Fortsetzung des zeitlichen Lebens, außerdem fördert er das Glück des Menschen – und sein Unglück. Der religiöse Trieb dagegen betrifft das, ›was dahinter liegt‹, was wir nicht wahrnehmen können, was zu nichts nutze ist. Er betrifft das Ewigkeitsgefühl und das Ewigkeitsverlangen, das wir endlichen und vergänglichen Wesen als Last in uns tragen. Auch er fördert das Glück des Menschen – und sein Unglück. Das gesunde Wachstum eines Menschen und einer Kultur hängt ab von einem geglückten Streben nach Gleichgewicht zwischen diesem ›Ewigkeitsgefühl‹ und allen nach außen gerichteten Gefühlen, die das Zeitliche betreffen.

Aber es gibt nur ein unbeständiges Gleichgewicht – sonst würde das Leben ja auch zum Stillstand kommen. Das religiöse Gefühl eröffnet dem Blick immer wieder neue geistige Möglichkeiten, die weit vorausliegen; diese werden dann zum *Ziel* für die charakterliche und moralische Entwicklung.

Und hier haben wir dann sofort einen Konflikt. Der Unreligiöse wird sagen: Verschont uns mit diesen unsinnigen Botschaften und gebt uns eine Männermoral, die praktikabel ist – und vergisst eines: wenn man sich dem Streben nach hochfliegenden Idealen verschließt, die doch vom menschlichen Geist aufgestellt sind, so schließt man auch das Wachstum aus. Der stark Religiöse dagegen wird so heftig ergriffen, dass er die *sofortige* Verwirklichung des Ideals fordert. Er muss augenblicklich ein Keuschheitssofa haben wie mein guter Freund, der Hosenschneider Petersen, und dann folgt der Kampf mit dem schwachen Fleisch, das sich nicht im Handumdrehen vergeistigen lässt. Die Geschichte der Heiligen lehrt, zu welchen Tollheiten dieser Kampf mit dem Fleisch ausarten kann. Engel und Teufel nahmen oft daran teil. Ich weiß nicht, ob es Engel und Teufel gibt, aber ich zweifle nicht daran, dass die heiligen Männer und Frauen sie gesehen haben. Hätten sie sich doch gedulden mögen und bescheiden auf eine allmähliche Vergeistigung gewartet!«

»Ja«, wandte Dahl ein, »aber wenn man den Glauben an eine Religion verliert, verliert man auch den Glauben an die Ideale, die sie geschaffen hat.«

»Ja, den *Glauben* an sie«, sagte Barnes, »nicht das *Verlangen* nach ihr. Aber zu diesem Zeitpunkt ist eine Kultur bereits in beginnendem Verfall, selbst wenn sie vielleicht gerade dann am blühendsten scheint. Solange das Weltbild einer Kultur und die Religion harmonisch übereinstimmen, ist sie in gesundem Wachstum. Aber das Gefühl ist konservativer als der Gedanke und klammert sich an die Vorstellungen, denen es einmal Leben gegeben hat.

Und dann kommt der Tag, wo das Weltbild der Menschen und ihre Religion sich nicht mehr einigen können. Dann wird eine der Lebenswurzeln durchgeschnitten. Die Religion verliert ihre Kraft, die Zivilisationen trocknen sich selbst aus und gehen zugrunde. Dann artet das religiöse Gefühl in Krankheit aus, wie eine Beulenpest von Aberglauben, Zauberei, Polytheismus und Polyreligion. Denke an das alte baufällige Rom mit seinen Magiern, seinen Isispriestern und so weiter. Denke an das alte Europa mit seinen prophetischen Tischbeinen, zungenredenden Laienpredigern und automatisch schreibenden Gelehrten.

Du hast mich vorhin nach meiner Meinung über dich gefragt. Du bist ein in den meisten Beziehungen normal begabter dänischer Student. Aber außerdem bist du ein ungewöhnlich religiös begabtes Individuum, das in einer Zeit und in einem Land lebt, in dem die Religion ihre Bedeutung verloren hat.

Du kommst nicht um deinen religiösen Trieb herum, aber ob du ein Religionsstifter wirst, ein schlichter harmonischer Mensch oder ein Scharlatan — oder möglicherweise ein Verrückter — ja, das wird dein Leben zeigen.« —

»Sag mal«, fragte Dahl nach einer kleinen Pause, »der ›Kandidat‹ aus unserm Dorf, weißt du was über ihn?«

»N-ein«, antwortete Barnes, »er ist ein verdammter Fuchs, aber ich neige dazu, ihm auf Verdacht zu misstrauen.«

»Warum?«

»Dass er für seine Person das religiöse Problem auf eine glückliche — ich hätte beinahe gesagt — selige Weise gelöst hat. Doch er hält seinen Mund und will nicht mit dem Geheimnis heraus. Ich habe einmal versucht, ihn ins Verhör zu nehmen. Ich kann wohl sagen, ich bin ein frecher Hund und ziemlich gerissen, wenn ich einen Mitmenschen auf den Sektionstisch haben will. Aber er sah mit seinem verschmitzten Lächeln so aus, als sähe er mitten durch mich hindurch, bis ich verlegen wurde wie ein Schuljunge und mich schämte über etwas, was ich niemandem außer dir anvertraut habe.«

»In der Zeit, als ich im ›Offenen‹ lebte«, sagte Dahl, »sprach er einmal mit mir, als kenne er es.«

»Das sollte mich nicht wundern«, erwiderte Barnes. »Mir gegenüber war er jedoch *geschlossen*. Ich fragte Vater, ob er etwas vom Kandidaten und seinem Verhältnis zur Religion wisse. ›Nein‹, sagte Vater, ›ich weiß nichts weiter, als dass er immer die Religion hat, die der braucht, mit dem er im Augenblick redet.‹ Soviel ich davon verstehe, tritt er sie immer bereitwillig an den Betreffenden ab.« —

Diese ganze Unterhaltung machte in abgerissenen Bruchstücken in Dahls Gehirn die Runde, während er dalag und sich bemühte, sie loszuwerden, um einschlafen zu können. Er fühlte sich unbegabt und unreif im Verhältnis zu Barnes, der doch nur ein paar Semester länger studierte als er. Barnes dachte selbständig, ja, schon in der ersten Klasse der Dorfschule hatte der Lehrer gesagt, der Sohn des Pfarrers könne selbständig denken.

Dahl selbst hatte dagegen im Grunde genommen niemals denken können, er konnte höchstens empfinden. Merkwürdigerweise verbarg Barnes hinter seinem etwas spöttischen Wesen eine recht tiefe Achtung vor ihm. Aber das kam wohl nur von Barnes eigener guter Natur, es war vielleicht nur ein Überrest alter Kinderfreundschaft.

Es war ihm unmöglich einzuschlafen. Er stand auf, um sich so müde zu gehen, dass der Körper, wenn er nach Hause kam, »von unten her« schwer geworden, in Schlaf fallen und das Gehirn in die bodenlose Unbewusstheit mit hinabziehen konnte.

Von der Straße her sah er zu den Fenstern hinauf und sah das Licht in Nanna Bangs Zimmer aufleuchten und wieder verlöschen. Er hatte natürlich wieder die Tür zugeschlagen und sie geweckt. Nie konnte er an jemand anderes denken als an sich selbst.

Ein Straßenmädchen sprach ihn an. Aber das Vergessen, das ein solches Mädchen bieten konnte, reizte ihn nicht mehr.

Er lief und lief, bis er fast im Gehen schlief.

Als er nach Hause kam, warf er sich aufs Bett, ohne sich auszuziehen.

Am nächsten Morgen erwachte er und sah sich im Zimmer um; die Unordnung war grenzenlos, wie gewöhnlich. Wie rücksichtslos gegen die »Alte«! Jeden Morgen räumte sie ohne Murren hinter ihm her. Jeden Abend sah es wieder so aus wie jetzt!

Heute wollte er das Schlimmste wirklich selber machen. Aber als er sich wusch, kehrten alle Gedanken aus der schlaflosen Nacht wieder zurück und er vergaß seinen guten Vorsatz und ging aus.

Als er spät am Nachmittag nach Hause kam, hatte die »Alte« aufgeräumt, und da erst erinnerte er sich, dass er die Absicht gehabt hatte, es ihr ein bisschen leichter zu machen. Ein ekelhaftes Gefühl beschlich ihn. Er konnte sich an keinen Menschen erinnern, dem gegenüber er nicht rücksichtslos gewesen war. Aber zu ihm selbst waren alle gut und gefällig gewesen, während er es immer nur mit einem zerstreuten Dank angenommen hatte. Nie hatte er etwas Gutes getan, aber jedes Mal, wenn er einer Versuchung begegnet war, hatte er ihr nachgegeben.

War er immer schon so gewesen oder war er erst so geworden? Wie war es denn in der Schulzeit im Dorf mit den andern gewesen? Da war Niels Peter, der immer Flöten für ihn machte, und Kristian Mogensen, der ihm kleine

Pflüge schenkte. Aber er selbst? Das Einzige, an das er sich im Augenblick erinnern konnte, war, dass er ohne Grund einen kleinen Jungen geschlagen hatte und dass ihm Holger dafür sein Messer schenkte, statt ihn grün und blau zu prügeln.

Holgers große Gestalt stand schwer und bedrückend vor seinem inneren Auge, dieser derbe Kerl, der nie an sich selbst dachte, der immer damit beschäftigt war, den Kleinen in der Schule zu helfen, der auf dem Feld bald für den, bald für jenen eine Garbe band, der immer gutmütig eine hilfreiche Hand für jeden gehabt hatte – bis das Unglück geschah. Soviel war sicher, an menschlichem Wert stand er tief unter diesem Sittlichkeitsverbrecher und Mörder. –

Er saß mit geschlossenen Augen in der Sofaecke; die Atemzüge wurden langsam und regelmäßig. Das Bewusstsein schien an Schärfe zuzunehmen, obwohl die Gedanken wie gelähmt waren von dem tiefen Widerwillen gegen alles, was er selbst war. Nach und nach traten seine Eigenschaften vor ihn hin, weckten seinen Abscheu und fielen wie welke, wertlose Blätter zu Boden. Schließlich wurden sie still und er hatte das Gefühl, als stürbe er weg von sich selbst. In dem tiefen Bewusstsein seiner eigenen Erbärmlichkeit sank er auf den Boden des Nichts mit dem befreienden Gefühl, nicht mehr sein zu müssen.

Sein Kopf lehnte an dem Sofarücken. Wer ins Zimmer getreten wäre, hätte ihn für tot halten können. Er selbst fühlte, dass er langsam, regelmäßig und tief atmete. Er begann auch eine beglückende Gesundheit in seinen Gliedern zu spüren, wie man sie fühlt, wenn eine Krankheit ihre Macht verloren hat. Sie steigerte sich zu einer jubelnden Fülle körperlichen Wohlbefindens.

Ein paar Tränen rollten ihm die Wangen hinab, weil das körperliche Wohlbefinden unmittelbar in seelisches Glück übergegangen war.

Eine unsagbare Güte strömte wie eine Welle von Licht durch sein ganzes Wesen und er konnte nicht zwischen ihr und sich selbst unterscheiden. Er fühlte sich getragen von einer liebevollen Macht, die die ganze Welt trug, aufrecht hielt und leitete, so eng vereint mit ihr, dass es nicht möglich war, zwischen dem Leben und jener mächtigen Liebe selbst zu unterscheiden.

Seine Andacht war so tief, dass er nicht daran denken konnte, niederzuknien oder seine Hände zu falten. Aber er öffnete seine Augen, von fast allzu viel innerem Licht dazu getrieben, und da sah er, dass das Licht ihn auch von außen umgab.

Das ganze Zimmer lag in einem strahlenden Licht, das keinen Schatten warf, das durch Tisch und Stühle drang, sodass er durch sie hindurchzusehen glaubte. Er konnte nicht herausfinden, ob dieses alles durchdringende Licht die göttliche Liebe selbst war oder etwas, das zu ihr gehörte wie der Körper zur Seele des Menschen.

Aber — gleichsam mit Hilfe dieses Lichts — sah er, dass die mächtige Liebe immer überall gegenwärtig ist — dass aber der Mensch sich vom Bewusstsein dessen durch seine eigene Selbstgefälligkeit getrennt hatte — und dass kein Mensch die Stärke seiner eigenen Selbstgefälligkeit ahnt.

So nahe wie unser Atem und doch so fern, dass wir an ihrem Vorhandensein zweifeln können, ist uns Gottes Liebe. —

Als die »Alte« ins Zimmer kam, sah sie noch das Licht und hielt es für einen Lampenschein. Als sie es aber in einer aufsteigenden Bewegung schwinden und dann wegbleiben sah, da faltete sie ihre Hände und beugte ihren weißen Kopf, und er hörte ihre vertrauensvolle Stimme in stiller Ehrfurcht sagen: »War das Ihre Mutter, die hier bei Ihnen war? — Ach Gott, Herr Dahl, haben Sie sie selber gesehen?«

An seinem Lächeln sah sie, dass er »nein« antworten wollte, und sie beeilte sich, damit er nicht etwas Undankbares sagen konnte: »Ja, ja, Herr Dahl, glauben Sie mir, sie *war* da. Ich hab ja selber das Licht gesehn, das sie mit sich fortgenommen hat, als sie ging. Und Ihr eigenes Gesicht, das is so rein, als hätt sie Sie von neuem geboren. Sie war hier mit ihrem Segen für Sie. Ich spür es. Es is hier ja heilig nach ihr. Nur die Liebe einer Mutter kann so sein. Aber die gehört *Ihnen*, und ich will nich hierbleiben und Sie stören.«

In der Tür blieb sie stehen und sagte hilflos: »Aber ich hab ja der kleinen Dame von nebenan versprochen zu fragen, ob Sie nich den Tee bei ihr trinken wollen. Jetzt will ich ihr sagen, dass Sie nich können.«

Dahl stand auf und ging zu ihr:

»Ich will gern kommen«, sagte er, »sie ist immer so einsam.«

Er strich der »Alten« sacht über ihr weißes Haar. Ihr traten Tränen in die Augen und sie sagte: »Ihre Mutter is nu wieder heimgegangen, und ich bin nur eine alte einfältige Bauersfrau. Aber was ich für Sie tun kann, mit Versorgen und all das leidige Zeug, was sonst so sein muss, das will ich so gut machen, wie wenn sie jeden Tag hier wär und mir auf die Finger sehen könnt. Vielleicht wird sie dann auch mal ein bisschen für mich beten, da wo sie jetzt is.« –

Nanna Bang hatte alles in Ordnung gebracht. Sie hatte Tee gekocht – etwas früher als sonst. Aber ein Teewärmer stand darüber. Und dann hatte sie ihn holen wollen, aber sich plötzlich nicht entschließen können, zu ihm hineinzugehen!

Sie hatte die »Alte« gerufen und nebenbei bemerkt, nun stünde der Tee da und er könnte doch genauso gut hereinkommen und mittrinken.

Die »Alte« hatte ihn gleich rufen wollen. Aber sie war so umständlich und es hatte so furchtbar lange gedauert.

Die kleinen Finger befühlten nervös die Teekanne und fuhren dann schnell zurück, denn jetzt war er auf dem Flur. Es war nicht zu übersehen, dass sie an allen Gliedern zitterte, sie taten, was sie wollten; ein Arm streckte sich aus und eine Hand zog nervös den Vorhang vor Jesus und versteckte ihn in der Nische.

Die Tür wurde geöffnet. Nanna Bang war so intensiv damit beschäftigt, den Teewärmer wegzunehmen, dass sie ihn gar nicht ansah, als er hereinkam.

Erst als er am Tisch stand, hob sie den Kopf und der Teewärmer fiel ihr aus der Hand auf den Boden.

Ihre Augen wurden größer und größer; eine sanfte Feuchtigkeit betaute sie, der Tau wurde zu Tropfen, die ganz offen hinabrollten und ihre Stimme klang behutsam und ehrerbietig.

»Schönen Dank, dass Sie gekommen sind.«

Es war selbstverständlich, dass sie nichts redeten; beide waren von Gefühlen erfüllt, die keine Worte vertrugen. Schweigend tranken sie ihren Tee. Aber als er gehen wollte, fühlte sie, dass sie sich ihm mitteilen *müsse*. Sie entnahm ihrer Kommode ein altes Buch, reichte es ihm und sagte klein und bescheiden: »Wollen Sie es lesen – und mir dann sagen, ob es *das* ist?«

Als er gegangen war, entfuhr ihr ein tiefer Seufzer der Erleichterung, der Einsamkeit und Resignation.

Sie wusste genau, welcher Art ihre Zukunft war. Sie fühlte, dass sie in ihrem schwachen Glauben bestärkt werden würde. Aber die Freude am Glauben ist nicht immer ganz ungetrübt.

Sie zog langsam den Vorhang vor dem Jesus in der Nische weg und betrachtete ihn eine Weile. Er hatte ihr mehr geholfen, als sie eigentlich von ihm erbeten hatte. –

Dahl nahm das Buch mit auf sein Zimmer, weil sie ihn darum gebeten hatte, nicht weil er es lesen wollte. Aber als er es trotzdem öffnete und die erste Seite überflog, die überall mit Vokabeln überschrieben war und verriet, dass sie es im Französischunterricht benutzt hatte, da setzte er sich hin und las es gleich bis zur letzten Seite durch.

Es war eine kleine katholische Schrift, die von den Verzückungen gewisser Heiliger handelte und von dem verklärenden Schimmer auf ihren Gesichtern berichtete, der ihrer Umgebung unmittelbar nach der Verzückung sichtbar gewesen war.

Er stand auf, um vor den Spiegel zu treten, aber eine innere Warnung, die von der liebevollen Macht selbst, die er gefühlt und gesehen hatte, zu kommen schien, hielt ihn zurück und er setzte sich gehorsam wieder hin.

Lange blieb er unbeweglich sitzen.

Er fühlte, wenn dieser Gehorsam in ihm andauerte, er ein Diener der göttlichen Liebe werden und imstande sein würde, die Herzen der Menschen dafür empfänglich zu machen. Dafür sollte ihm kein Opfer und keine Entbehrung zu groß sein. Er wusste nicht, ob er es konnte, nur, dass er dazu bereit war.

Von dieser Bereitschaft erfüllt, begab er sich zur Ruhe. Treuherzig und unschuldig wie ein Kind gab er sich der liebevollen Macht hin und glitt sanft in einen tiefen, traumlosen Schlaf hinüber.

Am nächsten Morgen erwachte er frisch, es war, als erblicke er zum ersten Mal einen Tag.

Auf dem Tisch lag Nanna Bangs kleines französisches Buch.

Dann ging er zum Spiegel; er musste doch sein Haar in Ordnung bringen.

Da sah er mit Verwunderung, was die »Alte« und Nanna Bang mit Andacht gesehen hatten: ein Gesicht, das von einer geistigen Schönheit leuchtete, wie sie ihm niemals begegnet war.

Während er das Gesicht im Spiegel verwundert anstarrte, zog ein Lächeln darüber hin – in dem Augenblick, als er es als seines erkannte.

Dem Lächeln folgte der lebhafte Wunsch, immer so auszusehen.

Einen Augenblick später bekam er Lust, Frau Sonne zu besuchen. Er nahm das kleine rote Heft mit, berührte zögernd das französische Buch, ließ es aber liegen.

30. KAPITEL
Abglanz

Er brauchte Frau Sonne nicht zu sagen, was geschehen war. Als er ihr das rote Heft reichte, sah er ihrem Gesichtsausdruck an, dass sie es wusste.

Selbst Katharina, die mitten im Zimmer stand, fühlte, dass die beiden dort am Fenster sich in einem Verstehen befanden, an dem sie keinen Anteil hatte.

Sie sah ihre Mutter sich langsam in ein junges Mädchen verwandeln; aber in ein junges Mädchen, dessen glückliches Sehnen zu der Wehmut der Entsagung verblasst war. Es erhob sich in ihr ein Protest gegen etwas Unbestimmtes, gegen das Leben oder die Menschen oder Gott. Sie sah ihre Mutter das rote Heft nehmen, als wäre es ein Heiligtum, das sie berührte. Sie hörte sie mit einer Stimme sagen, als öffne sie ihm die Tür zu einer Geheimkammer, die zu betreten sie selbst unwürdig war:

»Sie haben es erlebt. Ich weiß es. Ich habe es einmal gesehen – bei einem andern.«

Sie ging zum Sekretär und öffnete das kleine Fach, das immer verschlossen war. Sie wandte Katharina den Rücken zu, sodass sie nicht sehen konnte, was die Mutter herausnahm, bevor sie das Bild behutsam auf den Schreibtisch gestellt hatte und Frau Sonne es aus der Hand, aber nicht aus den Augen ließ. Dahl betrachtete das Gesicht des Cappellano, in dem Schönheit und Frömmigkeit so innig verschmolzen waren, dass man unmöglich entscheiden konnte, ob es das Bild einer frommen Seele war, die durch Schönheit veredelt worden war, oder das eines edlen Charakters, der durch Frömmigkeit verinnerlicht war.

Katharina beobachtete alle aus der Entfernung. Das Bild, Frau Sonne und Dahl bildeten eine Einheit, in der kein Platz für sie war.

Endlich richtete Dahl sich auf und wandte, wie unter Anstrengung, den Blick vom Bild und fragte:

»Wo lebt er jetzt?«

Frau Sonne sah vor sich hin ins Leere.

»Ich weiß es nicht«, antwortete sie, »damals war er ein junger Cappellano. Ich traf ihn in Sorrent und später in Rom. Wir waren viel mit ihm zusammen, meine Mutter und ich. Kurz bevor wir abreisten, trat er in einen Orden ein. Und seitdem habe ich nichts mehr von ihm oder über ihn gehört. Das ist seine eigene Handschrift.«

Sie zeigte Dahl das grüne italienische Heft.

»Sie haben also die Übungen befolgt, die er aufgeschrieben hat?«

Dahl nickte. Er war offenbar weit weg, drinnen in seinen eigenen Gedanken. Sein Ausdruck war ganz nach innen gewandt, er schien ganz vergessen zu haben, wo er sich befand.

Endlich sagte er, mehr zu sich selbst, aber doch so, dass man hören konnte, dass er wusste, dass jemand da war:

»Er trat in einen Orden ein — blieb in seiner Kirche. — Ja, er war ein Christ —.

Aber ich bin ein Ungläubiger. Und trotzdem habe ich das Wundervolle erlebt.

Gottes Liebe ist allgegenwärtig — innerhalb der Kirche und außerhalb der Kirche.

Das religiöse *Gefühl*, nicht der Glaube an die Lehrsätze, öffnet die Seele für die Liebe.

Es geschieht nach psychologischen Gesetzen —«

Frau Sonne betrachtete aufmerksam sein schönes, jugendliches Gesicht, auf dem in diesem Augenblick eine ernste Hoheit lag, die weit älter war als seine Jahre. Sie sah, wie die weichen Linien des Mundes sich um einen Beschluss zusammenzogen, bevor er fortfuhr: »Das Herz für die göttliche Liebe öffnen können; auch ohne die Vorstellung eines Gottes; nur durch das religiöse Gefühl *an und für sich*. Als ein Beweis dafür zu leben, *dafür* ist es wert zu leben.

Und wer die Seligkeit aller Religionen erlebt hat — in einer Zeit des Unglaubens lebend und selbst ungläubig — für den muss es eine Pflicht sein, die Gesetze für das Wachstum und die Entwicklung des religiösen Gefühls zu finden und nachzuweisen.«

Er sah sie an und sagte wie jemand, der in Gedanken schon zur Tür hinaus ist:

»Entschuldigen Sie mich bitte. Ich muss jetzt gehen. Ich muss jetzt allein sein.«

Er lächelte, um ihr doch eine Art Erklärung zu geben:

»Ich glaube nämlich, dass ich endlich mein Studienfach gefunden habe.«

Ein kleiner Händedruck, ein kurzes Nicken zu beiden, und er war aus dem Zimmer gegangen.

Niemand dachte daran, ihn hinauszubegleiten.

»Ja«, sagte Frau Sonne nachdenklich, »er hat wohl sein Studienfach gefunden.«

»Welches?«, fragte Katharina.

Frau Sonne sah aus ihren Gedanken zur Tochter hinüber, die eben nur so ein junges Mädchen war und eine praktische Antwort haben wollte.

»Man muss es wohl am ehesten Religionspsychologie nennen«, sagte sie und sank wieder in ihr eigenes Leben zurück.

»Was *wird* er dann?«, fragte Katharina.

»Was er wird?«, fragte Frau Sonne in sich selbst hinein, und ihr Gesicht hatte einen Ausdruck, der Katharina die Fäuste ballen ließ, ohne dass es ihr bewusst wurde.

»Was er wird?«, wiederholte Frau Sonne, ohne sich aus dem Gespinst ihrer Gedanken herauszuwickeln. »Ich denke, er wird ein Segen für die Menschheit.«

»Kann er davon leben?«, fragte Katharina roh.

Der Ton riss Frau Sonne so gewaltsam aus den fernen Gedanken heraus, dass es wehtat. Sie wandte sich zur Tochter, und in ihren Augen lag eine eisige Kälte, die Katharina zu kennen glaubte.

Diesen Ausdruck in Mutters Augen fand sie in ihrer Erinnerung, aber der war nicht gegen sie gerichtet gewesen. Aber nun wandte sich Frau Sonne wieder dem Bild des Cappellano zu und Katharina sah in ihrem Gesicht wieder den Ausdruck, der sie veranlasst hatte, die Faust zu ballen, als sie über Dahl sprachen.

Sie näherte sich ihrer Mutter und es lag in ihrer Haltung, ihrem Gang und in ihrer Stimme ein halb zurückgedrängter Spott, den sie ebenfalls glaubte, von jemand anderem als sich selbst zu kennen:

»Mama, bist du ganz sicher, dass du nicht verliebt gewesen bist in diesen Priester?«

Besonders als sie »Priester« sagte, war ihr, als sei das Wort ein Gespenst im Zimmer.

Frau Sonne zuckte zusammen und eine leichte Röte stieg ihr in die Wangen.

Aber sie gewann schnell die mütterliche Würde wieder – und zwar in der Eile etwas reichlich – sie sah aus, als seien ihr plötzlich hohe Absätze unter ihre Schuhe gesetzt worden.

»Man verliebt sich nicht in Menschen wie er«, sagte sie, »sie haben selbst keine irdischen Gefühle und wecken sie auch nicht bei anderen.«

»Wirklich nicht?«, fragte Katharina. »Weißt du, was das ist? Das ist *Hysterie*. Lüge aus Hysterie!«

Frau Sonne sah entsetzt ihre Tochter an, die trotzig vor ihr stand.

»Katharina«, sagte sie nach einer kurzen Pause, »du musst dich in Acht nehmen. Du bist so heftig, dass mir manchmal ganz Angst wird, wie es dir gehen soll im Leben. Du hast das Temperament deines Vaters geerbt.«

»Gott sei Dank!«, sagte Katharina und nahm Rittmeister Sonnes Portrait vom Schreibtisch.

»Ja, du ähnelst deinem Vater«, sagte Frau Sonne und musterte die Linien ihres Gesichts.

»Und darauf bin ich stolz«, sagte Katharina, warf den Cappellano um und stellte den Rittmeister auf den Tisch. Dann ging sie hoch aufgerichtet in ihr Zimmer.

Dort stand sie und sah hinaus über den St. Jørgen See und hatte selbst Wasser in den Augen.

Seit dem ekstatischen Erlebnis hatte Dahl das Gefühl gehabt, dass er von einer unsichtbaren, aber lebendigen Atmosphäre umgeben war. Es war, als wäre in ihm noch etwas von jener mächtigen Liebe, die in jenem Augenblick die Luft leuchtend gemacht hatte und hülle ihn ein wie eine milde, tiefe Sympathie, die gegenüber niemandem Vorbehalte machte, sondern wie ein Sonnenstreifen jeden durchdrang, dem er begegnete.

Als er Frau Sonne mit dem festen Entschluss verließ, sein Leben der mächtigen, allgegenwärtigen Liebe zu weihen, ging sein Wille eine enge Verbindung mit dieser Liebe ein und er fühlte plötzlich in sich eine psychische Macht, deren Stärke ihn fast erschreckte.

Er zweifelte nicht, dass er mit Hilfe der lebendigen Atmosphäre, die ihn umgab, die Natur der Menschen beherrschen könne.

Ja, er fühlte bestimmt, wenn er in Gedanken eine Mauer um die große Dame mit dem grauen Hut zog, die fünf, sechs Schritte vor ihm herging, wäre sie außerstande, auch nur einen Schritt weiterzugehen.

Im selben Augenblick tat er es, eigentlich ohne Überlegung, nur berauscht von den Gelüsten des Willens.

Es geschah wirklich. Die Dame blieb jäh stehen, als sei sie gegen etwas gestoßen. Sie wankte unbeholfen mit dem ganzen Körper, kam aber nicht vorwärts.

Da entfernte er die Mauer wieder, die er um sie errichtet hatte; sie sah sich verwirrt um und ging weiter.

Er selbst blieb stehen, ein Herr prallte gegen ihn und schimpfte, aber er hörte nicht darauf.

Jetzt konnte er kaum glauben, was er selbst gesehen und selbst getan hatte.

Erst als das »Wunder« geschehen war, begann er, daran zu zweifeln.

Noch konnte er die Dame vor sich sehen. Aber etwas in ihm warnte ihn, es noch einmal zu versuchen.

31. KAPITEL
Ein »psychischer Forscher«

»Es macht Ihnen wohl nichts aus, wenn heute Abend ein paar Leute kommen?«, fragte Nanna Bang, als Dahl zum Tee gekommen war. »Es ist nur mein Vetter, Großhändler Adolf Quist und seine Frau. Sie waren heute Mittag im Geschäft und sagten, sie wollten um die Teezeit hereinschauen. Sie müssen gleich hier sein. – Ja, da klingeln sie.«

Sie schlüpfte auf den Flur hinaus und Dahl hörte eine sanfte Frauenstimme und ein Männerorgan, an dessen Fülle sein Besitzer offenbar Wohlgefallen hatte.

Nanna Bang stellte sie vor. Dahl kannte das Gesicht und die Gestalt der Frau von irgendwoher, sogar so genau, dass es ihn überraschte, dass er in ihr offenbar keinerlei Erinnerung wachrief. Er hatte aber keine Zeit, darüber nachzudenken, wo er sie schon gesehen haben könnte; denn Großhändler Quist entfaltete augenblicklich gerade ihm gegenüber seine ganze gesellschaftliche Gewandtheit.

Adolf Quist war ein beredter Mann und der festen Überzeugung, viele Worte seien viele Gedanken.

Er wusste vieles, aber sein Wissen hatte keine Grundlage, streng genommen bestand sein Wissen allein aus seiner eigenen Überzeugung davon. Sein behändes Bescheidwissen sog den Saft aus allem, was in die Nähe seines Bewusstseins kam und sammelte die welken Tatsachen in der Müllgrube seines glänzenden Gedächtnisses.

Er war gut aussehend gewesen, aber seine Attraktivität war im Spiegel gegen seine Überzeugung davon ausgetauscht worden. Nanna Bang mochte ihn, weil er immer ›nett und gut‹ gewesen war. Zweifellos hätte er wirklich der vortreffliche Mensch werden können, den sie in ihm sah, wenn er sich nicht im Laufe der Jahre darauf beschränkt hätte, seine geistige Nahrung aus den vitaminärmsten Revueliedern und Zeitungsartikeln zu beziehen.

Nachdem er seiner eigenen liebenswürdigen Vortrefflichkeit Platz geschaffen hatte, führte er seine Frau vor, die Nanna Bang freilich schon vorgestellt hatte. Sie war groß und prachtvoll gewachsen, wie es sich für jemanden gehörte, der mit Adolf Quist verheiratet war.

Es sah aus, als würde er weniger werden, wenn er sich neben seine Frau stellte. Dahl betrachtete das Paar mit Verwunderung. Da war etwas lächerlich Unlogisches in ihrer Zusammengehörigkeit. Er ärgerte sich, dass er nicht Barnes Fähigkeit hatte, »selbständig zu denken«. Das Verhältnis dieser beiden Menschen zueinander interessierte ihn.

Aber *fühlen* konnte er ja, und es konnte kein Zweifel darüber bestehen, dass Quist tiefer stand als sie. Trotzdem war er offenbar der Herrschende. Quist betrachtete seine Frau mit schwellendem Stolz – sie sah den Mann mit müder Nachsicht an, tat aber sicher immer das, was er wollte. Quists Gesicht strahlte vor Verliebtheit, um den Mund seiner Gattin lag ein Zug grauer Resignation.

Trotzdem machte sie den Eindruck, ein tiefes, inneres Glück zu bergen, das auf irgendeine Weise mit ihrem Mann in Verbindung stand und es erklärte, dass sie sich ihm ständig fügte, obwohl sie ihn längst auswendig kannte.

Dahl fesselte ihr Gesicht, das viel Seele zu entfalten schien, eine etwas muffige Seele allerdings, für die eigentlich niemand Verwendung hatte. Der ausdrucksvolle Mund ließ auf starke Gefühle und auch auf ein Wissen davon schließen, dass das Leben nun einmal nur »bürgerliche Kost« zu bieten hatte. Die blaugrauen Augen waren eigentümlich aufmerksam, immer bereit, eine Mitteilung zu empfangen; sie schienen übertrieben gefühlvoll.

Als Nanna Bang nach der »kleinen Ingeborg« fragte, kam ein tiefer Glanz in diese Augen, der verriet, wo Frau Quist ihren Lebensinhalt gefunden hatte. Und Quist war der Vater der kleinen Ingeborg; diese Würde konnte er sich niemals verscherzen.

»Aber jetzt müsst ihr euch wirklich setzen«, sagte Nanna Bang. Quist fand sofort einen Sessel und seine Frau wollte sich auf den Klavierhocker setzen. Aber Nanna Bang sprang mit einem Schrei hinzu, seine Frau fuhr in die Höhe und sah sich verwirrt um.

Als Dahl sie so dastehen und sich umsehen sah, ohne zu begreifen, was da los war, erkannte er sie wieder. Es war ja die große Dame mit dem grauen Hut, die er gestern gezwungen hatte, mitten auf der Straße stillzustehen.

Der Klavierhocker sei kaputt, sagte Nanna Bang, aber Alvilda könne sich neben Herrn Dahl aufs Sofa setzen.

An der Art, wie sie an seiner Seite Platz nahm, fühlte er, dass sie nicht das geringste Interesse an seinem Vorhandensein hatte. Er war ihr ein gleichgültiger grüner Junge, der später einmal ein alltäglicher Mann werden würde.

Nach dem Tee setzte sie sich zu Nanna Bang, um mit ihr über die kleine Ingeborg zu reden, aber Quist war ein Mann mit Interessen. Er sei psychischer Forscher, vertraute er Dahl an. Er sei natürlich viel zu aufgeklärt, um Christ zu sein. Jesus sei ja Epileptiker gewesen, aber Crookes und Wallace seien Männer der Wissenschaft, und in den Tischbeinen befänden sich Intelligenzen.

Betrügerische Medien, sage Herr Dahl? Jawohl, aber das seien die Professionellen, die ihren Ruf aufrechterhalten müssten. Nein, man müsse private, unbezahlte Medien haben. Er sei selbst im Begriff, eins auszubilden, seine Frau nämlich. Nun solle Herr Dahl mal sehen.

Frau Alvilda musste aus dem Zimmer gehen. Sie tat es lustlos, aber ohne Widerspruch. Es ging wirklich vorzüglich; sie fand die Gegenstände, die Nanna versteckt hatte, und sie sagte, woran Herr Dahl gedacht hatte. Quist hatte Recht, sie war sehr empfänglich für Gedankenübertragung. Aber er trainierte sie auch wissenschaftlich und führte Tagebuch über ihre Fortschritte. Es sollte später auch veröffentlicht werden.

Die Frauen hatten sich inzwischen auf das Sofa gesetzt und redeten wieder über die kleine Ingeborg.

Das kleidete sie gut, dachte Dahl. Aber Quist hatte eine Idee. Er verlangte, Dahl solle sich eine Zahl ausdenken und Alvilda zwingen, diese zu nennen. Quist könne es seinen Augen ansehen, dass er »suggestive Fähigkeiten« habe.

Dahl sah die Unlust der Frau und wollte ablehnen. Als sie ihm aber ihren empfänglichen Blick zuwandte, wurde er von einem Machtgefühl ergriffen, das ihn manchmal überwältigte, und er versenkte seinen Blick wollend in ihren, der so weich und tief nachgebend war.

Quist stand auf und machte Nanna Bang, die sich gar nicht rührte, mit der Hand ein Zeichen, sie solle ganz still sein. Alvilda wurde bleich. Quist zog seine Uhr hervor, Nanna erschrak. Dahl starrte in die Pupillen der Frau und hatte vollständig vergessen, dass er an eine Zahl denken sollte; denn während er in die Tiefe der Pupillen starrte, entschwanden ihm ihre Eigenschaften. Frau Alvilda Quist samt Namen und Adresse, Erziehung und Erfahrung verschwand so vollständig, als wäre sie tot und begraben, und zurück blieb etwas Unvergängliches, ein »Leben« oder ein »Trieb«, der auf ein bestimmtes Ziel gerichtet zu sein schien, auf ein »Leben«, das einen »Zweck« hatte.

Mit einem Gefühl fast wie Angst spähte er nach diesem Zweck, als er plötzlich Herzklopfen bekam wie jemand, der zu plötzlich geweckt wird: etwas hatte seine Hand berührt.

Es war ihre Hand, die am äußersten Rand des Tisches gelegen hatte und jetzt leblos und schwer auf seine herabgefallen war. Sie fuhr in die Höhe, griff sich nach dem Herzen, starrte ihn erschrocken an, wandte die Augen ab und verbarg das Gesicht in den Händen.

Quist beugte sich eifrig über den Tisch: »Mach weiter! Sieh ihn an, Alvilda! Machen Sie weiter, Herr Dahl! Wir waren nahe dran, eine Trance zu erzielen. Das ist das erste Mal. Versuchen Sie es noch mal!«

Aber Frau Alvilda schüttelte bestimmt den Kopf: »Nein, ich will nicht. Ich traue mich nicht. Ich habe Angst. Ich will es nicht noch mal sehen!«

Quist zog sein Notizbuch hervor. Das war etwas Neues.

»Was hast du gesehen? Beeile dich, bevor es weg ist!«

Frau Alvilda strengte sich an. Quist schrieb.

»Ich kann es nicht erklären. – Ich sah Herrn Dahl ohne Kleider. –«

Quist ließ den Bleistift fallen. »Ohne – was – –?«

»Ich meine – sein Körper war wie ein Anzug, den er ausziehen konnte, sodass ich *ihn selbst* sehen konnte – ach, es ist so unheimlich! – Es ist eine so entsetzliche Verantwortung, zu leben!«

»Wieso Verantwortung?«, fragte Quist, der den Bleistift wiedergefunden hatte.

Nanna Bang faltete die Hände und sah Dahl an, dessen Augen mit einem sonderbar verschüchterten Ausdruck an Frau Quist hingen.

»Verantwortung gegenüber – gegenüber dem, was unsere *Bestimmung* ist«, sagte Frau Alvilda. »Ich will nicht mehr daran denken.«

Sie fuhr sich über die Augen, als wollte sie die Erscheinung wegwischen.

»So sag uns doch wenigstens, ob du etwas von dieser Bestimmung gesehen hast?«

Er fragte nicht um der »Bestimmung«, sondern um der Wissenschaft willen. Frau Alvilda starrte mit einem versteinerten Blick ins Leere, der sie alle atemlos warten ließ.

»Ja«, sagte sie endlich: »Ich sah die Bestimmung Herrn Dahls. Aber ich habe keine Worte, es zu sagen – nein, ich kann mich nicht mehr daran erinnern.« Sie seufzte erleichtert: »Es ist weg. Ich habe nur ein vages Gefühl.«

Quist sah über das Notizbuch weg zu Dahl hinüber und vergaß zu schreiben, denn Dahl sah aus, als ob er es selbst wisse, was sie gesehen hatte.

Dahls und Frau Alvildas schwerer Ernst steckte Nanna an. »Ich glaube, man soll so etwas nicht tun«, sagte sie. »Es ist auch in der Bibel verboten.«

»Die Bibel ist veraltet«, sagte Quist.

Frau Alvilda wollte nach Hause zu Ingeborg.

»Es hat sie angegriffen«, flüsterte Quist Dahl zu. »Wir gehen unterwegs in ein Café-Konzert. Das wird sie zerstreuen.«

Er half ihr in den Mantel und scherzte über ihre teuren Kleider. »Sie ahnen nicht, was es kostet, verheiratet zu sein, Herr Dahl, besonders wenn man wie ich darauf hält, dass die Frauen bis ins Innerste vollendet sein sollen.«

Er betrachtete seine Frau mit einem Blick, der verriet, dass es weniger die Lebhaftigkeit ihrer Gefühle als die Üppigkeit ihres Körpers war, die ihn erfreute. –

Als sie allein waren, sagte Nanna Bang:

»Das, wovon Alvilda sprach, dass es eine schreckliche Verantwortung sei, zu leben, das dachte ich auch an jenem Abend, als Sie das erlebt hatten, Sie wissen ja, und ich Ihnen das französische Buch gab. Als Sie gegangen waren, dachte ich an meine Schwester, und dass sie hierher kommen könnte und dass nichts mehr im Weg ist. Finden Sie nicht auch, dass das richtig ist? Niemand kann ja wissen, wie lange sie noch lebt.«

»Ja, ich finde auch, dass das richtig ist«, antwortete Dahl.

»Danke, dass Sie das sagen«, erwiderte sie. Er streichelte ihr brüderlich das Haar, sie sah dankbar aus und er ging in sein Zimmer.

Als sie die Tür geschlossen hatte, ging sie hin und sah nach dem Gekreuzigten, den Adolf mit seiner Wissenschaft einen Epileptiker genannt hatte.

Ihr grauste und sie nahm den Rosenkranz vom Kruzifix, hielt ihn ein wenig in der Hand; sie hatte ihn ja nicht tragen wollen, um von den anderen im Geschäft nichts darüber zu hören.

Dann hängte sie ihn kurzentschlossen um ihren Hals.

32. KAPITEL
Delirium

Der Herbst hatte seine Farben über die Bäume der Østersøgade ausgegossen; das Wasser lag ruhig und silberweiß.

Barnes blieb stehen und sog die säuerliche Frische des Oktobers in so tiefen Zügen ein, wie die Lungen sie fassen konnten.

»Wenn man jetzt daheim im Pfarrgarten eine taufeuchte Pflaume in den Mund stecken könnte!«, sagte er.

Dahl lächelte, erwiderte aber nichts; seine Gedanken verweilten noch bei dem, wovon sie eben gesprochen hatten.

Hufschläge auf der weichen Erde des Reitwegs weckten ihn. Eine Dame und ein Herr kamen ihnen im Galopp entgegen; die Pferde wieherten, drängten nach größerer Eile.

Die Dame war Katharina Sonne; sie nickte ihnen im Vorbeifliegen zu. Sie lüfteten die Hüte und Barnes vergaß, seinen wieder aufzusetzen: er starrte den Reitern nach, den Hut in der Hand.

»Ah!«, sagte er, setzte den Hut auf, ballte die Fäuste und streckte die Arme aus, die Muskeln gespannt wie einer, der eben aufgestanden ist.

»Hast du sie gesehen?«, fragte er, »hast du sie gesehen, als sie kamen? Hast du gesehen, wie ihre Augen und die des Pferdes einig waren, sich ein Vergnügen zu machen? Schade, dass sie uns erkannte und zum Weib wurde. Ehe sie uns sah, war sie nur ein Kind, das Galopp mit einem Pferd spielt. Schau ihren Rücken, wie er sich wiegt! Kommt der Galopp von ihm oder von dem Tier? Nur sie und das Pferd wissen es. Sie ist wirklich Rittmeister Sonnes Tochter!«

»Wer ist der Herr, der neben ihr reitet?«, fragte Dahl.

»Der?«, fragte Barnes mit einer leicht irritierten Stimme, als ob er unterbrochen worden sei, »das ist Fabrikant Nedergård, ein alter Freund ihres Vaters. Es sind seine Pferde. Sieh, wie er sich im Sattel reckt, der alte Knacker! Aber die Knie liegen weiß Gott wie sie sollen. Wenn ich nur reiten könnte, nur halb so gut wie er!«

»Reiten?«, fragte Dahl. »*Du* hast Lust zu reiten?«

Da war nichts in Barnes graubleichem Gesicht und seinem schwächlichen Körper, das auf eine Lust auf irgendwelchen Sport schließen ließ.

»Lust«, wiederholte Barnes, »ich finde — gerade jetzt — dass es weit nützlicher und wichtiger ist, reiten zu können, als ein Magisterexamen in Englisch zu machen.«

Dahl lächelte verstohlen, aber Barnes sah es und rief: »Du glaubst, ich bin in Katharina verliebt. Sei da nicht so sicher. Mag sein, dass ich verliebt bin, aber dann möglicherweise nicht in sie. Mag sein, dass ich gerade in sie verliebt bin, aber dann ist es vielleicht keine Verliebtheit, sondern vielmehr verliebte Eifersucht. — Was sind wir doch für jämmerliche Trottel, du und ich! Da haben wir die reine Morgenstunde mit metaphysischer Wiederkäuerei besudelt. Und da kommt ein junges Mädel dahergesprengt, ein Mädel mit rotem Blut bis in die Fingernägel, die zu Rosenblättern werden! Die kümmert sich nicht *mehr* um Tod und Welträtsel als das Tier, auf dem sie reitet. Das Welträtsel! Ich kann es doch nicht lösen. Ich hätte nicht mal Kraft genug, auf ihr Pferd zu klettern, wenn es stillsteht, und es könnte mich das Leben kosten, wenn es mit mir loslaufen würde.«

Er schwieg und starrte den Reitern nach, die jetzt im Schritt auf den Pflastersteinen der Østerbrogade verschwanden.

Wer war es nur, dem Barnes ähnlich sah? Woher kannte Dahl diesen sehnsuchtsvollen Blick?

Er starrte ihn grübelnd an, aber das störte nur die Erinnerung. Er gab es auf, sich erinnern zu wollen, aber im selben Augenblick, als er die Augen von ihm wandte, verschwand Barnes Gesicht, nur der sehnsuchtsvolle Ausdruck blieb zurück und saß in den Augen von jemand anderem.

Tine! So stand sie gewöhnlich da und blickte weit hinaus nach etwas Schönem.

Er fühlte plötzlich, dass trotz aller Vertraulichkeit eine tiefe Kluft zwischen ihm und Barnes bestand, und Barnes folgende Worte unterstrichen das deutlich:

»Du hast erfahren, dass Gott die Liebe ist, hast die göttliche Liebe auf eine solche Weise erlebt, dass du sie beinahe hast fassen und fühlen können. Ich sollte wohl vor dir in den Staub sinken und dir dein Erlebnis gönnen oder missgönnen. Ich tu es vielleicht auch. Jedenfalls beneide ich dich um dein schönes Gesicht und deine gute Konstitution.

Göttliche Liebe! Eine gesunde menschliche Liebe zieht mich mehr an und erscheint mir wunderbarer. Dass Gott seine Geschöpfe liebt, selbst so eins wie mich, nun ja, das sollte für Götter selbstverständlich sein. Aber wenn ein *Mensch*, ein frischer und gesunder weiblicher Mensch mich lieben könnte, das würde ich als ein Wunder empfinden und als solches hinnehmen.«

Dahl erwiderte nichts. Erst als sie vor dem Tor der Regens standen, sagte er langsam: »Eine ›gesunde menschliche Liebe‹ ist – Lüge. Sie ist verkleideter Trieb. Nichts weiter. Ich habe einmal ein junges Mädchen gekannt – die erste, die mir das Weibliche offenbarte – und ich habe sie in einem glücklichen Rausch besessen. Ich dachte nicht viel an *sie selbst*, aber der Rausch war tief. Sie ist jetzt verheiratet und hat Kinder, die sie liebt, ja, sie liebt ihren Mann sicher auch. Ich habe sie später noch einmal wiedergesehen und ich kann dir sagen, ich hätte sie nehmen können, wie sie da zwischen denen stand, die sie liebt – weil ihr *Trieb* nach mir stand.«

»Dann liebt sie dich wohl«, sagte Barnes.

»Liebt sie mich? Liebe ich sie? Ich weiß, dass ich es nicht tue, und doch glaube ich manchmal, dass ich mich nie von ihr lösen kann. Es gibt Augenblicke, wo ich in Versuchung gerate, sofort zum Bahnhof zu gehen und dorthin zu fahren, wo sie ist, und sie in meine Arme zu schließen, obwohl ich weiß, dass das ihr Leben mit den Kindern und deren Vater zerstören würde.«

»Aber wenn du es nicht tust, geschieht das dann nicht gerade aus Liebe zu ihr?«

»Nein«, antwortete Dahl, »es geschieht aus *Furcht*, verkehrt zu handeln. Und so war es bei allen, die ich in der Zeit kannte, als ich ein lockeres Leben führte. Glaubte ich etwa nicht, dass ich wenigstens Sympathie für sie empfand, solange mein Trieb nach ihnen stand? Und was war es sonst! Und sie, deren Wesen ich in jeder jungen Frau zu sehen verdammt bin – –«

»Dann liebst du sie doch«, unterbrach ihn Barnes.

»Ich hasse sie eher«, sagte Dahl, »denn sie zerstört die Harmonie mit meinem eigenen innersten Wesen. Glücklich kann ich nur in der reinen Unschuld leben, die Brüderchens und meine war.«

»Jetzt bist du erwachsen.«

»Ist das wohl ein Hindernis? Ist vielleicht nicht heute noch die reine Unschuld in mir lebendig wie mein eigenes innerstes Wesen? Der Trieb ist ihr ärgster Feind, und den habe ich gelernt zu fürchten und zu verabscheuen, mag er sich in seiner nackten Rohheit oder in dem berauschenden Gewand der Verliebtheit zeigen.«

»Ich glaube, ich verstehe dich«, sagte Barnes. »Ich bin selbst an einem Sommertag inwendig himmelblau gewesen. Es dauerte nicht lange. Und nun sind meine Hoffnungen mehr irdisch grün. Aber willst du jetzt um jede irdische Frau, der du begegnest, einen Bogen machen?«

»Ja, ich habe eine andere Liebe gesehen«, sagte Dahl. »Und die duldet keine Nebenbuhler.«

Barnes sah geradeaus über das Straßenpflaster hin. Dann kam ein leises Lachen, das Dahl von einem Examenstag her kannte, als Barnes glaubte, seine lateinische Übersetzung sei misslungen, und plötzlich erfuhr, dass sie die beste war.

»Ich kann es nicht lassen, dich gern zu haben, Dahl«, sagte er, »und zwar nicht nur, weil du glücklich verrückt bist. Und sollte deine Verrücktheit in Weisheit enden, findest du auf dem Weg des religiösen Gefühls den Stein der Weisen und begründest eine neue und gute Religion, so will ich dein erster einfacher Schüler sein. Aber jetzt muss ich hinein und was tun.« –

Er lief zum Tor in die Regens hinein, Dahl schlenderte langsam nach Hause. –

Er hatte nur wenige Minuten gesessen, als die »Alte« mit einem Tablett hereinkam.

»Ich dachte, Sie könnten Lust auf eine Tasse Kaffee haben«, sagte sie. »Darf ich mich dazusetzen und sehn, wie Sie ihn trinken? Ich hab es nötig, was Gutes zu sehn nach all dem Teufelskram da drin.«

Sie deutete mit einer Kopfbewegung nach den Zimmern der Wohnung auf der anderen Seite des Flurs. Dahl fragte, ob etwas Besonderes los sei.

»Ja, wissen Sie's noch nich? Wissen Sie nich, dass die ›Schiefe‹, wie Nanna Bang sie nennt – und was sie ja auch is – dass sie krank geworden is?«

»Ist es etwas Ernsthaftes?«, fragte Dahl. Die »Alte« sah ihn skeptisch an. »Könn Sie sich nich denken, was es is? Sie haben doch wohl gemerkt, dass sie trinkt?«

»Ist es —«

»Ja, es is das Drellirium. Sie is manchmal ganz wild. Sie hat ihrer Schwester drei oder vier Zähne ausgeschlagen, wo sie doch schon vorher taub war, und jetzt kann sie auch nich mehr kaun. Und was sie alles für Sachen sagt! Man sollt nich glauben, dass ein Mensch solch Schweinekram in den Mund nehmen kann. Das is aber nur, wenn die Anfälle kommen.

Und dann wird sie so schlecht, so schlecht. Manchmal glaub ich wirklich, der leibhaftige Satan rumort in ihr, so unheimlich wird mir dabei. Haben Sie Lust, sie mal zu sehn? Im Augenblick is sie ganz ruhig. Aber trinken Sie nur erst in Ruhe Ihren Kaffee aus.« —

Später gingen sie zusammen ins Zimmer, wo die »Schiefe« im Halbschlummer lag und sie nicht gleich bemerkte.

»Ja, hier riecht's!«, sagte die »Alte«. — »Sie will nich, dass wir das Fenster aufmachen. Sie sagt, die ›Andere‹ kann das nich leiden.«

»Die Andere?«

»Die, mit der sie sich immer rumbalgt und vor der sie furchtbar Angst hat. Wenn die ›Andere‹ kommt, geht der Spektakel los.«

Die »Schiefe« schlug die Augen auf.

»Die ›Andere‹ ist weg«, sagte sie.

Die »Taube« hatte gesehen, dass Dahl hereingekommen war und kam nun selbst neugierig herbei, um zu hören, was er zu sagen hatte.

Sie hielt verlegen die Hand vor ihren zahnlosen Mund, gab ihr »Hoho« zum Besten, eine Mischung von entgegenkommendem Lachen und allem, was man sonst vielleicht hätte vermuten können, wenn man kein Wort verstanden hatte.

Die »Schiefe« betrachtete ihren verunzierten Mund.

»Das w-war die ›Andere‹, die hat's getan«, sagte sie betrübt. »Du gl-aubst doch nicht etwa, dass ich meine eigene Sch-Schwester so behandeln könnte?«

»Hoho!«, nickte die »Taube«, die nur verstand, dass irgendetwas zu ihr gesagt wurde, die aber mit den Ohren nicht näher heranzukommen wagte.

»Wer ist die ›Andere‹?«, fragte Dahl vorsichtig.

Die »Schiefe« sah ihn erst zögernd an und antwortete dann vertraulich: »Das ist eine, die mich aus mir selber herausjagen will. Sie sagt, für mich ist kein Platz in mir; sie will nämlich ich sein. Sie sagt, sie wäre ein Weibsbild, aber nach dem, was sie von mir will, glaub ich, sie ist ein Mannsbild.«

»Scht! Scht!«, winkte die »Alte« ab. »Darüber sollten wir nich sprechen.«

»Ja, aber sie tut es«, behauptete die »Schiefe«, »das ist Ver-gew —«

Die »Alte« übertönte das Wort durch kräftiges Naseputzen.

»Kommen Sie«, sagte sie zu Dahl. »Es lohnt sich nich, anzuhören, was sie in aller Unschuld sagt.

Es is ein Jammer, was aus ihr geworden is«, sagte sie draußen auf dem Flur. »Sie war so lieb und gut als kleines Kind. Hätt das Kindermädchen sie nich fallen lassen und zum Krüppel gemacht, dann wär sie sicher ein ordentlicher und tüchtiger Mensch geworden. Ja, was es alles so gibt im Leben!«

Bevor Dahl in sein Zimmer und die »Alte« in die Küche gelangt war, kam die »Taube« und schrie:

»Tante! Tante!«

»Ach Gott!«, seufzte die »Alte«, »nun geht es wieder los!« Sie humpelte ins Schlafzimmer und Dahl folgte ihr.

Die »Schiefe« lag in Krämpfen, die Arme zuckten, der Oberkörper wurde im Bett auf- und niedergeworfen, das

Gesicht verzog sich zu einer Grimasse, sie sah älter aus und verbissen boshaft. Eine Weile schien es, als kämpfe sie dagegen an und suche ihren Verstand zu bewahren, aber schließlich gab sie es auf, und mit einer Elastizität, die man ihr nicht zugetraut hätte, stellte sie sich aufrecht aufs Bett.

»Mein Gott, Herr Dahl, sehen Sie nich hin«, sagte die »Alte«, »sie hat's nötig, gewaschen zu werden, aber wir haben's nich geschafft.«

Es war schlimm für die »Taube«, die ein bisschen »heilig« war und jeden Sonntag in die Kirche ging, obwohl sie kein Wort verstand und nur dasaß und den Pfarrer ansah. Sie wurde rot und wagte nicht, Dahl anzusehen, auch ihre Schwester nicht, weil er anwesend war, und auch ihre Tante nicht, weil die vielleicht von ihr verlangen könnte, sich der »Schiefen« anzunehmen, und das konnte sie nicht, wenn ein Mann dabei war. Sie trippelte verschämt und ganz verwirrt hin und her. Plötzlich aber stürzte sie an das Bett und schrie, als wäre die »Schiefe« auch taub:

»Leg dich hin, Susanne! Leg dich doch hin!«

Die »Schiefe« sang, nicht aus Fröhlichkeit, sondern aus Bosheit, um die Schwester in Verlegenheit zu bringen:

»Joachim aus Babylon hatte eine Frau Susanne —«

»Ja«, seufzte die »Alte«, »sie kann noch ›Babylon‹ sagen! Gott bewahr uns! Oh weh!«

Die »Taube« war zu nahe herangekommen. Mit einer Kraft und einer Genauigkeit, die eines Boxers würdig waren, traf die »Schiefe« sie genau ins Auge.

»Die Ärmste!«, sagte die »Alte«, »jetzt sind alle ihre Sinne hin!« Sie fasste die »Taube« um die Hüfte und führte sie zur Tür.

»Aber ich darf hier nich weg«, sagte sie. »Geh in die Küche und mach dir einen kalten Umschlag. — Dieser Satan!«, sagte sie und drohte der »Schiefen«.

Aber Dahls Mitleid hatte sich von dem Opfer zu der Missetäterin gewandt. Er erinnerte sich an ihre demütig-betrübte Äußerung über die Zähne der Schwester, sie habe das nicht getan, sondern die ›Andere‹.

Ein Wille – der ihm von etwas außerhalb seiner selbst zu kommen schien – die »Schiefe« wieder friedlich und demütig und gut zu sehen, veranlasste ihn, auf sie zuzugehen.

Die »Alte« rief warnend: »Kommen Sie ihr nich zu nah, Herr Dahl; sie hat übernatürliche Kräfte, wenn sie außer Verstand is.«

Er begriff selbst nicht seine innige Sympathie für die »Schiefe«; er fühlte sie nur und folgte ihr.

Aber gerade diese Sympathie schien die Erbitterung der »Schiefen« zu wecken.

»Geh weg!«, schrie sie, und ihre Augen blitzten vor Hass. Er fing den verbitterten Blick sanftmütig mit seinem eigenen auf.

Und dann begann ein Kampf, Auge in Auge, ohne dass einer von ihnen auch nur einen Muskel rührte.

Die »Alte« starrte sie an mit dem unheimlichen Gefühl, dass es Kräfte aus der Geisterwelt waren, die hier miteinander rangen. »Wenn nur seine Mutter ihm helfen wollte«, seufzte sie fromm.

Man hätte glauben können, die »Schiefe« wäre hellsichtig geworden und lese Gedanken.

»Du glaubst, du bist von Gott gesandt!«, schrie sie Dahl zu. »Aber du bist ein Teufel, ja, das bist du!«

Er hörte kaum ihre Worte, fühlte aber ihre Gedanken. Alle seine seelischen Kräfte waren so konzentriert auf sie gerichtet, dass er geradezu fühlte, wie sein eigenes Ich mit ihrem rang und, wie bei Berührung, jede Schwingung darin spürte. Es kam ihm vor, als stünden ihre Körper offen und gäben sich guten wie bösen Einflüssen aus einer feinstofflichen Welt preis. Vielleicht war er nahe daran, genauso verrückt zu werden wie die »Schiefe«, deren Erregung ihn ansteckte, aber er war der Stärkere und fühlte, wie ihre Widerstandskraft schwächer wurde.

Aber als er sie schon gebrochen glaubte, richtete sich die »Schiefe« elastisch auf, zeigte ins Zimmer hinein, ohne ein Auge von ihm zu wenden, und lachte höhnisch: »Du glaubst, du hast jetzt gewonnen! Täusch dich nicht. Dort ist einer, der wartet auf dich. Einer von den Schwarzen. Er will noch nicht. Er sagt, es ist noch zu früh. Aber er kriegt dich! Es ist nicht Gott, es ist der Teufel, der dich holt!«

In diesem Augenblick fürchtete er selbst, seinen Verstand zu verlieren; denn alles, was die »Schiefe« sagte, das glaubte er zu sehen. Dort *stand* eine schwarze Gestalt, dort, wohin die »Schiefe« zeigte; er sah sie nicht, aber er wusste, dass sie da war. Sie sandte einen Strom giftiger Kraft zu der »Schiefen« hin, und durch sie drang sie in ihn ein und lähmte seine Seele und seinen Körper: gleich würde er sich genauso benehmen wie sie.

Er hörte die Stimme der »Alten«:

»Vater unser, der du bist im Himmel, erlöse uns von dem Bösen!«

Das alte Gebet, das er so oft gebetet hatte, wenn er ängstlich und allein im Dunkeln schlafen sollte, rührte an etwas hilflos Unschuldigem tief in ihm. Er war nichts, konnte nichts, wollte aber gern gut sein und erlöst werden. Alle anderen Gedanken waren fort. Er hatte ein Gefühl wie jemand, der nach einem Albtraum erwacht.

Da stand die »Schiefe« noch, die »Schiefe«, die krank war. Eine unendliche Güte durchdrang ihn, wie von oben her. Wenn sie doch nur wieder sie selbst werden wollte!

Er dachte nicht daran, sie zu zwingen, war nur erfüllt von Güte für sie, es war wohl nicht einmal seine eigene Güte, sie war weit besser als er.

Die »Schiefe« starrte ihn an. Der hasserfüllte Ausdruck ging in Verwunderung über, die Verwunderung wurde zur Scheu, die Scheu zu Schamgefühl, sie legte sich hin und kroch unter die Bettdecke. Aber sie fuhr fort, Dahl anzusehen, und allmählich wurden ihre Augen klar.

Die »Alte« ging zu ihr und fragte gedämpft:

»Geht's dir jetzt besser?«

Die »Schiefe« sah sie freundlich an. »Das war Herr Dahl, der hat mir geholfen«, sagte sie. »Er hat's weggekriegt!«

Sie fasste ein starkes Zutrauen in Dahls Fähigkeiten. Sooft sie die Angst vor der »Anderen« überkam, bat sie die »Alte«, Dahl zu holen. Wenn er sich zu ihr setzte, wurde sie ruhig.

Aber eines Tages bekam sie Fieber. Die Temperatur stieg in rasender Eile, und bevor sie es richtig begriffen hatten, war die »Schiefe« kalt für immer.

Die »Alte« kam zu Dahl aufs Zimmer und erzählte es ihm.

»Jetzt is sie tot«, sagte sie und trocknete sich die Augen, »jetzt braucht sie nich mehr zu kämpfen. Es is komisch, wenn ich an all die Zeit denk, die sie gelebt hat – als wenn alles umsonst gewesen wär. Ein sonderbares Geschöpf war sie immer gewesen, nur nich als ganz kleines Mädchen, und dann noch in der letzten Woche, die sie gelebt hat. Es war so, als wenn wir sie jetzt wieder sehen würden, wie sie klein war. Sie war so fromm und sanft. Alles, was sie uns sonst verboten hat, das durft nun endlich sein. Sie wollt von oben bis unten gewaschen werden, und das wurd sie dann auch. Aber ich glaub beinah, dass is ihr Tod gewesen. Ich will Ihnen was sagen – aber Sie dürfen es nich weitererzählen – als wir gerade dabei waren, sie zu schrubben und zu scheuern, da wollt sie partout, dass das Fenster aufgemacht würde, und das hat die »Taube« dann auch gemacht – leider. Und da hat die »Schiefe«

zu viel Luft und Reinlichkeit auf einmal bekommen, und ich glaub, daran is sie gestorben. Sie hat nämlich Lungenentzündung gehabt, sagt der Doktor, daran is sie gestorben.

Na, das war ja das Beste für sie, dass sie von hier wegkam. Schade, dass sie nich warten konnte, bis die Farbe um das Auge der Schwester weg war; so kann sie sich doch nich sehen lassen bei der Beerdigung. —

Aber *Sie* sind zu was Gutem für die Menschen ausersehen, Herr Dahl; das hab ich seit dem Tag gewusst, als Ihre Mutter bei Ihnen war; und das waren *Sie*, der das Böse aus dem armen schiefen Mädchen weggekriegt hat, damit sie in Frieden mit sich selbst hat sterben dürfen.«

Der Glaube, auserwählt zu sein, war Dahl nicht fremd; die Geschehnisse seines Lebens schienen es ihm zu bestätigen.

Aber er begann, sich in letzter Zeit so müde und leer zu fühlen, als wäre sein geistiger Überschuss verbraucht.

Er wartete auf eine Wiederholung der Ekstase, aber sie kam nicht. Seine Sehnsucht, die selige Freude in seinem Herzen zu fühlen und ihre Spuren auf seinem Gesicht zu entdecken, wurde von Tag zu Tag heftiger. Schließlich nahm er mit ungeduldigem Eifer die Übungen des Cappellano wieder auf.

33. KAPITEL
Scheidung

Helen Urup saß am Fenster und sah auf den Markt hinaus. Dort standen Frederik der Siebente und Segelmacher Berg. Mehr war da nicht.

Sie stickte ein bisschen und guckte dann wieder.

Ständig derselbe leere Marktplatz.

Sie beugte sich über die Stickerei, die sicher sehr hübsch werden würde. Ihre Mutter sollte sie bekommen.

Da ertönten Schritte auf dem Marktplatz. Es waren offenbar Schritte vom Land, sie waren nicht besonders vertraut mit dem Pflaster. Sie sah hinaus.

Es war Peter Maurer, der Mann der schönen Tine. Er ging langsam und gebeugt, blieb vor der Tür des Arztes stehen, nahm den Hut ab, kratzte sich am Kopf, setzte den Hut wieder auf, ging zurück, an Helens Fenster vorbei, kehrte um und trottete zögernd zur Tür des Arztes, stand still, fasste einen raschen Entschluss und ging hinein.

Es war sonst niemand da. Peter setzte sich ins Wartezimmer, wurde müde davon, still auf dem Stuhl zu sitzen, streckte sich, ging ein paar Schritte, hatte aber zu wenig Platz, setzte sich wieder und kam vom Warten ins Schwitzen. Endlich kam er hinein.

»Sind Sie krank?«, fragte der Arzt.

Nein, Peter fehlte gar nichts.

»Es geht um meine Frau«, sagte er, »aber sie weiß nicht, dass ich hier bin.«

»Was fehlt ihr?«

Peter hob verlegen die Augen und sah mit scheuer Verzweiflung den Arzt an. »Sie ist schwermütig«, sagte er.

»Meinen Sie, dass sie geisteskrank ist?«, fragte der Arzt.

»Nein, nicht gerade geisteskrank«, sagte Peter, »aber doch so – schwermütig.«

Wie sich das äußere?

»Nun ja, also so, dass sie irgendwie schlechte Laune hat und dauernd in sich hineingrübelt. Und ein paar Mal hab ich sie auch weinen sehen.«

Peters Stimme wurde heiser, als er »weinen« sagte, und es bedurfte einiger Schluckbewegungen, bis er weitersprechen konnte:

»Manchmal sieht sie einfach so aus, als hätt sie Angst vor mir. Das kann ich nicht begreifen; ich hab ihr doch nichts getan.«

»Wollen Sie, dass ich mal komme und nach ihr sehe?«, fragte der Arzt.

Peter zögerte etwas; aber wenn er nicht gleich einen guten Rat bekommen konnte, so –.

»Es wird wohl das Beste sein«, sagte er. »Aber lassen Sie es sich bitte nicht anmerken, dass ich es war, der Sie geschickt hat.

Könnten Sie mich nicht zufällig getroffen und dann gefragt haben, wie es meiner Frau denn so geht?«

Das ginge schon, meinte der Arzt; er wolle einmal hereinschauen, wenn er vorbeikäme. –

Kurz danach hörte Helen wieder Peters Schritte unterhalb des Fensters.

Wenn nur bloß die Stickerei zu Mamas Geburtstag fertig würde!

Die Mutter war nach wie vor der Mittelpunkt in ihrem Leben.

Helen sah merkwürdig wenig verheiratet aus.

Sie hatte noch immer ganz dasselbe Gesicht wie als blutjunges Mädchen, nur dass der erwartungsvolle Ausdruck fort war.

Bei ihrer Hochzeit war sie noch eine Knospe, aber kurz vor dem Blühen, wie eine Birke, wenn der Frühling naht. Es musste nur etwas mit dem Wetter passieren, dann kam das Wunder sofort. Aber vielleicht passiert nichts mit dem Wetter, und dann muss man warten. Und dann passiert auch weiterhin nichts, der Frühling ist irgendwo anders hingegangen, und schließlich vergisst man, auf das Wunder zu warten; es gibt ihn vielleicht gar nicht.

Helen sah wieder auf den Marktplatz hinaus. Berg und Frederik der Siebente standen auf ihren Plätzen. Mehr war da nicht.

Schade, dass sie die alte rostige Pumpe weggenommen hatten. Jetzt gab es da nichts weiter als Pflastersteine.

Es war kurz vor Mittag. Urup musste bald nach Hause kommen – wenn er überhaupt kam.

Das tat er. Er war zerstreut, redete viel, verfiel dann in Schweigen, nahm sich zusammen, sprach wieder hastig und erzählte allerlei lokale Anekdoten.

»Ich wollte übrigens etwas mit dir besprechen«, sagte er plötzlich mittendrin, »aber das hat Zeit bis zum Kaffee.«

Dann verstummte er und überlegte die Sache.

Er hatte das Geschäft seines Vaters und auch dessen Gewohnheiten geerbt. Er war wie wild hinter den jungen Mädchen her. Er hatte kein schlechtes Gewissen. In einer solchen Stadt musste man doch diesem oder jenem verfallen, und er gab den Mädchen den Vorzug vor der Flasche. Das schloss jedoch nicht aus, dass er gern ein Glas mit den Mädchen trank. Mit all dem hatte Helen ja nichts zu tun. Eine Ehefrau ging das nichts an.

Aber jetzt hatte er sich mit Zigarrenhändler Mortensens Tochter eingelassen, und das war ein wahres Teufelsmädchen. Sie hatte alles in sich: alle die andern zusammen. Aber sie war auf die verdammte Idee verfallen, dass sie geheiratet werden wollte. Sonst sollte es vorbei sein. So als Ehefrau im Haus zog er nun eigentlich Helen vor. Aber was sollte er machen! So eine wie Mortensens Tochter konnte er sich nicht entgehen lassen – vor allem nicht in so einem Nest, und besonders konnte er sich – absolut – nicht damit abfinden, dass ein andrer sie bekommen sollte.

Und nun musste er also Helen fragen, was sie dazu meinte, sich scheiden zu lassen.

»Scheiden?!« Helen begriff kein Wort davon. »Warum denn?«

Ob sie vielleicht fände, sie hätten es amüsant zusammen?

»Amüsant –? N-ein.«

»Liebst du mich?« Die kleine Befriedigung, das zu hören, konnte er sich nicht versagen, wenn es auch gerade in diesem Augenblick unklug war.

»Dich lieben?« Helen dachte nach. »Du bist ja mein Mann!«

Er war etwas enttäuscht, tröstete sich aber damit, dass es wegen der Scheidung offenbar keine so großen Hindernisse gab, wie er befürchtet hatte.

Aber wenn er nun nicht mehr ihr Mann wäre, glaubte sie, sie würde deshalb weniger glücklich sein?

Darüber hatte Helen wirklich noch nie nachgedacht und wollte es auch jetzt nicht. Wenn man verheiratet ist, so ist man verheiratet, dann soll man nicht kritisieren und spekulieren, ob es besser wäre, es zu sein oder es nicht zu sein.

Ja, aber er wollte es nun mal – sie solle darüber nachdenken.

Da ging Helen pflichtschuldig heim zu ihrer Mutter und erzählte es ihr.

Bjerg war auch da, aber Onkel Hans konnte es ja gut mit anhören.

»Willst du ihn gern los sein?«, fragte er.

Helen sah ihn verwundert an.

»Nein«, sagte sie. Es kam ganz selbstverständlich.

»Dann behalte ihn«, sagte Bjerg. »Er kann nicht geschieden werden ohne deine Einwilligung.«

Helen ging nach Hause und sagte, sie wolle nicht.

Urup ging zu Clara Mortensen.

»Sie will nicht«, sagte er.

»Dann adieu!«, sagte Clara.

»Warte bis morgen«, sagte Urup.

Da ging er nach Hause zu Helen und sagte, er sei ihr mehrfach untreu gewesen.

Es dauerte etwas, bis Helen richtig begriff, was er meinte.

»Hast du — warst du — untreu?«, fragte sie endlich verwundert und zweifelnd.

»Du meine Güte«, sagte Urup, »bist du denn ganz idiotisch? Hast du wirklich keine Ahnung davon gehabt?«

Sie schüttelte den Kopf.

»Dann bist du weiß Gott der einzige Mensch am Ort, der keine hat«, sagte Urup. »Aber nun weißt du es — willst du dich jetzt scheiden lassen?«

Ja-a, das war ja etwas anderes. Bei ehelicher Untreue, da ließ man sich scheiden. Da blieb wohl nichts anderes übrig.

Urup eilte zu Clara Mortensen.

»Sie ist wirklich ein merkwürdiges Phänomen«, sagte er. »Es rührte sie nicht im Geringsten, dass ich sie betrogen habe, aber sobald sie es hörte, wollte sie sich gern scheiden lassen.«

Helen hatte nicht die geringste Ahnung von der Untreue ihres Mannes gehabt. Die Erziehung der Mutter saß fest. Das, was sie nicht sehen durfte, das sah sie nicht. Gut beschützt von ihrer eigenen Unschuld, hatte sie in ihrer Kindheit zu Hause nichts gesehen, und wie sie Schlechtes von ihrer eigenen Mutter nicht glauben konnte, genauso wenig war es ihr je eingefallen, an Urups Treue zu zweifeln, und weil sie keine Freundinnen hatte, konnte niemand sich das Vergnügen bereiten, ihr die Augen zu öffnen.

Aber jetzt musste sie ja noch einmal mit den neuen Nachrichten nach Hause.

Ihre Mutter begann hin und her zu reden – sie fände doch nicht – man könne ja Nachsicht haben – und man hätte eigentlich doch mehr Einfluss auf einen Mann, wenn er sich etwas habe zuschulden kommen lassen. –

Aber da stieß sie gegen ihre eigene geradlinige Erziehung der Tochter.

Helen war unerschütterlich. Es drehte sich ja nicht darum, zu verzeihen. Urup bereute ja nicht, sondern wollte so weitermachen. Sie wusste jetzt gründlich Bescheid über sein Leben. Onkel Hans wusste ja auch alles, wie sie sehen konnte.

So übernahm es denn Onkel Hans, die Sache so zu regeln, dass Helen nicht zu kurz kam.

Urup zappelte und wäre gern etwas billiger davongekommen, konnte jedoch nicht um die Tatsache herum, dass es keine Scheidung gab ohne die Einwilligung seiner Frau. Der Lotterieeinnehmer vertrat Helen. Er willigte in beides ein, sowohl in eine Scheidung durch richterliches Urteil aufgrund ehelicher Untreue als auch in eine Trennung von Tisch und Bett wegen gegenseitiger Abneigung.

Nun, Trennung genügte schon. Das erledigte sich dann von selbst.

Bjerg kam mit feinen Separationsbedingungen zu Helens Mutter und wurde belohnt.

Helen wäre am liebsten wieder nach Hause in ihr Mädchenzimmer gezogen, mit dem Fenster zum Garten; aber sowohl Bjerg als auch ihre Mutter dachten daran, dass Helens Augen jetzt, wo sie anfingen sich zu öffnen, leicht zu klar werden könnten. Helen bekam ihre eigene kleine Wohnung in der Nähe des Hafens mit Aussicht über den freundlichen Sund.

Obwohl sie sich keine Sorge um ihr Auskommen zu machen brauchte, nahm sie eine Stelle im Büro des ersten Rechtsanwalts des Ortes an.

Unverändert jungmädchenhaft und reinen Herzens ging sie Tag für Tag zu ihrer Arbeit. In ihrer freien Zeit lebte sie ihr eigenes stilles Leben — eine feine und zarte kleine Blume wuchs unberührt zwischen Mülleimern.

34. KAPITEL
Schwermütig

Kreisarzt Lohse war hereingekommen, um sich Tine anzusehen. Er hatte ihr mit tadelloser Diplomatie erklärt, Peter habe während einer Unterhaltung an der Gartentür eine Bemerkung fallen lassen, ihre Stimmung sei »gedrückt«, und da habe er gedacht, er könne gleich einmal hereinsehen. Wenn es sich um eine beginnende Krankheit handle, wäre es ja das Beste, sich ihrer beizeiten anzunehmen.

Das könne wohl richtig sein, meinte Tine; aber das war auch das Einzige, was Lohse aus ihr herausbrachte.

»Tja«, sagte er zu Peter, »ich bin jetzt ehrlich gesagt so klug wie vorher. Wenn sie nichts sagen will, dann —; ihrem Körper fehlt jedenfalls nichts, das ist wohl sicher. Aber schwermütig ist sie, das ist klar, und da ist etwas in ihrem Blick, das könnte darauf schließen lassen, dass das Gemüt — hm — aus dem Gleichgewicht kommen könnte. Wir müssen sehen, ob wir sie dazu bringen, zu sagen, was sie quält, aber vielleicht könnten *Sie* sie zum Reden bringen. Versuchen Sie es und kommen Sie dann zu mir. Und sehen Sie zu, sie ein bisschen zu zerstreuen.«

»Glauben Sie, dass die Gefahr besteht, dass sie direkt geisteskrank wird?«, fragte Peter ängstlich.

»Gefahr, Gefahr!«, sagte Lohse, »jedenfalls nicht unmittelbar!

Sie brauchen keine Angst zu haben. Wenn ich das ernst nehme, ist das nur, weil ich nicht leiden kann, dass eine junge, gesunde Frau Grillen fängt.

Unkraut soll man früh jäten, ob es nun im Garten ist oder im Menschenherzen. Bringen Sie sie nur zum Reden, dann wollen wir den kranken Ausdruck aus ihren Augen bald herauskriegen.«

»Sie *ist* also krank?«, dachte Peter und lauerte furchtsam auf alles Mögliche, was hinter den Worten des Arztes liegen konnte.

Und als er versuchte, sie zu zerstreuen, konnte er selbst den kranken Ausdruck in ihren Augen sehen, und nach vierzehntägigem vergeblichem Kampf, ihr Vertrauen zu gewinnen, saß dieser auch in seinen eigenen. Seine Angst, dass die Schwermut sich direkt zur Geisteskrankheit entwickeln könne, bereitete ihm schlaflose Nächte, und schließlich wurde ihm in einer langen, vergrübelten Nacht in seiner Verzweiflung klar, dass er an hoffnungsloser Liebe zu seiner Frau litt.

Am nächsten Morgen zog er sich an, um in die Stadt zu gehen und mit dem Arzt zu reden. Das Wort »Spezialist« ging ihm im Kopf herum; er wollte den Kreisarzt fragen, ob er nicht mit ihr nach Kopenhagen fahren solle.

Er hatte eigentlich dem Kandidaten versprochen, ihm heute das Hühnerhaus instand zu setzen, aber nun konnte er es nicht mehr länger aushalten, er musste mit dem Doktor reden.

Er bat Tine, hinüberzugehen und dem Kandidaten zu sagen, er könne erst am nächsten Tag kommen, er habe wichtige Geschäfte in der Stadt.

Der Kandidat wärmte sich seinen Rücken in der Märzsonne, stieß mit den Stiefelspitzen gegen das Hühnerhaus und dachte, was das nun wieder für eine Schweinerei von Peter Maurer sei, der nicht hielt, was er versprochen hatte.

Da klapperte die Gartentür und Tine kam herein, den Blick zu Boden gesenkt, mit mechanischen Schritten, als wäre ihre Seele weit weg und habe den Körper verlassen, der jetzt im Schlaf ging.

Als der Kandidat grüßte, sah sie mit einem Ausdruck auf, als ob sie dächte: »Jetzt bin ich ja hier!«, worauf sie anfing, danach zu suchen, was sie eigentlich wollte. Sie fand es, und der Blick wurde ganz anwesend, als sie sagte, sie solle von Peter grüßen und er lasse sich entschuldigen, er habe in die Stadt gemusst; er werde wohl morgen kommen.

Na ja, das ginge auch, sagte der Kandidat, und mehr gab es eigentlich nicht. Aber Tine konnte offenbar nicht wieder aus dem Garten fortkommen. Es sah so aus, als wolle sie etwas, und wolle es doch wieder nicht *wirklich* oder könne es vielleicht nicht.

Aber man konnte ihr ja Zeit lassen und abwarten, was passieren würde.

»Was sagen Sie zu einer Tasse Kaffee, wo Sie doch schon einmal hier sind?«, fragte der Kandidat.

»Ja, danke«, sagte Tine.

Und dann gingen sie ins Haus. Tine saß am Tisch und war in Gedanken, während der Kandidat den Kaffee kochte, plauderte und die Tassen hinstellte.

»Bitte!«

Tine rührte in ihrer Tasse.

»Wenn nun Peter morgen kommt«, sagte sie plötzlich, »könnten Sie ihm dann nicht etwas von mir sagen?«

»Ja, schon«, antwortete der Kandidat bereitwillig und schien sich nicht darüber zu wundern, dass es über einen Umweg passieren sollte.

Tine rührte in der Tasse und holte tief Luft.

»Urups sind getrennt«, sagte sie zerstreut.

Das wusste der Kandidat schon, aber er log und spielte den Überraschten, um Tine reden zu lassen und ihm zu erzählen, was sie davon wusste.

Das tat sie und schloss ohne jeglichen Übergang den Bericht mit den Worten:

»Das, was ich Sie bitten wollte, Peter morgen zu sagen, das ist, ob er wohl darauf eingehen will, dass wir uns scheiden lassen. Ich kann es ihm nicht selbst sagen, wenn er mich ansieht und es ihm so schwer wird«, fügte sie hinzu, als er weder »nein« noch »ja« sagte.

»Tja-a«, sagte der Kandidat langsam und zustimmend, »das können Sie natürlich nicht – wenn Sie ihn lieb haben.«

Seine Augen glitten prüfend über Tines Gesicht, aber da war nichts, was gegen die Annahme protestierte, dass sie Peter lieb habe.

»Ich will gern mit Peter darüber sprechen«, sagte er.

»Danke«, sagte Tine.

»Sie vergessen Ihren Kaffee«, sagte der Kandidat.

»Danke«, sagte Tine und trank einen kleinen Schluck.

Der Kandidat stand auf, nahm eine Zigarre und ging in dem entferntesten Ende des Zimmers langsam auf und ab.

Tine saß allein am Tisch.

Eine Weile vernahm man keinen andern Laut als die Schritte des Kandidaten, dann kam seine Stimme endlich nachdenklich aus der Ecke:

»Ich müsste Peter begreiflich machen, dass es für beide Teile die beste Lösung wäre. Denn er wird sich wohl nicht gerade darüber freuen.«

»Nein«, sagte Tine vom Tisch her.

Wieder waren nur die Schritte des Kandidaten zu hören; dann kam seine Stimme von neuem:

»Es würde mir sehr helfen, wenn ich einigermaßen Ihre Gründe kennen würde – nicht, weil ich sie ihm mitteilen will – aber dann könnte ich mir besser ausrechnen, was ich ihm sagen soll.«

»Es ist – weil ich ihn nicht verdient habe.«

»So-o?«

»Ich versündige mich jeden Tag gegen ihn.«

Sie ließ den Kopf über der Kaffeetasse sinken und sah den komisch zweifelnden Ausdruck im Gesicht des Kandidaten nicht, aber sie hörte seine aufrichtig beipflichtende Stimme, die sagte:

»Ja – das geht natürlich nicht. – Wie – sündigen Sie denn?«

»Ich denke an einen andern«, antwortete sie leise. Der Kandidat beobachtete sie aus seiner Ecke.

Die Sonne fiel auf ihr Gesicht, aber das Fensterkreuz warf einen Schatten auf ihre Augen mit den langen schwarzen Wimpern. Sie glich nur wenig einem Bauernmädchen. Sie war eins geworden mit der klaren und traumerfüllten Schönheit der Natur, in der sie alle lebten, ohne es recht zu wissen. Sie konnte nicht davon getrennt werden. Sie legte einen Hauch von Poesie um sie, zum Zeugnis dafür, dass sie niemals gewöhnlich werden konnte.

»Dieser andere«, sagte der Kandidat, »ist das ein feiner – ein gebildeter Mann, meine ich?«

Er wartete gespannt auf die Antwort, denn es schien ihm unglaublich und auch selbstverständlich, dass es so sein müsse.

Tine nickte.

Der Kandidat ging wieder auf und ab.

»Und Sie wollen ihn heiraten?«, fragte er.

Tine stand schnell auf.

»Nein«, sagte sie bestimmt. Sie fühlte die Verwunderung des Kandidaten und fügte hinzu:

»Ich kann ihn nicht bekommen. Und selbst wenn ich es könnte, so wollte ich es nicht – wegen meiner Kinder.«

»Ja«, sagte der Kandidat in seiner Ecke, »Sie lieben Ihre Kinder natürlich?!«

»– liebe sie«, flüsterte Tine. Er konnte die Worte kaum hören, aber er sah, dass ihre Augen überflossen.

»Könnten Sie dann nicht mit Peter zusammenbleiben?«, fragte er, »denn die Sünde, die Sie nannten, die –«

»Das ist nicht das Einzige«, unterbrach ihn Tine.

»Jetzt müssen Sie mir aber alles sagen.«

»Das will ich auch«, erwiderte Tine und zog ihr Taschentuch heraus. »Ich – ich – habe *Abscheu* vor ihm.« Das Taschentuch kam vor das Gesicht.

»Ist er denn – schlecht zu Ihnen?«, fragte der Kandidat behutsam.

»Er ist nur gut«, sagte Tine.

»Sagen Sie mir«, sagte der Kandidat und näherte sich dem Tisch, »der andere – wann haben Sie ihn getroffen?«

»Das ist – lange her«, sagte Tine.

»Wie – gut haben Sie ihn gekannt?«

Tine senkte errötend den Kopf.

»Es ist lange her, sagten Sie. War es, bevor Sie heirateten?«

»Ja.«

»Aber Sie heirateten trotzdem?«

»Ich liebte Peter.«

»Mehr als den andern?«

»Ich glaube schon. Mehr so – – in – in Wirklichkeit.«

»Und Sie waren glücklich, nachdem Sie geheiratet hatten?«

»Ja, in der ersten Zeit.«

Der Kandidat setzte sich ihr gegenüber an den Tisch. Er erinnerte sich ja ganz deutlich an die Zeit, als Peter sie bekam, von der alle jungen Männer aus der Gemeinde träumten. Natürlich musste es der flotte Maurergeselle mit dem netten Wesen und dem stets adretten Aussehen werden. Er setzte sich richtig bequem in seinen Stuhl. Ein bekanntes Lustgefühl ergriff ihn. Er war in seinem Element, denn jetzt hatte er ein Stadium erreicht, wo sein Mitgefühl aufhörte, menschlich zu sein und künstlerisch wurde. Seine Gedanken arbeiteten mit Tine und Peter Maurer und ihrem Schicksal wie die Hände eines Bildhauers mit dem Ton.

»Sie möchten wohl am liebsten die Kinder haben, wenn Sie sich von Peter scheiden lassen?«

»Ich bin ja doch ihre Mutter.«

»Wie ist Peter denn zu den Kindern?«

»Er mag sie gern – und sie ihn auch«, sagte sie ehrlich.

»Dann ist es ja ein bisschen hart für ihn«, meinte der Kandidat, »und für die Kinder ist es auch nicht gut, den Vater zu entbehren.«

»Dann muss ich sie wohl hergeben«, sagte Tine.

»Sie können ihre Mutter noch weniger entbehren«, entgegnete er.

Tine sah ihn erwartungsvoll an.

»Aber scheiden lassen *wollen* Sie sich also, ob nun die Kinder hier bleiben oder da?«

»Ja!« Es kam schwer, aber ohne Zögern.

»Dann muss die Sache mit Rücksicht auf die Kinder geordnet werden. – Könnten Sie sich vorstellen, im selben Haus wie Peter zu wohnen, wenn Sie erst geschieden sind? Dann brauchten die Kinder ja gar nichts zu wissen und sie könnten bei beiden Eltern bleiben.«

Tine dachte ein wenig nach. Diese Möglichkeit war ihr noch nicht eingefallen.

»Das könnte ich schon, wenn ich erst geschieden wäre.«

»Dann könnte die Sache vielleicht in aller Stille geordnet werden. Es ist ja nicht nötig, dass es jemand erfährt.«

Tine sah ihn ungläubig an, aber es war ein Ausdruck der Erleichterung in ihren Augen.

»Kann es denn in aller Stille abgehen?«, fragte sie. »Aber die Ämter?«

»Die Ämter plappern doch nicht die Geheimnisse der Leute aus«, sagte der Kandidat. »Alles hängt von Peter ab. Ob er nämlich will – auf diese Weise. Aber Sie sagen ja, dass er gut ist.«

»Das *ist* er«, sagte Tine.

»Es ist ein Segen für Kinder«, sagte der Kandidat, »wenn ihre Mutter findet, dass ihr Vater gut ist.«

Tine führte das Taschentuch zu den Augen.

»Sie müssen sehen, dass Sie immer so denken«, sagte der Kandidat.

Tine nickte.

»Es würde leichter werden, wenn Sie sich daran erinnern, wie Peter war, als Sie sich verlobten, und wenn Sie immer versuchen würden, ihn so zu sehen.«

Tine schüttelte den Kopf. »Das ist vorbei; selbst wenn ich wollte, das kann ich nicht.«

»Wir sprachen von den Kindern«, sagte der Kandidat. »Haben sie ihren Vater *immer* gern oder ist es unterschiedlich?«

»Sie haben ihn immer gern.«

»Ob es Sonntag ist oder Werktag?«

»Natürlich.« Tine verlor ein bisschen ihre Achtung vor dem Kandidaten, der so fragen konnte.

»Aber ich meine, es muss doch ein Unterschied sein, ob er in seiner guten Kleidung mit ihnen spielt oder schmutzig und dreckig von der Arbeit kommt.«

»Er ist doch immer ihr Vater!«, sagte Tine.

»Natürlich«, nickte der Kandidat in seinen eigenen Gedanken, »er ist doch immer *Peter*.«

Tine zuckte zusammen.

»Sie wollen vielleicht doch nicht mit ihm über die Scheidung sprechen?«, fragte sie. Ihre Augen sahen scharf und forschend nach ihm.

Er sah verwundert aus.

»Das habe ich doch gesagt«, erwiderte er und fügte bestimmt hinzu: »Nach allem, was Sie mir erzählt haben, *können* Sie nicht weiter als seine Ehefrau mit ihm zusammenleben.«

»Danke«, sagte Tine. »Das meine ich auch.«

»Morgen werde ich mit ihm reden«, schloss der Kandidat. »Es ist am besten, wenn Sie nichts zu ihm sagen. Ich glaube nicht, dass es nötig ist, dass er etwas erfahren muss von – dem andern. Trinken Sie doch Ihren Kaffee aus.«

Das tat sie pflichtschuldig. Sie war erleichtert, wenn auch nicht froh, als sie ging.

Der Kandidat setzte sich ans Fenster und starrte vor sich hin, das eine Auge zusammengekniffen und das andere weit offen. Das verriet, dass er angestrengt arbeitete, aber seine Aufgabe nicht allzu ernst nahm.

35. KAPITEL
Ländliches Idyll

Die Schatten des Nachmittags wuchsen, der Wind legte sich.

Der Kandidat lehnte an seinem Fenster und sah, wie die Arbeit auf einem Feld nach dem andern eingestellt wurde. Pferde wurden ausgespannt, die Geräte ruhten. Menschen und Tiere zogen bedächtig über die Erde, in unbewusster Zusammengehörigkeit mit ihr. Sie waren fertig mit der Arbeit, gingen nun heimwärts und trödelten noch ein bisschen während des Gehens, »so mitten in allem«. Es sah aus, als lehnten sie sich beim Laufen gegen die Luft. Die Müdigkeit ging in ein tiefes Glücksgefühl über, das im ganzen Körper saß. –

Die Tore schlossen sich, alle waren drinnen, auch die Wege hatten nichts mehr zu tun. Die ganze Natur gab sich einem tiefen Ausatmen hin. Wie abgesprochen sagten alle Vögel gleichzeitig ihr letztes Piep.

Hier und dort tauchten Gestalten aus den Toren auf. Die Sonne, die schon tief unten stand, saß noch in ihren Augen und sie hatten die Zufriedenheit des Feierabends in ihren Gesichtern und allen ihren Gliedern.

Sie sammelten sich in kleinen Gruppen, die alle etwas zu beplaudern hatten.

Das hatten auch Ellen Nielsen und Hans Olsen, die auf das Land hinaussahen, das zu Niels Jakobs Hof gehörte.

Sie waren jetzt nämlich so weit, dass sie ihn kaufen konnten, und dann sollten sie aufgeboten werden. Ja, nächsten Sonntag sollten ihre Namen laut zusammen von der Kanzel da drüben in der Kirche verlesen werden.

Ihre Augen sahen nach dem Glockenturm, und ihre Beine gingen auf dem Weg nach da drüben hin – wie schon so oft.

Sie wurden es nie überdrüssig, an der Schule vorbeizugehen und hineinzugucken.

»Es war doch dort, wo wir uns zum ersten Mal gesehen haben«, sagte Hans. Die Bemerkung war neugeboren, sooft er damit kam.

Bevor sie es merkten, waren sie schon auf dem Spielplatz; ihre Beine waren beim Gehen so gut aufeinander eingeschworen.

Sie sagten nicht viel unterwegs, das Gedankenleben des einen sickerte von selbst in das des andern hinüber. Wenn sie wirklich einmal etwas sagten, war es meistens, weil es ihnen Vergnügen machte, laut zu denken.

Vor der Kirchhofsmauer blieben sie stehen.

»Da steht der Holunder«, sagte Hans Olsen.

Das war genug, um sich in tiefer Erinnerung zu verankern.

Nach einer Weile ging Ellen ganz dicht zur Mauer; sie ging mit großer Sicherheit zu einer ganz bestimmten Stelle.

»Hier an dieser Stelle war es, wo Holger Enke dich damals hingesetzt hat, als er dich aufgehoben und gewaschen hatte. Die Locken an den Schläfen hattest du damals auch schon.«

Sie blieben eine Weile an der Stelle stehen, wo ihn Holger hingesetzt hatte, und ihre Gedanken glitten weit fort zu dem traurigen Ort, wo Holger jetzt war. Gleichzeitig rissen sie sich los.

»Wollen wir Hansines Grab besuchen?«, fragte Hans Olsen.

Das Grab war sorgfältig gepflegt, ordentlich wie ein kleiner Spielzeuggarten. Der Anblick schenkte ihnen eine glückliche Zufriedenheit.

»Ja, dort liegen nun ihre Eltern, gleich neben ihr«, sagte Ellen.

»Das ist gut so«, sagte Hans. »Sie hatten ja nur sie. Ich habe mich immer so darüber gefreut, dass du für das Grab sorgst und es nicht verfällt.«

»Das hätte ich nicht zulassen können«, sagte Ellen. »Ist es nicht sonderbar, dass es immer noch eins vom Schönsten ist, was ich jemals erlebt habe, dass ich früher in unserer Schulzeit mit ihr gespielt habe?«

»Lass uns weitergehen«, sagte Hans.

Draußen vor der Mauer setzten sie sich auf die Stelle, wohin ihn Holger Enke an jenem Tag gesetzt hatte.

»Ich muss an Holger denken«, sagte er, »und ich wollte an Hansines Grab nicht davon sprechen. – Sie sagen ja, er hat sich da drüben[11] so gut aufgeführt, dass sie ihn vielleicht begnadigen. Und was ist, wenn er wieder hierher kommt?«

»Hier wird er doch nie mehr sein können«, sagte Ellen.

»Darauf kann man sich nicht verlassen«, meinte Hans. »Jedenfalls nicht auf dem Kirchhof. Wo der Müllergeselle aus Vissingrød jetzt wohl ist?«

»Sie sagen, dass er wohl in Amerika sein wird«, meinte Ellen.

Sie standen auf; der Boden wurde jetzt kühl.

»Es wird schon spät«, sagte Ellen.

Der Mond war hervorgekommen, als sie an der Schule vorbeigingen.

»Alles sieht so anders aus im Mondschein«, sagte Ellen. »Sie sieht gar nicht mehr aus wie unsre alte Schule.«

»Das ist ja auch so, dass sie jetzt für unsere Augen anders aussieht, wir sind erwachsen geworden und älter«, sagte Hans und verfiel ins Grübeln.

»Aber wenn wir dann wieder an Hansine denken, die da drin herumlief und spielte – dann ist alles wieder ganz genau wie damals. Es gibt doch etwas in der Welt, das immer gleich bleibt.«

Sie wurden beide still. Hans Olsen hatte auf Tiefen des Gemüts hingewiesen, die weder mit Gedanken noch mit Worten ergründet werden konnten. Die Empfindungen mussten unbeeinflusst vom einen zum andern hinübersickern.

Aber je schweigsamer sie gingen, umso tiefer teilten sie sich einander mit.

36. KAPITEL
Trennung

Am nächsten Tag stand Peter Maurer pünktlich am Hühnerhaus des Kandidaten.

»Bitte entschuldigen Sie, dass ich gestern nicht gekommen bin«, sagte er.

»Das kann ich leicht, Peter«, sagte der Kandidat, »wo Sie doch eine so schöne Entschuldigung geschickt haben wie Ihre Frau!«

Peter lächelte, aber das Lächeln ging schnell in Bekümmerung über.

Martine ging auf dem Weg vorbei und grüßte. Der Kandidat sah ihr nach.

»Es ist merkwürdig, wie schnell die jungen Frauen alt und hässlich werden.«

»Das kommt sicher vom Kinderkriegen und vom Abrackern.«

»Tine hat doch auch Kinder gekriegt.«

Peter sah vor sich hin wie ein Mensch, der sich nicht über das zu freuen wagt, was seine einzige Freude ist.

»Tine ist schwermütig geworden.«

»Von was?«, fragte der Kandidat.

Peter klopfte achtlos mit der Maurerkelle gegen einen Stein.

»Wir können es nicht rauskriegen, der Doktor und ich —« Er klopfte noch heftiger.

»Aber ich denke fast, der Doktor hält es für möglich, dass sie sogar geisteskrank werden kann. Vielleicht sollten wir sie nach Kopenhagen bringen und einen Spezialisten für Nerven fragen — einen Professor.«

Der Kandidat zuckte die Achseln.

»Die sind teuer«, sagte er, »und helfen können sie doch nicht«.

»Sie müssen doch wohl ein bisschen mehr können als die gewöhnlichen.«

Peters Ton war ganz flehend, er wollte so gern, dass der Kandidat zustimmte.

»Ich kenne schon einen Fall von da drüben, wo den Professoren Geld genug nachgeschmissen wurde – und es endete dann doch mit Selbstmord.«

Peter ließ die Maurerkelle fallen. »Was sagen Sie?«

»Ja, sie nahm sich schließlich das Leben.«

»War – war es auch eine – Frau?«

»Es sind ja meistens Frauen, die so was bekommen«, sagte der Kandidat – »und komischerweise wohl die besten.«

Er ging ins Haus hinein, holte sich seine unentbehrliche Zigarre und schlenderte durch den Garten. Peter mauerte am Hühnerhaus. Aber seine Gedanken waren wohl nicht bei der Arbeit. Schließlich ließ er sic liegen und ging zum Kandidaten.

»Diese – hm – – diese Frau, von der Sie sprachen – aus Kopenhagen – die starb – durch –?«

Der Kandidat blies den Rauch aus.

»Sie hat Gift genommen.«

»Gift?!«

»Ja«, sagte der Kandidat sachlich, »das Mittel ist unterschiedlich, aber das Ergebnis bleibt dasselbe; einige nehmen Gift, andre das Brotmesser.«

»Das ist ja schrecklich. Wovon kann so was nur kommen?«

»Das ist unterschiedlich; bei der, von der ich sprach, kam es von ihrer Ehe.«

»War – – war sie unglücklich verheiratet?«

»Nein, sie hatte den gekriegt, den sie haben wollte.«

Sie gingen auf das Hühnerhaus zu. Peter setzte sich auf ein paar Steine.

»Kam es plötzlich über sie – oder –«

»Keiner hat gewusst, wie es dazu kam. Ihr Vater war ein reicher Kaufmann; sie war das einzige Kind und verliebte sich in den Chauffeur. Ein richtig feiner Kerl übrigens. Der Vater war dagegen, aber der Chauffeur war, wie gesagt, wirklich ein netter Kerl, und es endete damit, dass sie sich kriegten. Alle jungen Männer in der Stadt schwärmten für sie, aber sie nahm doch den Chauffeur. Sie können sich ja wohl vorstellen, dass er nicht wusste, was er ihr alles Gutes tun sollte. Er sah natürlich, dass sie eine viel feinere Natur war als er.«

Peter nickte eifrig.

»Er nahm sie dann auch hin wie ein Geschenk, das er nicht verdient hatte.«

»Natürlich, aber hat er es denn später bereut?«

»Nein. Aber – ja, hinterher ist es leicht, klug zu sein. Nun, wo sie tot ist, können wir uns alles erklären. Das sind die Worte des Professors, der es mir erzählt hat.«

»Aber was war denn mit ihr los?« Peter stand auf. Der Kandidat bemerkte, dass seine Hände vor Erregung zitterten.

»Ja, sehen Sie – solange die glückliche Überraschung des Chauffeurs, dass sie ihn genommen hatte, anhielt, war alles gut und schön. Aber – nicht wahr – man gewöhnt sich ja allmählich daran, dass die, mit der man verheiratet ist, die eigene Frau ist.«

»Das lässt sich ja nicht vermeiden«, meinte Peter.

»Nein, aber das war ja gerade das Verrückte.«

Peter sah den Kandidaten verwundert an.

»Das ist doch ganz unbegreiflich!«

»Vielleicht. Aber sie begann jedenfalls schwermütig zu werden.«

Peter dachte verunsichert nach.

»Es ist doch aber möglich, dass –«

»Ja, aber nun müssen Sie hören, wie es weiterging. Sie empfand Abscheu vor ihrem Mann.«

Peter atmete schwer und wusste nicht, wo er mit seinen Augen bleiben sollte.

»Aber das begriff der Mann natürlich nicht. Er nahm keine Rücksicht auf dergleichen Launen, und eines schönen Tages war der Wahnsinn da. Wissen Sie, was sie sich einbildete? – Sie glaubte, sie sei eine Prostituierte – Sie wissen ja –«

»Eine Hu –«

»Genau. Schließlich verlangte sie, der Mann solle sie für ihre Liebe bezahlen, wie man es ja bei solchen Damen tut.«

»Ja, aber das ist ja schrecklich!«, sagte Peter. »Der arme Mensch!«

»Meinen Sie ihn oder sie?«

»Ich meine eigentlich – alle beide!«

»Aber das Merkwürdige ist, je mehr Abscheu sie vor dem Mann empfand, umso stärker wurde sein Verlangen nach ihr. – Das können Sie wohl nicht verstehen?«

Peter ließ den Kopf hängen und betrachtete die Spitze seines Holzschuhs. »Doch – ja«, sagte er leise.

»Nun, schließlich war es jedenfalls so, er ging darauf ein und bezahlte sie.«

Peter schüttelte empört den Kopf. »Wie konnte er nur seine eigene Frau so behandeln?!«

»T-ja«, sagte der Kandidat, »sie behauptete ja, so hätte er sie schon lange behandelt.«

»Aber – sie war doch geisteskrank«, meinte Peter.

»Das muss sie ja gewesen sein«, sagte der Kandidat, »denn sie erklärte, er käme ganz so zu ihr wie früher zu den Damen in den schmalen Gassen.«

Peter starrte in die Augen des Kandidaten; es war keine Bewegung in seinem Gesicht, aber es wurde aschfahl.

Sie standen einen Augenblick beide regungslos. Dann ballte sich Peters Hand, der Arm krümmte sich und er schlug mit der Faust auf einen Pfahl, dass ihm das Blut aus den Knöcheln sprang, und rief:

»Verdammt, sie hatte Recht!«

»Kennen Sie ihn denn?«

»Nein«, sagte Peter verlegen, »aber ich fürchte, gegenüber unsern Frauen sind die meisten von uns Chauffeure.«

»Na, die Frauen lassen es sich ja gefallen«, meinte der Kandidat beruhigend.

»Nicht alle.«

»Diese jedenfalls nicht«, sagte der Kandidat. »Sie hinterließ einen Brief, in dem sie ihn um Verzeihung bat, weil sie ein unwürdiges Leben geführt habe. Sie könne es selbst nicht länger aushalten und wolle sich deshalb das Leben nehmen. Sie nahm Veronal. Zuerst hatte sie es mit dem Brotmesser versucht, aber das nahmen sie ihr weg.«

»Mit dem Brotmesser!« Peter trocknete sich den Schweiß vom Gesicht und sah auf die Uhr. Es war gerade die Zeit, wo Tine das Brot für die Kleinen schneiden musste.

»Könnt ich nicht auf einen Sprung nach Hause?«, fragte er. »Tine ist so allein.«

»Ja«, sagte der Kandidat, »gehen Sie nur, aber erst muss ich Ihnen etwas sagen, was ich Tine gestern versprochen habe. – Sie sind ganz nahe daran, sie zu verlieren.«

Peter sank völlig zusammen.

»Sie verlieren«, flüsterte er. »Denkt sie denn auch daran, sich –?«

»Nein. Tine ist eine vernünftige Frau. Aber sie will sich von Ihnen scheiden lassen.«

Peter sank auf die Steine nieder und hielt die Hände vor das Gesicht.

»Oh Gott!«, stöhnte er. »Oh Gott! – Und die Kinder, die armen Kinder!«

»Die bleiben natürlich bei ihr.«

»Natürlich, natürlich – aber was bleibt mir denn –? Wissen Sie was, Kandidat, ich glaube, das Brotmesser liegt für mich parat.«

»Sie würde Ihnen die Kinder schon lassen.«

Aber Peter schüttelte den Kopf.

»Niemals würde ich sie ihr nehmen – die Kinder auch noch!«

»Sie will auch bei Ihnen wohnen bleiben, wenn Sie erst getrennt sind.« Peter sah auf und sein Gesicht hellte sich ein bisschen auf, wurde aber gleich wieder finster. »Das ist nicht erlaubt, wenn man getrennt ist.«

»Doch, man kann sich Dispens verschaffen – im Hinblick auf den Seelenzustand der Gattin«, fügte der Kandidat gelehrt hinzu.

»Oh Gott! Sie will sich also wirklich von mir scheiden lassen.«

»Bei einer Trennung ist die Sache ja die: Wenn sie aufgehoben wird, weil *beide* Ehegatten es wünschen, so besteht die Ehe genauso weiter wie vorher.«

»Glauben Sie denn –?«

»Ich glaube, Sie müssen Tine noch einmal gewinnen und verdienen, mein lieber Peter.« Peter sah hoffnungslos aus.

»Sie hat mich so gesehen wie ich *bin*.«

»Wie Sie damals waren, als Sie um sie warben – oder jetzt?«, fragte der Kandidat, und als Peter nicht antwortete, fügte er hinzu: »Man muss mit seinen feinen Gefühlen noch behutsamer umgehen als mit seinen feinen Kleidern.«

»Ja – und man muss die feinen Kleider anziehen, wenn man feine Orte besucht. – Sie haben das also mit ihr besprochen?«, fragte Peter nach einer kurzen Pause. »Glauben Sie denn, dass sie noch einmal wieder –«

»Das kann niemand wissen«, unterbrach der Kandidat. »Ihr müsst euch gesetzmäßig trennen und sie muss das Recht zu einer endgültigen Scheidung haben, sobald die Zeit der Trennung abgelaufen ist – zumindest wenn Sie es nicht so lassen wollen und riskieren –«

»Nein, nein«, sagte Peter. »Aber ein bisschen Hoffnung möchte ich doch gern – ich *weiß*, dass sie vorläufig mit mir fertig ist. Ich hätte das längst sehen sollen. Ich bin sonst gar kein so gedankenloser Esel, Kandidat – aber so das Tägliche – und dann, dass da niemand ist, der einem die Augen öffnen kann. – Sie sprachen vorhin von Martine – ja, nun kann ich alles ganz gut einsehen.

Also, dann werd ich mal nach Hause gehen und mit ihr sprechen.«

»Es wird wohl am besten sein, wenn ich die Trennungsurkunde aufsetze«, meinte der Kandidat.

»Hm – ja, wenn sie darauf besteht«, seufzte Peter.

»Nun ja«, sagte der Kandidat, »denken Sie daran, dass die Kinder nichts erfahren dürfen und auch sonst kein Mensch außer mir.«

»Und der Rechtsanwalt und der Pastor?«

»Den Pastor überspringen wir.«

»Das können wir nicht, er muss schlichten.«

»Na ja, aber Pastor Barnes wird schon schweigen. Und der Rechtsanwalt auch.«

Am Nachmittag ging er zum Pfarrhof. Einige Tage später unternahm Pastor Barnes einen schwachen Versuch zur Versöhnung. Hinterher ging er hinüber zum Kandidaten.

»Wenn ich nun bloß richtig gehandelt habe«, sagte er. »Ich habe einen altmodischen Abscheu vor Scheidungen, und wenn die Trennungszeit abgelaufen ist, riskiert man ja doch, dass sie sich wirklich scheiden lassen.«

»Nicht gleich«, sagte der Kandidat.

»Glauben Sie nicht?«

Der Kandidat überreichte ihm das schöngeschriebene Trennungsdokument.

Pastor Barnes fing an zu lesen. Er war noch nicht weit gekommen, als er den Kandidaten ansah und mit einer gewissen Eile sein Taschentuch hervorholte. Er benutzte es dann fleißig während des Lesens.

Plötzlich stutzte er und blickte den Kandidaten erschrocken an.

»Ja – aber –!«, rief er. »Gesetzt den Fall, sie heben eines schönen Tages die Trennung auf, weil angenommen werden muss, dass es ›ein von beiden Kontrahenten durch inniges Übereinstimmen mit reiflicher Überlegung und in Ehrerbietung zustande gekommener Wunsch ist‹, und sie kriegen dann ein Kind – was soll ich dann machen?«

»Sie werden es wohl taufen müssen«, sagte der Kandidat.

»Das *kann* ich nicht«, rief Barnes verzweifelt. »Ich würde die ganze Zeit dieses grässliche Dokument vor mir sehen und während der heiligen Handlung lachen müssen.« –

Weder Tine noch Peter war zum Lachen zumute, als der Kandidat ihnen feierlich das Schriftstück vorlas, aus dessen beunruhigenden und verwickelten Sätzen es ihnen nur gelang, zu begreifen, dass sie gesetzmäßig getrennt waren, wenn sie es unterschrieben hatten.

Dann schrieben sie sorgfältig in Schönschrift ihre Namen darunter und der Kandidat fügte flott sein »als Zeuge« hinzu und empfing die Bezahlung.

Die Urkunde müsse beim Rechtsanwalt aufbewahrt werden, sagte er.

Er wollte wohl nicht riskieren, dass sie sich eines schönen Tages hinsetzten und sie kritisch studierten.

37. KAPITEL
Geistige Dürre

Barnes war Frau Sonne und Katharina im Park begegnet. Sie sprachen von seiner Tante, dem Schrecken seiner Kindheit; aber ihre Gedanken waren woanders. Endlich fragte Frau Sonne:

»Sehen Sie Herrn Dahl noch manchmal?«

»Sehr selten«, antwortete Barnes; er schien mehr sagen zu wollen, hielt aber an sich und schwieg.

»Wir sehen ihn gar nicht mehr«, sagte Frau Sonne, »und das tut mir wirklich Leid; wir sind so gut miteinander ausgekommen.«

Barnes Augen lauerten hinter gesenkten Lidern und entdeckten, dass Katharina aufmerksam die Schwäne im Wasser betrachtete.

»Er lebt wie ein Eremit«, sagte er, »sitzt entweder wie eingemauert in den Bibliotheken oder zu Hause. Ich glaube, er ist in einer Krise. Hoffentlich übersteht er sie gesund und munter.«

Katharinas Blick löste sich von den Schwänen und blieb gespannt und fragend an Barnes hängen, der sie ernst betrachtete und ein bittersüßes Verlangen nach Vertraulichkeit empfand.

»Ich weiß, dass er ein großes und seltenes Erlebnis gehabt hat«, sagte Frau Sonne.

»Das hat er wohl«, bestätigte Barnes zögernd und bemerkte selbst, dass sein Blick in Katharinas Augen seinen Ton nüchterner gemacht hatte, als es eigentlich seine Absicht war.

»Als ich ihn vor ein paar Monaten sah«, fuhr er fort, »an dem Tag, als wir Katharina und Fabrikant Nedergård draußen an den Seen begegneten, da lag ein Glorienschein um seinen Kopf und seine Seele saß so unschuldig in seinen Augen wie ein eben ausgebrütetes Vogeljunges in seinem Nest. Er sah aus wie ein Mensch, dessen Glück in alle Ewigkeit gesichert ist. Aber als ich ihn in der vergangenen Woche besuchte, sah er wirklich nicht glücklich aus – weder glücklich noch unschuldig.«

»Meinen Sie, dass er eine religiöse Krisis durchmacht?«, fragte Frau Sonne.

»Das nehme ich an«, erwiderte Barnes. »Ekstatische Erlebnisse verursachen sicher manchmal Rückschläge. Wenn Gott gesprochen hat, kommt die Reihe an den Teufel. Vielleicht ist es die Meinung des Himmels, wir Menschen sollten damit zufrieden sein, mit beiden Füßen auf der Erde zu stehen und uns keine Engelsflügel wünschen.«

»Das glaube ich auch – absolut«, sagte Katharina sehr bestimmt.

»Die Geschichte der Heiligen scheint das zu beweisen«, sagte Barnes und dachte bei sich:

»Ich schwanke wie ein Schilfrohr vor ihren Wünschen und lasse sie aus meinem Mund reden, ohne Rücksicht auf meine eigene Meinung. Ich bin glücklich, hier neben ihr zu gehen und mit ihr einig zu sein gegen ihn, und doch bin ich neidisch und böse auf ihn, obwohl ich ihn gern habe und bemitleide, weil ich weiß, dass es ihm schlecht geht.«

»Wenn Sie ihn wieder sehen, so bitten Sie ihn doch, uns bald zu besuchen«, sagte Frau Sonne.

Barnes fühlte Katharinas Augen auf sich ruhen, er konnte sich nicht entschließen aufzublicken und ihrem Ausdruck zu begegnen, aber er hörte sich selbst sagen:

»Ich bin jetzt gerade auf dem Weg zu ihm.«

Was für eine verdammte Lüge, dachte er, als er sich verabschiedet hatte. Aber nun muss ich sie ja zur Wahrheit machen. Mit wechselndem Ausdruck vielfältiger Gefühle von Qual, Überdruss, Selbstironie und Spott auf seinem

Gesicht ging er die stille Straße entlang, um mit Dahl zu reden.

Die »Alte« empfing ihn an der Tür.

»Nein, Herr Dahl is nich zu Hause«, sagte sie. »Er is zur Universitätsbibliothek gegangen und holt Bücher. Wenn Sie warten wollen, dann setzen Sie sich nur hinein.«

Nein, Barnes wollte lieber ein andermal wiederkommen.

Dahl würde sich auch nicht gefreut haben, wenn er Barnes in seinem Zimmer vorgefunden hätte, als er mit den Büchern nach Hause kam. Er ging wohl hin und wieder selbst einmal aus, um Menschen zu treffen, aber er empfing ungern jemanden in seiner Wohnung. Seine geistigen Übungen erforderten Einsamkeit.

Er war davon überzeugt, dass die ekstatische Ausdehnung des Geistes ein ganz natürlicher psychischer Prozess war, der wie alles andere menschliche Geistesleben an bestimmte Gesetze gebunden war, und dass die Übungen, die sie einmal hervorgerufen hatten, es nochmals müssten tun können.

Aber obwohl er die Vorschriften des Cappellano mit größerem Eifer als je befolgte, kam keine Ekstase. Sein Erkenntnisdrang stand noch immer unter dem Bann des Einblicks in das Dasein, den die Ekstase gegeben hatte, und sein Herz dürstete danach, ihre Seligkeit wieder zu erleben.

Manchmal fühlte er sie nahe, aber im letzten Augenblick verschloss sich seine Seele und er stürzte wieder zurück in Dürre und Leere.

Er wusste nicht, dass das Licht, das er hin und wieder in der Ferne zu sehen glaubte, ein Irrlicht war.

Es war die Vorstellung von der einmal erlebten Ekstase, die in seiner Phantasie leuchtete und ihm einen kurzen

Rausch verschaffte. Diese Vorstellung selbst wurde, ohne dass er es ahnte, eine Mauer zwischen ihm und dem Erlebnis.

Dagegen entwickelte sich während seiner geistigen Übungen eine nervöse Empfindlichkeit seiner Sinne. Er begann Lichtblitze zu sehen und hörte Laute, deren physischen Ursprung er nicht finden konnte.

Unsichtbare Silberglocken begannen plötzlich in der Luft zu klingen. Stimmen redeten, als belausche er ein Telefongespräch. Er fühlte sich umgeben von Wesen, die er nicht sehen konnte. Besonders plagte ihn die Vorstellung, dass daheim in seinem Zimmer jemand säße und auf ihn warte. Und dieser Jemand war ein Feind. Manchmal konnte diese Vorstellung so stark werden, dass er vor der Tür umkehrte und zu Sophus Petersen ging.

Er hatte sich mit dem braven theosophischen Hosenschneider angefreundet, der sich vertrauensvoll nach den Vorschriften der Theosophie »entwickelte«.

In Sophus Petersen war kein Schwanken und keine nervöse Empfindlichkeit, sein schönes Gesicht mit dem dunklen Vollbart veredelte sich zusehends und ein geistiges Licht brannte in den naiven braunen Augen. Dahls erregte Nerven beruhigten sich, wenn er auf dem Keuschheitssofa in Petersens reinlichem kleinen Zimmer saß.

Dieses Sofa war der dunkle Punkt in Petersens Leben. Er hatte erfahren, dass ohne absolute Keuschheit niemand Okkultist wurde, aber er sah sehr wohl, dass das Opfer, das ihm die »Entwickelung« ziemlich leicht machte, für seine junge Frau schwer wurde, die sich als Frau verschmäht fühlte. Das quälte Petersen, aber es blieb ihm ›endessen‹ keine Wahl. Petersens Freunde, Kjellstrøm und der Seraph, betrachteten mit brüderlichem Mitgefühl die Tragödie der kleinen Familie; sie verstanden beide Parteien und nahmen teil an ihrem stummen Leid.

Kjellstrøm war am meisten bekümmert; er war ja auch verheiratet und kannte die Frauen.

»Wenn sie wenigstens Kinder hätten«, sagte er eines Tages, als er Dahl und den Seraph nach einem Besuch bei Petersen begleitete, »wenn sie wenigstens Kinder hätten, dann würde es nichts ausmachen. Nun werden wir sehen, dass es mit Unglück und Scheidung endet. – Haben Sie Lust, meine Maschine zu sehen?«

Die war längst der Zigarrenkiste entwachsen und stand, aus neuem, solidem Material angefertigt, mitten in seinem Zimmer.

»Sie wird bald gehen«, sagte er. »Jetzt fehlt nur noch ein Rad.«

Das hatte er früher auch gesagt, und die Maschine war so gewachsen, dass in dem kleinen Zimmer für ihn selbst kaum Platz blieb. Es fehlte immer nur ein Rad.

»Er ist besorgt um Petersen und seine Frau«, sagte der Seraph zu Dahl, als sie gegangen waren, »aber ich bin noch besorgter um Freund Kjellstrøm selbst. Die Maschine frisst ihn auf. Es *ist* wirklich eine Ewigkeitsmaschine, weil in alle Ewigkeit noch ein Rad hinzuzufügen sein wird. Und wenn Freund Kjellstrøm das einmal entdeckt, wird seine eigene Maschinerie in Stücke gehen.«

»Aber der Fabrikant, der ihm immer noch Material gibt?«, fragte Dahl.

»Ja, anfangs musste man ja fast glauben, dass Kjellstrøm auf alle Fälle *etwas* mit der Arbeit zuwege bringen würde, wenn auch nicht gerade eine Ewigkeitsmaschine«, sagte der Seraph. »Und jetzt glaube ich nicht, dass sich der Fabrikant *traut*, Schluss zu machen, weil er fürchtet, dass Kjellstrøms Herz an dem Tag stillstehen wird, wo er einsieht, dass die Maschine niemals laufen wird.

Da spendiert er halt das Geld für Kjellstrøms Zeitvertreib weiter.«

»Nein«, sagte er nach einer Pause, »das innerste Wesen des Daseins kann nicht in eine seelenlose Maschine umgesetzt werden. – Kann es überhaupt ausgedrückt werden, so müsste es in einem Ton sein.

Es steht geschrieben: Am Anfang war das Wort. Ich glaube, das Wort war ein Ton. Der Ton hat schöpferische Kraft. Sie wissen doch, dass man mit Tönen geometrische Figuren bilden kann – in feinem Sand zum Beispiel, und die Hindus behaupten, dass ihre Mantras, wenn sie auf dem richtigen Ton gesungen werden, schöpferische Kraft besitzen.

Wenn ein Mensch seinen eigenen Ton fände und ihn mit dem All abstimmen könnte, dann müsste er sich ins Nirwana hineinsingen können.«

Er blieb stehen, als lausche er in sich selbst hinein, und Dahl dachte:

»Barnes hat Recht, wir sind alle gleich, wir suchen alle das Unmögliche, den Stein der Weisen: Kjellstrøm, der die Mechanik des Daseins ergründen will; der Seraph, der das Wort, das am Anfang war, erlauschen will; Sophus Petersen, der einer von denen werden will, die reinen Herzens sind und Gott schauen werden – und ich selbst, der den Weg zurück zu der unbefleckten Unschuld des Paradieses sucht. Jeder von uns glaubt, dass die anderen im Wahnsinn enden müssen. Gott mag wissen, wie es uns ergehen wird, denn wir sind alle unserm innersten Drang hilflos preisgegeben.

Wirklich, es bedarf einer Religion für die modernen religiösen Gemüter. Wer den natürlichen Weg zur ekstatischen Erleuchtung fände, müsste die konfessionslose Religion schaffen oder ihr wenigstens die Bahn ebnen können.«

Unmerklich verwandelte sich die Verzückung für ihn zu einer Aufgabe. In tiefen Gedanken ging er zur Bibliothek.

Als er seine Bücher bekommen hatte, konnte er eine kurze Unterredung belauschen, die sich möglicherweise um ihn selbst drehte.

Er hatte sein Notizbuch liegen lassen und war zurückgegangen, um es zu holen. Hinter einem Regal standen zwei Bibliotheksangestellte, ein jüngerer und ein älterer, die ihm oft geholfen hatten, wenn er neue Werke über Mystik suchte. Die beiden Herren waren mitten in einer gedämpft geführten Unterhaltung.

»Meinen Sie nicht, dass er ein bisschen verrückt ist?«, fragte der Jüngere. »Er macht den Eindruck, als hätte er nur diesen *einen* Gedanken.«

»Verrückt?«, sagte der Alte. »Wer ist verrückt, der, der ganz in *einem* Gedanken aufgeht, oder der, der seine Gedanken nach allen Windrichtungen verstreut, indem er täglich zehn Zeitungen liest und gleich viel mentale Energie an jede Nachricht spendiert, die zufällig bis in sein Gehirn gelangt? Und wer ist am verrücktesten«, fügte er nach einem kleinen verstaubten Bibliothekshusten hinzu, »der Mann, der nur das *eine* Interesse hat, Geld zu verdienen, oder der Mann, der nur das *eine* Interesse hat, Gott zu finden?«

»Wer Geld verdient, setzt doch nützliche Kräfte in Bewegung und bringt mindestens andre dazu, Werte hervorzubringen«, wandte der Jüngere ein.

»Wer Gott sucht, setzt auch Kräfte in Bewegung, die Bedeutung fürs Leben haben«, sagte der Alte. »Bei seinem Streben bringt er viele geistige Werte hervor. Ob ein Fanatiker verrückt oder genial ist, hängt nicht von seinem Ziel ab, sondern von seinen Resultaten.«

38. KAPITEL
Der Schwarze

Das Schlimmste war, dass Dahl nicht mehr schlafen konnte. Er sah Lichtblitze und hörte Stimmen, sobald er am Einschlafen war.

Es half nicht viel, dass er die Lampe brennen ließ. Zwar konnte er dann einen Augenblick in Schlaf sinken, aber gleich darauf fuhr er voller Entsetzen in die Höhe, mit dem Gefühl, als habe sich jemand über ihn gebeugt, um ihn zu erwürgen.

Dieser Jemand war immer der, der auf ihn wartete, wenn er ausgegangen war.

Wenn er wach war, konnte er sich ihn vom Leib halten, indem er ihm seinen Willen entgegensetzte.

Tagsüber ging es daher einigermaßen. Aber lästerliche Vorstellungen begannen sich in seine geistigen Übungen zu drängen. Er glaubte ja nicht an die Heilige Dreieinigkeit des Cappellanos; er hatte sie als symbolischen Ausdruck für das Wesen der Gottheit aufgefasst, aber das Symbol rief jetzt plötzlich groteske Vorstellungen wach, die die Meditation störten.

Am wohlsten war ihm, wenn er sich draußen bewegte. Doch konnten sich auch da Vorstellungen auf ihn stürzen, die er nicht als seine eigenen anerkennen wollte. Unter ihnen war ein heftiges Begehren nach Frau Emilie Petersen. Er begriff das nicht, denn wenn er bei seinem theosophischen Freund saß und die junge Frau betrachtete, erweckte sie in ihm kein anderes Gefühl als Mitleid. Aber die Versuchungen wiederholten sich, besonders in seinen Meditationsstunden, und eines Tages sah er mit Entsetzen, dass sie nicht in einer natürlichen Begierde nach der schönen Frau bestanden, sondern in einer teuflischen Lust, zu sehen, wie ihr Kummer in *Sünde* umschlug.

Es war natürlich, dass die ewig wachen Nächte seine Nerven aufrieben. Wenn er doch nur einen tiefen, gesunden Schlaf finden könnte! –

Das war auch der beständige Gedanke der »Alten«, die sich endlich entschloss, zu ihm hineinzugehen und es ihm zu sagen.

»Das geht nich, Herr Dahl, ich kann es Ihnen ansehn. Wir wissen ja, dass die Universität eine harte Schule is, aber es kann doch nichts nützen, dass Sie Ihre Gesundheit zugrunde richten. All das Runde und Gesunde an Ihnen is weg, und Ihre Augen sind auch längst nich mehr so sanft und gut wie früher. Manchmal is mir ganz seltsam zumute, wenn Sie mich ansehn. Mir is so, wie wenn sie krank wären. Sie schlafen ja auch gar nich mehr. Ich hab das gemerkt, wie ich was mit dem Magen hatte und nachts öfters raus musste, da hab ich gehört, wie Sie bis in den hellen Morgen in Ihrer Stube auf und ab gegangen sind.

Nun versprechen Sie mir, dass Sie auf sich aufpassen. Ich hab bloß noch Sie, um den ich mich kümmern kann. Alle andern hab ich verloren. Mein Leben is so kahl wie eine Wiese im Herbst, wenn die Kühe alles weggefressen haben. Irgendwo kann ja noch ein kleines Büschel Grün stehn, das uns dran erinnert, dass mal Sommer gewesen is. So einer sind Sie, und weiter hab ich niemand.«

»Sie wissen ja selbst, dass so ein Grasbüschel bloß einen Klumpen Dreck versteckt«, sagte Dahl.

»Jesses nein, Herr Dahl«, rief die »Alte« ganz religiös aus, »reden Sie doch nich so vom Mist! Und auch nich von sich selber. Ich weiß am besten, was für ein prächtiger Mensch Sie sind und was für ein guter Pastor Sie werden können.«

»Ich werde wohl kein Pastor«, sagte Dahl.

»Das dürfen Sie nich aufgeben, Herr Dahl«, sagte sie bittend. »So dürfen Sie Ihre Mutter im Himmel oben nich traurig machen – oder mich hier auf der Erde.« Dahl erwiderte freundlich, es gebe Berufe, die eine Mutter genauso erfreuen könnten wie ein geistliches Amt.

»Nein, nein«, sagte die »Alte« eifrig, »für eine *alte* Mutter und für eine *tote* Mutter ist ein Pastor das Höchste.

Ach Gott, Herr Dahl, Sie sind noch jung. Aber ich bin alt und hab das Leben gesehn, und ich muss dran denken, wie wir jungen Mädchen einem Huhn alle Federn und Daunen ausgerissen haben. Jämmerlich hat's ausgesehn in seiner nackten Haut. Aber das war uns ganz egal, wir haben nur dran gedacht, dass es in den Kochtopf muss und gegessen werden soll.

Aber die Jahre vergehn, und alles, was wir lieb hatten und was uns das Leben ein bisschen angenehm gemacht hat, das wird uns genommen. All unsere Tüchtigkeit und all unser Zeug, auf das wir so stolz sind, all das wird uns ausgerupft, genauso ohne Mitleid wie den Hühnern die Federn. Und dann bleibt nichts andres übrig als der liebe Gott, Herr Dahl. Er ist der Einzige, der noch so ein jämmerliches gerupftes Wesen haben will, und man hat selbst auch bloß noch ihn, bei dem man sich geborgen fühlt. Aber dann weiß man auch, dass das der Sinn vom ganzen Lebens is und alles andre is bloß Dekoration. Und *drum* is ein Pastor das Höchste für eine alte Mutter. Es kann gut sein für sie, dass in so viel anderm mehr Ehre is, wenn sie noch jünger is; aber wenn sie alt is, dann bedeutet alles andere nich mehr wie eine Feder von dem Huhn. Und Sie können ein guter Pastor werden; wo Sie doch aus der kleinen Dekorationspuppenverkäuferin von nebenan einen richtigen Menschen gemacht haben. Sie hat selber gesagt, dass Sie es Ihnen verdankt, wenn sie sich jetzt so um die Schwester kümmert, die so oft kommen darf wie sie will, und der sie alles Mögliche schenkt, und das find ich alles so rührend.

Und verdankt es die ›Schiefe‹ nich auch Ihnen, dass sie in Frieden sterben konnt wie ein gutes kleines Mädchen? Wenn Sie der ›Tauben‹ doch auch ein bisschen was vorpredigen könnten. Aber das kann ja nichts nützen, wenn sie nich hören kann.

Aber glauben Sie mir, dass die alte, hässliche taube Person ganz verrückt vor Eitelkeit geworden is, seit die Schwester tot is?

Jetzt will sie auch noch falsche Zähne haben! Sie erinnern sich ja noch, dass die Schwester ihr die richtigen ausgeschlagen hat, als sie nich gewusst hat, was sie tat.

Sie musste ja auch mit dem geschwollnen Auge zur Beerdigung gehn; und von da an hat sie jeden Tag vorm Spiegel gestanden, um zu sehn, ob die Farbe weg war, und davon is sie, hol mich der Teufel – ich soll ja nich fluchen, aber das is ja doch zu verrückt – so eitel geworden, dass sie sich jeden Tag eine neue Frisur macht und ihr Geld für falsche Zähne ausgeben will.

Nehmen Sie sich nur in Acht, dass sie Ihnen keinen Antrag macht!«

Sie lachte herzlich und fuhr philosophisch fort:

»Auf dem Land hatten wir nich so viele verrückte alte Jungfern. Wir kriegten rechtzeitig Kinder. Sie waren zwar nich alle gleich ehelich, aber ich glaub doch, für den Kopf war's gesünder. Und mit dem Kopf, da soll man vorsichtig sein, Herr Dahl. Wollen Sie mir jetzt versprechen, dass Sie auf Ihren aufpassen?«

Sie strich ihm liebevoll darüber.

Die »Alte« glaubte, er wäre gut, besser als die meisten. All sein Streben war ja doch auch darauf gerichtet, es zu werden. Aber wie ging es nur zu, dass es sich in den letzten Monaten immer zum Schlechten verkehrt hatte? –

Er ging aus, um mit Sophus Petersen zu reden, aber Frau Emilie war auch zu Hause, und da brachte er es nicht über sich, auf die Themen einzugehen, die die Ursache ihres freudlosen Daseins waren.

Beide machten einen gequälten Eindruck. Emilie war ihre unglückliche Liebe zu ihrem Mann anzumerken und er tat so, als sähe er es nicht, jedoch ohne Erfolg. Er empfand eine aufrichtige Achtung für sie. »Sie ist weiß Gott eine furchtbar tüchtige Frau«, sagte er oft zu Dahl.

Frau Emilie ging hinaus und kochte Kaffee, und Dahl dachte darüber nach, ob er nicht ganz offen mit Sophus Petersen reden und ihm erklären könne, dass man entweder verheiratet und kein Asket sein oder sich scheiden lassen müsse, denn man dürfe ein anderes Menschenleben nicht zerstören.

Inzwischen wurde der Kaffee fertig, bevor seine hilfsbereiten Gedanken klar genug waren, um ausgesprochen zu werden, und dann ereignete sich wieder das vollkommen Unbegreifliche, dass die heftige Begierde – von außen her, wie es ihm schien – wie ein Regenschauer über ihn kam, gerade als sie ihm seinen Kaffee einschenkte, und zwar so heftig, dass sie es fühlte und sich erschrocken zurückzog – jedoch nicht empört. Es trat vielmehr ein Ausdruck von Erleichterung, Trost oder Triumph in ihre Augen, als sie zu Sophus schweiften, der, ohne etwas zu bemerken, in seiner Tasse rührte.

Wie sehr Dahl auch dagegen ankämpfte, er konnte sich nicht von dem Gedanken befreien, dass er die Frau seines Freundes verführen sollte, ja, *sollte*, die in ihrer Verzweiflung nachgeben würde. Es war wie ein schlimmes Rechenexempel, das aufging und aufgehen musste. Der Gedanke drängte sich ihm mit der Hartnäckigkeit einer Zwangsvorstellung auf, bis er jäh aufstand und sich verabschiedete, gepeinigt von Angst vor sich selbst.

Er hatte ein halbes Jahr lang keinen anderen Gedanken gehabt, als sich Gott zu nähern – Tage und Nächte waren in unaufhörlichen Anstrengungen dahingegangen; und nun war er ein nervös überreizter Mensch, der kaum wagte, sein eigenes Zimmer zu betreten, aus Angst, dort könne ein unsichtbarer Feind sitzen und ihn erwarten.

Er hörte die Stimme der »Alten«. Sie unterhielt sich mit der »Tauben«.

Das beruhigte. Eine Vorstellung von Feldern, Kühen, Pferden, Hühnern und Schweinen kam mit dieser Stimme. Wenn er bei diesen ländlichen Bildern verweilen könnte, würde er schon einschlafen.

Er zog sich aus und ging ins Bett. Er wollte an die Haselnusshecke daheim bei der Schule denken. Jetzt sah er wieder deutlich den Spielplatz und die Kirche und den Holunder. –

Ein leises Lachen drang an sein Ohr. Er drehte sich um und starrte ins Zimmer. Ein kaltes Zittern schüttelte seinen Körper, als er jetzt *den* sah, dessen Anwesenheit er immer nur gespürt hatte.

Er sah ihn und erkannte ihn. Es war ja die schwarze Gestalt, die die »Schiefe« in ihrer hysterischen Hellsichtigkeit gesehen hatte. Dieselbe lähmende, giftige Atmosphäre ging jetzt wie damals von ihr aus.

Er sah sie deutlich; denn es war hell im Zimmer, nicht Tageslicht, nicht Lampenlicht, sondern eine ganz andere Art Licht, das ganz natürlich erschien, obwohl es das Zimmer selbst nicht erhellte, sondern nur die Luft darin.

Die Gestalt war schwarz, umgeben von einem giftigen Stoff, der an Kohlenqualm erinnerte und die Gestalt fest umschloss, wie das Fell einer schwarzen Katze. Das Gesicht drückte Willensstärke, spottende Bosheit und Schlauheit aus; die Züge selbst waren fast schön, sozusagen »veredelt« von einer intelligenten Grausamkeit.

Die Gestalt schien seine Gedanken zu lesen; sie beantwortete sie, sobald sie auftauchten.

»Ja, ich *bin* es«, sagte sie. Die Stimme schien die Luft nicht als Mittel zu benutzen, sie klang deutlich in Dahls Ohr, aber ohne Laut, sozusagen geräuschlos.

»Ich *bin* es wirklich. Das letzte Mal hielt ich mich etwas zurück. Sie waren damals außerordentlich nahe vor einem Erlebnis, das Ihnen eine nicht geringe Kraft verliehen hätte.

Sie haben uns damals überlistet. Sie starb wirklich ganz bei Verstand. Na, es war ja eine ziemlich magere Beute, die die ›höheren Mächte‹, wie ihr sie nennt, bekamen. Wir hatten sie ja vorher gründlich gerupft. – Ob ich die Mächte nicht auch als ›höhere‹ anerkenne? Das kann ich wohl nicht gut, da wir sie ja beständig mit nicht geringem Erfolg bekämpfen. – Ja, sieh mal einer an, nun versuchen Sie es mit einem ganz modernen Trick: solche Wesen wie ich existieren überhaupt nicht! Ich könnte natürlich antworten, dass Sie mich sowohl sehen als auch hören, aber Sie können sich ja hinter der Vorstellung verkriechen, dass ich eine Halluzination bin. Ich glaube aber, dass es mir schnell gelingen wird, Ihnen begreiflich zu machen, dass wir wirklich existieren. Sie glauben ja – wenigstens so halbwegs – an das Vorhandensein der ›höheren Mächte‹. Ich kann ihre ›Hoheit‹ nicht anerkennen, aber der Einfachheit halber will ich diese unter den Menschen gebräuchliche Bezeichnung anwenden. Viele von euch glauben ja an Schutzengel. Ich will mich nicht darauf einlassen, diesen Glauben zu bekräftigen, dagegen kann ich versichern, dass ihr etwas habt, was ich ›Schutz*teufel*‹ nennen möchte, die euch viele gute Einfälle eingeben.

Ob ich Ihrer bin? Nein, Sie haben nicht die Ehre. Ich rangiere ein bisschen höher, bin Ihnen zeitweilig attachiert wegen eines gewissen Erlebnisses, das unsre Aufmerksamkeit auf Sie gelenkt hat. Ich will Ihnen geradeheraus sagen: Wir können es nicht zulassen, dass die so genannte ›göttliche Liebe‹ sich unter den Menschen offenbart. − Ob ich also ihre Existenz anerkenne? Bewahre − nun ja − leider. Aber ich finde sie gar nicht ›göttlich‹. Ganz im Gegenteil. − Warum? − Ja, sehen Sie, wenn sie göttlich wäre, so müsste sie doch wohl im Kampf siegen, aber das tut sie nicht.

Du musst nämlich wissen − gestatte mir schon jetzt, ›du‹ zu sagen; ich hoffe schließlich auf eine vertrauliche Kameradschaft. − Nein, bemühe dich nicht! Du kannst mich nicht wegzwingen. Ich habe Helfer hinter mir. Eine ganze Heerschar führt mir Kraft zu − auch für den Fall, dass der Feind versuchen würde, dir zu Hilfe zu kommen wie damals, als du die ›Andere‹ aus der ›Schiefen‹ austriebst. Du erinnerst dich doch an die Stärkung, die du bekamst, gerade als dieser Kampf am härtesten war? Gib doch auf. Es wird hier so gehen, wie es immer geht; *wir sind es, die siegen.* Sieh dich um im Leben. Kämpfen nicht alle Menschen für das Gute? − Ich gebrauche eure eigene Terminologie, obwohl sie mir zuwider ist. − Wer sorgt denn dafür, dass die Ergebnisse ›schlecht‹ werden?

Das tun wir! Im Kleinen wie im Großen. Denk dir zwei Freunde, die alles füreinander tun wollen. Eines Tages sagt der eine etwas ganz Unwichtiges, was den andern gerade an einer empfindlichen Stelle trifft. Die Sache könnte in einem Augenblick beigelegt werden und die Freundschaft würde in alle Ewigkeit bestehen. Aber der Beleidigte antwortet ›ohne es zu wollen‹ wieder beleidigend und so weiter. Beide fühlen, dass sie das, was sie jetzt sagen, eigentlich gar nicht meinen, aber ein unwiderstehlicher Drang holt ihnen die verletzenden Worte aus dem Mund, obwohl sie im Innersten darunter leiden. Schließlich trennen sie sich als Feinde. −

Woher kommt der unwiderstehliche Drang. *Der kommt von uns.* −

Oder zwei Eheleute, die wie füreinander geschaffen sind: Soll eingeheizt werden oder nicht? Mehr ist nicht nötig. Die kleinen Ursachen sind außerdem die besten. Sie erzeugen die leichte Reizbarkeit, die für die verletzenden Ausbrüche notwendig ist. Soll der Schwanz des Hundes gestutzt werden oder nicht? Aus einem so geringen Anfang entsteht manch gute Feindschaft, manch schöne Scheidung. Wer inspiriert sie zu den giftigen Ausdrücken? *Das tun wir.* – Woher kommt der mürrische Tonfall, die gewohnheitsmäßigen kleinen Verstimmungen, die das tägliche Leben verekeln? *Sie kommen von uns.* Kleinigkeiten, aber wirkungsvoll. Wer, glaubst du, stellt diese Weichen so geschickt um, die Vaterlands*liebe* in Nationalitäten*hass*, Klassen*gefühl* in Klassen*hass* zu verwandeln? Es fängt so hübsch in Liebe an, aber wenn es in Hass endet, dann sind wir es doch wohl, die gesiegt haben.

Wir haben es immer getan und werden bis ans Ende damit fortfahren, bis das Reich unser ist. Dann beginnt das wirkliche Glück der Menschen.

Bis dahin wollen wir tun, was wir bisher getan haben: jede Kultur vernichten, die ihr auf anderen Grundsätzen als unseren eigenen aufbaut. Wir vernichten sie von innen her, wie der Wurm im Holz nagt.

Sieh dir das Christentum an. Ist es dir nie eingefallen, dass die Besten der Geistlichen unsere sind? Ich sage nicht *alle*, sondern die *Besten*. Du glaubst mir nicht? Das tun die Geistlichen auch nicht; aber was macht das, wenn sie uns nur dienen! – Lass uns ein Beispiel nehmen, anonym – *nomina sunt odiosa*[12], einen *Typ*: Ich wähle den salbungsvoll redenden Pfarrer mit den zum Himmel gerichteten Augen, den schönmalenden Gesten, den Mann, der alles so bequem macht, Gott ist ja ein liebevoller Vater, der nicht mehr verlangt, als wir leisten können, und das Wenige, das verlangt wird, glättet die samtweiche Stimme liebevoll zu fast nichts. Auf eine Erwähnung Gottes kommen in seiner Predigt neun Erwähnungen seiner selbst, und er hätte sich auch gern noch das zehnte Mal nennen können; denn Gott hat eine merkwürdige Ähnlichkeit mit ihm da auf der Kanzel. Er ist zufrieden mit seiner Gemeinde, und seine Gemeinde ist zufrieden mit ihm, und dieses Gefühl gleitet sanft in Selbstzufriedenheit über. Da dies in der Kirche vor sich geht, wird es als Frömmigkeit aufgefasst.

Aber du hast selbst einmal gesehen, dass die Selbstzufriedenheit die Möglichkeit für wirkliche Frömmigkeit *ausschließt*.

Wenn unser Pastor seine liebe Gemeinde einer reicheren Pfarre wegen verlässt, wird für ihn aus Dankbarkeit gesammelt; man versteht ja so gut, dass sein Herr – und das sind wir – ihm eine bessere Pfarre gönnt und dass er sie annimmt. Man würde selbst das gleiche tun und freut sich über das gute Beispiel. Dieser Pastor ist einer von unsern Besten. Er tötet Christus still und leise mit Veronal.

Es gibt noch einen anderen Typ, der uns mehr direkt dient. Die predigen uns geradezu. Du kannst sie daran erkennen, dass in ihren Predigten auf eine Erwähnung Gottes neun Erwähnungen des Teufels kommen. Sie könnten ihn gern auch das zehnte Mal nennen; denn wenn sie ›Gott‹ sagen, hört man ihrer gehässigen Stimme an, dass die Rede von einem boshaften Satan ist. Sie liefern Christus lebend in unsre Hände; denn sie übergeben uns alle ›diese meine Geringsten‹, in deren Herzen sie die Furcht wecken. Es steht geschrieben, dass die vollkommene Liebe die Furcht austreibt. Wo aber die Furcht ist, hat die Liebe verloren und der Teufel sein Spiel gewonnen.

Du bist erstaunt darüber, dass ich Worte der Schrift anführe? Die Bibel ist ein vortreffliches Buch. Zwar sind einige von uns gegen sie und versuchen den ›aufgeklärten‹ unter den Menschen den Gedanken einzugeben, eine neue Bibel menschlichen Ursprungs zu schaffen. Die Idee ist nicht schlecht, aber sie übersehen, dass eine solche Bibel niemals Frömmigkeit und daher auch niemals Furcht vor dem Übernatürlichen erwecken könnte.

Ich persönlich halte es mit der Bibel. Sie ist ein *wahres* Buch. Es muss nur mit Verstand gelesen werden. Es schildert den Kampf zwischen den Mächten, schildert ihn wahrheitsgetreu und zu unsern Gunsten. Denn wir haben seit den Zeiten des Sündenfalls den Sieg davongetragen. Als die Macht, die ihr ›Gott‹ nennt, ihren ›Sohn‹ Christus auf die Erde sandte, um die Menschen zu ›erlösen‹, töteten wir ihn, und die Menschen wurden *nicht* ›erlöst‹. Die Mächte des ›Lichts‹ räumen selbst ein, dass es nur eine kleine Schar war, die erlöst wurde. Aber jenes Ereignis, der Mord an Christus, ist ein Sakrament, das sich täglich wiederholt. Ich erwähnte die Geistlichen, die ihn sanft mit Veronal töten, und die, die ihn uns lebend ausliefern. Dann aber sieh dich um, wie in der ganzen Welt ›diese seine Geringsten‹ behandelt werden – und was ihr ihnen tut, das tut ihr ihm. Das ist die Wahrheit. Kannst du darüber im Zweifel sein, dass Christus täglich getötet wird? Kannst du im Zweifel sein, dass wir die Macht haben, wir, die wir in *Wirklichkeit* die ›Guten‹ sind?

Wie belohnt Christus seine Diener? Mit Leid und Tod. Wie belohnen wir die unseren? Mit Ehren und Erfolg. Mit unbegrenzter Selbstsättigung. Und wir sind nicht kleinlich. Sieh dir unsre Geistlichen an, sie dienen uns keineswegs bewusst, aber sie bekommen ihren Lohn trotzdem. Ist Selbsterhaltung nicht stärker als Selbstaufopferung? Und intelligenter? Das andere ist ja Unvernunft. Soll sich der ›Gute‹ für den weniger Guten aufopfern? So *muss* es ja kommen; denn der weniger Gute opfert sich nicht für den Besseren auf. In dem Fall wäre ja er der Bessere, das heißt der Unvernünftige. Das ist doch logisch, oder? Hass ist eine stärkere Lust als Liebe. Die Liebe kann warten, der Hass dürstet nach Handlung.

Sag nun, ob du zu den Siegern oder zu den Verlierern gehören willst; denn deshalb bin ich gekommen. Ich rede ehrlich zu dir. Das wage ich nicht bei unsern Geistlichen. Die müssen sich selbst betrügen, bevor sie die Gemeinde betrügen.

Wir legen Wert auf dich. Du hast dich der ›göttlichen Liebe‹ öffnen können. Aber da kannst du auch zu der unsern gelangen. Wähle uns und arbeite bewusst, aber heimlich für unsre Pläne. Ich verspreche dir alles, was du dir an leiblicher und geistiger Lust wünschen kannst. Welchen Stand du auch wählen magst, du sollst seine höchste Würde erreichen. – Bleib in der Kirche und werde unser Bischof. Deine Freude soll unendlich sein. Du kennst ihre Art, du hast ja bereits die mathematische Lust geschmeckt, etwas ›Gutes‹ in etwas ›Schlechtes‹ umzurechnen – ja, wirklich; ich denke an deinen Freund, den Asketen, und seine Frau. Sieh, wie leicht hätten sie gut und liebevoll zusammenleben können. Sieh, wie leicht die besten Gefühle der beiden zum Schlechten angewendet werden können. Fang mit ihnen an. Und glaube mir, du wirst fühlen, dass die Lust der ›Sünde‹ stärker ist als die der ›Unschuld‹.«

Er näherte sich lautlos. Dahl fühlte, wie die giftige Atmosphäre bis an das Bett heranreichte, sich mit seinen Atemzügen vermischte, den Körper durchdrang, den Willen lähmte, das Bewusstsein wie unter Narkose umnebelte; der Wille zum Widerstand war wach, aber nicht wirksam. Noch einen Augenblick und sein Bewusstsein musste schwinden, der Widerstand aufhören, und dann würde er für immer die Willensrichtung verändert haben, würde er ein anderer, würde schlecht geworden sein. Mit einer Anstrengung, die stärker schien als er selbst – gleich der, die einem Ertrinkenden einen kleinen Extra-Atemzug unter Wasser verschaffen kann, in dem er auf eine unbegreifliche Weise die Luft in seinen Lungen erneuert – riss er sich von dem lähmenden, giftigen Einfluss los und schrie aus der innersten Tiefe seines Wesens heraus: »*Nein! Niemals* will ich euch angehören, sondern euch widerstehen, und wäre es bis zur Vernichtung!«

»So wird es kommen«, entgegnete der Böse. »Du hast nun gewählt, gewählt für immer. Ich hatte nicht erwartet, dass du es schaffst, hatte gedacht, der Schreck würde bewirken, was die Vernunft nicht vermochte.

Aber so viel ist doch wirklich an eurem berufenen ›freien Willen‹, dass wir euch nicht zwingen können, bewusst ›das Böse‹ zu wollen. Sonst hat es – wie du erfahren wirst – nicht viel auf sich mit eurem ›freien Willen‹. Du hast nun deine Chance gehabt – und sie verworfen. Die Folgen werden nicht ausbleiben. Was ist die Hölle für den, dessen Lust dort ist, anderes als ein Paradies? Nur für den, dessen innerste Lust woanders ist, ist sie die ›Hölle‹. Dein Platz ist schon sicher. Denn glaube nicht, dass wir halbe Arbeit tun.

Durch alle Sphären geht ein Kampf zwischen zwei Grundsätzen – der Kampf, den ihr kennt, ist nur ein flüchtiges Wetterleuchten aus dem sphärischen Blitzen. Es wird in diesem Kampf weder Gnade geschenkt noch empfangen. Prinzip steht gegen Prinzip. Hier verständige Selbstsättigung, dort die Unvernunft der Selbstaufopferung. Siehst du nicht, dass das der Kampf zwischen Gesundheit und Krankheit, zwischen Leben und Tod ist? Was ist der Christusgedanke anderes als eine Gemütskrankheit? Welch eine perverse Lust, Leid und Tod statt Glück und Leben zu wählen! Kannst du glauben, dass so etwas ein gesundes Leben besiegen wird? – Sieh dich um. Schon jetzt jubeln Väter über die brutalen Instinkte ihrer Kinder: ›Der verdammte Racker wird sich schon durchs Leben schlagen‹ – und das wird er auch! Nein, die Väter glauben nicht an uns, aber was macht das, wenn sie nach unseren Gesetzen leben. Wir sind nicht wie die anderen, die verlangen, dass ihr ihren *Namen* bekennen sollt.«

Er beugte sich über das Bett und flüsterte: »So diene uns denn, wie diese Väter und unsere Geistlichen es unbewusst tun, denn wahrlich, ich sage dir, unser ist das Reich und die Macht und die Herrlichkeit in Ewigkeit. – Und siehe!«

Er warf das Licht, das ihn umgab, über das Leben der Menschen. Gleich einem Scheinwerfer sah Dahl es in die Herzen der Menschen eindringen und die kleinen Verdrehungen, die tausenderlei Irreführungen der Gedanken entschleiern, die die Menschen dazu bringen, in gutem Glauben im Dienst des Bösen zu handeln.

Eine unendliche Hoffnungslosigkeit ergriff ihn, denn die Verwirrung war so groß und alle waren in so gutem Glauben, dass es keine Möglichkeit der Rettung vor gegenseitiger Vernichtung zu geben schien.

In seinem Herzen stieg ein Verlangen auf, zu beten, sein ganzes Leben zu beten: »Erlöse uns von dem Bösen.«

Er fing das alte Gebet an: »Vater unser, der du –«

Im Schreck biss er die Zähne zusammen, um die furchtbare Blasphemie zurückzuhalten, die seine Zunge gegen seinen Willen aussprechen wollte.

Der Böse lachte: »Das kommt davon, wenn man Freidenker ist und doch religiös, sodass man katholische Schriften zu seinen geistigen Exerzitien benutzt. Das Familienleben der Dreieinigkeit gibt Anlass zu manch einem drolligen Einfall.«

Es wurde immer schlimmer in Dahls Kopf. Er hatte das Gefühl, er könne zerspringen. Er presste die Hände gegen die Stirn und fühlte, dass sie nass vom Schweiß wurden.

Es beruhigte ihn etwas, diesen kalten Schweiß zu fühlen.

»Ich bin krank«, dachte er. »Morgen will ich zu einem Arzt gehen und ihm sagen, dass ich lange an Schlaflosigkeit gelitten habe und dass ich jetzt auch anfange, Halluzinationen zu haben. Ein Arzt – ein Arzt –«

Er fuhr fort, das Wort zu wiederholen, als wolle er sich damit den nüchternen Blick des Arztes auf das Erlebnis der Nacht zu Eigen machen. Aber ständig sah er die schwarze Gestalt.

»Jetzt fängst du ja an, normal zu werden«, sagte sie lächelnd. »Es ist wirklich das viele Beten, das deine Nerven erregt hat. Gebet ist nämlich Magie, will ich dir sagen. Wenn man betet, kommt immer irgendjemand – manchmal ein Engel, manchmal aber auch ein Teufel. Du hast viel gebetet und ich bin gekommen. Ich will ehrlich sein und dir sagen, wenn du mit dem Beten aufhörst, so verschwinde ich *eo ipso*. Du glaubst, ich lüge, weil ich ein Teufel bin? Du kannst ja den Versuch machen. Zünde die Lampe an, du hast ja Streichhölzer auf dem Stuhl liegen. Sobald die Lampe angezündet ist, bin ich weg. *Ich kann nicht gut anderes Licht vertragen als mein eigenes.* Genauso wie die Menschen, die gleichen Geistes sind wie wir.

Aber wenn du betest, komme ich wieder. Es steht geschrieben: ›Bittet, so wird euch gegeben.‹ Aber es steht nicht da, *was* ihr bekommt. Zerstreue die Gedanken, mein Lieber; dann stumpfen sie ab und du wirst schlafen. Nimm die Zeitung und lies ein bisschen. Zum Beispiel das Feuilleton; dort sind fast so viele Lügen drin wie in den andern Teilen. Es ist den Versuch wert.«

Die Lampe! Ja, wenn er die Petroleumlampe anzünden würde, dann brauchte er vielleicht nichts mehr zu sehen.

Er streckte die Hand nach den Streichhölzern aus, strich eins an; die Augen waren für einen Moment durch die Flamme geblendet, aber er tastete sich zur Lampe und es gelang ihm, sie anzuzünden.

Er sah sich um. Es war niemand im Zimmer.

Natürlich. Morgen wollte er einen Arzt um ein Schlafmittel bitten. Jetzt handelte es sich darum, den Rest der Nacht hinter sich zu bringen.

Da lag die Zeitung, aber die hatte er ja schon gelesen. Nur das Feuilleton war noch übrig. Es war herrlich lang, zwei ganze Seiten.

Er geriet mitten in den Roman hinein, ohne eine Vorstellung von den Personen zu haben.

Es war herrlich unsinnig. Gerade an einer spannenden Stelle endete es natürlich. Aber er konnte sich ja die Zeit damit vertreiben, zu erraten, wie es weitergehen würde. Der Schlüssel dazu lag bestimmt in dem, was der Detektiv zu dem jungen Mädchen sagte. Wo stand das doch?

Er fing von vorn an. Nein, es war weiter hinten. Da haben wir es. ›Ich habe bemerkt–‹, sagte der Detektiv.

Die Zeitung glitt Dahl aus der Hand; der Detektiv sagte Bedeutungsloses und Unsinniges, das Dahl in die unlogische Welt des Schlafs hinüberzog. –

Als er erwachte, hatte er heftige Kopfschmerzen und das Gefühl, als sei sein ganzer Körper von einem giftigen Qualm durchdrungen.

Seine Hände waren schwarz – und das Hemd – eine wollene schwarze Schicht umgab ihn so dicht wie das Fell einer schwarzen Katze.

Er sah sich erschrocken im Zimmer um. Es war taghell. Aber die Lampe brannte noch. Er war eingeschlafen, ohne sie zu löschen. Ein dichter Rauch stand über dem Lampenglas. Das Schwarze war Lampenruß. Er stand auf und löschte die Lampe.

Die Zeitung lag auf dem Tisch und war ganz berußt. Aber wie war sie auf den Tisch gekommen? Er hatte ja darin gelesen, bis er einschlief.

Er schüttelte den Ruß ab. Was war das? Gerade über dem Feuilleton stand eine Annonce, die bestand aus einem leeren Quadrat mit einem Fragezeichen. In den leeren Raum war etwas mit Tinte hineingeschrieben; etwas davon war wieder ausgestrichen.

»Wachet und betet«, stand da mit der Schrift, die er hatte, als er noch in die Dorfschule ging. Ja, es stand genauso da wie im Schulheft. Aber es war durchgestrichen, und darunter stand mit einer dicken Schrift, die er nicht kannte:

»Bete nicht, sondern schlafe.«

Und darunter standen einige Zahlen: 13 − 23 − 9.

Wer hatte das geschrieben? Und wie war die Zeitung auf den Tisch gekommen? War er genachtwandelt? Er erkannte seine Kinderhandschrift in »Wachet und betet«. Aber das andere war nicht seine Schrift: »Bete nicht, sondern schlafe!« Das hatte er gedacht, als er den Bösen zu sehen glaubte.

Aber die Zahlen: 13 − 23 − 9.

Neun − er wohnte in Nummer neun.

Er fühlte das lähmende Gift, das den Bösen umgab. Das war natürlich der Lampenqualm. Aber als er ihn das erste Mal in der Nacht gespürt hatte, da war die Lampe nicht angezündet gewesen.

Er lief zum Fenster und öffnete es. Frische Luft strömte herein. Die Gesundheit des Lebens selbst. Er blieb am Fenster stehen und sog sie ein. Die Kälte tat gut.

Leute kamen und gingen unten auf der Straße, beim Lebensmittelhändler an der einen Ecke, beim Bäcker an der anderen. Zwei Steinsetzer diskutierten, ob der Frost wohl endgültig vorbei wäre. Ein Mann unterhielt sich mit einem Polizisten.

Er ging zum Waschbecken und beeilte sich mit Waschen und Anziehen. Er sehnte sich, wieder unter Menschen zu kommen.

Der Mann unterhielt sich immer noch mit dem Polizisten, wollte sich aber gerade verabschieden. Die Steinsetzer entfernten sich, nachdem sie beschlossen hatten, dass in diesem Jahre kein Frost mehr kommen würde, die Kraft der Sonne sei schon zu groß.

Er ging hinaus. Er hatte das Bedürfnis, all diesen Menschen richtig nahe zu kommen. Er wollte gern mit dem Polizisten sprechen; aber es fiel ihm nichts ein, wonach er ihn hätte fragen können. Wohin wohl die beiden Steinsetzer gegangen waren?

Da ging ja der eine noch am Ende der stillen Straße. Er eilte ihm nach, ging hinter ihm her und betrachtete den breiten, starken Rücken. Der Steinsetzer ging über den Rathausplatz, Dahl folgte ihm; irgendwohin musste er ja gehen, und es war etwas so herrlich Ländliches an diesem starken Kerl.

Auf dem Gamle Kongevej bog der Mann in den Vodrofsvej ein.

Aber dort in Nummer 23 wohnte ja Frau Sonne. Es drängte ihn, mit einem Menschen zu reden und er ging hinauf.

Katharina war allein zu Hause. Sie hatte ihn seit Monaten nicht gesehen und war ganz erschrocken über sein Aussehen. Er sah ja viele Jahre älter aus. Und so müde, als er sich in den Sessel setzte.

Sie blieb vor ihm stehen und sah ihn an, ohne ein Wort zu finden. Sie presste die eine Hand gegen die Brust, weil dort drinnen etwas so heftig arbeitete. Es wuchs, es kämpfte sich hervor, und in einem wunderbaren Jubel fühlte sie, dass ein Leben, stärker als ihr eigenes, sie ganz in Besitz nahm. In einem fast wilden Triumph wusste sie, dass sie ihn liebte und dass er sie nötig hatte. Sie wurde so groß und stark, als wäre sie die Mutter der ganzen Welt und wusste instinktiv, was es war, woraus sie ihn reißen musste und wozu sie ihm verhelfen sollte.

Ein sich selbst widersprechendes Glück erfüllte sie. Er tat ihr ja innig Leid, denn er war krank. Aber gerade diese Krankheit war es, die sie mit ihm auf gleichen Fuß stellte und ihr Einschreiten forderte. Dass er mehr gegrübelt hatte, als er vertragen konnte, das wusste sie von Barnes, und dass er aus allen krankhaften Grübeleien herausgerissen und in den frischen Tag hineingeführt werden *musste*, das wusste sie aus ihrem eigenen innersten Wesen.

Sie begann mit ihm über alles Mögliche zu reden, über all die Kleinigkeiten, die ihr einfielen, und er lauschte ihrer frischen, munteren Stimme mit einem Wohlgefühl, wie es einen Genesenden erfüllt, wenn er das erste Mal wieder in die Sonne hinauskommt.

Sie erzählte von einem neuen Pferd, das Fabrikant Nedergård bekommen und das sie gestern in der Reithalle probiert hatte. Es trug ein wenig hoch, war aber wunderbar weich im Galopp. Sie freute sich sehr darauf, es draußen zu reiten, sobald das Wetter milder wurde.

»Das wird nicht mehr lange dauern«, sagte Dahl. »Die Sonne hat schon viel Kraft. Mit dem Frost ist es dieses Jahr bald vorbei.«

Er sah sie bewundernd an. »Wissen Sie was? – Sie sehen aus wie ein Steinsetzer!

Ja, ja«, rief er aus, sobald es ihm nach dem Lachen möglich war, das ihre anfänglich bestürzte Miene ablöste, »es ist wirklich als Kompliment gemeint; ich habe heute Morgen am Fenster gestanden und mich in zwei Steinsetzer und einen Polizisten verliebt – am meisten aber in die Steinsetzer.«

»Da kommt Mama«, sagte Katharina und wandte sich zur Tür, gerade noch rechtzeitig, um einem leichten Erröten aufgrund der Schlussfolgerungen aus seinen Erklärungen Herr zu werden.

»Ich habe Mama Kaffee versprochen, wenn sie nach Hause kommt«, fügte sie hinzu. »Er wird gleich fertig sein und Sie bekommen auch eine Tasse – um mich für den Steinsetzer zu revanchieren.«

Frau Sonne betrachtete besorgt Dahls bleiches, mageres Gesicht.

»Sie sind doch hoffentlich nicht krank?«, fragte sie.

»Nein«, sagte er, »krank nicht, aber –« Er empfand einen plötzlichen Drang, sich ihr, jedenfalls teilweise, anzuvertrauen. Er sagte, er habe die Übungen in der Hoffnung auf eine Wiederholung der Ekstase wieder aufgenommen, aber diesmal hätten sie ganz entgegengesetzt gewirkt, er wäre nervös geworden, die Meditation sei gestört worden – manchmal durch förmliche *Versuchungen*.

Als er das sagte und ihren fragenden Augen begegnete, kam ein scheuer und verzagter Ausdruck in seine eigenen. Er sah aus, als bekomme er plötzlich Angst, mehr darüber zu sagen.

Etwas in ihr veranlasste sie, sich indiskret forschend zu ihm hinüberzubeugen. Sie vergaß alle Rücksichten, vergaß fast ihn selbst, nur um einen Ausdruck in seinem Gesicht festzuhalten und zu verstehen, und gerade dieses Forschen selbst rief ihn noch deutlicher hervor.

Er wich ein bisschen zurück, als habe er Angst vor sich selbst und vor ihrer Nähe, und da gab sie seinen Blick frei und er existierte nicht mehr für sie.

Sie presste die Hand gegen ihre Brust, auf dieselbe Weise wie Katharina vorhin, seufzte tief befreit auf und wandte sich zum Fenster. Ein heiteres und glückliches Lächeln legte sich über ihr Gesicht, während sie die Augen fest schloss. Jede Rücksicht auf ihn vergessend, der sie erstaunt anstarrte, erlebte sie einen Augenblick, der sie mit Leben und Schicksal versöhnte. Eine dunkle Stunde in ihrem Dasein wurde in strahlendes Licht verwandelt, in ein Licht wie von der Sonne Italiens selbst.

Sie hatte an diesem Ausdruck im Gesicht des Cappellano wie an einer Strafe getragen. Dieser Blick war der letzte, den er ihr schenkte. Mit ihm endete die selige Zeit dort unten. Sie konnte ja nichts dafür, dass sie ihn liebte; dass sie ihn liebte, wie sie Gott liebte, und Gott, wie sie ihn liebte; für sie hatte es keinen sonderlichen Unterschied gemacht. Aber an jenem Tag wusste sie, dass er es ihrem Gesicht ansah, und sie las ein Urteil in seinem und wünschte sich den Tod. Eine finstere und unbarmherzige Strenge legte sich über sein Gesicht, und während er mit ihr sprach, wich er vor ihr zurück. Und er kam nie wieder. Das war, als sie um Erlaubnis gebeten hatte, in ein Kloster zu gehen, um seiner würdig zu werden, um ein Leben zu führen wie er.

Obwohl sie später eine glückliche Ehe einging und sich in einem Leben wie das anderer Menschen zurechtfand, hatte sie niemals jenen Augenblick verwunden, als er sie als vertraute Freundin verwarf.

Bis jetzt, wo sie in glücklichem Jubel ihre eigene Torheit verstand. Nicht sie, sondern sich selbst hatte er verurteilt. Er gab sie als Freundin auf, weil er sie sonst zu seiner Geliebten hätte machen müssen. Er ging von ihr, weil sie eine *Versuchung* war. Der dunkle Punkt war ja gerade die Sonne in ihrem Leben; sie war nur blind gewesen und hatte das nicht gesehen.

Katharina kam mit dem Kaffee herein. Dahl war in Gedanken versunken und sah schlafbedürftig aus.

Mama wurde doch wirklich nie erwachsen! Da saß sie, froh und glücklich, mit halb geschlossenen Augen, ohne sich um den Gast zu kümmern. Und dabei sah sie wirklich aus wie ein junges Mädchen, das vor sich hin träumt und vergisst, dass jemand im Zimmer ist.

»Hier ist der Kaffee!«, rief sie. »Ihr könnt jetzt aufwachen — und jetzt habe ich Ihnen einen Vorschlag zu machen«, sagte sie zu Dahl.

»Die Idee ist mir beim Kaffeemachen gekommen. Sie müssen reiten lernen! Nedergård hat jetzt drei Pferde. Sie nehmen gefälligst Unterricht; ich werde das morgen mit dem Reitlehrer besprechen, und in einem Monat reiten wir alle drei zusammen aus. Ich werde Nedergård sagen, dass er Sie mein altes Pferd reiten lassen soll und es nicht verkauft.«

»Aber Katharina!«, sagte Frau Sonne.

»Das verstehst du nicht!«, entgegnete Katharina. »Herr Dahl muss reiten lernen; das wird ihm gut tun. — Abgemacht?«

»Ja, das könnte vielleicht gut sein — ich will darüber nachdenken«, lachte Dahl.

»Nachdenken — nein, das sollen Sie nicht — das haben Sie schon zu viel gemacht. Gehen Sie zum Schuster und bestellen Sie Stiefel. Morgen spreche ich mit dem Reitlehrer.«

»Ich fürchte, mir bleibt gar nichts anderes übrig«, sagte Dahl. »Und wenn *Sie* es wollen —«

»Sie können mir glauben, ich *will*.« —

Sie war so voller Willen, dass sie sich in den nächsten Tagen der Leitung des Hauses völlig bemächtigte. — Mama ging ja nur herum und träumte.

»Du bist wirklich erwachsen geworden«, sagte Frau Sonne. »Manchmal bevormundest du mich so, dass ich beinahe glaube, du bist meine Mutter.«

»Ja, ich bin mir ganz klar darüber, dass ich eine Tochter bekommen habe«, erwiderte Katharina. »Eines schönen Tages muss ich wahrscheinlich aufpassen, dass du dich nicht in irgendeinen jungen Typ verliebst. – Ich hab gedacht, wir machen heute Rindfleischsuppe zu Mittag!«

»Ja«, sagte Frau Sonne, »ich werde mich darum kümmern.«

»Das kann ich schon erledigen.«

»Bist du auch sicher, dass du es kannst?«

»Ich kann jetzt die ganzen Welt erledigen.«

Trällernd flog sie in die Küche.

39. KAPITEL
Die Zahlen

»Das muss man ja sagen, schlafen können Sie, Herr Dahl, wenn Sie erst mal damit angefangen haben«, sagte die »Alte«.

»Jetzt bin ich drei Mal mit dem Kaffee hier gewesen. Und gestern konnt ich Sie kaum wecken, als ich mit dem Mittagessen gekommen bin. Da können Sie sehn, wie nötig Sie es hatten.«

Den Schlaf hatte er wirklich nötig gehabt. Aber nun hatte er zwei Tage ausschließlich mit Essen und Schlafen verbracht. Ein Gefühl von Gesundheit rumorte in allen seinen Gliedern und forderte Bewegung.

Er ging aus. Das Wetter war klar und nicht kalt. Die Steinsetzer hatten Recht, die Sonne bekam immer mehr Kraft.

Auf dem Kongens Nytorv begegnete er Sophus Petersen, der zur theosophischen Logenversammlung wollte. Wie immer empfand er eine herzliche Freude, als er in Sophus Petersens klare Augen sah. Ihr Gutsein hatte etwas Ansteckendes, ihre Unbefangenheit schien eine Botschaft einfacher Unschuld in sich zu bergen, die er im tiefsten Grund seines eigenen Wesens ebenfalls vermutete.

Er wollte Sophus Petersen gern etwas Gutes tun. Vielleicht konnte er mit Frau Emilie vertraulich sprechen und ihr behutsam erklären, was die ungeschickte Zunge ihres Mannes niemals hätte wagen dürfen. Wenn sie nur erst die Beweggründe ihres Mannes verstand, würde sie auch einsehen, dass seine Gefühle für sie nicht geringer geworden waren.

Es war ein heikles Thema und er grübelte lange über eine Einleitung. Je mehr er grübelte, umso abwesender wurde er. Er ging ein ganzes Stück an der Haustür vorbei.

Als er umkehrte, beschloss er, die Einleitung der Inspiration des Augenblicks zu überlassen. Wenn er von Sophus und der Logenversammlung zu reden anfing, würde sie schon irgendetwas sagen, das als Ausgangspunkt benutzt werden konnte. – Wo war denn nur die Tür? – Ja, hier war Nummer 9, 11 und 13, ja, da ist es.

Dreizehn, wo hatte er doch zuletzt etwas mit der Dreizehn zu tun gehabt?

Das war ja – das war ja die erste der Zahlen, die auf die Zeitung geschrieben worden waren, gleich unter: »Bete nicht, sondern schlafe!« Ja, geschlafen hatte er wirklich!

In dem Augenblick, als er, immer mit Blick auf die Hausnummer, den Fuß hob, um die Treppe hinaufzugehen, schien es ihm, als würde die Zahl da oben ein lebendiges Wesen: sie hatte ein Gesicht! Im selben Augenblick wusste er, dass sich hinter seiner guten Absicht eine böse Lust versteckte. Eine Minute früher würde er einen Eid darauf abgelegt haben, dass er aus Freundschaft für Sophus Petersen hinaufging.

Er kehrte um. Draußen auf der Straße, am hellen Nachmittag, erlebte er nochmals die schreckliche Nacht, seinen eigenen Entschluss, dem Bösen zu widerstehen, selbst bis zur Vernichtung, und die Worte des »Teufels«, dass er dem Bösen unbewusst und gegen seinen Willen dienen werde.

War er wirklich im Begriff, verrückt zu werden? Er wagte nicht, zu einem Arzt zu gehen. Wer konnte wissen, ob sie ihn nicht in die Psychiatrie steckten! Und wenn er erst mal dort war! Nein, er musste zusehen, dass er ruhiger wurde. Das Ganze kam natürlich davon, dass die Hausnummer da oben dieselbe war wie die verdammte Zahl, die in dieser verworrenen Nacht auf die Zeitung geschrieben worden war.

Aber den Mut hinaufzugehen hatte er nicht mehr. Mit jemandem sprechen musste er jedoch! Mit Barnes? Nein, dann kamen sie auf gefährliche Themen, die ihn wieder aufregen würden.

Katharina! Sie hatte jetzt wahrscheinlich mit dem Reitlehrer gesprochen. Sie war so gesund, frisch und frei heraus, dass sie alle krankhaften Vorstellungen der Welt vertreiben konnte.

Er wollte nach dem Gamle Kongevej 23 gehen, aber auf einem langen Umweg, um sich ein wenig zu beruhigen, damit man ihm nichts anmerkte. –

Katharina hatte wirklich die Leitung im Haus übernommen. Es war ja auch wirklich notwendig, wenn die Mutter zu der veralteten »poetischen« Generation gehörte, die die Tage verträumte.

Sie waren ja lieb, die Leute aus dieser Zeit, aber nicht weiter praktisch.

Frau Sonne selbst schien es nicht, dass sie träumte, sie hatte ein intensives Gefühl zu leben, sie war genau wie Dornröschen aus einem vieljährigen Schlaf erwacht.

Sie war wie jemand, der nach Hause gegangen ist, um etwas zu holen, es findet und glücklich seinen früheren Weg fortsetzt.

Sie hatte Livia Holsø »geholt«, sie, deren Wachstum unterbrochen worden war, während das unbezwingbare Leben einen ganz neuen Zweig trieb, der Livia Sonne genannt wurde.

Nun wuchs in ihr Livia Holsø in einem unschuldigen Jubel zur vollen natürlichen Höhe empor.

Katharina, die sie mit gutmütiger Überlegenheit behandelte, blieb ab und zu voller Bewunderung vor ihr stehen und sagte schließlich fast neidisch: »Mama, von wem hast du eigentlich deine wunderbaren Augen?«

Livia Holsø sah Katharina mit einem Lächeln wie eine Achtzehnjährige an, deren Schönheit von einer etwas älteren Freundin gepriesen wird.

Im Verlauf von zwei Tagen wuchs Livia Holsø zu Frau Sonnes Höhe empor. Jetzt war sie endlich *ganz*.

Da berührte sie mit ihrem jetzigen erfahrenen Denken die Frage, was wohl geschehen wäre, wenn er nicht Kraft genug gehabt hätte, zu gehen.

Eine Hitzewelle rötete ihre Wangen und eine Sehnsucht begann sich in ihr Glück zu schleichen.

An diesem Tag fand Katharina sie ganz unnütz und ließ sie mit ihren Träumen in Frieden sitzen.

Die Sehnsucht, die nie gestillt werden konnte, verwandelte Frau Sonnes Glück in stille Wehmut. Und weil ihr die Wirklichkeit keine Befriedigung schenken konnte, suchte sie Entschädigung in Phantasien und Gedanken.

Wenn sie ihn nur noch einmal treffen, ihn ansehen und mit ihm reden könnte, jetzt, wo sie wusste, dass er sie geliebt hatte, dann würde ihr Witwenstand sicher heiterer werden. Vor allem, wenn sie sich aussprechen und er ihr seine Jugendgefühle bekennen könnte, die der Bestimmung seines Lebens entgegenstanden.

Sie konnte ja ohne weiteres nach Italien reisen und Katharina die Stellen zeigen, wo sie mit *ihrer* Mutter unterwegs gewesen war, als sie in ihrem Alter war.

Sie müsste nur seinen Aufenthaltsort finden. Jetzt – mit der ganzen Erfahrung eines Lebens hinter sich – jetzt traute sie sich, ihn aufzusuchen.

Ob er sich sehr verändert hatte? Hatte der Kampf, den er ausgefochten hatte, Spuren in seinem Gesicht hinterlassen?

Sie versuchte es sich vorzustellen; aber es blieb immer jung, die Kämpfe konnte sie hineindichten, nicht aber die Jahre. Bleich und verwüstet konnte sie ihn sich vorstellen, aber seine Jugend behielt er.

Sie wollte Ernst mit der Reise machen, jetzt im Herbst. Sie entwarf gleich einen ganzen Reiseplan. Sie sah die

Straßen Roms, hörte ihren Lärm, spürte den Geruch von allem möglichen Unbeschreiblichen, den Geruch, der, wie ihr immer schien, zu der gelblichen Farbe der Häuser gehörte. Das Gesicht einer gutmütigen *Cameriera* stand so lebendig vor ihr, dass sie *avanti* rief, als es an die Tür klopfte.

Es war Dahl, der hereinkam. Er setzte sich ihr gegenüber. Es würde seine erregten Nerven beruhigen, wenn er sich jemandem anvertraute. Bevor sie noch aus ihren Träumen zurückgekehrt war, begann er schon zu erzählen – nicht allzu offenherzig, aber doch recht durchsichtig – von Versuchungen, die er nicht als seine eigenen anerkennen könne, die aber doch Macht über ihn hätten. Und er merkte, dass sie ihn verstand. Sie sagte, das geschehe den meisten, die jenes Leben leben wollten, nach dem er strebe. Er dürfe sich nicht abschrecken lassen und nicht glauben, dass das etwas Ungewöhnliches sei, das nur ihn allein betreffe, das geschehe den Allerbesten. Gerade den Besten. Sie wisse das. Ja, sie wisse das. Ein triumphierendes Glück brach in einem Lächeln durch. Eine Sehnsucht, die sie sich im Augenblick nicht erklären konnte, goss einen Schimmer von Wehmut in das stolze Lächeln. In den Strom mütterlicher Zärtlichkeit, der von ihr zu ihm hinüberging, mischte sich eine hemmungslose Lust, mehr von seinen Versuchungen zu hören und sie in einen anderen hineinzudenken.

Als sie den Ausdruck in seinen Augen sah, die verzaubert an dem Frauenlächeln hingen, das ihren Mund umspielte, wusste sie alles, was sie zu wissen wünschte.

Es war kein Unterschied zwischen seinem Gesicht und dem des anderen. Ein Verlangen, das eben gebeichtet wurde, war auf sie gerichtet.

Als er seine Augen zu ihren erhob und sie das asketische Feuer in ihnen sich in eine heftigere Glut verwandeln sah, war die Ähnlichkeit vollkommen. Ein schwindelndes Glück ergriff sie, sie fühlte, dass es auf ihn überging, sie standen gleichzeitig auf, ihre Hände schlangen sich ineinander, die Gedanken waren bereits eins. –

Die Tür ging auf und ein frisches »Guten Tag!« klang ihnen wie ein Lied entgegen.

Sie ließen sich los, sahen sich um, als wären sie nackt und suchten ein Versteck. Katharina kam nicht näher. Sie stand da, als sei kein Leben in ihr.

Dahl suchte nach einem Vorwand zu gehen, spürte aber, dass, wenn er etwas sagte, die Erbärmlichkeit noch fühlbarer werden würde. Er begnügte sich damit, seine Uhr hervorzuziehen und beiden gleichzeitig zum Abschied zuzunicken, ohne sie anzusehen.

Eine drückende Pause entstand. Frau Sonne konnte kaum atmen. Endlich sagte Katharina: »Was ist los mit ihm?«

Ihre Stimme klang so drohend wie das Schnappen einer Pistole, die entsichert wird.

Das Schamgefühl lähmte Frau Sonne und machte sie schwach gegenüber der hilfsbereiten Lüge, die sich mit genialer Grausamkeit meldete.

Sie lachte nervös: »Ich glaube, er ist verliebt.«

»In wen?«, fragte Katharina scharf.

Rittmeister Sonne hätte nicht schärfer sein können, wenn er einen verlogenen Rekruten verhörte.

»In wen?«, wiederholte ihre Mutter und lächelte wie eine, die ihre beste Freundin hintergeht und verrät. »Ja – in wen glaubst du wohl?«

Die Schlange, die Eva noch aus alten Zeiten eine Handreichung schuldet, half ihr. Katharina glaubte und ging in ihr Zimmer.

Dort löste sich ein Lächeln: »Ach Gott, diese altmodischen Mütter, die rot werden, weil sich junge Männer in ihre Töchter verlieben! – Aber was sind das für Männer, die erst mit der Mutter sprechen und hinterher vor der Tochter weglaufen! Mein Gott – er soll reiten lernen!« –

Dahl ging hinunter auf die Straße und fühlte sich von allem Guten verlassen. Er betrachtete sich nicht mehr als Geisteskranken mit Halluzinationen. Jetzt *glaubte* er, dass er in jener verworrenen Nacht wirklich einen Vertreter der bösen Mächte gesehen und mit ihm gesprochen hatte. Denn dort, wo er eben hingegangen war, um Rettung zu suchen, dort, wo er *wusste*, dass seine Gedanken immer *rein* gewesen waren, auch dort war er so weit gekommen, dass er gegen seinen Willen dem Bösen diente. Etwas Gutes war auf eine unbegreifliche Weise in etwas Schlechtes umgerechnet worden.

Obwohl er tief verzweifelt war, saß irgendwo in ihm eine böse Lust, über dieses Ergebnis vertraulicher Beichte und aufrichtiger Hilfsbereitschaft zu lachen. Es war wirklich grotesk! Schade, dass sie gestört worden waren!

Er blieb stehen. Er redete ja mit sich selbst, als wäre er ein anderer. Es *war* ein anderes Ich in ihm, das forderte, die Macht zu erhalten. Es räsonierte und erklärte, während »er selbst« immer mehr von Verzweiflung und Angst ergriffen wurde wie ein jämmerlicher Kleiner, der den Schulweg mit einem Großen geht, der sich damit amüsiert, ihn zu triezen. Der »Andere« drängte sich auf: »Warum helfen dir denn die ›guten Mächte‹ nicht? Wo ist denn Gott? Du willst doch so gerne gut sein, sogar besonders gut, Gottes auserwähltes Werkzeug in künftigen Zeiten, willst sogar ein Kanal sein für die göttliche Liebe – warum kommt sie dir dann nicht zu Hilfe? *Will* sie nicht oder *kann* sie nicht?«

Überwältigt, fast betäubt von Verzweiflung, hörte er in sich hinein. Bin ich es selbst, der redet, oder ist es ein anderer, dachte er.

»Frau Sonne wohnt in Nummer 23, Frau Emilie Petersen in Nummer 13. Das sind die Zahlen 13 – 23 – 9. Du wohnst in Nummer 9 und bist auf dem Heimweg.«

Er blieb stehen und sah sich um. Er war in die Geschäftsgegend gekommen. Was konnte geschehen, wenn er nach Hause kam? »Wir machen keine halbe Arbeit.« Er traute sich nicht, nach Hause zu gehen. Aber irgendwann musste er doch. Er ging zum Amagertorv. Das war ja sinnlos! Was konnte zu Hause geschehen?

Beim Springbrunnen ging er schräg über den Marktplatz. Von der anderen Seite kam eine große Dame mit grauem Hut. Das war sie, die er damals ungefähr an dieser Stelle gezwungen hatte stillzustehen. Im selben Augenblick wusste er, was daheim in Nummer 9 geschehen würde. Er *wollte* es nicht, aber er *konnte* nicht anders.

Eine verzweifelte Wut ergriff ihn. Wenn keine gute Macht im Himmel oder auf Erden ihm helfen wollte, so gab er es auf, dagegen zu kämpfen.

Hier war wirklich ein amüsantes Rechenexempel: der Mann, der seine Frau zum Medium trainiert – für den Willen eines anderen.

Er sprach sie an und fragte, ob sie nicht mitkommen und Nanna Bang besuchen wolle.

Sie überlegte, zögerte etwas, hatte eigentlich nicht daran gedacht, fühlte aber, dass sie schon im Begriff war mitzugehen.

Nun ja, dann konnte Nanna ja zum Tee mit ihr nach Hause kommen, sie mussten gleich gehen, denn Adolf und die kleine Ingeborg warteten zu Hause.

Gerade als sie dachte, dass sie einen stummen Kavalier als Begleiter habe, fühlte sie seinen Arm um ihre Taille, der sie in schnellerem Tempo führte.

Sie sah ihn erstaunt und empört an und wollte sich freimachen. Das war jedoch überflüssig; denn er berührte sie nicht, sondern ging mit beiden Händen in den Taschen und sah vor sich hin, als denke er an etwas.

Sie fühlte aber doch einen Arm um ihre Taille.

Sie wurde unruhig und wäre gern umgekehrt; aber gleich würden sie ja bei Nanna sein. Aber das mit dem Arm war unheimlich. War das vielleicht, weil er Lust dazu hatte und intensiv daran dachte? Sie fühlte sich müde und schwer und hatte eigentlich das Bedürfnis, sich in den Arm zu lehnen. Dort am Ende der Straße lag das Haus. Wenn sie nur erst da wären!

Nun waren sie da. Sie konnte sich gar nicht erinnern, dass sie die Straße entlanggegangen waren. Sie sah verwundert auf und begegnete seinem Blick, und da wusste sie, dass er ihr Böses wollte und Macht über sie besaß.

»Ich will doch lieber nach Hause«, sagte sie. »Auf Wiedersehen!«

»Auf Wiedersehen!«, sagte er, nahm den Hut ab und ging die Treppe hinauf. Er ließ die Flurtür offen stehen, die Tür zu seinem Zimmer auch.

Sie war verwundert und erleichtert darüber, dass sie sich geirrt hatte. Sie hatte wirklich geglaubt, er wolle sie hypnotisieren. Das war wohl, weil Adolf ihr den Kopf mit all diesen Experimenten vollstopfte.

Aber sie war ja die Treppe schon fast hinaufgegangen.

Als sie umkehren wollte, fühlte sie, dass der Arm noch da war und sie hinaufzog.

Jetzt wurde ihr wirklich angst und sie wollte schleunigst zu Nanna hinein.

Sie wollte zwei Mal klingeln, damit Nanna selbst öffnete.

Aber die Tür stand ja offen, da konnte sie nicht klingeln. Die Tür zu seinem Zimmer war auch offen.

Die beiden Türöffnungen waren wie ein Abgrund, in den sie hineinstürzen musste.

Die Augen starr auf Dahl gerichtet, aber ohne recht zu wissen, was sie tat, ging sie hinein.

Die Lust zur Sünde bei dem einen, Gewissensbisse bei der anderen, die sie betäuben musste, weil sie nicht zu ertragen waren, führten sie beide in einen Rausch hinein, der sich dem Wahnsinn näherte.

40. KAPITEL
Ein Heiliger

Nanna Bang ging unruhig überlegend in ihrem Zimmer auf und ab. Ein Plan, den sie nicht auszuführen wagte, drängte in ihr; er wollte mit dem Recht des Guten ausgeführt werden. Sie hatte neulich mit ihrer Schwester einen wunderschönen Abend verlebt.

»Wir haben es hier wie zu Hause«, hatte die Schwester gesagt. Hatte es so lieb gesagt mit dem gebildeten Stimmklang, den Nanna so lange nicht bei ihr gehört hatte.

Der Satz klang ihr noch immer in ihren Ohren, und dann noch einer.

»Wenn ich ihn nur auch einmal sehen könnte«, hatte sie gesagt, als Nanna von Dahl sprach, und dabei war sie rot geworden, hatte sich besonnen und schnell hinzugefügt: »Entschuldige, ich meinte es natürlich nicht so direkt. Es war nur so ein Einfall.«

Dann sank sie wieder in ihre gewohnte schwerfällige Stumpfheit; sie hatte wohl gefühlt, dass sie doch nicht mehr richtige Schwestern waren. Sie hatte nur die Erlaubnis, zu kommen.

Nanna Bang fasste Mut. Es drehte sich ja um etwas Gutes.

Sie ging zu Dahl hinein.

Er hatte ein Buch vor sich aufgeschlagen, aber er las nicht, er saß da und sah zu Boden. Das tat er auch noch, nachdem sie hereingekommen war.

Sie wurde unsicher, weil sie seiner Augen nicht habhaft werden konnte. Aber sie musste doch etwas sagen, und ein bisschen unsicher kam die Frage, ob er bei ihr zu Mittag essen wolle.

Seine Augen waren noch immer verborgen, aber sie konnte wohl sehen, dass er nur ungern wollte, und sie entschuldigte sich hastig mit der Schwester. Sie habe gedacht, es würde ein gutes Werk sein, aber natürlich —.

Jetzt sah er endlich auf. Ja, er wolle kommen.

Mehr war nicht aus ihm herauszubringen und sie ging zu sich hinein und bereute.

Nun blieb er sicher weg und sie musste darauf achten, dass Alma nicht merkte, wie niedergeschlagen sie war.

Jetzt wusste sie erst, wie sehr sie sich darauf gefreut hatte, dass Alma sozusagen »in Gesellschaft« kommen sollte. Wenn sie auch im Voraus wusste, dass sie wegen ihrer geistigen Stumpfheit und schrecklichen Sprache dauernd verlegen werden würde. Das brauchte sie vorläufig nicht.

Aber als Alma gekommen war, kam Dahl auch.

Er kam, weil er wusste, dass er es musste. Koste es, was es wolle.

Nicht einmal der »Alten« hatte er seit zwei Tagen in die Augen zu sehen gewagt.

Aber als er diesem hinfälligen Menschenwesen gegenüberstand, empfand er eine innige Erleichterung.

Nicht, dass er sich auf gleichen Fuß mit ihr stellte; aber so gering erschien sie ihm, dass er sie anzusehen und mit ihr zu sprechen wagte.

Nanna Bang betrachtete ihn mit Verwunderung. Für einen Augenblick glaubte sie, er wolle sich lustig machen. Aber die Achtung, die er von Anfang an ihrer Schwester erwies, war offenbar völlig ungeheuchelt. Selbst Almas allertörichtste Bemerkungen hörte er mit Interesse an und fragte so lange, bis er sie verstand. Sein Benehmen hätte nicht aufrichtig-ehrerbietiger sein können, wenn Alma eine schöne und geistreiche Dame gewesen wäre.

Sie sah von einem zum andern. Beide schienen sie ganz vergessen zu haben und sie selbst vergaß ihre Gastgeberpflichten.

Denn Alma war ja fast sie selbst geworden. Selbst ihre Sprache verlor immer mehr die schreckliche Ausdrucksweise, die sie sich angeeignet hatte. Und es kam mehr Leben in ihr Gesicht. Jedenfalls konnte Nanna, die es wusste, sehen, dass es einmal schön gewesen war, schöner als ihr eigenes, wenn vielleicht auch etwas weniger begabt.

Sie war sprachlos, aber das machte nichts, denn mit ihr redete ja auch niemand.

Sie hatte noch niemals zwei Menschen gesehen, die sich in dem Grade »gefunden hatten«, außer vielleicht Adolf und Alvilda, als sie an jenem Nachmittag vergaßen, dass sie nicht die Einzigen bei Tisch waren und nach dem Kaffee hinausgingen und sich verlobten.

Den Kaffee! Ja, den durfte sie doch nicht vergessen.

Als sie damit hereinkam, saßen sie noch auf dem Sofa und unterhielten sich gemütlich. Jetzt kam sie selbst endlich mit ins Gespräch und dann hatten sie es wirklich alle drei ganz herrlich.

Ihr war, als erwache sie aus einer märchenhaften Verzauberung, als die »Alte« hereinkam, um Bescheid zu sagen.

»Ihr Freund, Herr Bjarnes – oder wie er heißt – sitzt bei Ihnen, Herr Dahl, und wollte mit Ihnen sprechen.«

Nun, es war ja auch schon spät geworden. Dahl stand auf. Nanna Bang begleitete ihn auf den Flur hinaus. »Danke«, sagte sie und drückte ihm die Hand.

»Für was?«, fragte er verwundert.

»Weil Sie so lieb zu meiner Schwester waren.«

Er sah sie einen Augenblick an.

»Sie ist besser als ich«, sagte er. Es unterlag keinem Zweifel, dass er das wirklich meinte.

Als sie wieder hereinkam, stand Alma mitten im Zimmer mit einem neuen Ausdruck von Schmerz und Freude in ihrem Gesicht. Sie ging auf Nanna zu und legte ihre Arme um ihren Hals.

»Danke«, sagte sie. »Danke – und wie gut er ist!«

»Er ist ein Heiliger«, sagte Nanna.

Sie hatte es vermutet seit damals, als sie ihm das Buch über die Verzückungen gab.

Jetzt wusste sie es. Sie hatte gesehen, dass sein Leben wie sein Streben war. Es war die Geschichte von Jesus und der Sünderin. –

Barnes stand auf, als Dahl hereinkam, die beiden Freunde begrüßten sich, ohne sich die Hand zu geben und ihre Augen wichen sich wie auf Verabredung aus.

»Ich habe eine Nachricht für dich«, sagte Barnes.

»Eine Nachricht –?«

»Von Katharina.«

Dahl sah hastig auf und Barnes betrachtete ihn erstaunt. Er war ja blass geworden und sah aus, als habe er Angst vor etwas.

»Ja«, sagte er und wandte keinen Blick von ihm.

»Wegen – – wegen was?«, fragte Dahl endlich.

»Du könntest morgen Nachmittag um vier Uhr zu ihrem Reitlehrer kommen.«

»Zu – zu wem?«

»Zum Reitlehrer. – Ihr wollt doch zusammen reiten.«

Dahl setzte sich. »Das stimmt ja.«

Barnes Augen wurden wie zwei Dolche.

»Hattest du das vergessen?«

Dahl sah so aus, als hätte er nichts gehört, antwortete aber trotzdem:

»Ja – ich hatte es vergessen. – Warst du bei Sonnes, als Katharina das gesagt hat?«

»Ja.«

»War – ihre Mutter da?«

»Ja.«

»Sagte sie — ich meine — bist du sicher, dass sie nichts dagegen hat?«

»Was sollte sie denn dagegen haben?«

»Nun — es — kann ja so intim aussehen — intimer, als es ist. — Willst du nicht mitreiten, Barnes?«

»Nein!«

»Du hast doch einmal gesagt, du möchtest reiten können.«

»Jetzt habe ich anderes zu tun. Ich muss auch gleich wieder weg. Ich muss arbeiten. Also: Husarenkaserne, morgen Nachmittag vier Uhr.«

»Adieu!«

»Adieu!«

Er vergaß, ihn hinauszubegleiten.

41. KAPITEL
Kandidatenmittag

Der Frühling war gekommen, plötzlich und heftig. Das Laub quoll aus allen Zweigen; grüne Kronen grüßten die Küste entlang zärtlich zum glitzernden Sund hinüber. Alle Gärten standen in einem Blütenweiß. Die Bienen summten trunken von Sonnenschein und Süße.

Bjerg ging, der feierlichen Handlung entsprechend gekleidet, ins Hotel, um sich durch ein Glas Wein zu stärken. Er bestellte es und setzte sich hin, um nachzudenken.

Es unterlag keinem Zweifel, es musste gehen. Es war ja das Beste für beide Teile. Und wenn man etwas Gutes will, dann muss es doch gelingen.

Es handelte sich jetzt nur noch darum, die richtigen Worte zu finden, die es so richtig selbstverständlich machten. Ein Glas Wein würde das Gehirn anregen.

Aber wo blieb es nur? Er klingelte, wartete und klingelte wieder.

Endlich kam Jensen, der jüngste Kellner, ganz außer Atem.

»Entschuldigung, Herr Bjerg, Sie hatten bestellt, äh–«

»Madeira!«, sagte Bjerg ärgerlich.

»Ah, richtig – Madeira – sofort.«

Weg im Galopp, zurück im Trab.

»Bitte, Herr Bjerg. Herr Bjerg müssen meine Vergesslichkeit entschuldigen. Wir haben heute nämlich Kandidatenmittag.«

»Kandidatenmittag?«

»Ja, Herr Bjerg wissen doch – dieser schnurrige Kerl aus Skrøbely, der ist heute hier.«

Bjerg glotzte ihn halb interessiert an. »Na, hat er wieder einen seiner Anfälle bekommen?«

»Anfall oder kein Anfall, Herr Bjerg?! – Wissen Sie, wenn man die Mittel hat, sich solche Anfälle zu leisten, dann finde ich, kann man solchen Anfall einen Einfall nennen. Davon kann man nämlich wirklich was lernen.«

»Also deshalb hatten Sie keine Zeit, mir meinen Wein zu bringen?«

»Zeit oder keine Zeit, Herr Bjerg – nein, aber man möchte sich doch gern weiterentwickeln und sehen, wie es in der großen Welt zugeht – und was der Mensch nicht alles zu bestellen versteht – dazu gehört ein Luxushotel, um diese Gerichte zu bereiten – die in der Küche sind dabei, den Verstand zu verlieren – und der Oberkellner ist nervös und wütend auf sich selbst, weil er nervös ist, denn wenn er nervös ist, kann er es nicht lassen, Nägel zu kauen, und wenn er Nägel kaut, kann er nicht in den Aussichtssaal kommen, wo der Kandidat diniert.«

»Allein?«

»Absolut. Im ganzen Saal. Den hat er für sich allein bestellt.«

»Dann ist er also total verrückt! Aber wer bedient ihn denn, wenn Sie hier stehen und Nielsen Nägel kaut?«

»Der Hotelbesitzer persönlich.«

»Der Chef? Rasmussen selbst?«

»Er ist der Einzige hier, der in ausländischen Sprachen perfekt ist. Er hat ja schon in Berlin, in London und in Paris gearbeitet. Ohne seine Erfahrung könnten wir überhaupt keinen Kandidatenmittag arrangieren.«

»Mag sein, was das Essen anbelangt, aber die Sprache – der Kandidat spricht doch verdammt gut Dänisch!«

»Keineswegs. Nicht, wenn er im Aussichtssaal diniert. Natürlich spricht er auch Dänisch – besonders am Anfang. Aber im gegebenen Augenblick – wenn er mal ein Häppchen gekostet hat – mehr ist es nicht – von den verschiedenen Gerichten – und wenn er an den verschiedenen Sorten Wein genippt hat, dann fängt er an – *im gegebenen Augenblick*, sagt der Chef, so aus Herzensgrund zu lachen – und von dem Augenblick an spricht er bald die eine, bald die andere von all den Sprachen, die Herr Rasmussen beherrscht – und vielleicht auch noch ein paar mehr – es kann ja gut sein, dass Herr Rasmussen nicht zugeben will, dass er diese oder jene Sprache nicht kann.

Es soll sehr anstrengend sein, sagt Herr Rasmussen, weil er die ganze Zeit aufpassen muss, was für eine Sprache der Kandidat im Augenblick spricht und er dann genau in derselben zu antworten hat.

Nun wollen wir für morgen auf gutes Wetter hoffen – da will Herr Rasmussen aufs Land und seinen Kopf ausruhen – war es sonst noch was, Herr Bjerg – nichts – danke; – ja, man möchte sich ja gern perfektionieren, wenn man endlich einmal Gelegenheit hat, in die *große* Welt hineinzublicken. Herr Bjerg brauchen nur zu klingeln –«

Weg war er, und Bjerg grübelte weiter über sich selbst.

Im Aussichtssaal stand Hotelier Rasmussen und imitierte angestrengt das große Vorbild seiner Jugend, Oberkellner Monsieur Gaston bei Durand in Paris.

Der anspruchsvolle Weltmann, um dessentwillen Rasmussen sein Gehirn und seine Haltung überanstrengte, der Mann, der einsam zwischen allen Schüsseln und Flaschen saß und in seiner unverschämten Ruhe unzugänglicher war als ein Engländer, ging für gewöhnlich in Holzschuhen und Hemdsärmeln in seinem bescheidenen Garten draußen im Dorf.

Dort lebte er friedlich und still und war der geistige Quacksalber für die ganze Gemeinde. Heute quacksalberte er an sich selbst – mit demselben verschmitzten Lächeln, als ob es sich um die Nachbarn in Skrøbely handelte.

Da draußen war er geboren, war aber früh weggelaufen, weil sie ihn alle zu Tode langweilten. Er wurde Student und Kandidat, verließ aber Kopenhagen, weil ihn die Studien, die Professoren und die Kommilitonen noch mehr langweilten als die Bauern.

Da ging er denn auf Abenteuer rund um die Welt und erlebte alles, was man nur erleben kann.

Aber eines Tages bemerkte er, dass er sich – nach seinen Maßstäben gerechnet – in der Nähe der kleinen Insel befand, wo er geboren war. Gewohnt, seinen Eingebungen zu folgen, fuhr er dorthin und wanderte zu seinem Dorf. »Zu verkaufen« stand an dem Haus, das einst seinem Vater gehörte.

Er ging hin und kaufte es, möblierte es und setzte sich hin, um herauszufinden, was er damit wollte.

Er hatte das Gefühl, dass er nichts damit *wollte*, wohl aber etwas *sollte*. Und in dem Gefühl blieb er sitzen. –

Eines Tages, als er aus dem Fenster hinaussah, an dem er als Junge immer gesessen hatte, fiel ihm eine Hecke hinter dem Teich auf dem Feld jenseits der Straße auf.

Er saß und starrte ein paar Stunden die Hecke an, bis er das Gefühl hatte, dass sie reden könne, aber er nicht hören.

Am nächsten Tag ging er zum Feld und setzte sich unter die Hecke, um ihr ganz nahe zu sein.

Das Feld war gepflügt und er glaubte, dass es zum ersten Mal Ackerland war, als er es sah und betrat.

Er bekam Lust, in der braunen, weichen Erde zu wühlen und er tat es.

Das gab ihm ein wunderbares, altbekannt vertrautes und auch ahnungsvoll neues Gefühl.

Er hatte das Gefühl, nun gelte es, nicht »klug« zu sein. Es überkam ihn ein ruhevoller Friede, so dazusitzen und geistig arm zu werden.

Er verweilte in diesem Frieden, bis er nicht größer werden konnte.

Dann stand er auf, ging damit nach Hause und hütete sich sorgfältig, ihn zu erforschen.

Am nächsten Tag saß er wieder unter der Hecke.

Tag für Tag saß er da und ließ Erde durch die Hände laufen. Dasselbe Gefühl kehrte immer wieder, und von Tag zu Tag wuchs es weiter.

Schließlich reichte es weit über ihn hinaus, er befand sich mitten darin und wusste nicht, ob es ursprünglich seins war oder das des Feldes und der Hecke. Alle drei teilten es sich jetzt.

Es interessierte ihn zu sehen, wie weit es wachsen würde, wenn es sich selbst überlassen blieb und wenn sein ganzes Wesen allein darauf eingestellt war.

Ihm war, als enthielte es abenteuerliche Möglichkeiten, und Abenteuern war er immer gefolgt, wenn sie riefen, aber dies hier war anders als alle andern.

Mit der Hecke und dem Feld war es genauso. Jeden Tag zeigten sie ihm ein klareres Gesicht.

Er beschloss, damit fortzufahren und das letzte zu sehen.

Die Leute sahen ihn da sitzen, wie er Erde durch die Hände laufen ließ, und machten sich ihre Gedanken darüber. Er war ja ein gelehrter Mann und hatte wohl etwas Besonderes in der Zusammensetzung der Erde gefunden.

Der Eigentümer des Feldes begann langsam schon von einem Vermögen zu träumen, wenn der Kandidat herausfand, was da im Boden war. Gold konnte es allerdings nicht sein, aber vielleicht etwas »Chemisches«.

Der Kandidat hatte ständig das Gefühl, Hecke und Feld könnten reden; schließlich glaubte er, nun bald selbst so weit zu sein, dass er hören konnte.

Er achtete sorgsam darauf, dass er seine eigenen Gedanken nicht wachrief.

Gedanken sind dort gut, wo sie hingehören. In vielen Angelegenheiten klären sie Probleme. In anderen sind es mehr die Muskelkraft und die Lungen.

In dieser Angelegenheit musste er seinem Gefühl folgen. Das tat er, und eines Tages hörte er.

Er hörte die Worte: »Garten des Paradieses.«

Und er sah ihn.

Es waren die Hecke und das Feld. *Dort lag er.*

Aber als er über den Garten hinaussehen wollte, war er *überall.*

Es war keine Fabel, dass er existiert hatte. Er ist noch heute zu finden. Er war die ganze Welt.

Aber die ganze Welt war nicht der Garten des Paradieses. Die Welt barg ihn – sozusagen in sich, in ihrer Geheimkammer.

Aber er konnte in sie hineinsehen.

Genauso in die Menschen. Er konnte ihr Verhältnis zum Garten des Paradieses sehen. In ihm waren Per Madsen und Mads Pæsen Engel, nach außen aber sehr drollig verkleidet und sie ahnten selbst nicht, dass sie eigentlich Engel waren – benahmen sich auch nicht gerade wie solche.

Aber er konnte sehen, was jeder besonders brauchte, um seinem Engel und dem Garten des Paradieses ein kleines Stück näher zu kommen.

Daher war es richtig, wenn Pastor Barnes meinte, der Kandidat habe die Religion, die jeder, mit dem er sprach, gerade benötigte.

Über seine eigene hielt er den Mund; denn er wusste, dass sie nur von dem verstanden werden konnte, der sie erlebte.

Er hatte jedoch einmal versucht, Pastor Barnes seine seltsame geographische Entdeckung vom Garten des Paradieses zu erklären.

Aber Barnes fand ja, die Erde sei ein Jammertal, und der Kandidat sagte, dafür bedürfe es keines Beweises.

»Die Erde ist so, wie das Auge sie sieht«, sagte er, »und so viele Augen sehen sie schlecht, dass es sehr schwer ist, sie rein zu sehen, in den Paradiesgarten hineinzusehen. Der Mensch ist wirklich daraus vertrieben – oder er ist, wie ich eher glaube – freiwillig gegangen. Aber wie sehen wir die Erde und wer sieht sie am richtigsten?«

»Wir sehen sie alle so ziemlich gleich«, sagte Barnes, »das können wir ja gut kontrollieren, wenn wir darüber sprechen.«

Der Kandidat ging ins Haus und holte einen ganzen Vorrat an Sonnenbrillen, eine schwarze, braune, grüne und eine blaue.

»Probieren Sie sie mal«, sagte er, »und nehmen Sie die, die Ihnen am besten gefällt.«

Barnes wählte die blaue.

Der Kandidat ging mit ihm durch den Garten und plauderte über Mohrrüben, Kartoffeln und Rosen. Hinterher sagte er: »Sehen Sie, ich habe nun gar keine Brille aufgehabt, und doch haben wir die ganze Zeit von denselben Dingen in gutem Einverständnis gesprochen und Sie sind davon ausgegangen, wir sähen sie im selben Licht. Aber ich sah sie im reinen Tageslicht und Sie in einem himmelfarbenen Schein. Sie sehen das Leben mit der Brille der Religion. Andere haben andere Farben.«

»Und Sie sehen den Paradiesgarten?«, fragte Barnes. »Aber wenn Sie nun in einer Wüste oder in einem Dschungel wohnten – wie stünde es dann mit Löwen und Tigern? Würden Sie da nicht aufgefressen?«

»Ich bin nicht dort gewesen, seit ich den Garten Eden fand. Aber es soll Weise geben, in deren Haus Tiger und Bären ohne Furcht und ohne Feindschaft kommen. Ich habe bisher nie daran geglaubt, aber jetzt tue ich es.«

»Also«, sagte Barnes langsam, »der, dessen Sinn und Auge rein sind —«

»Der, dessen Sinn unschuldig ist, sieht den Garten der Unschuld«, entgegnete der Kandidat.

»Ich kann verstehen, was Sie meinen«, sagte Barnes, »aber ich kann es nicht *sehen*.«

»Ich auch nicht immer«, meinte der Kandidat. »Wo viele Menschen versammelt sind, kann man keine reine Luft atmen. Wo schlechte Leidenschaften stürmen, wird die Pforte des Paradieses zugeweht. Aber Sie und viele andere glauben, dass es das Paradies einmal gab. Manche glauben, dass es kommen wird und streben durch Reformen daraufhin.

Glauben Sie, dass der Traum von einem Paradies sich so hartnäckig halten würde, wenn es nicht wirklich existierte und auf alle Fälle als Ahnung, als Hoffnung empfunden würde?

Es *ist*. Es ist *zugänglich* — für den einen sofort, für jeden mit seinem eigenen Schlüssel, nicht für eine Massenbewegung mit dem Passepartout einer Reform.« —

Nicht alle Abenteuer des Kandidaten waren ganz unschuldig gewesen und jedes von ihnen hatte eine Spur hinterlassen, die nicht gerade den direkten Weg ins Paradies wies.

Es geschah wohl, dass »die Pforte zuwehte« und er die Erde in ihrem zerfetzten Kleid sah, wo Mads Mads und Per Per war und nichts weiter.

Er nahm die grauen Tage geduldig hin. Lange dauerten sie gewöhnlich nicht. Aber sie kamen doch vor, und ein grauer Tag ist eine harte Strafe für den, dessen inneres Leben reich ist wie im Paradies.

Es konnte geschehen, dass seine Geduld zu Ende ging und er fühlte, dass er dann weiß Gott Per Madsen und Mads Pæsen nicht mehr ertragen konnte.

Dann geschah es, dass er das feinste Hotel in der Stadt anrief und dessen Küche in größten Schrecken versetzte – ein armseliges Surrogat für die langen Reisen mit ihren verrückten Einfällen.

Er saß im »Aussichtssaal« und sah hinaus – wie Kiplings »time-expired soldier man«, der an der Reling des Transportdampfers lehnt und

»tells them over by myself,
an sometimes wonders if they're true
for they was odd, most awfull odd.«

Das Hotel musste ihm dann nach bestem Vermögen Gerichte beschaffen, die ihn einigermaßen an höchst verschiedene Orte und Zeiten in einem höchst verschiedenartigen Leben erinnern konnten – ein seltsam zusammengesetztes Menü, wo viele Gänge nur für das Auge bestimmt waren; aber die Weine kostete er, von allen ein bisschen, nur so viel, dass die Phantasie leichte Flügel bekam und das bunte Bilderbuch seines Lebens näher rückte.

Dann kam der »gegebene Augenblick«, wo er zu lachen anfing, erst über sich selbst, der dieses Narrenspiel nötig hatte, dann über den Wirt, der rackerte, schwitzte und buckelte, ihn aber für verrückt erklärt haben würde, wenn er ihn nicht für steinreich gehalten hätte. Dann begann er mit den Sprachen, bis Herrn Rasmussens Ohren steif wurden; und zuallerletzt lachte er wieder – über seine eigene und die Torheit der ganzen Welt, zu deren Erinnerung er gerade gegessen und getrunken hatte, lachte sich auf den direkten Weg zum Paradies, bezahlte die Rechnung und ging.

Er ging den Strand entlang bis an eine Stelle, wo das Wasser sich tief und schwarz unter einem steilen Abhang hineinschnitt. Weiter konnte er dort nicht kommen. Dann bog er kurz vor dem Abhang landeinwärts und ging in einem Wäldchen spazieren, dessen äußerste Bäume über dem Abhang standen und mit losen Wurzeln über das Wasser hinausragten. Als er müde wurde, fand er grasbewachsenen Waldboden, legte sich auf den Rücken und machte ein Mittagsschläfchen.

Gerade als der Kandidat im Aussichtssaal zum »gegebenen Augenblick« gelangt war, hatte Bjerg alles durchdacht gehabt. Nicht nur durchdacht, sondern durchlebt. Er war in voller Harmonie mit sich selbst. Alles fügte sich gut für ihn. Sie starb eigentlich keinen Augenblick zu früh. Es war in letzter Zeit zu viel Hässliches in ihr Verhältnis gekommen. Man musste in solchen Dingen aufpassen, wenn man so hoch in die Jahre gekommen ist, dass man damit rechnen musste, seine beste Zeit hinter sich zu haben. Aber sie hatten sich so miteinander eingelassen, dass es nichts mehr nützen konnte, zu brechen. Na, aber so – ging es ja. Sie starb – und ihre letzte gemeinsame Zeit war wirklich richtig nett gewesen. Gut, dass sie die noch erlebte.

Wenn Helen nach ihrer Scheidung auf Besuch nach Hause kam, war alles fast wie zu jener Zeit, als sie noch klein war und ihre Mutter keinen anderen Gedanken hatte, als für sie zu sorgen. Und er hatte alles vorzüglich für Helen geordnet. Da schuldete sie ihm doch etwas – so gewissermaßen in Hinblick auf – hm – das Gute. Und selbst wenn auch er und ihre Mutter – nun ja, Menschen sind Menschen, und wir haben uns nun einmal nicht selbst geschaffen. Und jetzt war es ja auch vorbei. Ja, ja, es war der Tod, nicht er, der der Sache ein Ende gemacht hatte – aber er war *zufrieden* damit, dass es vorbei war. Er hatte sich gewünscht, dass es vorbei wäre – in der letzten Zeit. Vor allem Helens wegen.

Es war so nett, sie bei der Mutter sitzen zu sehen. Sie sah aus wie ein blutjunges Mädchen. Vollkommen. Das noch nie ausgegangen war, nichts erlebt hatte.

Er konnte sich einer nebelhaften Erinnerung hingeben, die er später, wenn er nach Hause kam, deutlicher hervorzurufen versuchte. Er musste einmal so jemanden in seiner Jugend gesehen haben – oder vielleicht überhaupt nach solchen gesucht haben – – nein, alle, die er sich vorstelle, waren gleich so ausgezogen.

Aber wenn er Helen traf, kam es wieder. Sie war ja auch so rein, ein Kind, das heißt: ihre Figur war ja weiß Gott erwachsen genug und – reif, aber schlank, *sehr* schlank. Es war wohl das Gesicht, das den Eindruck machte von etwas – – hm – – etwas Seelenvollem.

Er lächelte zufrieden über das Wort. Das wirkte nämlich gut. Er redete oft von seelenvollen Gesichtern, wenn Helen dabei war, und er hob hervor, dass »seelenvoll« so ein schönes Wort sei. Und er sah sehr wohl, wie das auf Helen wirkte. Er lächelte zufrieden.

Das konnte er tun, weil er wohl nicht den Grund verstand. Helen schien nicht, dass es Onkel Hans kleide, »seelenvoll« zu sagen. Das Wort wurde dadurch so merkwürdig schmierig. Aber es war Unrecht gegen den hilfsbereiten Onkel Hans, so zu denken, und deshalb war sie lieb zu ihm.

Onkel Hans aber sah, was er sah, und er dachte sich das seine.

Sie war ja schön und viele bewunderten sie und hätten sicher gern mit ihr angebändelt. Aber sie sah sie gar nicht.

Das war merkwürdig, es mussten doch in einem so jungen und wohlgestalteten Frauenkörper Sinne wohnen. Sie war doch auch verheiratet gewesen. Noch dazu mit dem jungen Urup, der sicher in der Liebe nicht gerade »geistig« war. »Wir müssen sie von den jungen Männern hier in der Stadt fernhalten«, sagte er zu ihrer Mutter. Und *darauf* verstand sich die Mutter, das war sicher.

Na, und dann kam ja an jenem Nachmittag auf einmal der Herzschlag.

Und jetzt hatte Helen niemand weiter als ihn. Bjerg konnte beinahe Wasser in die Augen bekommen, wenn er daran dachte. Nur beinahe; denn er musste ja das Praktische angehen, alles richtig machen für Helen, die vor Kummer ganz aufgelöst war. Er klopfte ihr auf die Schulter und nahm den Kopf zwischen die Hände und wollte schon alles ordnen. Und er begrub Mama wirklich so fein und so umsichtig für sie, als wäre Helen ein kleines Mädchen, deren Puppe in Stücke gegangen war und nun richtig fein begraben werden sollte. Er war von seiner Aufgabe so in Anspruch genommen, dass er glatt vergaß, dass auch er einen persönlichen Grund zu Kummer haben konnte.

Den er gewissermaßen aber gar nicht hatte. Vorbei sein sollen hätte es ja sowieso.

Er sorgte jetzt für Helen. So rein und unberührt, wie sie sich bisher bewahrt hatte, sollte sie jetzt nicht die Beute irgendeines jungen Schlingels werden. Welchen Sinn hat die Jugend für dieses Unberührte bei Frauen. Den hat man erst, wenn man etwas mehr – hm – gesetzter – ruhiger geworden ist, dass man *das* zu schätzen weiß.

Eigentlich sollten junge Frauen ältere Männer bevorzugen, die das würdigen können – vor dem Hintergrund von – – nun ja! Oder besser gesagt, die ein *schönes* Verhältnis wünschen, ein bis zu einem gewissen Grade *unschuldiges* – kann man das gut nennen – Verhältnis.

Das Leben dauert ja nicht ewig, und – danach – – ein schöner Abschluss muss auf alle Fälle ein gutes Ding sein.

Es ist ja auch nicht gut für so eine junge Frau, ganz allein zu sein und gar nicht – – offen gestanden war es ja ganz zweifellos das Beste für sie alle beide.

Natürlich würde er ihr schrecklich alt vorkommen. Wenn man ihr nur auf eine feine Weise begreiflich machen könnte, dass er keineswegs langweilig war, wenn es darauf ankam.

Er grinste ein bisschen über dem Madeira, denn das durfte er wohl sagen, die Mutter konnte es weiß Gott bezeugen. –

Na ja. Vorbei ist vorbei. Die Absicht war ja, dass es sozusagen eine Wohltat für sie beide sein sollte. Sie hatte noch ein langes Leben vor sich, das nicht zerstört werden durfte, und sein Leben war nur noch so kurz, dass es schon ein bisschen nett sein sollte.

Das musste auf *Vertrauen* aufgebaut werden, und Vertrauen zu ihm, das hatte sie. Er wollte ihr entweder die Ehe vorschlagen, oder – großer Gott – sie war ja doch mit Urup verheiratet gewesen und musste ein bisschen vom Leben verstehen! –

Er brach auf und ging hin zu Helen. Er wartete eine Ewigkeit, ohne dass geöffnet wurde.

Sollte sie in ihrer eigenen Wohnung sein?

Er blieb beharrlich stehen und wartete. Sie *musste* da sein.

Er fühlte sich so im Bunde mit der Vorsehung und auf dem besten Weg zu allen guten Vorsätzen, dass er sich nicht das geringste Hindernis zwischen sich und seinem Ziel vorstellen konnte. Sein Gefühl wurde fast religiös. Sie *musste* da sein. Sie würde schon kommen. Vielleicht war sie im Garten.

Dann hörte er ihre Schritte und es überkam ihn ein förmlicher Rausch. Er reckte sich und ließ die Augen strahlen von dem Einzigen, das sie strahlen machen konnte. –

Helen war damit beschäftigt gewesen, die Schubladen ihrer Mutter zu ordnen. Sie war ja so plötzlich gestorben, dass sie nicht alles hatte regeln können. Helen musste selbst sehen, wie sie sich in allem zurechtfand. Und heute hatte sie vieles herausgefunden.

In einem gut verborgenen Fach des Sekretärs lagen mehrere Bündel Briefe. Sie begann darin zu lesen in der Meinung, dass sie vielleicht von ihrem Vater seien, den sie nie gesehen, nach dem sie sich aber immer gesehnt hatte.

Sie waren nicht von ihrem Vater.

Obwohl, wer konnte das wissen. Denn sie wurde brutal zu einer völlig veränderten Auffassung ihres Daseins gezwungen.

Es waren Briefe von einem Direktor in Kopenhagen, von Onkel Hans, von Schwiegervater Urup, Briefe, die in schamloser Intimität das Leben ihrer Mutter enthüllten.

Als sie damit fertig war, klingelte Onkel Hans.

Er sah es ihrem Gesicht an, dass etwas Schreckliches geschehen war und fragte, was es sei.

Sie zeigte auf die Briefe. Er erkannte seine eigenen und rief aufrichtig: »Pfui Deubel!«

Als er sie vor sich hinstarren sah wie jemand, der weiß, dass er seinen Verstand verlieren muss, sprang er mutig *in medias res* und sagte, er verstünde, wie entsetzlich dies sei, das Leben sei ja voller Schmutz, dass sie aber nicht glauben dürfe, dass Schmutz das Einzige in der Welt wäre, man könne sich davon rein waschen, er selbst sei da hineingeraten, wie sie ja leider sehen könne, obwohl ihr das hätte erspart bleiben müssen. Briefe sollten immer verbrannt werden. Aber sie dürfe sich nicht selbst aufgeben und sich nicht in etwas Ähnliches hineinstürzen. Er habe gerade in dieser Richtung hin an sie gedacht – und an sich selbst – und daran, dass wir Menschen *zusammen* nach etwas streben müssen – nach etwas Besserem und Höherem – und einander stärken – und erfreuen – zu zweien – nicht zu mehreren – um keinen Preis – er hätte gerade gedacht –.

Er entwickelte ihr, was er gedacht hatte, fühlte aber, wie ihm der Boden unter den Füßen wankte.

Helen hörte ihm mit versteinertem Gesicht zu. Nach und nach fing es an, so sonderbar darin zu zucken. Schließlich ging es über in ein hysterisches Lachen, das der Rednergabe von Onkel Hans ein Ende machte.

Er wartete so lange, wie er es ertragen konnte, dies wahnsinnige Lachen zu hören. Aber als es ihm klar wurde, dass sie fortfahren würde so zu lachen, bis sie daran sterben würde, lief er nach Hause und verschloss seine Tür.

Als der Kandidat aus seinem tiefen Mittagsschlaf erwachte, wusste er nicht, wo er war. Es konnte irgendwo in der Welt sein, wo es Gras und grüne Wälder gab. Er lag mitten in sich selbst und konnte jedes beliebige Alter haben.

Unter den Bäumen auf dem runden Hügel ging ein Mädchen, eine von denen, die in den Gedanken Siebzehnjähriger leben.

Nun – dann war er siebzehn und wollte ihr nachgehen und sie ansehen. – Er machte einige Schritte, blieb aber stehen. Das Mädchen war ja krank.

Die sorglose Freude glitt aus seinem Gesicht wie die Herbstsonne von einem Feld.

Mit einer Bewegung, als werfe er seine Jacke ab, befreite er sich von jedem Gedanken, der zwischen ihn und das treten konnte, was er vorhatte.

Sein ganzer Körper war der Ausdruck einer nach außen wie nach innen gerichteten Aufmerksamkeit, als betrachte er die junge Frau und lese gleichzeitig einen Eindruck in sich selbst ab.

Währenddessen stand er regungslos und war sich seiner selbst nicht mehr bewusst als die Buche, die neben ihm stand.

Plötzlich machte er eine Bewegung und sein Ausdruck veränderte sich. Er sah aus wie ein Jäger, der die Spur gefunden hat.

Schnell schlich er hinter den Stämmen bis zu einem Dickicht. Dort begann er zu laufen. Er lief in einem Bogen zum Abhang. Wenn jemand gewusst hätte, weswegen er lief, würde man ihn für noch verrückter gehalten haben als vorhin, als er im Aussichtssaal zwischen den Flaschen saß. In dem Gestrüpp am Abhang blieb er stehen und wartete, bis sie auf die Lichtung gekommen war.

Dann glitt er lautlos aus den Büschen und folgte ihr, immer darauf bedacht, dass sie ihn nicht bemerkte.

Sie ging geradeaus, ohne nach rechts oder links zu sehen. Als sie den Rand des Abhangs erreicht hatte, sprang sie. –

Zwei Arme umfassten sie. Dass es Menschenarme waren, daran dachte sie nicht. Sie hatte keinen anderen Gedanken, als zu sterben.

Aber sie fühlte, dass sie getragen wurde.

Der Kandidat ließ sie sacht zu Boden gleiten. Den einen Arm hielt er noch um ihre Taille, mit dem andern lehnte er ihren Kopf gegen seine Schulter.

Er schöpfte einen Augenblick tief Atem und schloss dann die Augen. Eine Minute hielt er sie geschlossen; sein Gesicht drückte eine liebevolle und angespannte Willensstärke aus.

Als er die Augen wieder öffnete, war er im Garten des Paradieses.

Nur zwei Gedanken erhielten Erlaubnis, in ihm zu leben: dass hier das Paradies war und dass er die junge Frau darin zum Schlafen niederlegen wollte.

Helens Kopf lag an einer Schulter, die sie nicht kannte und die sie nicht zu kennen wünschte. Aus dem Tod sank sie wie im Traum in ein unbekanntes Land hinüber, dessen

Lieblichkeit darin bestand, dass es ihr bekannt vorkam. Ihre Gedanken schliefen, aber ein tiefer Friede erfüllte ihr Herz.

Allmählich wurde sie sich dieses Friedens bewusst und wunderte sich darüber.

Sie dachte, sie wäre bei ihrem Vater, den sie niemals gesehen, nach dem sie sich aber oft gesehnt hatte.

Seine Worte und seine Stimme schienen sie darin zu bestärken:

»Setz dich hin, mein Kind, und erzähl mir, was passiert ist.«

Sie blickte auf und erkannte den Kandidaten, ohne sich richtig zu erinnern, wer er war.

Einmal als kleines Mädchen, als sie Angst hatte – – oder war das vielleicht ihr Vater, mit dem sie damals gesprochen hatte – – oder hatte sie sich ihren Vater nur immer so vorgestellt? Auch die Stimme.

Die klang vertraulich, fast wie in ihr selbst:
»Erzähl nur.«

Sie wollte nicht sprechen. Es schien diese Stimme selbst zu sein, die behutsam die Worte aus ihr herauszog:

»Meine Mutter ist gestorben – ich sah einige Briefe –«

Sie wollte noch mehr sagen oder sie wollte weinen, konnte aber beides nicht vor Verwunderung.

Er redete, als wüsste er alles, als habe er neben ihr gestanden, als sie die Briefe las.

Sie saßen unter einem blühenden Weißdorn, die weißen Zweige lagen auf seinen Schultern, er sah aus, als sei er eben aus dem Dornbusch aufgetaucht, um Märchen von all dem zu erzählen, was in der Welt geschehen konnte. Nichts war richtig wirklich. In der Stille lag ein Zauber, der zur Ruhe zwang, wie wenn Geschichten auf dem Bettrand erzählt werden, kurz bevor man einschläft. Er erzählte, dass das Leben für Erwachsene schwer sei, die nicht als

Kinder von einem Zuhause wie das ihre beschirmt waren. Er fuhr fort, von ihrem Zuhause zu reden und von der Reinheit, mit der sie umgeben gewesen war; zeichnete ihr ein Zuhause, an das sie immer geglaubt hatte, sprach davon mit einer solchen Selbstverständlichkeit, dass diese Briefe in die Ferne rückten und unwirklich wurden wie böse Träume, aus denen sie erwacht war.

Aber sie kehrten dauernd zurück und schließlich sagte sie es: »Aber — — aber — — die Briefe — —«

Ja, gerade aus ihnen könne sie auf die Liebe ihrer Mutter zu ihr schließen und ihr Bestreben, sie zu beschützen, sagte er. Ihre Mutter sei vielleicht unbeschützt aufgewachsen. Das Böse habe leichtes Spiel mit dem, der nichts Besseres kennt. Und habe man ihm einmal unversehens nachgegeben, so käme man nur schwer wieder davon los. Es sei, als trete man in Schlamm, gerade die Bemühungen, sich zu befreien, könnten einen tiefer hineintreiben.

»Glücklich, wer das nicht weiß. Die meisten wissen es. Deine Mutter wusste es. Weil sie es wusste, konnte sie dich beschützen.

Schau dich um. Wo du dich bewegst, begegnest du Leuten mit Flecken von dem Schlamm, in den sie getreten sind. Niemand ist rein.

Die Welt kann nur von einem Erlöser gerettet werden. Ich weiß nicht, ob dieser Gedanke erst von den Menschen selbst geboren wurde, die — wie deine Mutter — ihre Sünden fühlten, und ob Gott ihnen als Antwort auf ihre Bitten seinen Sohn sandte — oder ob er, wie geschrieben steht, selbst Mitleid empfand und die armen Menschen verstand — wie wir deine Mutter verstehen müssen — und herabkam und ihnen half.

Aber seitdem wird der Mensch nicht nach seinen geringen Verdiensten gerichtet, sondern durch sein Streben erlöst.

Das ist der Strohhalm, dessen der Erlöser bedarf, um die sinkenden Menschen emporzuheben.

Das Streben deiner Mutter hast du gesehen. Das bist du selbst. Das ist dein eigenes, makelloses Leben. Du bist der Strohhalm deiner Mutter. Gib Acht darauf, dass du ihn nicht zerbrichst. Denn dann hat sie nichts weiter als ihre Briefe.

Die Reinheit deiner Kindheit sollst du durchs Leben mitnehmen. Das ist der Einsatz deiner Mutter.

Wenn ihr euch einst wieder begegnen solltet, dann wird es zu eurer gegenseitigen Erlösung sein.«

Helen blickte zu dem Kandidaten auf.

Jetzt erinnerte sie sich deutlich an den Tag der Versammlung, als er den Prediger verspottet und lächerlich gemacht hatte. Onkel Hans hatte oft darüber gelacht und gesagt: »Das ist ein hartgesottener Freidenker, der Schelm! Natürlich! Er ist ja ein gelehrter Mann!«

»Aber — — aber«, sagte sie, »sind — — sind Sie denn nicht ungläubig?«

Der Kandidat stand auf. Als er wieder sprach, sagte er »Sie« zu ihr:

»Wird Gott geringer, weil ich nicht an ihn glaube? — Ist die Erlösung geringer, wenn ich ihn verleugne? — Ich könnte ja gern bekennen, was ich glaube und was ich nicht glaube. — Aber ich will nicht. Das geht Sie nichts an. — Sie sollen das Leben nicht leben, gestützt auf den Glauben eines anderen. — Was ich gesagt habe, sind Gedanken, die Sie selbst gedacht haben, ohne es zu wissen. Jetzt müssen Sie selbst denken und leben. — Sie haben Ihre Mutter nicht mehr. Aber Sie haben ihre Briefe. Freuen Sie sich, dass Sie die gelesen haben. — Und verbrennen Sie sie jetzt. Sie hat Sie beschirmt. Jetzt ist die Reihe an Ihnen selbst. — Gehen Sie nach Hause und fangen Sie an. Und gehen Sie nie mehr zum Abhang.«

Er nahm sie bei der Hand und begleitete sie durch den Wald. Wo die Wiese begann, die den Wald von der Stadt trennte, ließ er sie los, lüftete den Hut und ging landeinwärts.

42. KAPITEL
Verliebtheit

»Jetzt können Sie schon mit ausreiten«, sagte Katharina. »Fangen Sie nur das nächste Mal in der Reithalle mit Sporen an, um sich daran zu gewöhnen. Sie sind erstaunlich schnell dahinter gekommen.«

Ihre sichere Überlegenheit würde ihn geärgert haben, wenn nicht ihr Stolz darauf, dass er so »erstaunlich schnell dahinter gekommen war«, so hinreißend offenherzig gewesen wäre.

Er war selbst erstaunt, wie gut es ging. Ihm war zumute, als sei er von innen nach außen gewendet worden. Seine ganze Aufmerksamkeit war von dem Pferd und dem Reitlehrer nach außen gezwungen worden.

Er fühlte sich wirklich so gut wie neu.

Katharina fand auch, er sei »erwacht«; sie war mit ihrem Werk zufrieden.

»Aber wissen Sie was«, sagte sie, »heute können Sie mich hübsch nach Hause begleiten! Soviel Zeit werden Sie wohl noch haben. Mutter findet es so sonderbar, dass Sie gar nicht mehr zu uns kommen.«

Dahl sah sie an und wandte die Augen schnell wieder ab.

Da kam wieder der hässliche finstere Ausdruck in sein Gesicht! Warum *wollte* er nicht zu ihnen kommen? Er hatte vor etwas Angst. Aber nach dem, was sie schon aus ihm herausgeholt hatte, war sie nicht das Mädchen, das aufgab.

»Was studieren Sie eigentlich?«, fragte sie.

Er fuhr verwirrt aus den Gedanken auf, die ihn bewegten. Auf diese Frage war er am allerwenigsten vorbereitet.

»Ja – eigentlich – hab ich ja – – bis jetzt Theologie studiert.«

»Oh Gott, Sie wollen doch nicht etwa Pastor werden?«

Er musste über ihr Entsetzen lachen. Nein, das wolle er wohl nicht. Er beschäftige sich gerade mit dem Gedanken, das Studienfach zu wechseln.

Das war eine Lüge, aber er wusste es erst, als er sie ausgesprochen hatte, und da wurde sie zu Wahrheit — in dem Maß, dass er ihre nächste Frage ohne zu zögern beantworten konnte.

»Und was wollen Sie dann studieren?«, fragte sie.

»Ich denke, dass ich Lehrer werden will.«

»Das heißt: Magister — Dr. phil. — Professor?«, fragte sie.

»Ja«, antwortete er, »das wäre möglich.«

Sie überlegte und nickte nachdenklich:

»Aha.«

Er spürte ihren starken Ehrgeiz. Wenn er sich mit ihr verlobte und sie heiratete, so blieb ihm nichts anderes übrig, er musste Magister — Dr. phil. — und Professor werden. Es wäre immer Dampf in der Maschine. Er sah sie an. Sie sah geradeaus. Das steckte an. Magister — Dr. phil. — Professor — das Leben und die Tätigkeit eines nützlichen Menschen. Das lag da wie ein langer, schöner Weg, der verlangte, dass man ihn ging. — Neben ihm schritt sie dahin und verlangte dasselbe. In diesem Fall würde sie vielleicht mitgehen und das Brot essen, das er verdiente.

Sein Brot essen! Er blieb stehen, ganz überwältigt von einem glücklichen, triumphierenden Gefühl. — Dass sie, ein tüchtiges und hübsches Mädchen, das haben konnte, wen sie wollte, möglicherweise bereit war, alles beiseite zu werfen, um mit Freuden das Brot zu essen, das er verdiente!

Er wandte sich zu ihr und die erstaunte Frage stand so deutlich in seinen Augen, dass sie ihre niederschlug. Jedoch nicht eher, als bis sie noch ein hastiges »Ja« geantwortet hatten. Er glaubte sogar, sie habe genickt, aber dessen war er nicht ganz sicher.

Sie gingen schweigend nebeneinander her. Ihr Wesen war ausgetauscht. Sie war unruhig und unsicher geworden und das Blut stieg in ihre Wangen, dann wurde sie wieder blass. Er ging froh und ruhig an ihrer Seite und genoss den Gedanken an die Laufbahn: Magister – Dr. phil. – Professor, und an sie, wie sie sein Brot aß. Eine helle, beglückende Phantasie. Sie wartete verwirrt darauf, dass er noch irgendetwas sagen würde und sah voller Spannung, wie sie sich ihrer Haustür näherten, innerlich verbittert darüber.

Auch auf ihn hatte die Haustür ihre Wirkung. Sie sah, wie sich sein Gesicht verfinsterte und den Ausdruck bekam, den sie nicht leiden konnte.

Was hatte er nur? Hatte er Angst vor Mama? War wieder das verdammte Buch im Spiel, das sie ihm geliehen hatte? Man sollte es verbrennen! –

Dahl wagte kaum, Frau Sonne anzusehen, als er sie begrüßte. Aber er war ja dazu gezwungen. Er nahm sich zusammen, sah auf und – kannte sie nicht wieder.

Katharina sah seine Verwunderung und rief: »Ja, ist es nicht abscheulich von Mama, sich so zu verunstalten, das Haar so grässlich aufzustecken. Sie sieht aus wie eine alte Frau. – Siehst du, er erkannte dich kaum!«

Ja, es war besonders das Haar. Es saß so, dass eine ganze Menge graues sichtbar wurde. Aber es war nicht nur das. In ihrem Gesicht war etwas vorgegangen. Es war so reif.

Alle Möglichkeiten waren erschöpft und im Bewusstsein dessen war an ihre Stelle die Erwartung eines neuen Lebens getreten.

Er konnte die letzten Tage ihres Lebens schon jetzt in ihrem Gesicht sehen. So wie jetzt würde es immer bleiben, ohne eine andere Veränderung als die, dass es allmählich verblassen und welken würde, während die Augen nach und nach das klare, neutrale Licht des Alters bekommen würden.

Seine sündige Begierde an jenem verwirrten Nachmittag erschien ihm als ungereimte Phantasie; selbst in der Erinnerung konnte er sich dieses Gesicht kaum vergegenwärtigen. Es war tot, begraben und vergessen, schien seine Existenz nie geahnt zu haben.

Dagegen spürte er Katharinas lebendige Gegenwärtigkeit und fühlte ihren Einfluss stärker und stärker.

Gewohnt wie er war, die Welt durch seine Empfindungen zu erleben und die Gedanken zögernd folgen zu lassen, wie es ihnen beliebte, überließ er sich ruhig dem Einfluss, der von ihr ausging und erkannte hinterher das Gesunde daran. –

Er begann sich in der Welt der Menschen zu orientieren. Er besuchte die Universität und stellte fest, dass das Semester fast zu Ende war und die Examina begannen. Nun, so setzte er sich denn hin, um zu hören, was verlangt wurde; das war doch immerhin ein Anfang. Er betrachtete die blassen, überarbeiteten Kandidaten und gelangte auf diese stille, kontemplative Weise in ihre Atmosphäre hinein, wie damals, als er noch auf der letzten Bank in der Dorfschule saß und sich mit all den Rücken und Nacken anfreundete, deren Besitzer schon »in allem« abgefragt werden konnten. Er war auch jetzt um einige Jahre hinterher, aber das war ja das Los eines jeden, der das Studienfach wechselte. Vom nächsten Semester an wollte er die Sache umso energischer betreiben.

Er bekam Augen für die Poesie der täglichen Arbeit. Eines Tages nahm sie Menschengestalt an und stieg an der Seite eines nervösen Examinanden die Treppe der Universität herauf. Sie blieb draußen in der Vorhalle stehen, wagte wohl nicht, ins Auditorium hineinzugehen und der grausamen Handlung beizuwohnen. Ihre Augen starrten hilflos auf die geschlossene Tür, die linke Hand war gegen das Herz gepresst, das die entscheidende halbe Stunde gern schnell überstanden hätte und deshalb in einer Viertelstunde so viel Schläge schlug wie sonst in der halben, ihr Blick war auf den silbernen Ring an der Rechten gerichtet, hob sich dann wieder zu der unbarmherzigen Tür. Dann seufzte sie, trat an das Fenster und lehnte die Stirn gegen den Fensterrahmen. Sie und Dahl waren allein in der Vorhalle. Er hatte vergessen hineinzugehen, weil er ihre Spannung und Angst gesehen hatte. Er war davon überzeugt, dass sie heimlich für den Examinanden betete, der jetzt dort drin seine Frage zog.

Er näherte sich ihr, die Schritte hallten laut in der leeren, todesstillen Vorhalle, sie zuckte zusammen und sah auf, er lächelte ihr freundlich zu und sie machte einen schwachen Versuch, dankbar zurückzulächeln.

»Es wird gut gehen, Sie werden sehen«, sagte er überzeugt.

»Glauben Sie?«, fragte sie, durch die Vorstellung erleichtert, dass er ihren Verlobten kannte und seine Aussichten beurteilen konnte.

»Unbedingt!«, antwortete er, »sonst müsste er ungewöhnliches Pech haben.«

Sie sah glücklich und dankbar aus.

Er ging still weg, um nicht da zu sein, wenn der Verlobte herauskam.

Jetzt war ihr das Warten leicht geworden und er wollte nicht, dass sie hinterher merkte, dass er »ihn« gar nicht kannte.

Er hatte sie geradezu lieb gewonnen, wie sie so dastand, ganz erfüllt vom Schicksal eines anderen. In einigen Jahren würde er es sein, der durch diese Tür ging, und vielleicht Katharina, die am Fenster stand und sich ängstigte. Nein, sie würde sich nicht ängstigen, sie würde sicher sein, dass er seine Sache wusste und dass nichts Schlimmes geschehen konnte. — Mit Recht, denn mit ihr verlobt zu sein und durchs Examen zu fallen, das ging nicht. In ihrer Nähe war es selbstverständlich, dass man jeden Tag seine Arbeit verrichtete, die getan werden musste. Er war überzeugt davon, dass sie notwendig für ihn war. Dies geschah nur wenige Schritte von ihrer Tür entfernt und er lachte: »Ich bin ja schon dabei, um sie anzuhalten.«

Er sah nach der Uhr. Jetzt hatte das junge Mädchen in der Vorhalle bestimmt schon das Ergebnis erfahren. Vielleicht sagte sie gerade: »Da war einer von deinen Kameraden, der hat mich so lieb getröstet und gesagt, es würde schon alles gut gehen.« Er hatte sie wirklich lieb gewonnen und hoffte von Herzen, dass es »gut gegangen« war. Wenn sie wüsste, dass ihm gerade jetzt bevorstand, auch ein »Ergebnis« zu hören, würde sie ihm sicher alles Gute wünschen. Es war merkwürdig leicht, gut zu sein und die Menschen zu lieben.

»Sie sehen so froh aus«, sagte Katharina, sobald er das Zimmer betreten hatte, und ihre Mutter fügte hinzu: »Ja, Sie sehen wirklich aus, als wäre Ihnen etwas Gutes begegnet.«

»Ja«, sagte er, »ich hab einen guten Vorschlag zu machen.«

Der Gedanke kam ihm im selben Augenblick. Er wollte Katharina vorschlagen, mit in den Wald hinauszufahren, damit sie allein sein konnten. Aber er hatte nicht »Empfinden« genug, um ihr das gleich zu sagen.

Er setzte sich neben Katharina aufs Sofa und plauderte, plauderte so selbstverständlich vertraulich, als wäre alles, wie es sein sollte — ganz so wie mit dem jungen Mädchen in der Universität. Das Glück strahlte aus Katharinas Augen, dass man es bis zum Fenster hin spüren konnte, wo Frau Sonne saß. Sie war sich klar, dass eine Anweisung, eine etwas ausführlichere Anweisung an das Mädchen in der Küche eine Gabe Gottes sein würde, und sie ging hinaus, um »mal Kaffee zu bestellen und so weiter«.

Die Jugend plauderte zunächst über alles Mögliche und nichts Bestimmtes. Keiner von beiden wusste, wer dem andern näher gerückt war, auch nicht, wer zu schweigen begonnen hatte.

Zwischen ihnen war kein Platz für etwas anderes, das war sicher; und das Schweigen zwang sie zum Handeln.

Er wusste, dass er nur den Arm um sie zu legen brauchte, und sobald er daran dachte, war ihm, als ob ihr Rücken sich ihm von selbst einfüge.

Eigentlich dachte er jetzt gar nicht an sie, bloß an das, was er tun wollte, weil er es nicht lassen konnte. Man wird leicht unbeholfen in einer solchen Stunde, und um dem vorzubeugen und weil er Luft haben musste, streckte er sich und war sich sicher, dass sein rechter Arm sie umfassen würde, wenn seine Arme herabsanken. Und sie zweifelte auch nicht daran.

Es kam jedoch nicht so. Sie sah ihn verwundert, fast ein wenig erschrocken an, als er die Arme mit einem Ruck zurückzog und aussah wie jemand, der sich plötzlich an etwas erinnert. Was war es, was im Weg war?

Das fragte er sich selbst auch. Es kam in dem Augenblick, als er die Arme ausstreckte – eine kalte Empfindung, dass das früher schon einmal geschehen war. Aber wann?

Er sah sie verwundert an, und als er ihrem Blick begegnete, der voller Sehnsucht und Angst war, wusste er es.

Tine! Es war dasselbe wie an jenem Abend, als er seine Arme ausstreckte und Tine darin fand, ohne sich eigentlich etwas aus ihr zu machen. Es war die Begierde im Gewand der Verliebtheit, nichts weiter.

Es war dasselbe wie damals. Er wusste jetzt, dass er Katharina nicht liebte, sondern nur in sie verliebt war – in sie oder in Tine oder in das junge Mädchen in der Universität. Sie waren ihm alle gleich lieb.

Aber jetzt musste er gehen. Sie fühlte, dass er aufstehen wollte und sie wurde sehr bleich.

»Sie wollten vorhin einen Vorschlag machen.«

Sie hatte den Satz in ihren Gedanken geformt und musste ihn wohl auch ausgesprochen haben, denn er antwortete, als er aufstand:

»Ja – aber ich will damit lieber bis zu einem anderen Mal warten – – da ist etwas – – das ich nicht versäumen möchte.«

»Etwas, das ich nicht versäumen möchte!« So schmerzend hatte sie nie die Peitsche gegen ein Pferd gebraucht.

»Dann beeilen Sie sich nur.«

»Ja – danke«, sagte er und sah nach der Uhr. »Darf ich Sie bitten – – ich meine, wollen Sie einen Gruß – –«

Frau Sonne kam gerade herein. Sie sah von einem zum andern. Sie sah ihr eigenes Erlebnis. Die ganze Szene aus Rom.

Als er gegangen war, standen die beiden Frauen wie Säulen. Selbst ihre Augen waren stumm. Frau Sonne erwachte zuletzt und schien zutiefst betroffen. Katharina sprach mit einer merkwürdig ruhigen Bestimmtheit.

»Mama«, sagte sie, »der Priester dort unten in Italien – war der verliebt in dich?«

»Ich glaube schon.«

»Und du?«

Frau Sonne stand alt und ergraut vor dem jungen Mädchen und antwortete aufrichtig, aber verzagt wie ein Kind: »Ja.«

Und mit einem Versuch, die Erwachsene, Erfahrene zu sein, die trösten konnte, fügte sie hinzu:

»Ich habe dasselbe erlebt, mein Kind.«

Katharina ließ die Worte an sich abgleiten; sie trat an den Schreibtisch und zeigte auf das Bild des Cappellano:

»Findest du es dann richtig, das da neben Vaters Bild zu stellen?«

Der Tochter gegenüber von einer Schuld bedrückt, die sie ihrem Mann gegenüber nicht empfand, erwiderte Frau Sonne:

»Ich weiß es nicht. Die beiden Gefühle waren so verschieden. Sie hatten nichts miteinander zu tun.«

Katharina sah sie an wie aus weiter Entfernung, ihre Augen waren kalt, ohne jegliche Freundschaft oder Feindschaft.

»Wie viele Gefühle kann man in einem einzelnen Leben haben?«

Frau Sonne antwortete nicht. Sie fühlte sich minderwertig, ohne einen Grund dafür zu erkennen.

Katharina legte das Bild des Cappellano auf den Sekretär. »Du kannst es ja wieder aufstellen, wenn ich nicht zu Hause bin.«

Es war etwas in dem Ton, das Frau Sonne Angst machte, ihre Tochter könne eine Fremde werden.

Sie ging zu dem Sekretär und öffnete die Schublade, in der das rote und das grüne Heft lagen. Sie legte das Bild darauf und schloss die Schublade wieder.

Sie wusste jetzt, dass sie im Herbst nicht nach Italien reisen würde, nicht im Herbst und niemals mehr.

Sie setzte sich und sah vor sich hin mit einem Gesicht, das keine eigene Zukunft mehr hatte, aber voller Sorgen für die ihrer Tochter.

Fußnoten des Übersetzers:

¹ Grundtvig, Nikolai Frederik Severin, dänischer Schriftsteller und Geistlicher, 1783-1872. Grundtvig betonte die Rechtgläubigkeit des alten Luthertums, strebte eine freie nationale Volkskirche an und setzte durch, dass innerhalb der Staatskirche freie Wahlgemeinden gebildet werden konnten (Grundtvigianismus).
² griech.: Das Schöne und Gute
³ lat.: Es ist nicht erlaubt, dass ein Mensch nach Korinth gehe.
⁴ Die weiße Schirmmütze wird auch heute noch von dänischen Schülern am Tag des bestandenen Abiturs (im Juni) aufgesetzt und den ganzen Sommer über getragen.
⁵ Studentenwohnheim in Kopenhagen, gestiftet von Christian VI. im Jahre 1623; das kostenlose Wohnrecht war mit einem Stipendium verbunden.
⁶ lat.: Dem Weisen genügt es!
⁷ Kopenhagen
⁸ In Skandinavien wurden in einer Art Steinbruch unter Wasser an felsigen Küsten Steine »gefischt«.
⁹ Orte an der Ostküste Jütlands
¹⁰ Alfred, Lord Tennyson von Aldworth and Farringford, englischer Dichter, 1809-1892
¹¹ Kopenhagen
¹² lat.: Namen sind Schall und Rauch